Nicole Gonthier

Meurtres sous influence

Éditions Les Passionnés de bouquins

2021

Éditions les Passionnés de bouquins
36 impasse du Tonkin - 69290 Craponne
email : contact@les-passionnes-de-bouquins.com
site Internet : www.les-passionnes-de-bouquins.com
ISBN 978-2-36351-114-0

Conception graphique et mise en page : *Marcel & Mado*
Direction éditoriale : *Guillaume de Uffredi*

Plan de Lyon au XVe siècle

Plan dessiné d'après le plan de Lyon
aux XIVe et XVe siècles de Ch. Deronsière, Arch.
et d'après le plan scénographique (*c.* 1550)

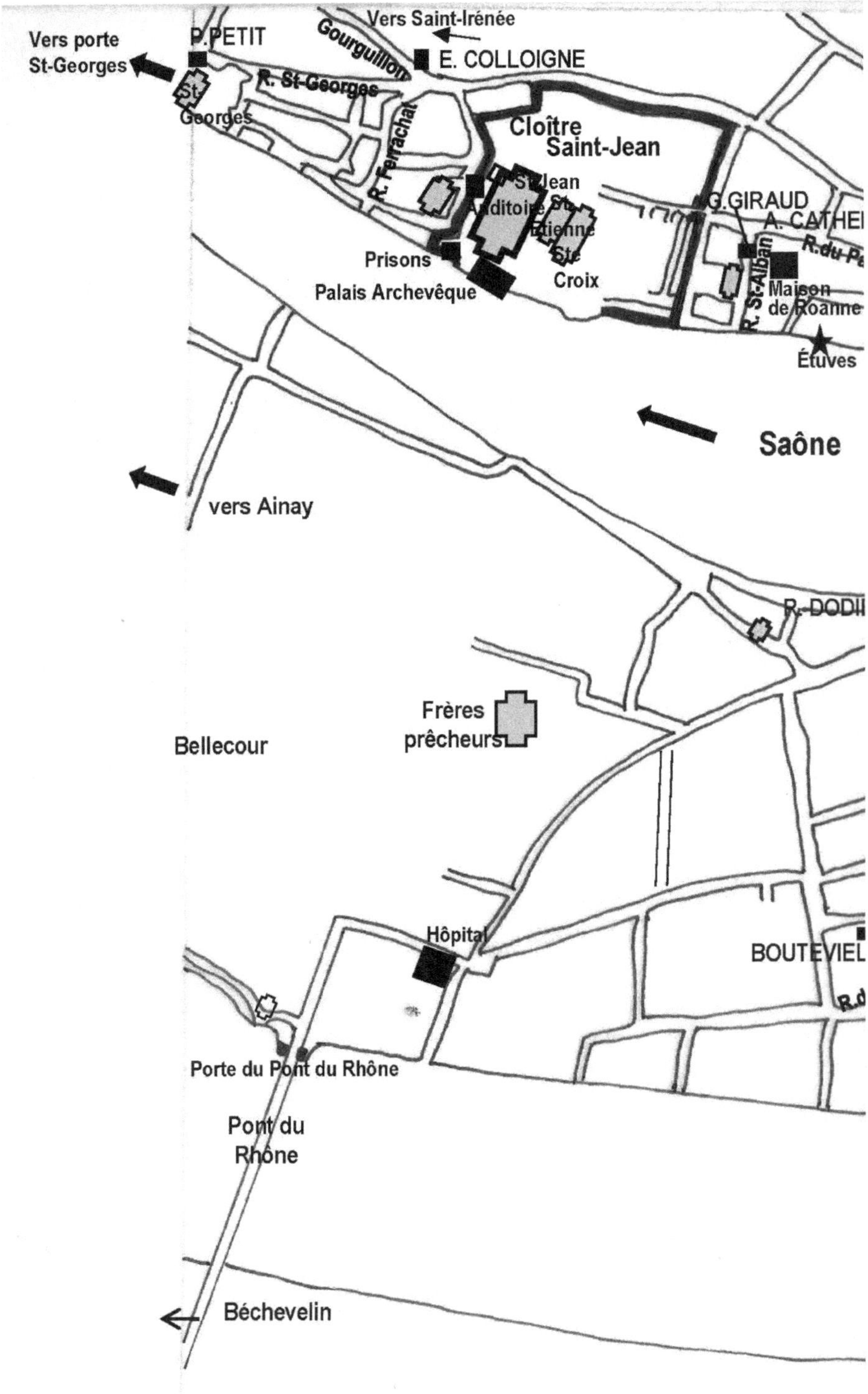

Vers porte St-Georges
P.PETIT
Vers Saint-Irénée
Gourguillon
E. COLLOIGNE
R. St-Georges
St Georges
R. Ferrachat
Cloître Saint-Jean
St Jean
Auditoire
St Etienne
Ste Croix
Prisons
Palais Archevêque
G.GIRAUD
A. CATHE
R. du P
R. St-Alban
Maison de Roanne
Étuves
Saône
vers Ainay
R. DODI
Frères prêcheurs
Bellecour
Hôpital
BOUTEVIEL
R. d
Porte du Pont du Rhône
Pont du Rhône
Béchevelin

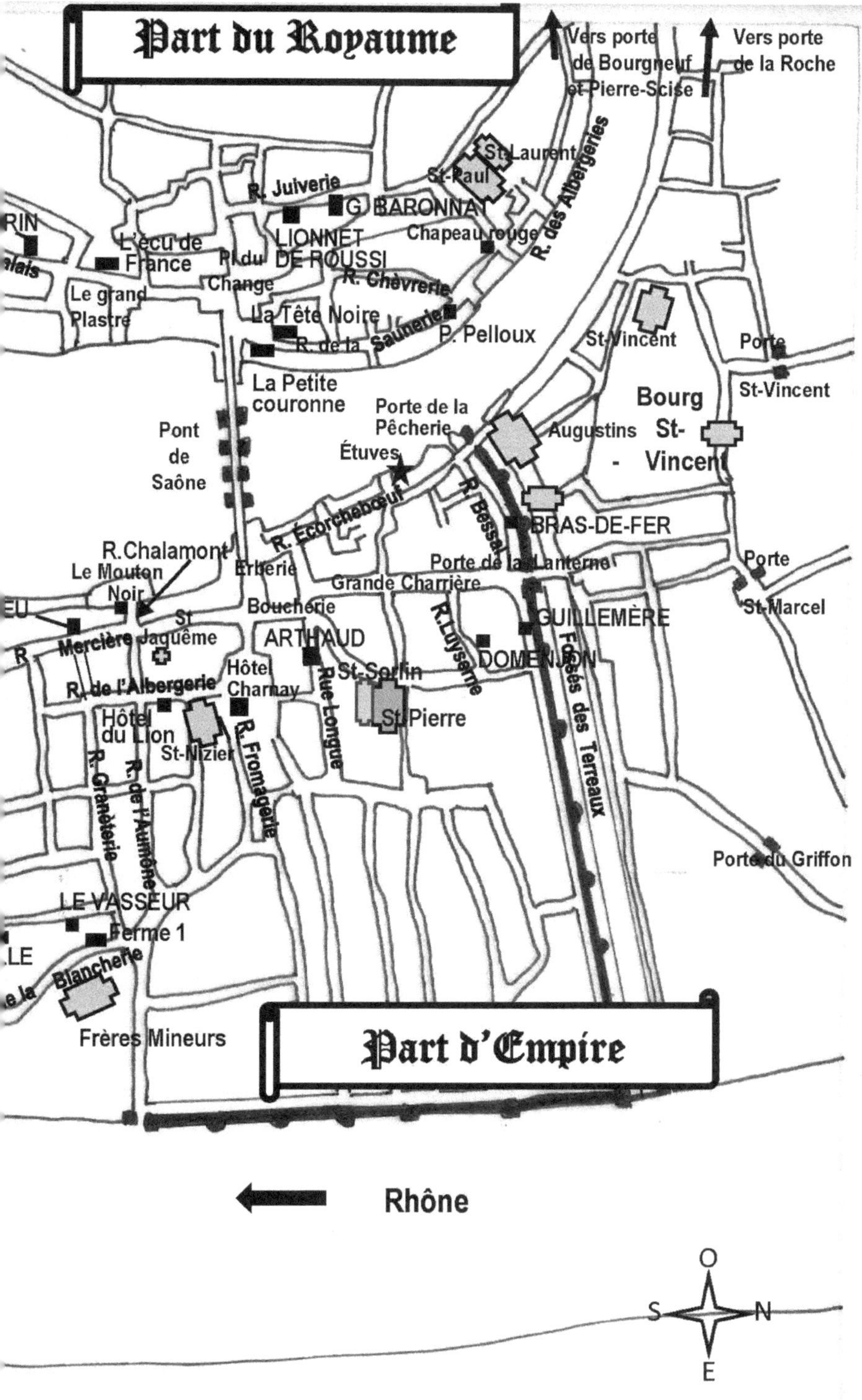

Part du Royaume
Vers porte de Bourgneuf et Pierre-Scise
Vers porte de la Roche
St-Laurent
St-Paul
R. des Albergeries
R. Juiverie
G. BARONNAT
LIONNET
DE ROUSSI
Chapeau rouge
L'écu de France
Pl. du Change
R. Chèvrerie
Le grand Plastre
La Tête Noire
R. de la Saunerie
P. Pelloux
St-Vincent
Porte St-Vincent
La Petite couronne
Bourg St-Vincent
Porte de la Pêcherie
Augustins
Pont de Saône
Étuves
R. Écorchebœuf
R. Bessat
BRAS-DE-FER
R.Chalamont
Erberie
Porte de la Lanterne
Porte St-Marcel
Le Mouton Noir
Grande Charrière
Boucherie
R.Luyserne
GUILLEMÈRE
St Jaquême
R. Mercière
ARTHAUD
DOMENJON
Hôtel Charnay
St-Sorlin
Fossés des Terreaux
R. de l'Albergerie
Rue Longue
St Pierre
Hôtel du Lion
St-Nizier
R. Fromagerie
R. Granéterie
R. de l'Aumône
Porte du Griffon
LE VASSEUR
Ferme 1
Blancherie
Frères Mineurs
Part d'Empire
Rhône
O
S
N
E

I

La « montre[1] »

Dimanche 11 janvier 1478, une heure avant tierce[2]

Cela faisait bien une heure que messire Pierre Pelloux, coutelier de son état, faisait régner dans sa maisonnée la plus grande agitation. Les deux valets préposés au service domestique allaient et venaient, d'une pièce à l'autre, affairés à fouiller chaque endroit de l'habitation sous les yeux de leur maître, lequel, par ses critiques impatientes, ajoutait à leur précipitation et accentuait le caractère brouillon et désordonné de leurs investigations, en compromettant d'autant le succès. L'anxiété s'était emparée également des femmes de la maison. L'épouse du maître artisan, informée du fâcheux incident qui bouleversait son mari, tentait de son côté des recherches dans divers coffres et armoires, en poussant par intermittence de brèves plaintes et des invocations discrètes à la Vierge sainte,

1. Revue des hommes en équipement militaire.
2. Soit 8 heures du matin.

tandis que sa servante la suivait, pas à pas, désolée, et parfaitement inutile.

– De quoi j'aurai l'air, moi, maître coutelier si je me présente dans le pennon[1] sans mon épée ? tonna Pelloux, partagé entre la rage et le désespoir.

– Ne l'auriez-vous pas donnée à fourbir à maître Revel ? lui suggéra tout à coup son épouse, une nuance d'espoir dans la voix.

Messire Pelloux n'eut pas le temps de s'interroger longuement sur cette éventualité ; des cris, provenant de la cour qui était commune aux trois bâtisses voisines de son logis, montèrent jusqu'à lui. Il percevait des accents guerriers, des menaces offensives lancées sur un ton qui s'enflait afin de sonner plus mâle.

– Mais… c'est Rogier ? fit-il en se tournant vers sa femme.

Aussitôt tous deux se portèrent à la fenêtre et découvrirent le spectacle de leur fils cadet qui, coiffé d'un des chapeaux d'apparat de son père, affrontait deux garnements de son âge, et faisait mine de parer les attaques de ses adversaires… Alors que ceux-ci ne lui tendaient que des bâtons, le jeune Rogier, lui, brandissait l'épée paternelle, qu'il tenait à deux mains car elle était trop lourde pour ses dix ans.

– La peste soit de ce larron ! gronda Pelloux.

Quelques instants plus tard, le coupable subissait la punition méritée : douze coups de verges, six pour l'emprunt du chapeau, six pour celui de l'épée.

Encore tout suant des émotions qu'il venait d'éprouver et de l'effort qu'il s'était imposé en fouettant son coquin de fils, maître Pelloux s'employa à compléter son harnois, et acheva de s'apprêter. Enfin revêtu de son équipement de guerre, le torse avantageusement drapé d'une tunique de laine d'une belle

---

1. Le mot désigne une fraction territoriale de la milice urbaine et le drapeau sous lequel se rassemblent les miliciens.

couleur bleue, sur laquelle était lacé un gambison[1] de cuir, rembourré de trois épaisseurs, il se sentait un autre homme et levait fièrement le menton. À sa taille, il avait passé la ceinture d'armes en cuir qui supportait sa dague et la fameuse épée, si longuement cherchée.

Il adopta, pour rejoindre la rue, un pas lent et solennel, allure que lui imposaient les jambières qu'il avait fait ajuster sur ses tibias par ses valets. Cette pièce du harnois n'était nullement obligatoire. Quoique ternie et d'une facture démodée, elle lui semblait pourtant conforme à son statut de *dixainier*[2] et souligner de façon opportune l'ancienneté de sa lignée de bonne bourgeoisie car il l'avait reçue de son père, qui l'avait héritée lui-même de son propre géniteur ; elle figurait la mémoire familiale, au même titre qu'un blason les armoiries d'un noble clan. Ainsi harnaché, il allait pouvoir tenir son rang dignement.

Pourtant il éprouva assez tôt l'inconvénient d'avancer avec ces plaques rigides. Son héritage ne comportait pas les genouillères qui auraient dû s'adapter aux grèves[3], voilà pourquoi ces dernières, bien que bouclées étroitement derrière les mollets par trois courroies, appuyaient trop sur l'empeigne de ses souliers de cuir souple, lui blessant le pied un peu plus à chaque pas, en même temps qu'elles écorchaient ses chausses en dessous du genou. De sorte qu'en tentant d'éviter douleur et frottement, messire Pelloux inventait une déambulation qui tenait du pas glissé plus que de la marche martiale. Mais il n'était plus temps pour lui de revenir au logis et d'abandonner

---

1. Se trouve aussi sous l'orthographe gamboison, gambeson : tunique gamboisée, c'est-à-dire renforcée de plusieurs épaisseurs de tissus ou de cuir, rembourrées et piquées.
2. La milice urbaine est divisée en dizaines, rassemblées en quartiers puis en pennons ou bannières. Le « dixainier » est responsable de la convocation et du rassemblement de la dizaine.
3. Plaques de protection des tibias dans une jambière.

ces incommodes protections. D'ailleurs, l'exaltation de la cérémonie publique à laquelle il allait prendre part, le souci de sa représentation parmi ses pairs et ses voisins, plus encore, la responsabilité dont il se sentait investi l'aidaient déjà à passer outre ce désagrément.

Sitôt qu'il sortit dans la rue de la Saunerie, il subit la presse qui y croissait. Chacun se hâtait de répondre aux commandements que les membres du consulat avaient fait crier quelques jours auparavant de se présenter, avec armes offensives et habits de guerre, pour une montre exceptionnelle de la milice urbaine.

Les hommes habitant entre Change et Bourgneuf devaient rejoindre leur pennonier[1], messire Guillaume Baronnat, qui avait mission de les ordonner de belle manière pour la revue. Trouver un site assez vaste pour rassembler sous les armes tous les chefs de feux de la ville n'était pas chose aisée dans une cité dont les bâtisses enserraient d'étroites rues et s'enchevêtraient les unes aux autres, n'ouvrant à la circulation qu'un réseau de ruettes et de passages couverts, d'obscurs boyaux qui reliaient les cours entre elles, un dédale où se perdaient les gens ignorants des particularités lyonnaises. La seule place publique un peu large demeurait celle du Change. Or, en ce mois de janvier, elle était consacrée à la foire de l'Épiphanie. Les loges des changeurs et les étals des marchands, répartis selon le plan imposé qui devait favoriser les affaires des grossistes autant que celles des vendeurs au détail et garantir les profits des étrangers comme ceux des autochtones, confisquaient l'espace en y dessinant un lacis de ruelles supplémentaires.

Après consultation du bailli, monseigneur d'Estuer, les consuls avaient choisi de convoquer les pennons sur le pré Saint-Irénée. Le terrain était sis au flanc de la colline de

1. Le responsable du pennon, en général un des hommes « apparents » du quartier.

Fourvière. Il exigeait des participants de gravir une côte assez raide, par le chemin de Gourguillon, et pouvait à bon droit paraître éloigné aux habitants des quartiers de l'Empire[1]. Toutefois, le lieu avait l'avantage d'être à l'abri d'éventuelles incursions des ennemis bressans et bourguignons et d'échapper plus sûrement à l'espionnage de leurs émissaires que n'eût été le plat d'Ainay, à supposer que l'abbé eût consenti à en céder l'espace pour des démonstrations militaires. Afin de prévenir une éventuelle attaque des troupes du comte Philippe de Bresse pendant que la ville serait vidée de ses hommes vaillants, les consuls avaient fait doubler les gardes des portes et des tours des remparts ; il n'y avait pas moins de vingt-cinq vigiles entre Saint-Marcel et la porte de la Roche, douze au pont du Rhône, dix aux Farges, quatre à Saint-Georges et dix en Bourgneuf, et on avait fait tendre les chaînes sur la Saône au niveau de Pierre-Scise et d'Ainay. Les hommes qui étaient préposés à cette mission de confiance étaient des chefs de feux trop âgés pour figurer dans la montre mais encore assez vigoureux pour le service de garde. Ils étaient assistés de quelques francs-archers, certains récemment transférés à Lyon depuis le plat pays[2]. Car plus que jamais, on était en guerre – la sempiternelle guerre contre les Bourguignons et leur allié le comte Philippe de Bresse. Un an déjà que le duc Charles était mort devant Nancy, un an que les troupes du roi de France avaient investi les terres ducales, et pourtant le danger n'avait pas cessé – bien au contraire ! – car les rébellions contre l'occupant se multipliaient, les menaces de coups de force contre Lyon de la part des Bressans se précisaient, et le roi redoutait par-dessus tout une intervention armée des troupes de Maximilien de Habsbourg, qui, en épousant la fille

1. Part de la ville entre Rhône et Saône.
2. Nom donné en Lyonnais aux campagnes du comté, indépendamment du relief montagneux.

du Téméraire, la duchesse Marie, avait épousé son hostilité à la France.

La convocation à Saint-Irénée était fixée à tierce[1]. Si quelques citoyens disposaient d'un âne ou d'un mulet pour les hisser sur la colline, la plupart devaient faire le trajet à pied. En revanche, les notables, les marchands et les officiers, dont on réclamait un service à cheval, n'avaient aucune peine à gravir la pente, juchés sur leur monture. Messire Pelloux avait eu la bonne idée, la veille, de louer un bardot à un marchand de chevaux et, malgré le prix excessif que ce ruffian en avait exigé, il se félicitait à présent de n'avoir pas à marcher, entravé par ses jambières, pour arriver au point de rendez-vous. Mais il fulminait à la pensée du retard que la recherche de son épée lui avait fait prendre. Ce contretemps était cause qu'il se trouvait dans le plus fort de la presse, obligé de se frayer un passage parmi les piétons qui encombraient le chemin et l'invectivaient lorsqu'il leur criait : « Gare ! gare ! » pour les contraindre à s'écarter. Plus d'un se moquait de lui voir frapper inutilement sa bête poussive dont l'allure trop lente l'enrageait.

Il arriva enfin au pré Saint-Irénée, fort angoissé de ne pas repérer assez vite messire Baronnat parmi la foule des citoyens en armes. Celle-ci semblait en effet mue d'une pulsation interne continue que lui imprimaient les déplacements de chacun de ses membres pour rejoindre son affectation. Quelques cavaliers traversaient la mêlée des piétons, pressés comme tant d'autres de découvrir l'emplacement où ils devaient se poster avec leur monture. Abandonnant la garde de son bardot à un garçonnet dont il jugea la mine digne de confiance et les exigences de rétribution admissibles, Pelloux s'engagea dans la masse mouvante et hâta le pas autant qu'il le put en direction du triangle de soie bleu qu'il voyait flotter au sommet d'une

1. Neuf heures.

hampe fichée en terre. C'était la couleur de son pennon qui indiquait le lieu de ralliement, fort heureusement pas trop éloigné. Dans les rangs déjà formés, il reconnut au passage quelques artisans de la rue de Chèvrerie, et ses voisins immédiats de la rue de la Saunerie, tous revêtus d'une cotte[1], d'un jaque[2] ou d'un gambison, la plupart coiffés, comme lui, d'une salade[3], certains munis d'une hallebarde, à défaut de l'épée ou du fauchon[4]. Plusieurs le saluèrent avec quelque étonnement en remarquant les curieuses jambières qu'il arborait. Des ricanements s'élevèrent, quelques murmures désapprobateurs aussi, surtout lorsque Pelloux prétendit prendre place au sein du premier rang qui était déjà bien aligné – ce qui dérangeait l'ordonnancement parfait que messire Baronnat en avait institué.

– Qui êtes-vous, Messire ? demanda sèchement un notaire, tout en s'avançant vers le nouvel arrivant.

Le clerc était muni d'une écritoire portative que deux courroies croisées en son dos maintenaient horizontalement devant lui. Lorsque, toisant d'un regard circulaire la cohorte attentive, et d'une voix bien timbrée qui trahissait de sa part une certaine ostentation, le coutelier lança : « Maître Pierre Pelloux, coutelier en rue de la Saunerie », le scribe se reporta aussitôt à un long carnet ouvert sur la tablette de son écritoire.

– Pe-lloux...Pe-lloux... ânonnait-il tout en tournant les pages du carnet et en faisant glisser son doigt du haut en bas pour guider sa lecture.

Ce n'est qu'après avoir compulsé près de la moitié du carnet qu'il trouva enfin mention du coutelier.

---

1. Tunique faite de mailles de fer ou d'acier entrelacées.
2. Tunique à manches longues, rembourrée de tissu ou parfois de mailles.
3. Casque de forme ronde prolongé un peu à l'arrière pour protéger la nuque.
4. Sabre court que l'on nomme également braquemard ou coutelas.

– Ah ! Voilà ! s'exclama-t-il, faisant sursauter l'intéressé qui commençait à s'impatienter. Et il débita alors sur un ton monocorde : « Pierre Pelloux, coutelier en Saunerie, chef de feu[1] de quatre personnes, plus deux valets, un apprenti, trois domestiques ; armes requises : une salade, une cotte, une épée. » Relevant la tête il examina l'artisan, puis fronça les sourcils :

– Hum ! pas de cotte mais un gambison ! Et une dague en plus de l'épée ? fit-il avec une moue critique… et *ça* ? – ajouta-t-il en pointant de sa plume les jambières. Qu'est-ce que c'est que *ça* ? Des grèves ? On n'a que faire de cet accessoire quand on est piéton ! Vous prenez-vous pour un chevalier ou pour un harnois complet ?

Et sans attendre la réponse d'un Pelloux, devenu écarlate sous l'effet de la colère que lui donnait une telle dépréciation de son équipement tandis que les railleries fusaient des premiers rangs, le notaire proclama de façon péremptoire :

– Vous vous placerez au dixième rang, c'est celui des artisans de votre statut. Ce sergent va vous accompagner, ajouta-t-il en faisant signe à un homme de la cour de Roanne qui se tenait à ses côtés.

– Mais, permettez ! contesta Pelloux.

– Dépêchez-vous, je vois venir messire Baronnat. Il ne tolérerait pas une entorse à l'ordre qu'il a établi. D'autant qu'il n'est plus temps de discuter, la cérémonie va commencer.

– Fi ! Le sot clerc ! siffla Pelloux à l'adresse du tabellion, lequel griffonna quelques mots dans la marge du carnet, en face du nom du coutelier.

Et au sergent qui l'escortait jusqu'au rang qui lui était assigné, Pelloux demanda :

– Comment se nomme ce notaire ?

---

1. Le feu (foyer) désigne le logement et les gens qui y vivent. Le chef de feu est le responsable social et fiscal de cette communauté.

– C'est maître Matthieu Monier, Messire, répondit le sergent.

C'est donc parmi les éperonniers, les freniers[1], les fourbisseurs et les autres couteliers du quartier de Saunerie que dût se glisser maître Pelloux. Et comme ceux-ci, trop éloignés du premier rang, n'avaient pu ni entendre ni voir la scène humiliante qui s'était déroulée à ses dépens, ils le saluèrent avec courtoisie, ce qui apaisa un peu sa rancœur.

À peine était-il installé à sa place que messire Baronnat, portant brigandine[2], gorgerin[3] et espalières[4], gantelets[5], capeline de fer[6] sous la salade, l'épée et la dague au baudrier, poussa son cheval pour se poster près de la hampe, au-devant de ses hommes subitement figés et silencieux. Puis on entendit sonner les trompes qui annonçaient l'arrivée sur le pré de monseigneur le bailli, et des deux porte-bannières – messire Pierre Thomassin représentant les quatre pennons du royaume, sire Humbert de Varey les cinq pennons de l'Empire – tous deux à cheval, habillés en grand harnois de guerre. Trois cavaliers en costume civil les accompagnaient. Leur mise raffinée, leurs magnifiques montures, caparaçonnées de soie bleue fleurdelysée, leur allure et une superbe naturelle enfin, les désignaient comme de hauts seigneurs.

– Ce sont les commissaires délégués par notre sire le roi, chuchota à son voisin un maître boucher, dans les premiers rangs, afin de faire étalage de son entregent. Celui qui est

1. Fabricants de mors (ou freins – en latin *frenum*) pour les chevaux.
2. Armure couvrant le buste ou jusqu'aux genoux, constituée de plaques rivetées sur du cuir ou du tissu épais.
3. Protection du cou, de la gorge et des clavicules, en cuir ou en acier.
4. Pièce d'armure protégeant l'épaule et se reliant, dans une armure de plates complète, aux pièces couvrant les bras (brassards).
5. Pièce d'armure couvrant le poignet, le dessus de la main et des doigts.
6. Cagoule en mailles de fer couvrant la tête, la nuque et tombant sur les épaules.

au milieu, c'est messire Jehan de La Marieuse ! Un secrétaire du roi ! C'est lui qui doit rendre compte de la qualité de la montre à notre souverain.

– Et les deux autres, qui sont-ils ? interrogea son interlocuteur, un peu trop fort.

– Silence ! tonna Guillaume Baronnat, en foudroyant du regard le groupe d'où s'élevaient les bavardages.

Mais, bientôt, deux trompettes ayant retenti afin de commander l'attention de tous, monseigneur le bailli leva toute ambiguïté sur les responsabilités de chaque dignitaire en haranguant, du haut de son cheval les neufs pennons, formant neuf cohortes disposées en carré derrière leur pennonier respectif et parfaitement identifiables grâce aux hampes portant leurs couleurs.

– Messires bourgeois, manants et habitants de cette ville ! proclama monseigneur d'Estuer d'une voix puissante, tel Stentor devant les murailles de Troie. Nous vous avons réunis céans sur ordre de notre très redouté seigneur le roi, que Dieu veuille garder de tout grief[1] ! Nobles et honorables personnes, messeigneurs Jehan de La Marieuse, Raymond de Sales et François Le Bourcier, ici présents à mes côtés, qui sont respectivement secrétaires et maître des comptes de Sa Majesté et qui ont reçu commission de sa part, nous ont fait connaître sa volonté et commandement de mettre sa bonne ville de Lyon en état de résister aux coupables entreprises du comte de Bresse – qui s'est déclaré son ennemi – et aux complots et conspirations ourdis par les Bourguignons rebelles à son autorité. Il nous est prescrit de ne point nous fier jamais à monseigneur de Bresse ni à quiconque le servant, et de nous préparer à défendre la ville contre toute attaque de ses troupes, lesquelles pourraient fort bien s'enfler du renfort

1. Mal.

des mercenaires du duc d'Autriche[1]. Ainsi que le souligne le roi dans ses lettres patentes, vous devez fortifier la cité, vous tenir prêts au combat, *comme s'il y avait cent mille Anglais qui en fissent le siège*. C'est cette urgence qui nous a poussés également à demander aux marchands de Florence, de Gênes, de Pise, de Milan, ainsi qu'aux sujets de Cologne ou de Ratisbonne, demeurant ou ayant intérêt dans notre ville, de s'équiper et de participer à la montre d'armes de ce jour, à l'instar de tous les citoyens.

En prononçant ces mots, il avait tourné son cheval face à un petit groupe de cavaliers dont les habits de guerre étaient plus élégants, les pièces d'armure plus complètes que ceux des bourgeois autochtones. Les marchands étrangers saluèrent le bailli d'un bref signe de tête.

– En conséquence, Messires, puisque la revue de vos harnois de guerre a été faite et que votre présence ici atteste de votre volonté d'obéir en tout point aux ordres de notre sire le roi, comme messeigneurs les commissaires pourront en témoigner devant lui après avoir assisté à cette montre, il convient de renouveler devant eux le serment que les consuls ont prêté, en votre nom, lors de l'avènement au trône de France de Louis le onzième, le serment de fidélité absolue qui fait de cette cité de Lyon la ville qui « oncques[2] ne varia » dans son amour pour le vrai et légitime souverain !

D'un signe à l'un des clercs de sa suite, le bailli fit apporter un évangéliaire que le clerc éleva à deux mains au-dessus de sa tête.

– Sur les Évangiles de Dieu, messires bourgeois, manants et habitants de Lyon, et vous messires les marchands d'Italie et d'Allemagne ici présents, jurez-vous de servir le roi

1. Maximilien de Habsbourg, époux de Marie, duchesse de Bourgogne après la mort de son père, Charles le Téméraire.
2. Jamais.

Louis le onzième en défendant cette ville, en traquant ses ennemis où qu'ils se trouvent en Lyonnais, et de dénoncer tout acte contraire à ses intérêts ?

Ce ne fut qu'un seul et même cri, orchestré parfaitement par les pennoniers qui avaient levé leur épée pour le déclencher unanimement : « Nous le jurons ! »

Des hennissements de chevaux lui firent écho. Énervées par la soudaineté du bruit, les montures dansèrent sur place ou firent des écarts qui surprirent quelques cavaliers.

– Cette montre vous satisfait-elle, Messires ? demanda le bailli en s'adressant aux trois commissaires avec l'inflexion glaciale qui lui était habituelle. Pour ma part, moi qui suis homme rompu aux combats, je trouve nos bourgeois aussi prometteurs que des gens de guerre professionnels.

– Certes, monseigneur d'Estuer, vous avez parfaitement obéi aux consignes de Sa Majesté, répondit Jehan de La Marieuse, dont la longue et maigre figure s'éclaira d'un bref sourire.

– Cependant, il reste encore à recueillir le salpêtre et à l'acheminer jusqu'à L'Arbresle, rappela Raymond de Sales. Vous savez que cette part de la défense est aussi indispensable, sinon plus, que l'équipement des habitants et que *je* suis responsable de cette collecte !

La remarque semblait destinée davantage à La Marieuse qu'au bailli et c'est bien ainsi qu'elle fut comprise puisqu'avant que monseigneur d'Estuer ait pu formuler sa réponse, ledit La Marieuse répliquait sèchement :

– La priorité revient à l'armement des habitants, Sa Majesté a clairement exprimé l'importance extrême de ma mission dans ses lettres patentes !

– Et c'est de vive voix, lorsqu'il m'a entretenu *en personne*, qu'il a exposé l'urgence vitale que revêtait la mienne ! rétorqua de Sales dont la voix était montée d'un ton.

– La paix, messeigneurs ! intervint François Le Bourcier, vous n'avez point le pas l'un sur l'autre ! Sa Majesté m'a confié mission de mettre en garde les sujets de son royaume contre les risques de divisions suscitées par ses ennemis, ce n'est pas pour que ses commissaires se disputent comme vous le faites ! Sinon craignez que je ne lui rapporte la façon particulière dont vous le servez et l'image que vous donnez de son autorité devant ses officiers et ses sujets !

Les deux intéressés esquissèrent une grimace en comprenant la menace que leur compagnon de mission faisait planer sur leur tête. Ils n'ignoraient pas, en leur qualité de familiers de la cour, que Louis le onzième faisait moisson de rapports de ce genre sur ses agents et que leur avenir politique, leur carrière, leur vie, peut-être, dépendaient du crédit que le roi pouvait accorder à telle ou telle critique, de la foi qu'il pouvait prêter à quelque soupçon habilement instillé en son esprit.

Cependant le propos de Le Bourcier déplut tout autant à monseigneur d'Estuer. Ce terme indifférencié d'« officiers » qui n'introduisait aucune hiérarchie de grades ni d'honneurs et confondait le bailli avec les plus simples juristes, greffiers ou sergents portant livrée royale, les englobant tous dans des fonctions de service subalterne, n'eut pas l'heur de lui plaire. Et c'est avec une nuance d'humeur qu'il déclara :

– De toute manière, il convient à présent de mettre un terme à cette montre qui n'a que trop duré. Il incombe au *bailli de Mâcon, sénéchal de Lyon, capitaine de la ville et représentant l'autorité royale en cette place* de libérer ces hommes qui ont sacrifié ici des heures dues à leurs affaires ou à leur famille.

De son bras droit levé au-dessus de la tête, il tendit vers le Ciel l'épée qu'il avait tirée du fourreau en criant à l'adresse des pennoniers : « Maintenant, que chaque pennon retourne en la ville en bon ordre ! » Aussitôt, selon une chorégraphie qu'ils avaient dû mettre au point entre eux, les cinq pennons de l'Empire s'ébranlèrent les premiers. Ils s'alignèrent pour ne former qu'une seule cohorte derrière leurs chefs, rassemblés eux-mêmes en un unique rang de cavaliers porte-bannières auquel se joignit monseigneur Humbert de Varey. Et c'est ainsi que les piétons, deux par deux, alternant avec les gens de cheval, eux aussi appariés, défilèrent devant le groupe du bailli et des trois commissaires, bientôt suivis des quatre pennons du Royaume évoluant pareillement jusqu'à la clôture du pré. La plupart des participants continuèrent leur chemin dans cette formation jusqu'à la cathédrale et se dispersèrent sur le parvis avant de regagner leur logis.

Maître Pelloux, pour sa part, sortit du rang dès qu'il aperçut son bardot qui paissait l'herbe rare du bord du chemin, la bride ballante, sans trace, dans les parages, du garçon censé le garder. Il se précipita, furieux, vers l'animal qui, effrayé par cette approche inattendue, trottina plus loin, obligeant le coutelier à des efforts supplémentaires. Or la station debout prolongée pendant la cérémonie de la montre lui avait fait enfler les jambes, une tension plus forte des courroies qui maintenaient les grèves exerçait un échauffement douloureux sur ses mollets tandis que le fer des jambières lui écorchait les tibias et avait définitivement troué les chausses de drap fin qu'il avait enfilées toutes neuves, le matin même. Pestant, suant, il finit par saisir la bride de la bête récalcitrante. Il eut le plus grand mal à l'enfourcher, n'ayant plus le secours d'un valet pour ce faire. Et lorsqu'il fut enfin installé, il lui fallut encore donner plusieurs coups de talon dans le ventre du bardot pour que celui-ci se décidât enfin à se mettre en route. Le long des jambières un filet de sang traçait une ligne rouge qui ourlait le gris des chausses. Tout au souci de faire avancer sa monture que des touffes sèches de pissenlit distrayaient sans cesse du chemin, maître Pelloux ne vit pas, se haussant au-dessus du muret qui cernait le pré, les visages hilares de trois garnements, parmi lesquels il eût pu reconnaître le jeune ânier négligent.

***

– Nous voilà soulagés d'un grand poids, n'est-ce pas messire Colloigne ?

– Dieu soit loué ! Oui-da ! Cette montre s'est parfaitement déroulée, il n'y a eu aucun incident et la figure chevaline du sire de La Marieuse semblait un peu moins sinistre que d'habitude lorsqu'il regardait défiler nos braves concitoyens !

Guillaume Baronnat éclata d'un rire sonore qui correspondait à sa large carrure et à son torse avantageux. Il dominait d'une bonne coudée son interlocuteur, Étienne Colloigne, maître notaire– licencié, et non docteur en lois – qui pourtant avait charge de présider les séances du conseil de ville en l'absence de plus haut gradés parmi les consuls. C'était un homme frêle et souffreteux que des quintes de toux importunes obligeaient souvent à interrompre ses discours. Malgré cet aspect maladif, il se distinguait par un esprit caustique et une propension à saisir sur le vif, chez quiconque le fréquentait, le détail ridicule ou la manie cocasse à partir desquels il brossait d'un individu une caricature bouffonne. Ceux dont il partageait l'amitié ne se souciaient guère de ces traits d'ironie quasiment constitutifs de sa personnalité, mais beaucoup s'en formalisaient et, parce qu'ils craignaient son persiflage, ne le tenaient pas en grande estime.

– Il est vrai que ce commissaire n'a pas le compliment facile ! approuva Baronnat en esquissant une moue de dépit. Il nous a tant pressé de déployer cette montre, sous prétexte que le roi serait mécontent si l'on tardait davantage, que j'avais grand-peur que mon organisation précipitée de la cérémonie ne rencontrât quelque obstacle imprévu ! Vous n'ignorez pas qu'il nous a même obligés à dépêcher un messager au roi pour lui expliquer le retard ! Et, bien sûr, ce courrier reste à nos frais !

– Par ma foi ! gronda Colloigne, en battant, de son poing serré, une table imaginaire. Ces commissaires ignorent volontiers les réalités de nos besoins et de nos moyens d'action. Pour eux ne compte que la gloire qu'ils retireront du succès de leur mission – et les avantages pécuniaires qu'ils en attendent ! Il m'a paru que les deux autres n'étaient pas très gracieux à la fin de la cérémonie ; ne se seraient-ils pas querellés avec notre bailli ? Ce d'Estuer n'est pas non plus un joyeux compagnon. Aussi rigide que son armure de plates ! Mais on lui pardonne car il se bat pour nous en Bourgogne ! Ce n'est pas le cas de ces deux *mignons*[1] chaperonnés de soie bleue !

– J'ai cru comprendre qu'ils se disputaient la prééminence l'un sur l'autre.

– Certes, notre seigneur le roi nous envoie trop de ces beaux sires qui se vantent de parler en son nom ; un seul, moins coquard[2], serait plus crédible !

– Au moins vont-ils quitter la ville bientôt, leur mission étant accomplie ! Le salpêtre a été recueilli, les gardes des portes doublées, l'artillerie disposée aux remparts, les habitants recensés et harnachés pour la guerre. Cela n'a pas été simple de constituer ces carnets répertoriant les gens par quartiers et indiquant pour chaque chef de feu sa capacité d'armement ! Les précédentes établies[3] étaient vraiment obsolètes. Depuis, les fortunes ont varié, des gens sont morts des pestes ou sont maintenant trop vieux pour figurer sur les listes, certains ont quitté Lyon tandis que d'autres s'installent en raison des foires…

– Réjouissons-nous d'avoir institué le meilleur système pour réussir ces enquêtes ! Ces équipes formées d'un consul, d'un notaire et d'un sergent, envoyées par toute la ville, et celle-ci divisée en neuf pennons placés sous la responsabilité de deux consuls ou ex-consuls, c'était le meilleur moyen de n'oublier personne ! Ha, ha ! Un consul, un notaire et un sergent : que

---

1. Le terme désigne au XVe siècle des favoris du roi, sans la connotation homosexuelle qu'il aura plus tard.
2. Vaniteux, prétentieux.
3. Enquêtes aboutissant à ces recensements militaires.

pouvait-on refuser à une Sainte Trinité pareille ? fit Colloigne en riant, ce qui lui déclencha une quinte de toux.

– Hum ! Sauf que le parfait n'est pas de ce monde ! Et que la Trinité en question n'en a pas imposé à tous ! corrigea Baronnat, sans sourire.

– Ah oui ? fit Colloigne d'un ton sec, reprenant, lui aussi, la mine austère d'un président du consulat.

– Je serai bien forcé d'en faire le rapport devant le conseil : il y eut des récalcitrants, et même parfois des heurts, des refus d'obtempérer aux exigences que nous présentions. Les uns prétendaient qu'ils ne pouvaient disposer du harnois que leur père jadis possédait, étant donné les partages qui avaient été décidés à la mort du patriarche. D'autres, pour des raisons similaires, s'affichaient avec une pique d'un autre temps, ou un jaque déchiré, ou une salade trouée, quand, au meilleur des cas, ils pouvaient aligner un ensemble cohérent de pièces défensives ! Et lorsqu'on leur imposait le remplacement des pièces manquantes, ils se récriaient qu'ils ne sauraient le réaliser pour le jour de la montre, qu'ils n'auraient pas l'argent nécessaire dans un délai aussi court, qu'ils ployaient déjà sous les tailles et les prêts au roi. Il y en eut même qui blasphémèrent son nom !

– Pardieu, j'espère que le notaire a noté leur identité ? Cela ne doit pas rester sans suite ! Contrainte par corps, saisie des biens, amendes, et pourquoi pas pilori ? Nous avons les moyens de les faire plier ! On demandera à messire le prévôt de l'archevêque d'agir en ce sens ! La présence du sergent royal qui escortait les deux autres n'a donc servi de rien ?

– Hé, hé ! Si fait ! Il a souvent protégé ses acolytes de mauvais coups !

– Il y a donc eu des défaillants lors de la montre ?

– Oui, mais ils ont été repérés par les tabellions en charge des carnets, lesquels étaient présents au pré Saint-Irénée. Ces notaires ont comptabilisé les participants de chaque pennon, consigné les différences visibles entre l'équipement dû et celui qui était porté, et ils ont coché les noms des absents.

– On peut leur faire confiance ? Ils auront accompli leur tâche avec sérieux ?

– Le sérieux des notaires, Messire ! Vous êtes le mieux placé pour l'apprécier ! glissa Guillaume Baronnat avec un sourire malicieux. Rassurez-vous, ceux-ci sont des maîtres réputés pour leur honnêteté, bien famés au sein de votre métier. Nous les avons recrutés sur ces critères, d'ailleurs, car ils tiennent entre leurs mains les carnets de l'établie, c'est-à-dire la description détaillée des forces démographiques et des capacités de défense de notre cité ! Des documents stratégiques !

– Il faudra quand même récupérer au plus tôt ces papiers et les enfermer dans l'arche de la chapelle Saint-Jaquême ! Imaginez que ces carnets viennent à la connaissance de quelque espion à la solde de nos ennemis !

– Ne vous inquiétez pas ! J'ai donné des ordres en ce sens ! Tous les notaires engagés dans la préparation de l'établie et dans le contrôle de la montre – par prudence, ce sont les mêmes qui ont officié dans l'une et l'autre opération, crut devoir préciser Baronnat – *tous*, dis-je, doivent rapporter ces carnets à l'hôtel de la ville sur l'heure, sous peine des plus graves sanctions ! Messire André Archimbault doit les recevoir. Ils restent d'ailleurs escortés chacun par un sergent royal, qui les protège et les surveille tout à la fois. Je m'emploierai moi-même, cet après-midi, au transfert des carnets en la chapelle Saint-Jaquême, où ils rejoindront nos plus précieuses archives : la charte des franchises de la commune, les lettres de confirmation des foires.

– Vous êtes fort avisé, messire Baronnat. On dirait que vous n'avez rien laissé au hasard.

– J'ai été à bonne école, mon père et mes oncles étaient des marchands pleins de ressources, et l'association avec feu messire Jacques Cœur réclamait beaucoup d'engin[1] de leur part. L'homme – m'ont-ils toujours raconté – était un habile entrepreneur, mais aussi un rusé qui ne ménageait personne quand il s'agissait de s'enrichir ! Il fallait toujours se méfier un peu de lui !… En fait il convient, dans ce monde, de se méfier de quiconque ! ajouta-t-il entre ses dents, après une muette réflexion.

Par les fenêtres de la demeure notariale, qui donnaient sur le Gourguillon, les deux hommes entendaient la rumeur des piétons qui continuaient de redescendre vers la ville. Guillaume Baronnat, après ce rapport qu'il avait voulu rendre à maître Étienne Colloigne, n'avait plus qu'une hâte : prendre un bon repas puis un peu de repos en son logis de la rue Juiverie. Il rêvait d'un bain chaud qui le soulagerait des fatigues de la matinée ; son harnois lui était une gêne, il en éprouvait le poids de toutes les pièces métalliques. Secrètement, il s'avouait que le métier de soldat ne lui eût pas convenu ; il se sentait profondément destiné à la marchandise et au négoce qui justifiaient pour lui tous les efforts. Il avait un sens aigu des affaires. Le profit, les bénéfices, les placements fructueux l'exaltaient au plus haut point et le comblaient mieux que toute autre jouissance. Pour défendre ses intérêts financiers, qu'il ne distinguait pas de ceux de la commune, il avait exercé plusieurs mandats de consul, et seul le souci de ne pas voir la ville saccagée par des armées ennemies et la prospérité générale compromise à jamais lui avait donné l'endurance nécessaire aux différentes missions paramilitaires qu'il honorait depuis plusieurs semaines.

Il s'apprêtait à quitter son hôte, midi ayant sonné déjà depuis longtemps au clocher de la cathédrale, quand un valet entra, porteur d'un rôle de papier qu'il tendit au maître de maison.

---

1. Intelligence (du latin *ingenium*).

– Qu'est ceci ? demanda Colloigne, laissant percer un certain agacement dans la brusquerie de la question.

– C'est un valet de messire Paterin, le lieutenant du bailli, Messire, qui apporte ce message. Il affirme que c'est extrêmement important.

– Attend-il une réponse ? questionna Colloigne en prenant vivement le rôlet[1].

Et, comme le valet faisait signe que oui, il se tourna vers Guillaume Baronnat, et dit :

– Pouvez-vous demeurer encore un moment, messire Baronnat ?... Si cette missive est si urgente, il s'agit sûrement de quelque affaire concernant le conseil de ville.

– Certes... Par tous les saints, serait-ce l'annonce d'une approche des Bressans ? Une alerte si tôt après la montre ! s'inquiéta Baronnat.

Colloigne n'écoutait plus. Ayant renvoyé le valet, il lisait avidement le message, maintenant des deux mains le papier déroulé devant ses yeux.

– La peste soit de ces envoyés du roi ! s'exclama-t-il enfin après avoir parcouru quelques lignes. Vous n'imaginerez jamais ce que m'apprend messire Paterin !

– À vous voir, il s'agit d'une fâcheuse nouvelle, assurément ! répondit Guillaume Baronnat.

La réplique était habile, car elle ne pressait pas Colloigne de dévoiler le mystère, mais contenait cependant l'esquisse d'un questionnement. Messire Baronnat s'entendait fort à manier ces sortes de sous-entendus.

– Pour fâcheuse, elle l'est ! À l'instant, nous nous croyions débarrassés des commissaires royaux et de leurs exigences, or voici que deux commissaires à la guerre sont arrivés céans, dépêchés par notre seigneur Louis.

– Commissaires à la guerre ? Que veulent-ils encore de nous ?

---

1. Petit rouleau de papier ou de parchemin.

– Messire Paterin ne le précise pas, mais m'indique que ces seigneurs convoquent les consuls demain, après dîner[1], en l'hôtel du Lion, où ils sont logés. Il va falloir tenir séance demain matin, pour préparer cette visite.

– Qui sont ces commissaires ? Messire Paterin vous informe-t-il de leur identité ?

– Ce sont messeigneurs de Saint-Priest et de Combronde. Ils viennent juste d'arriver…

– Hum ! Ce seigneur de Saint-Priest, n'est-il pas un peu le gendre du roi ?

– Le gendre du roi ? Comment cela ?

– Il est l'époux d'une des filles naturelles de notre sire Louis, une demoiselle de Sassenage[2], à ce que je crois. C'est un homme d'importance ! Un fier capitaine ! Doit-on interpréter sa présence à Lyon comme la préparation d'un proche affrontement dans les campagnes du plat pays ? Quelle plaie pour les affaires que la guerre ! lâcha Baronnat.

– Certes, cela n'augure rien de bon ! Et que monseigneur de Combronde[3] l'accompagne laisse deviner que nous sommes au centre d'un dispositif de défense beaucoup plus large !

– Pourquoi en jugez-vous ainsi ? s'enquit Baronnat, dont l'anxiété croissait.

– C'est que ce seigneur a charge de bailli de Velay et de Vivarais ! Ce n'est donc plus seulement la mise en défense du Lyonnais dont notre ville serait la base stratégique, mais de tous les pays alentour ! Vous comprenez ce que cela signifie ?

– Que des garnisons de l'armée royale seront stationnées céans ? Par tous les saints ! Dieu nous en préserve ! s'exclama Guillaume Baronnat, imaginant déjà les réquisitions de logements pour la soldatesque, les troubles publics causés

1. Le dîner est pris à 11 heures ou midi.

2. Isabelle de Sassenage, une des trois filles que Louis, alors Dauphin de Viennois, eut avec Marguerite de Sassenage.

3. Béraud IV Dauphin, seigneur de Saint-Ilpize et de Combronde.

par ces gens rustres et violents, les perturbations qu'ils causeraient inévitablement au déroulement des foires, les pillages éventuels des boutiques par les plus audacieux et, à terme, la fuite des marchands étrangers vers des villes plus sereines, la déchéance du commerce… *sa ruine* personnelle !

Alors qu'il tentait de chasser cette vision de cauchemar, Étienne Colloigne, d'une plume nerveuse qui grinçait sur le support de papier, se mit à griffonner la réponse à Laurent Paterin.

– J'informe le lieutenant du bailli que le consulat se rendra bien à l'instance de ces deux seigneurs, dit-il à l'intention de Baronnat, avant de rappeler son valet et de lui confier le rôle scellé de cire brune. Et par cette cédule, ajouta-t-il en jetant vivement d'autres lignes sur une petite feuille de papier, je commande à messire Archimbault qu'il convoque les conseillers pour demain matin dès tierce[1], en l'hôtel commun.

– Pour ma part, je rentre chez moi vivement afin de quitter cette armure qui me devient une torture. Cet après-midi, j'irai reprendre possession des carnets des établies à l'hôtel de la ville et aviser à ce qui est nécessaire. Si vous avez besoin de me joindre, envoyez-moi un de vos valets.

Les deux hommes se séparèrent moins sereins qu'ils ne l'étaient une heure auparavant.

***

– Eh bien, mon ami, cette montre était-elle aussi réussie qu'on me l'a raconté ? Vous avez dû avoir bien du succès dans votre beau harnois ? Messire Baronnat vous a-t-il distingué à la tête du pennon, ainsi que vous le souhaitiez ? eut l'imprudence de questionner Anne, l'épouse de maître Pelloux, quand il fut de retour au logis. Comme souvent, elle lui parlait sans le regarder, ou le regardait sans le voir.

1. Neuf heures.

– Que tous les diables de l'enfer emportent ces chiens qui ont organisé cette jonglerie de foire ! tonna-t-il pour toute réponse, en tournant vers sa femme un visage hargneux.

Puis il ôta fébrilement son casque, le jeta en travers de la pièce, dans sa direction. La salade roula au pied de la servante qui était accourue en entendant des éclats de voix. Elle restait immobile, muette, effarée par ce spectacle autant que sa maîtresse, qui avait vu le casque voler bien près de son visage et ne cessait plus de trembler. Les deux femmes observaient Pelloux, effondré sur une chayère[1], cherchant vainement à dénouer sa ceinture afin de se débarrasser de son épée qui lui piquait les jambes. Ses gestes rageurs étaient imprécis, désordonnés, inefficaces. Il les ponctuait de paroles blasphématoires et d'injures grossières. Son teint virait à l'écarlate.

– Perrotin ! Jacquinot ! hurla-t-il comme un damné. Allez donc me chercher ces gueux de valets, au lieu de rester plantées là comme deux sottes ! reprit-il sur le même ton rogue. Je veux qu'ils me libèrent les jambes de ces grèves de malheur !

Ses jambes... ! Lorsque leur regard se posa sur elles, elles ne purent réprimer un « oh ! » de surprise. Les chausses s'étaient déchirées au niveau des genoux, elles étaient tachées d'éclaboussures de boue et de sang, quant aux mollets, ils semblaient avoir doublé de volume.

– Allez ! Mais allez donc ! cria-t-il, tel un furieux.

Quelques instants plus tard, délivré par ses valets de son harnachement de guerre, maître Pelloux tentait d'apaiser les élancements qu'il ressentait dans les membres inférieurs au moyen d'un bain de pied dans de l'eau bien chaude.

– Maudit notaire ! continuait-il à maugréer tout seul. Il m'a déshonoré ! De quel droit se permettait-il de juger de mon harnois et de me rétrograder ainsi ? Et qu'est-ce qu'il a noté sur son carnet à mon propos ?

---

1. Chaise à haut dossier.

La crainte de subir des pénalités de la part des chefs de la milice s'ajoutait à la rancœur de l'humiliation qui le poignait davantage d'heure en heure, car il redoutait aussi que le récit de son infortune ne se répandît de bouche à oreille dans le quartier. « Il y a tant de langardes[1] comme ma femme qui propageront des fables à ce sujet », se désolait-il.

« Et ce Baronnat, qui a choisi les maîtres bouchers pour figurer dans les premiers rangs de notre pennon ! Faut-il qu'ils lui aient glissé une jolie bourse pour qu'il leur accorde la prééminence sur les artisans qui fabriquent les armes ! Est-ce que ce sont ces sanglants découpeurs de viande, ces rustres conchiés qui illustrent notre bourgeoisie ? Est-ce que ce sont eux les métiers nobles de ce quartier ? Traître de Baronnat ! famille de ruffians ! vous avez fait votre fortune en vous acoquinant avec ce grand larron que feu notre bon roi Charles a condamné à mort ! Ce Jacques Cœur qui a ruiné le royaume ! Cet hérétique ! Et cela prétend juger des mérites des uns et des autres, à présent ; cela se hausse au titre de chef de pennon, cela réclame de chacun obéissance à des règles qu'il est seul à fixer ! Bran[2] ! La mort noire étouffe le truand ! Et toi, chien de notaire, toi *Mâtthieu Mônier*, je me vengerai de ton mépris ! Je me vengerai de toi ! Foi de Pelloux ! »

En grimaçant, il passa la main sur ses mollets endoloris : des lignes tantôt bleu sombre, tantôt violines, reproduisant la forme des lanières qui avaient plaqué trop longtemps les grèves contre ses tibias, imprimaient un dessin cuisant dans sa chair, assez semblable aux marques que le fouet avait laissées sur le dos de son fils, le matin même.

---

1. Bavardes.
2. Merde !

II
De précieux carnets

Lundi 12 janvier 1478, une heure avant tierce[1]

– Alors, Messire, m'apportez-vous ce qu'on vous a demandé ?

La voix de l'homme était grave et sombre, en dépit des précautions prises pour rester dans le registre du chuchotement, et l'intonation interrogative se chargeait à la fois d'ironie et de menace. Grand et fort, habillé de noir de la pointe des bottes jusqu'au chapeau – un feutre cabossé à larges bords rabattus ne laissant apparaître de son visage qu'une bouche charnue et un menton volontaire –, il avait surgi brusquement de derrière un pilier de l'église Saint-Sorlin, dont la nef étroite et obscure était déserte à cette heure matinale. Les familiers du sanctuaire savaient que le sacristain et le curé n'apparaîtraient que deux heures plus tard puisqu'ils devaient d'abord officier devant les « dames » de Saint-Pierre, en l'église contiguë, réservée aux bénédictines de l'abbaye. Ce n'étaient ni les quelques mendiants ni les vieilles paroissiennes psalmodiant un chapelet

1. Soit 8 heures.

sans se lasser, les yeux rivés sur leurs patenôtres[1] de bois, qui eussent pu troubler un rendez-vous organisé discrètement en ce lieu. Il arrivait que des adultères s'y rencontrassent, que des transactions commerciales en marge de la légalité y fussent conçues. Tel n'était pas le motif de l'entretien introduit par ce « Alors, Messire ?... » qui avait réussi à surprendre son destinataire au point de le faire sursauter et de le laisser un peu pantelant.

– Je... oui-da... j'ai les documents... bredouilla ce dernier dont le corps menu disparaissait dans une pèlerine de laine bourrue, assez longue pour couvrir ses jambes grêles, prises dans des chausses grises.

– Donnez ! commanda fermement l'homme noir, toujours chuchotant.

– Mais... d'abord...

– D'abord quoi ?

– Ce qui m'a été promis... vous savez bien ?

– Vous voulez dire cela ?

Il avait sorti de sa manche une bourse qu'il tenait par son cordon et qu'il faisait osciller de gauche à droite, de droite à gauche, devant les yeux du solliciteur, comme un leurre devant une bête de labour pour la faire avancer. L'individu qu'il narguait ainsi haussa la main vers l'objet désiré mais en vain, car il le vit disparaître aussitôt dans le dos de son interlocuteur.

– Donnez d'abord, que je vérifie si vous ne nous trahissez pas !

– Je ne suis pas un traître !...

– Vraiment ? Si vous le dites ! fit l'homme en ricanant... Alors, ces documents ?

– Les... les voi... ci ! bafouilla l'autre, sortant de sa pèlerine un petit paquet enveloppé d'une toile épaisse que retenait une cordelette plusieurs fois nouée.

---

1. Chapelet.

– Entrez là, commanda le mystérieux homme en désignant une chapelle plus sombre encore que la nef.

Une fois à l'abri de témoins éventuels, ayant posé le paquet sur une pierre d'autel, il s'employa à libérer le contenu de l'incommode emballage. Plusieurs carnets apparurent, plus longs que larges, recouverts à l'identique de tissu noir. Ils furent méthodiquement compulsés de la première page à la dernière, chacun à son tour, à la lumière du cierge unique brûlant devant un reliquaire, tandis que l'individu à la pèlerine tournait un regard inquiet en direction de l'entrée de la nef, dans la crainte de voir surgir des paroissiens, à présent que l'heure avançait.

– Ils ont l'air complets ! Pas de pages blanches... Vous n'ignorez pas que s'il y avait la moindre fraude de votre part... Des pages répétées, d'autres oubliées volontairement, ou des noms illisibles, cela se passerait très mal pour vous, n'est-ce pas ? N'oubliez pas que *certaine personne* pourrait pâtir de vos « défaillances » ?

– Mais je n'ai rien fait de tout cela ! gémit le malheureux que ces menaces portaient au bord de l'évanouissement et dont le front se couvrait de sueur.

– Je n'ai pas le temps ni les compétences pour vérifier, mais ceux à qui je remettrai ces carnets sauront bien déterminer s'ils ne les ont pas évalués trop cher, reprit l'homme en noir en glissant les carnets dans l'intérieur de sa jaque[1], puis d'un geste arrogant il jeta la bourse au sol.

En touchant les dalles du pavement, elle fit un bruit mat, celui du cuir épais qui enfermait les écus, lesquels accompagnèrent ce premier son d'un léger tintement métallique en s'entrechoquant.

– Partez le premier, commanda-t-il encore tandis que l'autre se baissait pour ramasser le prix de la transaction. Et cessez

1. Au féminin, le nom désigne une tunique non militaire.

de trembler ! S'il devait vous arriver quelque chose, ce ne sera pas dans l'immédiat, ajouta-t-il en ricanant.

Quelques instants après, il sortait lui-même de l'église non sans avoir fait au préalable une profonde génuflexion devant le tabernacle du maître autel. Il jeta un denier d'argent dans la sébile du mendiant qui se tenait assis sous le porche. Le pauvre hère leva la tête pour remercier ce généreux donateur et put entrevoir brièvement son visage qui, penché en sa direction, n'était plus autant dissimulé par le chapeau. Il resta glacé sous le regard de fauve qui semblait jaillir de profondes orbites, et par le sourire mauvais qui s'imprimait sur une face grossière et sauvage.

En l'hôtel Baronnat, rue Juiverie, heure de tierce[1]

Un valet frappa à la porte de l'antichambre où messire Baronnat écrivait quelques lettres.

– Pardonnez-moi, Messire, mais il y a là messire Pierre Berruyer. Il demande à être reçu, de toute urgence, annonça-t-il avec la discrète insistance que la situation lui paraissait exiger. Il avait jugé que le personnage était très agité, le vêtement en désordre, la figure blême. Sans doute avait-il subi une agression.

– Pierre Berruyer ? *Maître* Pierre Berruyer, *le notaire* ? À cette heure ? demanda Baronnat, sans dissimuler sa contrariété. N'avez-vous pas dit que j'étais occupé ?

– Il a affirmé que c'était urgent ! répéta le valet avec une sérénité agaçante.

1. Neuf heures.

– Très bien, faites-le entrer, soupira Baronnat en reposant sa plume et en gagnant son faudesteuil[1]. Il éprouvait une grande lassitude ce matin.

Le valet introduisit le notaire avec une mine contrite, comme s'il prenait part à la détresse de ce dernier.

– Eh bien, maître Berruyer, que se passe-t-il pour que vous forciez ma porte de si bonne heure ? lança aussitôt Guillaume Baronnat, qui entendait bien souligner ce manquement à l'importun.

– Hélas ! Messire Baronnat, vous me voyez bien marri de cette démarche que je n'aurais jamais osé entreprendre s'il n'en allait de la sauvegarde de notre ville !

– Holà, Messire ! Que voulez-vous dire ?

Baronnat observa avec plus d'attention son visiteur. Son visage portait les stigmates de la plus grande émotion. Son vêtement aussi témoignait de son affolement manifeste : son manteau court baillait, mal fermé, et laissait voir que le collet sous son pourpoint dépassait de trop, son couvre-chef aussi, ce chaperon spécifique aux gens de son métier, était posé de guingois sur sa tête, une tête qui dodelinait, ponctuant chacun de ses discours précipités.

– Les carnets, messire Baronnat ! Les carnets des établies !

Le souffle sembla lui manquer. Il ouvrait la bouche, mais rien n'en sortait plus et ses lèvres se tordaient sur une horrible grimace, comme s'il allait pleurer.

– Voyons, maître Berruyer, achevez ! cria presque Baronnat qui, ulcéré par ce spectacle, sentait monter en sa gorge les affres de l'inquiétude.

– Ils ont disparu !

– Hein ? Qu'est-ce que vous dites ? interrogea Baronnat d'une voix éraillée et aiguë dont il fut surpris lui-même.

---

1. Fauteuil à accoudoirs.

– Ils ne sont plus à l'hôtel commun ! Disparus ! Tous ! répéta Berruyer.

Il se cramponnait, debout, au dossier de la chayère qu'on< ne lui avait pas offerte de prendre pour siège à son arrivée. Baronnat se leva de son faudesteuil, s'avança vers le notaire et, lui appuyant fermement sur l'épaule, le força à s'asseoir.

– Avant de défaillir, racontez-moi ! ordonna-t-il tout en commençant des allées et venues nerveuses devant le malheureux.

– Eh bien, hier, selon vos ordres, nous, les notaires requis pour contrôler les présences et les absences à la montre d'armes, nous avons rapporté les carnets à l'hôtel de la ville. Messire Archimbault était présent pour les recevoir et nous a désigné une petite cassette dans laquelle nous les avons déposés. Vous deviez la faire porter à Saint-Jaquême l'après-midi, nous a-t-il affirmé. Le coffret fut fermé à clef devant nous, et la clef gardée par messire Archimbault. Puis nous nous séparâmes.

Ce fut au tour de Guillaume Baronnat de perdre contenance. Car il voyait là les conséquences de sa propre négligence. Ne s'était-il pas engagé à veiller lui-même au transfert des carnets dans les coffres de Saint-Jaquême ? N'était-ce pas ce qu'il avait confirmé, hier, à Étienne Colloigne pour le rassurer ? Or quelque chose l'avait détourné de ce plan, quelque chose l'avait retenu chez lui… qu'il n'oserait avouer. Hier, en rentrant rue Juiverie, il se sentait si épuisé d'avoir enduré son armure toute la matinée, si avide de se reposer après la tension nerveuse que lui avait causée l'organisation de cette montre devant les hauts seigneurs commis par le roi, qu'il s'était octroyé le plaisir d'un bain chaud. Il ferma les yeux au souvenir de ce qui avait suivi et des circonstances qui lui avaient fait reporter à ce matin le transfert des précieux carnets. Ce retard n'avait alors à ses yeux aucune conséquence… s'il avait pu prévoir !

Ses réflexions avaient été si fulgurantes que sa brève distraction échappa à son interlocuteur. Tout à l'exposé des faits qui s'étaient enchaînés jusqu'à la catastrophe dont il rendait compte, le notaire n'avait pas relevé davantage les changements intervenus dans la physionomie de Baronnat. Ou, s'il les avait remarqués, il les attribuait à un effarement aussi violent que le sien.

Guillaume Baronnat l'interrompit cependant car une explication rassurante lui était venue soudain à l'esprit.

– Ne me voyant pas venir, messire Archimbault aura sans doute emporté la cassette contenant les carnets pour la mettre en lieu sûr, car j'ai été retardé et je n'ai pu le rejoindre comme prévu...

– Vous pensez bien, Messire, que si je vous annonce ici que les carnets ont disparu, c'est par messire Archimbault que je l'ai appris ! C'est lui qui m'envoie à vous, lui qui m'a alerté, il n'y a qu'un moment, quand il a retrouvé le coffret rompu et vide.

– Où cela ? demanda Baronnat dans un souffle.

– Il l'avait enfermé dans une des armoires de la salle haute, dont il a également ôté la clef. Or on l'a forcée !

– Donc le vol a été perpétré par quelqu'un qui connaissait et le contenu précieux de ce coffret et le lieu où il pouvait être celé ? Par conséquent, il s'agit...

– D'un d'entre nous ? C'est bien ce que vous voulez dire ? s'écria Berruyer en proie à la plus extrême confusion.

– Je ne vois pas d'autre explication, à moins d'impliquer messire Archimbault, ce qui est impensable, vous en êtes bien conscient ? répliqua Guillaume Baronnat, une nuance de colère dans la voix.

– Mais par tous les saints, vous vous rendez compte ? Vous vous rendez compte combien notre réputation va être entachée par cette suspicion générale ? hurla Berruyer, en roulant des yeux furibonds. Chacun de nous va passer pour un voleur et un traître jusqu'à la résolution de l'enquête, si seulement l'enquête aboutit !

– Vous semblez plus inquiet de votre réputation que de la sécurité de la ville ! tonna Baronnat, qui optait pour cet emportement afin de masquer la terrible angoisse qui l'étreignait. À l'évidence, le vol des carnets était l'œuvre d'un espion au service de Bresse ou de Bourgogne. Une telle description des ressources défensives de la ville livrait aux armées ennemies le moyen d'ajuster leurs forces en conséquence, et surtout elle détaillait la composition de chaque foyer, indiquait les noms, les métiers, les localisations et le statut de chaque chef de famille ! Les Lyonnais se livraient pieds et poings liés ! Dieu ! Et le soupçon de cette traîtrise ne retomberait pas seulement sur les notaires, mais aussi sur lui, Guillaume Baronnat, qui avait failli à sa promesse et pour un motif bien peu honorable !

– Je ne suis pas seul à me ronger ainsi ! rétorqua Berruyer, vexé. Nous sommes neuf dans le même cas !

– Oui, dont un est un infâme traître ! Mais il ne restera pas inconnu !

– Je demande une enquête publique ! Je ne veux pas être confondu un seul moment avec ce félon ! Il faut informer immédiatement le consulat !

– Quant à cela, vous voudrez bien me laisser faire, commanda sèchement Baronnat. Ce qu'il faut éviter surtout, c'est que l'affaire ne s'ébruite et que la panique ne gagne la population ! Je vais, sur le champ, en parler à messire Archimbault. Où est-il ? Est-il demeuré à l'hôtel commun ?

– Il était très abattu lui aussi. Quand je l'ai quitté, il parlait d'appeler le prévôt de l'archevêque, messire de Varey. Cependant, il voulait d'abord prendre votre avis.

– Hum ! certes, il faudra recourir à la police… Mais auparavant, je désire m'entretenir avec lui, constater les faits sur place, examiner… Vous m'accompagnerez !

Il n'avait pas l'intention de laisser ce bavard de Berruyer répandre partout la nouvelle, bouleversé comme il l'était ! Il désirait le garder auprès de lui, afin de mieux le surveiller et le retenir. Il n'était pas question non plus que le consulat apprît cette catastrophe par un autre que lui-même car il comptait présenter l'affaire de la manière la moins préjudiciable possible à sa propre réputation. La réunion du consulat était prévue, ce matin, vers la cinquième heure[1]. Il fallait agir au plus vite.

Les deux hommes se rendirent donc, d'un pas pressé, à l'hôtel commun et retrouvèrent André Archimbault à l'étage. Il faisait l'inventaire de l'armoire et était manifestement très agité.

– Ah ! Messire, s'écria-t-il ! Voyez ce qu'ils ont fait de cette porte d'armoire ! Voyez cette serrure arrachée ! Ces éclats de bois ! Et là, la cassette ouverte et vide !

Sur un ton où se mêlaient le chagrin et le reproche, il finit par s'exclamer, en plantant son regard dans celui de Baronnat :

– Par le Christ ! Messire, que n'êtes-vous venu hier après-midi, chercher ce coffret, comme vous l'aviez promis ! Il serait à présent enfermé dans l'arche de Saint-Jaquême ! Moi, désespérant de vous voir arriver, j'ai cherché le lieu le plus secret pour le dérober à tout danger ! Mais comment est-ce possible ? Il n'y avait pas de rangement plus sûr ! J'avais ôté la clef de l'armoire, celle du coffret aussi ! Misère de moi !

– Personne ne vous accuse, messire Archimbault ! rétorqua Baronnat, furieux de constater l'acrimonie du mandeur[2] du consulat à son égard.

Il se souvint qu'il devait lui prêcher autre chose que l'établissement des torts de chacun :

1. Soit 11 heures du matin.
2. Responsable des convocations aux séances du conseil, il mande aussi le guet, l'escharguet (guet à cheval) et la garde des portes.

– Il ne faut absolument pas ébruiter ce vol pour l'instant, messire Archimbault, commença-t-il.

– Comment cela ? répliqua l'autre, ahuri et de plus en plus agressif. Vous voulez celer ce vol ? Étouffer l'affaire ?

– Je ne veux rien étouffer ! se fâcha Baronnat. J'affirme simplement qu'il ne faut nullement rendre publique cette disparition des établies avant d'en savoir un peu plus sur les suspects éventuels. Il serait bon que nous nous fissions notre propre idée quant au déroulement des faits avant d'en exposer la réalité aux consuls et au prévôt. De plus, comme j'en ai averti maître Berruyer, la diffusion de pareille nouvelle pourrait déclencher chez les citoyens de cette ville une grande peur, à moins qu'elle n'entraînât de la part des plus violents une rebeyne[1] contre le consulat, sur l'accusation d'incurie ! Qui nous dit que tel n'est pas le plan suivi par les instigateurs de ce vol : nous diviser pour nous affaiblir, semer le désordre avant que de combattre, investir une ville déjà minée par la guerre civile ?

– Que proposez-vous, alors ? questionna Archimbault d'un air suspicieux qui déplut à Guillaume Baronnat.

– Que vous me laissiez en informer moi-même maître Colloigne, et, qu'en attendant l'entretien que j'aurai avec lui, dès aujourd'hui, vous n'informiez aucun des notaires concernés. Si le traître est parmi eux, il ne doit pas craindre encore d'être découvert. Vous avez compris, maître Berruyer, gardez le silence pour l'instant sur ce scandale… sous peine d'être suspecté !

– Moi ? Suspect ? Oh ! C'est trop fort ! s'écria Berruyer, hors de lui.

– Messire Baronnat n'a pas tort, maître Berruyer, reprit Archimbault. Nous allons faire comme il le dit… Mais n'oubliez pas le danger réel que court notre ville par la perte

1. Nom donné à la révolte, en Lyonnais.

de ces documents, ajouta-t-il en se tournant vers le notable. On ne saurait attendre pour parer à cette situation sur le plan militaire. Monseigneur le bailli, le capitaine de la ville, le prévôt devront intervenir au plus vite.

– Je sais ! Faites-moi confiance !

– Hum ! Mais si vous tardez trop, comme hier, j'agirai selon ma conscience ! bougonna Archimbault.

– Les consuls se réunissent tout à l'heure, à Saint-Jaquême.

– Je ne l'ignore point ! Je les ai convoqués selon les ordres de messire Colloigne, répliqua sèchement André Archimbault afin de souligner qu'il n'avait point failli, lui, à sa mission de mandeur.

– Bien, il est donc temps que je m'y rende, répliqua Baronnat tout aussi brièvement. Et il prit congé sans plus de civilités, heureux d'échapper aux regards accusateurs ou suspicieux des deux hommes. Il était déjà au bas de l'escalier quand André Archimbault marmonna à voix basse :

– C'est cela, messire consul, essayez donc de présenter la chose sous un jour acceptable ! On verra si votre plaidoirie emporte l'approbation de vos pairs !

Chapelle Saint-Jaquême, un peu avant la cinquième heure[1]

Assis sur de hautes chayères à accotoirs qui s'adossaient aux murs de la chapelle, déployés en demi-cercle de part et d'autre du président Étienne Colloigne, tels des moines dans leurs stalles autour de leur abbé, les douze consuls s'apprêtaient à siéger. Guillaume Baronnat, arrivé le dernier, juste avant que les gardes ne fermassent les portes, avait sollicité en vain un bref entretien préalable avec le président de séance. Colloigne semblait nerveux, pressé d'annoncer à ses collègues la convo-

1. Onze heures du matin.

cation à laquelle ils auraient à se soumettre quelques heures plus tard. Déjà il commençait son discours introductif d'une voix contrainte :

– Messires conseillers, cette réunion inopinée a dû vous surprendre, faisant suite à la longue et fatigante cérémonie de la montre qui nous a tous occupés, hier. Ne craignez pas que je vous transmette des critiques ou des reproches de la part des commissaires qui l'avaient exigée. Non pas ! Ces seigneurs ont été satisfaits et ont fait compliment, m'a-t-on rapporté, de la discipline des Lyonnais, et du zèle des consuls qui ont procédé à la préparation de la revue. Je remercierai donc ici, ceux qui, parmi vous, se sont efforcés, plusieurs jours durant, de parcourir les pennons pour faire consigner par notaire le nom et les devoirs militaires de chacun des habitants. Ces carnets des établies ont été fort bien conçus grâce à votre application et constituent des documents d'autant plus précieux qu'ils ont mis à jour des données trop anciennes.

Guillaume Baronnat sentit une bouffée de chaleur monter du sol à son visage, il crut devoir défaire le lacet de son collet de peur de céder à son malaise. Un bourdonnement lui venait aux oreilles, qui couvrait les paroles prononcées par maître Colloigne, les emportait dans un lointain profond. Seul le mot « carnet » gardait une puissance redoutable qui le faisait résonner en écho dans son cerveau malade.

Une quinte de toux interrompit l'orateur. Baronnat en profita pour se composer une apparence plus sereine.

– Le déroulement parfait de la montre des armes, nous le devons aussi, reconnaissons-le, au talent d'organisateur de messire Baronnat, reprit le frêle notaire.

Les dix autres conseillers opinèrent avec un sourire forcé.

La rougeur qui teinta les joues de l'intéressé fut attribuée à la modestie par les uns, à une satisfaction de vanité par les autres, selon qu'un franc compagnonnage ou que l'envie inspirât leur interprétation. Aucun ne devina la honte et la peur qui ravivaient le malaise de Guillaume Baronnat. Allait-il se lever pour faire cesser ces compliments et avouer que c'était tout le contraire, que la ville courait désormais, par sa faute, le plus grave péril ? La gorge nouée à en étouffer, les jambes molles, la sensation d'un gouffre qui se creusait dans sa poitrine, il lui semblait qu'il devenait statue de pierre... Il ne dit mot ni ne bougea... Trop tard ! Colloigne reprenait son discours après deux accès de toux qui le laissèrent voûté et grimaçant.

– Je vous ai donc réunis ce matin afin de vous prévenir que messeigneurs de Saint-Priest et de Combronde, qui ont fonction de commissaires à la guerre, envoyés royaux pour la défense du Lyonnais, et logeant depuis hier soir à l'hôtel du Lion, désirent rencontrer les consuls, dès cet après-dîner.

– Vous ont-ils informé du motif de cette convocation urgente ? interrompit Jacques Caille, faut-il s'attendre à un emprunt supplémentaire ou à la réquisition de quelques chariots de vivres pour l'armée de Bourgogne ?

Il avait beau jouir d'une solide fortune, acquise de génération en génération grâce au commerce des fourrures, messire Caille résumait là les appréhensions de l'ensemble des conseillers. Tous, en effet, que leur aisance leur vînt des revenus de leurs propriétés ou de leurs pratiques commerciales ou juridiques, s'inquiétaient de devoir répondre une fois de plus aux requêtes fiscales démesurées de Louis le onzième.

– Non, j'ignore quelles sont leurs raisons et je vous avouerai que je redoute quelques contrariantes sommations de leur part, comme par le passé nous en avons déjà fait l'expérience. Ces commissaires délégués par le roi se montrent souvent plus inflexibles que lui dans leurs exigences. La visite de ces deux seigneurs, si peu de temps après la mission de monseigneur de La Marieuse réclamant en toute hâte une montre des habitants de Lyon, me paraît bien peu cohérente. Sans doute ont-ils pris leurs ordres du roi à des dates différentes, il se peut aussi que les opérations d'occupation de la Bourgogne, dont on dit qu'elles rencontrent des oppositions forcenées, justifient ces missions successives. En tout cas, il nous faut dès maintenant mettre au point un discours commun pour répondre à d'éventuelles sollicitations fiscales ou militaires. Il serait bon de présenter un front uni et des arguments solides.

– Pardieu, oui, approuva Claude Rochefort, dont la forte voix et le caractère rebelle animaient depuis près de quinze ans les réunions du conseil. Ils devront bien comprendre que nous n'avons plus un denier en bourse, que les dons gracieux, les emprunts, les ponctions répétées nous ont saignés comme pourceaux ! Et il faut les persuader que les consuls ne sont pas gens fortunés au point d'avancer constamment l'argent !

– Ah, ça, je suis bien d'accord ! intervint Jehan Rossellet. Pour ma part, je n'ai pas encore fini de payer les intérêts du prêt de deux cents écus d'or que j'ai dû souscrire, il y a deux ans, auprès de Neri Capponi pour financer l'entrée du roi et contribuer aux trois mille écus qu'il avait réclamés de sa « bonne ville » !

– Ni moi, ceux des cent écus que m'avait prêtés alors la banque de Luquedoni ! renchérit Denis Loup.

Guillaume Baronnat aurait pu ajouter qu'il avait emprunté pour la même raison à la banque génoise des Grimaldi la somme de deux cents écus dont il avait dû acquitter des intérêts proches de l'usure, mais, en cet instant, ce n'étaient pas des récriminations semblables à celles de ses compagnons qui lui venaient à l'esprit, mais bien l'amer regret d'un temps où il contribuait, avec honneur, à la sauvegarde de la cité ! Ce souvenir lui rendait sa situation actuelle encore plus douloureuse.

Les consuls discutèrent encore un peu afin de mettre au point un discours incorporant tout à la fois des paroles de bienvenue aux deux commissaires, des affirmations de loyauté, de révérence et d'obéissance à la majesté royale, et des descriptions pessimistes de l'économie de la ville. Ils se séparèrent enfin lorsque midi sonnait au clocher de Saint-Nizier.

Chacun était pressé de rentrer chez lui, afin de ne pas affronter, l'estomac vide, des seigneurs dont ils redoutaient tout. Cette même hâte animait Étienne Colloigne et lorsque Baronnat se rapprocha de lui, il l'écarta d'un : « Nous nous entretiendrons autant que vous le souhaitez après la visite à l'hôtel du Lion, Messire. Je suppose que vous voulez me parler des établies ? »

– O...ui, bredouilla Guillaume Baronnat, surpris que Colloigne abordât ce sujet de lui-même. Il eut un bref instant l'idée qu'il était instruit de l'affaire, mais aussi vite il réfléchit que cela ne se pouvait, car le président du consulat n'affichait aucune anxiété, hormis celle de l'entrevue prochaine avec les sires de Saint-Priest et de Combronde. Il n'eut pas le loisir d'ajouter à ce « oui » la phrase qu'il se répétait *in petto* depuis le début de la réunion du conseil : *« c'est pour vous dire que les carnets ont été dérobés ! »*, car Colloigne passait déjà le seuil de la chapelle et enfourchait la mule que lui avait approchée un de ses valets.

– Dans deux heures, donc, à l'hôtel du Lion, soyez exact ! Brrr ! Par ce froid, une bonne soupe chaude me fera grand bien ! lui lança-t-il du haut de sa monture, en se dirigeant vers le pont de Saône.

Une heure avant none[1], en l'auditoire de l'archevêque

Messire Jehan de Villeneuve avait disposé sur son bureau plusieurs feuillets de papier et sa lecture allait de l'un à l'autre, comme pour comparer leur contenu. Il suivait attentivement chacune des colonnes de chiffres qui faisaient face à quelques lignes, griffonnées d'une plume rapide et cursive. Après chaque lecture, il opinait, tout en cochant d'un trait la ligne consultée. Lorsque le prévôt de police, Arthaud de Varey, fut

1. Quatorze heures.

introduit par le sergent de faction, le juge leva légèrement la tête pour lui signifier de s'asseoir en face de lui, puis sembla se plonger de nouveau dans son dépouillement.

Le prévôt avait l'habitude de telles marques de dédain de la part de son supérieur. Cependant, depuis que Jehan de Villeneuve avait obtenu des conseillers de la ville la reconnaissance de son anoblissement par lettres royales – promotion qui couronnait plusieurs années de procédure opiniâtre contre le corps consulaire –, depuis que les consuls lui donnaient du « monseigneur » et qu'ils l'associaient à toutes les entreprises de prestige ou de haute diplomatie concernant la ville, il se montrait d'humeur moins agressive à l'égard de son subordonné. La vieille rancœur qui le lui rendait insupportable – cette noblesse reconnue d'ancienneté à diverses branches des Varey – n'avait plus de raison d'être. Il se sentait désormais d'un rang égal, moins tenté d'infliger au responsable de la police des humiliations mesquines, comme celle de le laisser debout devant lui pendant leurs entrevues.

C'est pourquoi Arthaud de Varey, en ce jour, pouvait jouir d'une position assise, en attendant que le juge veuille bien lui apprendre le sujet de sa convocation. Patiemment, le prévôt considérait l'avantage de ce délai : il pouvait enfin se reposer un peu. Il avait chevauché toute la matinée à travers la ville, d'une porte à l'autre, afin de superviser la mise en place des gardes préposés à leur défense. Il avait – à pied, cette fois – parcouru le chemin de ronde des remparts afin de disposer les francs-archers et les francs-arbalétriers aux endroits tactiques les meilleurs ; quant aux escaliers des tours, maintes fois empruntés pour vérifier le positionnement d'un veuglaire[1] ou d'une couleuvrine[2], il en ressentait à présent les effets dans ses jambes courbatues. La cité tout entière

1. Canon de moyenne taille.
2. Canon léger au fût long et mince, facilement mobile.

devenait un camp retranché dont on ne sortait plus lorsqu'à la nuit tombante le couvre-feu était sonné. Les entrées aussi devaient subir une réglementation très stricte, or la foire de l'Épiphanie compliquait le filtrage en multipliant les allées et venues de marchands, de convois, de messagers. La Saône se parait de ses défenses habituelles en temps de guerre : il avait fallu réquisitionner des bateaux ou des barges chez les pêcheurs et les reveyrans[1], afin de barrer le passage à d'éventuels envahisseurs au moyen de chaînes tendues entre les embarcations. Les frustrations créées par de tels séquestres attisaient les mécontentements, provoquaient même des tentatives de rébellion. La présence policière était plus nécessaire que jamais pour maintenir l'ordre, car les esprits s'échauffaient au bruit de rumeurs malveillantes qui donnaient crédit à de folles histoires : « on avait vu des soldats de Bresse escaladant la porte de la Roche », « sur un moine franciscain à la solde des Bourguignons, on avait trouvé un poison à déverser dans les fontaines », « les ennemis du roi étaient déjà infiltrés dans la place et se préparaient à égorger les habitants qui ne rallieraient pas leur cause », etc. Autant d'imaginations nées des peurs ou des haines et qui, à maintes reprises depuis quelques jours, avaient manqué dégénérer en des scènes meurtrières. Car il fallait des boucs émissaires aux angoisses, des cibles aux rancunes, des explications aux misères. Ainsi Arthaud et l'ensemble de ses sergents ne ménageaient pas leur peine depuis plusieurs jours. Malgré le renfort des sergents royaux et des francs-arbalétriers, la tâche du maintien de l'ordre était rude et l'épuisement les guettait. C'est pourquoi il appréhendait de se voir imposer par le juge une mission supplémentaire.

S'extrayant de ses notes, Villeneuve lui adressa enfin la parole.

---

1. Bateliers en charge du transport dans des longues barges dont ils sont aussi les charpentiers.

– Je voudrais faire le point avec vous, messire prévôt, sur les mesures de défense que vous avez d'ores et déjà mises en application. La liste des zones à fortifier est longue – remarqua-t-il en jetant de nouveau un regard sur ses feuillets. Je m'emploie ici à en faire le recensement et à comptabiliser les effectifs nécessaires en chacune. C'est une mission que m'a confiée monseigneur le bailli, car il estime que je suis le plus apte à y pourvoir, étant depuis longtemps le responsable de la paix publique dans la ville. Il m'a semblé d'ailleurs qu'il préférait avoir affaire à un homme de son rang pour traiter ce sujet, plutôt qu'à un roturier, en dépit des qualités reconnues de son lieutenant.

Arthaud s'abstint de formuler une opinion, tout en songeant que messire Paterin se voyait chargé par monseigneur d'Estuer de responsabilités bien plus essentielles pour la sauvegarde de tous. Sa vanité aveuglait le juge une fois de plus.

Privé de l'approbation souhaitée, Villeneuve dut enchaîner :

– De plus, il va falloir entreprendre des extentes[1], envoyer des éclaireurs jusqu'aux frontières avec la Comté. Pour les extentes, quatre cents hommes seront nécessaires, recrutés à parts égales côté Royaume et côté Empire. Il nous faut des hommes sûrs, et courageux. Je compte sur vous pour aider messire Thomassin à les trouver.

– Est-il convenu avec lui que je recruterai ces hommes ? Je le connais pour être assez chatouilleux sur ses prérogatives de lieutenant au capitainage de la ville et je ne voudrais pas le mécontenter en marchant sur ses brisées.

– C'est de moi que vous prenez les ordres et non de lui, messire prévôt, rétorqua Villeneuve. Par ailleurs, il serait bien vain de refuser de l'aide en cette période où nous avons besoin de nous garder de tous côtés ! De plus, étant donné que j'ai délégation de monseigneur d'Estuer pour suggérer les

1. Chevauchées de surveillance sur un large rayon à partir de la ville.

meilleurs moyens de sauvegarder la ville, je pense que messire Thomassin se rendra à mes raisons et, par conséquent, ne vous fera pas d'opposition !

Arthaud commençait à perdre patience de s'entendre traiter en subalterne par ce fat de Villeneuve. Il n'avait nulle intention de fâcher Pierre Thomassin, dont il avait pu apprécier, par le passé, les compétences et le sens des responsabilités dans sa charge de capitaine. Il se souvenait surtout d'une affaire criminelle sordide qu'il avait eu à résoudre, cinq ans auparavant[1], au cours de laquelle il avait approché l'homme et jugé plutôt favorablement de son caractère.

– Par le Christ en croix, Messire, je ne saurais lever parmi les artisans et les bourgeois de céans quatre cents hommes capables de tenir à cheval pour une extente de plusieurs lieues ! La montre d'hier l'a bien prouvé car les piétons y étaient les plus nombreux et les cavaliers bien peu assurés sur leurs piètres montures, regimba-t-il. D'ailleurs, quand voulez-vous que je m'y consacre, alors que mes sergents et moi suffisons à peine en ce moment pour éteindre les conflits qui naissent entre les citoyens, alors que tout le jour nous courons d'un quartier à l'autre, de la montagne[2] à la plaine, du Royaume à l'Empire et que les rumeurs les plus folles mettent les têtes à l'envers !

– Eh bien, soit ! sourit méchamment Villeneuve. Si, à la gloire militaire, vous préférez la chasse aux rumeurs, j'en ai justement une ici à soumettre à votre sagacité !

Tout en parlant, il brandissait une feuille de papier écrite sur une seule face – un texte court, d'une dizaine de lignes tout au plus, selon ce qu'Arthaud en percevait.

– Cette lettre m'informe qu'un certain Jehan Guillemère, maréchal-ferrant, qui a déposé une requête auprès des consuls pour avoir charge de l'artillerie de la ville, serait un personnage

1. Cf. *Mémoire de crimes,* Les Passionnés de bouquins, 2020.
2. On désigne ainsi, alors, la colline de Fourvière.

douteux, bien propre à figurer parmi les espions stipendiés par nos ennemis bressans et bourguignons. Vous avouerez qu'il convient d'examiner la véracité de cette dénonciation, car il serait criminel de laisser le soin de l'entretien et du fonctionnement de nos couleuvrines à un traître ? Je vous somme donc d'enquêter *immédiatement* sur ce Guillemère et de me faire votre rapport avant la prochaine séance à Saint-Jaquême, qui se déroulera après-demain. Sur plusieurs points, et notamment sur ce choix d'un artilleur, les consuls attendent avec impatience mon avis. J'espère que vous jugerez que cela entre bien dans vos compétences de prévôt de police ? ajouta Villeneuve en dardant son regard le plus froid sur Arthaud.

– Je vais m'y employer sur le champ, Messire ! prononça l'intéressé, en serrant les dents pour ne laisser échapper aucune des injures qui lui brûlaient la langue. Évidemment cette lettre n'est pas signée ?

– Évidemment ! ricana Villeneuve, mais vous qui êtes spécialiste des rumeurs, vous n'imaginez pas en découvrir jamais les auteurs ?

– Où habite-t-il, ce Guillemère ? Le sait-on, au moins ? répliqua Arthaud, sans relever la pointe du juge.

– Non loin de la porte de la Lanterne, en la Grande Charrière[1], si j'en crois cet honnête délateur. Un voisin, certainement, ou un concurrent !

– Que cela ne vous empêche pas de repérer les recrues potentielles pour une extente ! cria encore Villeneuve alors qu'Arthaud franchissait le seuil d'un pas pressé, ses bottes martelant rageusement les dalles du sol.

– Bras-de-fer, Grand-Jehan, Gros Antoine, avec moi ! hurla le prévôt en passant devant la salle des gardes, au rez-de-chaussée de l'auditoire.

1. La charrière est une voie assez large pour le passage des charrettes.

– Eh bien ! glissa à mi-voix Grand-Jehan à ses compagnons, ça n'a pas dû être joyeux, leur entretien, là-haut ! Et il désignait du pouce levé l'étage où officiait le juge Villeneuve.

Il sortit le premier pour répondre à l'ordre formulé aussi sèchement et se trouva face à son chef dont les traits contractés suffirent à conforter son sentiment. Il bredouilla, comme sous l'emprise d'une timidité juvénile qui convenait mal à son corps puissant et longiligne :

– Bras-de-fer n'est point céans, messire prévôt.

– Pardieu, ceci est nouveau ! Et où est-il donc allé ? fit Arthaud sans aménité.

– Je… je l'ignore, Messire ! avoua piteusement le sergent, comme si la faute était sienne.

– Depuis quand est-il absent ?

– En fait… euh… il n'est pas rentré en l'auditoire avec nous, une fois terminée notre ronde de cette matinée…

– Et de quel droit ? siffla Arthaud qui trouvait là matière à exprimer sa colère.

Grand-Jehan baissa la tête, incapable de répondre à cette question.

– Je peux le remplacer, si vous voulez, fit Tout-Lourd, avec sa bonhomie habituelle.

Gros Antoine l'avait rejoint tout en finissant d'ajuster son baudrier.

– Bon, vous êtes prêts ? s'enquit Arthaud, laissant percer dans son interrogation l'accusation d'une lenteur coupable.

Sans attendre une réponse, il sortit, se dirigea vers les écuries. Les quatre cavaliers partirent au petit trop vers le pont de Saône. Une neige lourde commençait à tomber et déjà les pavés disparaissaient sous une fine couche glissante.

– Bel après-midi en perspective ! grommela Gros Antoine en rentrant le cou dans les épaules avec moult grimaces pour se soustraire aux poignées de flocons que la bise lui jetait en pleine figure.

– Tu sais où est passé Bras-de-fer, toi ? chuchota Tout-Lourd à Grand-Jehan, alors qu'ils chevauchaient tous deux à distance du prévôt.

– Non, en ce moment, il est plutôt secret ! Je ne sais pas ce qui lui arrive, il n'est plus le même ! Distrait, moins appliqué à ce qu'il fait…

– Y s'rait pas malade, par le sang Dieu ? s'inquiéta Tout-Lourd.

– Nenni ! Il est en belle santé, il mange et boit comme avant.

– C'est pas de lui quand même, de manquer au service ! conclut Tout-Lourd en hochant la tête d'un air soucieux.

Ils approchaient de la porte de la Lanterne, dont ils apercevaient les courtines des deux tours parcourues par des gardes en armes. Arthaud mit pied à terre devant la boutique d'un frenier[1] en la Grande Charrière. Il toqua à la porte. L'artisan parut sur le seuil, serrant autour de lui un manteau de laine épaisse. Il dévisagea les sergents d'un œil inquiet.

– Dieu vous garde, Messire ! Je cherche le logis de messire Guillemère. Le connaissez-vous ? demanda Arthaud depuis la rue, tout en retenant son cheval par la bride.

– Certes, messire prévôt, il demeure tout près de son atelier de maréchal-ferrant, un peu plus loin sur la droite, au fond de l'impasse qui aboutit au rempart.

– Vous travaillez parfois avec lui ? continua Arthaud.

– Oui, il lui arrive de me prêter sa forge pour quelques ouvrages, répondit le frenier en reculant un peu vers l'intérieur de l'ouvroir afin de s'abriter du vent glacial.

– Quel homme est-il ?

– C'est un grand gars, assez solide pour le métier qu'il fait.

– Non, je veux dire : est-il apprécié de ses voisins, dans le quartier ?

– Ah ! Ça ? s'étonna l'artisan.

---

1. Fabricant de mors ou freins pour les chevaux.

Il prit un peu de temps pour réfléchir à ce qu'il allait dire ou pour rassembler ses souvenirs. Enfin il s'exprima, en pesant chaque mot et en les prononçant lentement :

– Il a plutôt bonne réputation ici. Seulement, l'autre jour... à l'occasion de l'enquête sur les établies, il s'est querellé avec le sergent qui accompagnait le notaire. Ils ont failli se battre. Le consul présent a mis fin à la dispute... Mais ils ont échangé bon nombre d'insultes !

– Vous ignorez bien sûr les causes de cette altercation ? fit Arthaud, sans espoir de réponse.

– Je crois qu'il contestait certaines des obligations que les responsables des établies lui imposaient, enfin, c'est ce qu'on m'a rapporté, parce que moi, à ce moment-là, j'allais quérir la matrone, vu que ma femme était dans les douleurs. Deux heures après seulement, messire prévôt, j'avais un fils ! Mon premier enfant, un fils ! Dieu m'a donné une bonne épouse, je lui rends grâce, ajouta-t-il en se signant.

Arthaud se força à sourire. Le récit de ce jeune père avait réveillé en lui l'atroce image de son épouse morte en couches. « Mon fils aurait dix-sept ans, aujourd'hui ! » songea-t-il et cette pensée, qui lui était venue sans prévenir, lui fit aussi mal qu'au premier jour du deuil.

– C'est donc un homme bilieux, qui s'emporte facilement ? enchaîna-t-il, appliqué à restituer au présent toute sa pesanteur.

– Pas avec moi, ce qui est sûr ! corrigea le frenier. Et hormis l'incident dont je vous ai parlé, je ne lui connais pas d'affaires qui l'aient opposé à ses voisins.

– A-t-il des concurrents dans ce quartier ?

– D'autres maréchaux, vous voulez dire ?

– Oui, ou bien des forgerons...

– Il y a Jehan Vagny, dans la rue du Bessal... C'est un vieil homme, mais il travaille encore un peu à sa forge, il ferre quelques mules... Mais il n'a plus la force pour les chevaux.

– Bien, grand merci pour ces renseignements, Messire… Messire ?

– Claude Richereau, maître frenier, répondit fièrement l'artisan.

– Une dernière question cependant, maître Richereau, reprit Arthaud. Quels sont les témoins directs de la querelle que je pourrais interroger dans ce voisinage ? Quelles sont les personnes qui vous ont relaté les faits ?

– C'est donc pour cette affaire que vous venez avec vos sergents ? Vous allez l'arrêter ? Pourtant je peux témoigner qu'il a bien répondu à la montre, avec tous les habillements requis et une hallebarde qu'il a forgée et fourbie lui-même ! Je le sais parce que j'étais à côté de lui dans les rangs de notre pennon ! Le notaire l'a forcément consigné dans son carnet lorsqu'il nous a contrôlés à Saint-Irénée !

– Vous ne répondez pas à ma question, constata Arthaud, d'un ton suffisamment sec pour que Richereau se décide à obtempérer.

– Ben, c'est le barbier qui loge dans la dernière maison de la rue, avant la porte de la Lanterne. Maître Pierre Floret. Et puis…

– Il y a un autre témoin ? pressa Arthaud.

– Oui, je l'ai entendu raconter aussi par un maître potier de la rue du Bessal ; il se nomme Gillet Cordier. Vous allez les interroger eux aussi ?

– Oui-da, messire Richereau, et je vous demande à présent de retourner à votre ouvrage et de garder le silence sur tout cela ! Pas d'initiative ni de bavardage de votre part, sinon vous pourriez être impliqué à votre grand dam et compromettre ainsi l'avenir de votre enfant et la paix de votre foyer ! Pas de zèle ! C'est bien compris ?

– Oh oui, messire prévôt ! s'écria Richereau, sur qui cet avertissement sévère faisait grande impression.

Arthaud ne l'avait proféré que pour modérer la curiosité de l'artisan, un peu trop vive à son gré. Il eut la satisfaction de voir le frenier rentrer en son ouvroir et en refermer hâtivement la porte.

Comme la neige continuait de tomber, Arthaud décida de se rendre immédiatement chez le nommé Guillemère. Il comptait se faire une opinion sur le *quidam* en l'interrogeant. À présent qu'il savait que le maréchal-ferrant avait eu maille à partir avec les responsables des établies, il se demandait pourquoi il avait sollicité la responsabilité de l'artillerie ? Les deux faits étaient-ils liés ? Réel dévouement à la défense de la ville, ou désir de lui nuire ? Et si cette seconde explication se révélait exacte, les motifs étaient-ils la vengeance contre ceux qui l'avaient insulté, ou la mission d'un agent de l'ennemi ?

Maintenant l'escouade avançait au pas, car le sol devenait glissant. Une impasse à droite en approchant de la porte de la Lanterne, avait précisé Richereau... Arthaud avisa en effet le boyau, à peine un peu plus large qu'un andrône[1], qui prenait jour sur la Grande Charrière. Il s'y engagea et les sergents durent chevaucher à sa suite, l'un derrière l'autre, car l'étroitesse du lieu interdisait de cheminer deux de front. Ils passaient entre de hauts murs, dont certaines pierres s'étaient descellées et faisaient obstacle aux sabots hésitants des chevaux. Quelques toises[2] plus avant, ces murs cédaient la place à une grange en bois, à droite, un vaste hangar en pisé, à gauche, qui jouxtait une petite maison d'aspect médiocre, surhaussée d'un étage. La maison s'accolait au rempart qui fermait cette impasse. Le lieu était silencieux. Aucun son ne sortait du hangar qui devait être consacré à la forge, aucune présence ne paraissait animer ni l'atelier ni la demeure. En avançant encore un peu, Arthaud aperçut au sol, comme

1. Passage étroit entre deux bâtisses.
2. Une toise équivaut à environ 2 mètres.

blottie au pied du mur d'enceinte, une masse dont la couleur sombre transparaissait encore sous la couche de neige qui allait bientôt l'ensevelir. Il reconnut tout de suite la forme d'un corps humain et donna des éperons à sa monture en criant à ses sergents :

– Il y a un corps, là-bas ! Un homme couché !

Ils eurent quelque mal à débarrasser le malheureux de la gangue glacée qui le recouvrait. Raidi par le froid, le cadavre gisait face contre terre, les bras écartés. Une pèlerine de laine grise, dont le capuchon rabattu sur la tête la dissimulait entièrement, des chausses assorties, un corps frêle... on ne pouvait lui donner d'âge. Il fallut le retourner et, pour cela, l'arracher au sol gelé qui le réclamait déjà. Les os craquèrent comme fagots de bois sec. Une fois sur le dos, la dépouille s'avéra celle d'un homme mûr, le pourpoint sous le manteau était de bon drap, sans luxe cependant. Arthaud fouilla les manches et la doublure, ne trouva rien qui put identifier l'homme. Mais il remarqua nettement la ligne rouge autour du cou ; le sang avait coagulé le long de ce collier fatal, la profondeur de l'entaille disait que l'étranglement avait été perpétré avec un lacet.

– Ce qui est certain, c'est que ce *quidam* n'est pas Jehan Guillemère, prononça Arthaud.

Il n'a ni la taille ni la carrure qu'on nous a décrites comme celles du maréchal-ferrant.

Rue de la Blancherie, une heure après none[1]

Le ciel était bas, l'horizon se perdait dans une nuée crayeuse qui effaçait les contours, brouillait les distances, ensevelissait les sons. Depuis deux heures qu'il ne cessait de neiger, les rues de la ville avaient gagné une propreté inaccoutumée, nappées comme elles l'étaient d'un épais tapis blanc qui dissimulait

1. Seize heures.

les ordures et comblait les ornières. Le sol renvoyait l'éclat trop vif de plusieurs miroirs, les yeux en étaient éblouis, les rares piétons adoptaient une démarche hésitante, pareille à celle des aveugles privés de leur bâton.

Dans l'ultime partie de la rue de la Blancherie, avant sa croisée avec la charrière de la Granèterie, les hauts murs qui ceignaient le couvent des Cordeliers faisaient un obstacle à la lumière et projetaient une ombre large et glacée sur le côté droit de la voie. En face, des granges assez mal entretenues, espacées avec deux maisons basses, de médiocre apparence, constituaient tout le bâti. En ce lieu, une étendue de lande mal défrichée, une campagne ingrate, s'insinuait dans la ville. De la couverture de neige émergeaient ici le tronc mutilé d'un arbre, là les rameaux tordus d'un buisson. Le lieu semblait privé de toute vie.

L'homme avançait avec peine, les assauts du vent qui le frappait en pleine face lui coupaient le souffle et appesantissaient sa marche en plaquant sa jaque sur ses hautes cuissardes. Il longea un moment la froide muraille, comme s'il se dirigeait vers le portail des frères mineurs, mais, subitement, après avoir lancé des regards autour de lui, il bifurqua sur sa gauche, quitta la rue, coupa à travers champs, enfonçant davantage dans la couche neigeuse. Il traça son chemin jusqu'à la maison la plus éloignée, frappa trois coups rapprochés à la porte, toujours guettant les alentours. La bâtisse sembla l'avaler prestement lorsqu'il en franchit le seuil.

– C'est fait, annonça-t-il. Je boirais bien un pichet de vin chaud, pas vous ?

III
SUITES FUNESTES

À l'hôtel du Lion, une heure avant none[1]

Ils avaient revêtu leur houppelande fourrée de martre, coiffé leur chaperon le plus volumineux, orné celui-ci d'un cabochon d'onyx ou de grenat, ceint leur plus belle ceinture, enfilé leurs chausses les plus fines et leurs souliers du meilleur cuir. Ils étaient magnifiques, imposants, transfigurés presque, sublimés par leur costume d'apparat – celui qu'ils réservaient aux entrées royales, aux sépultures des grands, ou à des fêtes privées mettant en exergue leur condition de consuls. Les douze en représentation, incarnations de la dignité communale, épures de la prud'homie bourgeoise, marchaient ensemble, à petits pas prudents afin de se garder de tomber sur le sol gelé. Outre les blessures qu'engendre souvent une chute, ils redoutaient que pareille mésaventure ne compromît le sérieux de leurs personnages, qu'une perte d'équilibre ne rompît l'image solidaire du corps consulaire au complet se rendant à l'hôtel du

1. Quatorze heures.

Lion et ne devînt l'objet des moqueries, voire le symbole d'une fragilité politique. Ils avaient eu quelques spectateurs depuis leur départ de Saint-Jaquême et dans la rue de l'Albergerie qui les menait jusqu'à la vaste bâtisse où les avaient convoqués messeigneurs de Saint-Priest et de Combronde. Le trajet, bien que fort court, était éprouvant en raison des bourrasques de neige et du vent froid qui leur tirait les larmes et leur brûlait les joues. Lorsqu'ils pénétrèrent enfin dans la cour de l'hôtel, plusieurs valets accoururent à leur devant avec des gestes de déférence. Ils effectuèrent ainsi l'entrée remarquée qu'ils avaient souhaitée dans la grande salle du rez-de-chaussée. Puis l'hôtelier lui-même les introduisit dans les appartements des commissaires royaux, à l'étage.

Chacun à son tour fit révérence aux deux seigneurs qui siégeaient sur de hautes chayères à accotoirs, rapprochées de l'âtre où flambait un bon feu. La pièce était très vaste et ouverte sur la cour par deux fenêtres en arc brisé, d'où ne filtrait qu'une lumière blafarde. Pour suppléer à ce manque, des torches allumées fixées à chacun des murs éclairaient largement l'espace et jetaient des ondes rousses sur la table et les faudesteuils, ranimant la brillance du damas qui les recouvrait. Un coffre, finement sculpté d'arabesques et ceint de pentures compliquées, s'accotait à l'une des parois. Des rouleaux de parchemin y étaient déposés, plusieurs munis de sceaux pendants.

– Je suis bien aise de vous voir céans, messires les conseillers, lança monseigneur de Saint-Priest en jetant un regard circulaire sur ses visiteurs qui s'étaient répartis, debout, selon deux rangs incurvés, sur toute la largeur disponible. Je suis ici, en compagnie de monseigneur de Combronde, par délégation de Sa Majesté le roi Louis – que Dieu ait en sa sainte garde.

Il ponctua son invocation d'un signe de croix, que les consuls crurent bon de reproduire.

La voix était timbrée, le ton supérieur et ferme, le port de tête altier. Monseigneur de Saint-Priest n'était pas homme à souffrir contradiction. Il affichait sa condescendance à l'égard de ces notables en habit de cérémonie, et en une seule phrase il avait souligné la distance qu'il y avait de lui à eux.

– Le roi, continua-t-il, ainsi que vous en avez été témoins à plusieurs reprises, a sa bonne ville de Lyon en grand amour et se soucie fort de sa conservation au domaine de France.

« C'est toujours avec ce genre de considérations que les commissaires commencent leur discours » songea Colloigne, qui avait pris place au centre du premier rang, bien en face des deux seigneurs. « Et cela introduit *toujours* une demande de subsides ! » Il ne put s'empêcher de froncer le front à cette pensée.

– Or, puisque le duc Charles a péri l'an dernier, notre souverain a pris sous sa tutelle sa filleule, la duchesse Marie, et il a déployé ses armées en terre de Bourgogne, afin de garantir les droits de cette jeune pucelle. Lyon peut soutenir parfaitement cette entreprise...

« Nous y voilà ! » nota, *in petto*, Étienne Colloigne, comme le firent la plupart des consuls ayant vécu pareils épisodes.

... en devenant la citadelle imprenable à partir de laquelle partiront les renforts nécessaires dans la Comté rebelle ou dans les villes du duché qui résistent encore. À Chalon, à Dijon, nombre de factieux refusent la sujétion à leur seigneur Louis, et se prétendent Bourguignons comme d'autres se disent Turcs ou Sarrasins. Ils se vouent à leur duchesse en lui prêchant la désobéissance aux Français. Dans cette résistance, les frondeurs ont reçu l'alliance du comte Philippe de Bresse, qui est familier des factions et des complots contre l'autorité légitime, fût-ce celle de son propre père ou celle de son frère ! Il est un ennemi redoutable, car proche de Lyon et bien pourvu en hommes d'armes.

Il s'interrompit un instant pour juger de l'effet de ses paroles. L'attention de ses auditeurs lui parut suffisamment vive pour qu'il continuât :

– Je ne vous expose ceci, à vous, bourgeois de cette ville, que pour vous exhorter, au nom de Louis le onzième, à renforcer la défense de la cité de multiples façons. Vous devez envisager d'abord la consolidation de l'enceinte, en particulier la construction d'un boulevard en avant de la porte de la Lanterne, car elle serait la principale voie de pénétration dans la ville en venant de Bresse.

« Après la prise du bourg Saint-Vincent ! » pensa Colloigne avec effroi, rejoint dans cette analyse par d'autres conseillers, qui restèrent aussi impassibles que lui et n'osèrent interrompre le discours impérieux. « Pourquoi ne mentionne-t-il pas le bourg Saint-Vincent ? s'interrogeaient-ils tous. A-t-il le projet de le sacrifier ou de le détruire ? Il n'y a pas si longtemps que monseigneur de Comminges, commis par le roi lui aussi, a eu ce projet devant la menace d'une invasion des Bressans[1] ! »

– Pour ce faire, vous n'avez qu'à lever une taille, je pense que mille écus devraient suffire pour cet ouvrage...

– Cependant, Monseigneur ! osa Colloigne dont l'effort qu'il se donnait contractait les traits.

– Quoi ? fit sèchement Saint-Priest.

– Eh bien, veuillez me pardonner, mais le roi a accordé au consulat le prélèvement d'un péage destiné aux réparations de l'enceinte...

– Ah oui ? Et de combien disposez-vous avec ce tréhu[2] ?

– Cent livres environ... murmura Colloigne, conscient du ridicule de la somme.

---

1. Cf. *Sanglantes Épices,* Les Passionnés de bouquins, 2019.
2. Nom donné à ce genre de péage dédié.

– Eh bien, messire consul, je crois que vous ne payerez avec cela que les premières pelletées des ouvriers ! fit Saint-Priest en se tournant vers Combronde pour l'associer à son ricanement.

– Comment exiger du peuple une taille supplémentaire, alors que, depuis deux ans, il a dû acquitter quatorze tailles ! renchérit Jacques Caille, venant à la rescousse de son compère.

– Vraiment, Messire ? répliqua Saint-Priest, d'une voix vibrante de colère. Mais votre souverain, dans le même temps, ne vous a-t-il pas accordé la reconduction des foires franches ? Ne vous a-t-il pas défendu de la concurrence des Genevois en matière de commerce ? Me laisserez-vous rapporter à Sa Majesté la manière dont vous manifestez votre reconnaissance pour ses bienfaits ?

– Ce n'est pas ce que messire Caille voulait dire, Monseigneur, reprit Colloigne qui concevait combien l'entrevue risquait de devenir épineuse. En ce qui concerne la porte de la Lanterne, je m'engage au nom du consulat à faire examiner son état par maître Montain, qui est responsable de tous les travaux publics dans cette cité et expert en sa qualité de maître maçon. D'ailleurs, il conviendrait que cette inspection soit réalisée en votre présence, car je suppose que vous n'avez pas eu le temps de visiter cette partie de la fortification, puisque vous n'êtes arrivés qu'hier soir.

Guillaume Baronnat admira la diplomatie d'Étienne Colloigne, qui réussissait à calmer la discussion tout en reprochant discrètement aux deux commissaires de trancher d'une question sans en étudier au préalable le fondement. Toutefois, lui qui avait pour habitude de discuter systématiquement les quotes-parts de la taille qu'on lui imposait, il se tenait prudemment coi en cette occasion ; s'il souscrivait aux propos courageux de Jacques Caille, il n'ignorait pas les tracas qu'ils pouvaient lui attirer de la part de deux hommes ayant l'oreille du souverain. Les circonstances lui imposaient de ne pas se faire remarquer comme un protestataire, car entre contestation et traîtrise – pensait-il – les tribunaux faisaient souvent l'amalgame.

– Pourquoi pas, en effet, messire Colloigne ! trancha Saint-Priest. Le plus tôt sera le mieux. Nous déciderons du moment et du jour tout à l'heure, pour l'instant je dois vous exposer les autres moyens d'accomplir la volonté de notre sire Louis.

Les consuls se redressèrent ; la station debout, la chaleur de la pièce, le poids du costume leur devenaient une épreuve.

– Le second moyen de préparer la défense de cette place stratégique qu'est la cité de Lyon, c'est de vérifier l'état des harnois et la disponibilité militaire de chacun des habitants.

– Une montre d'armes, Messire ? ne put s'empêcher de questionner Colloigne, effaré.

– Certes, une montre d'armes ! reprit Saint-Priest en marquant son agacement de l'interruption.

Il se déplaça jusqu'au coffre ouvert, choisit un des rôles[1] qui s'y trouvaient, fit face aux consuls en agitant le document.

– J'ai là certaine lettre patente du roi qui nous agrée comme ses commissaires à la guerre, le sire de Combronde et moi, et qui nous commande de prendre logis en cette place afin d'assister aux montres d'armes des habitants. Au vu de celles-ci, nous pourrons estimer s'il est besoin de faire venir les gentilshommes et l'arrière-ban du Dauphiné pour renforcer la garde de cette bonne ville.

– Mais, Monseigneur ! Cela ne se peut ! balbutia Colloigne… Une quinte de cette toux qui le brisait un peu plus chaque jour lui ôta la parole. Plié en deux, une main sur la poitrine, une autre sur la bouche, il vacilla. Caille et Baronnat, à ses côtés, le soutinrent. Mais il se redressa, aussitôt la crise passée, et eut la force d'articuler des paroles d'excuses. Il perçut alors l'air fâché des deux hommes et un vague dégoût qui leur serrait les lèvres.

1. Rouleau de papier ou de parchemin.

– Vous disiez quoi, Messire ? s'enquit Saint-Priest d'un ton exaspéré. Il y avait en son regard une lueur implacable.

De son côté Combronde ressemblait à un juge s'apprêtant à prononcer une sentence sévère.

– C'est que nous venons de la faire, cette montre d'armes ! expliqua Colloigne. Elle a été exécutée *hier* ! Sur les instances de monseigneur Jehan de La Marieuse, qui nous pressait de la réaliser.

– Ce Jehan de La Marieuse est un simple secrétaire ! Il s'est prétendu commissaire royal ? tonna Saint-Priest.

– Il avait des lettres de créance et une lettre missive que maître François Le Bourcier nous a lue *de la part du roi* !

– Quelle justification a-t-il donnée pour exiger cette revue ?

– La volonté de Sa Majesté de mettre la ville en défense ! Et comme nous ne fixions pas assez vite la date de la montre, il a dépêché un messager auprès du roi – à nos frais – afin que ledit seigneur ne le blâmât point du retard que nous y mettions...

– Vous voyez bien que cet homme n'a pas pu avoir la délégation entière des pouvoirs, puisqu'il était si peu assuré de l'approbation du souverain !

– Hum, c'est qu'ils étaient trois commissaires au total, outre maître Le Bourcier, monseigneur de La Marieuse, il y eut aussi réquisition de salpêtre pour l'armée, par monseigneur Raymond de Sales...

– Petites missions, petites gens... rétorqua Saint-Priest, qui reçut l'approbation de Combronde, lequel affichait la mine de quelqu'un qui s'ennuie profondément.

– Quoi qu'il en soit, il vous faut obéir à cette dernière commission, reprit Saint-Priest, en levant encore une fois le rôle de papier à la vue de tous. Veillez à organiser cette nouvelle montre promptement !

Étienne Colloigne sembla perdu. Il fixait Saint-Priest sans pouvoir trouver une réponse qui ne fût ni une supplique ni une explosion de colère. Manifestement, la crise précédente l'avait épuisé et la fièvre le gagnait.

Cette fois-ci, autant par pitié pour le notaire que par un sursaut d'intelligence politique, ce fut Guillaume Baronnat qui sauva la situation en déclarant :

– Messeigneurs, vous voudrez bien nous indiquer quel terme vous nous accordez pour ce faire, car il nous faut réunir l'assemblée plénière des conseillers et des notables pour publier ce dernier ordre du roi et prendre les mesures nécessaires.

– Soit, messires les consuls, je vous donne deux jours pour mettre cela sur pied.

– Cependant, Monseigneur, considérez que si la neige continue à tomber… se permit encore Jacques Caille.

– Eh bien ? Voulez-vous dire que les habitants ne pourraient se battre que par temps sec ? rétorqua Saint-Priest, d'une voix coupante, en toisant le consul. Si vous aviez l'expérience des batailles, vous ririez de votre sotte remarque ! Que la montre soit exécutée jeudi au plus tard, neige ou pas ! Vous veillerez aussi, messires bourgeois, à réquisitionner certains logis pour les gens du Dauphiné qui viendront renforcer la garde de votre ville. Quant aux travaux du boulevard de la Lanterne, je les inspecterai dès demain, avec votre expert, Maître Mortain ? Moutain ? Montain ? Quel que soit son nom… Qu'il se présente ici, à l'heure de none[1].

C'est de cette manière fort cavalière que les consuls furent expédiés. Ils redescendirent l'escalier d'un pas lent, dans un silence écrasant. L'outrage qu'ils venaient de supporter s'ajoutait à la fatigue physique d'une longue station debout et les rendait comme ahuris. Étienne Colloigne, appuyé sur le bras de Guillaume Baronnat, semblait proche de l'évanouissement lorsqu'il parvint au rez-de-chaussée. L'hôtelier, qui renouvelait les démonstrations courtoises et les égards qu'il leur

1. Quinze heures.

avait prodigués à leur arrivée, demeura interdit de trouver les douze conseillers ainsi défaits ; il imagina qu'ils avaient reçu des commissaires une très mauvaise nouvelle. Il ne se trompa que sur le contenu de celle-ci et fut à l'origine des rumeurs qui se répandirent dans la ville, quelques heures plus tard, annonçant la mort du roi en Bourgogne, dans des combats auxquels Louis le onzième n'avait jamais participé, puisqu'il était retenu en Artois et en Hainaut. Ces faux bruits suffirent à renverser bien des têtes dans la soirée, à délier inconsidérément des langues et à enrichir quelques spéculateurs.

Une heure plus tard, les conseillers se retrouvèrent à Saint-Jaquême, à l'exception d'Étienne Colloigne que l'on avait fait porter jusqu'à son logis en Gourguillon, tant il était malade.

– Eh bien, Messires, fit Jacques Caille en s'adressant à ses compagnons d'un air grave, nous voici traités de la plus vile manière ! Nous avons confirmation du peu de cas que ces commissaires royaux font de nos prérogatives ! Pourquoi le roi nous envoie-t-il pareils enflés[1] ? Nous voici contraints à tout ce que nous redoutions ! Des gens de guerre logés dans la ville, alors que les foires battent leur plein ! Et puis comment pourrons-nous exiger des habitants une seconde revue d'armes, dans *deux jours*, un *jeudi* qui plus est ! Ce serait le sacrifice d'une journée de travail pour les artisans, et pour les marchands la perte d'autant de négoces avantageux ! Quel homme épouvantable, ce Saint-Priest ! S'il n'était pas le gendre du roi, se conduirait-il avec autant de suffisance ?

– Bah ! Il serait sans doute aussi désagréable, car je le crois d'une nature fort vaine ! répondit Claude Rochefort. Toutefois, il n'est point utile de discourir sur le personnage ni sur les épreuves qui nous attendent. Il nous faut agir ! Messire Baronnat, vous qui avez organisé la première montre,

1. Prétentieux, personnages vains.

que proposez-vous puisque vous avez engagé le consulat à obtempérer aux ordres de ce triste sire ?

La question était chargée de reproches, à l'évidence, mais un sanguin comme Rochefort saisissait-il les subtilités de la diplomatie, qui consiste à céder sur un point pour mieux en discuter ensuite les modalités d'application ? Guillaume Baronnat ne releva pas l'aigreur de son compère et répondit :

– L'organisation n'en sera pas difficile, puisque chacun sait de quel pennon il dépend et quel harnois il doit revêtir (en disant cela, il songeait qu'on éviterait d'avoir besoin de consulter les carnets des établies et qu'il ne lui était donc pas nécessaire de signaler leur disparition. Il fallait traiter les problèmes l'un après l'autre.) Quant au délai trop court que nous impose monseigneur de Saint-Priest, poursuivit-il, je me fais fort d'obtenir qu'il le rallonge un peu, voire qu'il renonce à ce projet. Je vais aller le trouver, si vous m'y autorisez. Je crois que sa rigueur était due davantage à une rancune à l'égard des précédents commissaires qu'à la volonté de nous écraser de sa superbe, même si, je vous l'accorde, le personnage reste un monstre d'orgueil.

– Comment vous y prendrez-vous ? Croyez-vous avoir plus d'influence que le corps consulaire réuni ? Ou que messire Colloigne, notre président, dont se moquaient ouvertement ces deux seigneurs ? questionna Jacques Caille d'un ton acerbe.

– Il est certain que j'ai plus de chances de le faire fléchir que vous, Messire, qui, avec courage, je le reconnais, lui avez tenu tête. Comme l'a si bien dit messire Rochefort, je suis celui qui lui a cédé… Cela me donne un crédit auprès de lui… que je vais essayer de mettre au profit de nos intérêts ! Que risquons-nous d'essayer ? La situation ne peut être pire qu'elle n'est à présent, n'est-ce pas ?

– Bien, nous comptons sur vos talents de diplomate, puisqu'il paraît que vous en avez davantage que nous tous !

rétorqua Jacques Caille, vexé. Informez-nous au plus tôt, dès que vous aurez obtenu la réponse de ce damné commissaire.

– Il est probable que je devrai promettre quelque gracieux moyen d'adoucir ledit seigneur, reprit Baronnat... Vous n'ignorez pas que c'est une raison à laquelle se rendent bien des hommes de pouvoir, à quelque rang qu'ils se trouvent. Me donnez-vous licence de le convaincre à ce prix ?

– Dans la limite de vingt livres tournois, pas davantage, Messire, trancha Alardin Varinier, en sa qualité de trésorier. Cela devrait suffire pour lui faire gratuité d'un ponçon[1] de vin ou de beaux poissons... Vous aviserez selon ses goûts...

– Pardieu ! Ou selon ses vices ! lança Rochefort de sa voix puissante, qui retentit dans toute la chapelle.

Une demi-heure après none[2], en l'auditoire, salle du barbier

– Donc, messire Curt, vous confirmez qu'il a bien été étranglé ?

Le barbier juré de la cour séculière, rompu à l'examen des victimes de meurtres, hocha la tête d'un air docte.

– Vous aviez vu juste, messire de Varey, c'est bien un lien très fin et solide qui a entaillé ainsi le cou de ce malheureux, d'avant en arrière – ce qui veut dire qu'il a été pris par surprise, saisi au collet comme un lapin, et son assassin était derrière lui. Par ailleurs, je peux dire qu'il doit avoir une cinquantaine d'années, qu'il était suffisamment nourri en dépit de sa constitution chétive, qu'il a des mains soignées indiquant qu'il n'était ni un paysan ni un ouvrier. Ses vêtements ne sont pas à la mode du temps, mais le drap en est de qualité. Il n'était pas coquet, ni pauvre, ni riche, modeste, quoi !...

1. Aujourd'hui poinçon : tonneau de contenance variable selon les régions.
2. Quinze heures trente.

– Oui, j'avais remarqué tout cela, coupa Arthaud qui s'agaçait souvent des façons de parler de maître Curt, un peu trop ampoulées ou trop onctueuses à son gré. Et précisément, la manière dont Curt avait prononcé : « modeste, quoi ! », comme si ce qualificatif rejetait le défunt dans une catégorie méprisable, l'irritait fort.

– Certes, vous vous dispenserez bientôt de ma science ! répliqua Curt en serrant les lèvres. Toutefois, n'y aurait-il pas quelque chose qui vous aurait échappé, Messire ?

– Quoi ? Par le Christ, je déteste quand vous jouez le mystérieux pour vous faire valoir ! s'écria Arthaud.

– Au bout de l'index de la main droite…

– Eh bien, quoi ?

– Une tache d'encre !… Et, en examinant un peu mieux son pourpoint, de couleur sombre, j'en ai repéré d'autres ! Votre homme écrivait… Soit c'était un écrivain public, soit un maître d'école, soit un clerc…

– Un notaire ?

– Pourquoi pas ? Un clerc ou un notaire ! Un plumitif, en tout cas, conclut Curt triomphant.

– Bien, je vous remercie, maître Curt.

– Tout à votre service, messire prévôt ! susurra-t-il de cette voix doucereuse dont il accompagnait en général ses civilités.

Depuis la découverte du meurtre dans l'impasse, le corps avait été transporté en l'auditoire, dans une salle en sous-sol où officiait le barbier. Quant à la forge de Jehan Guillemère, l'escouade du prévôt l'avait fouillée sans y rien repérer d'insolite. Elle avait fait de même dans la maison, dont la porte n'était pas fermée à clef : nulle trace du maréchal-ferrant, aucun indice non plus d'une scène de violence qui eût pu se dérouler dans ces lieux. Ledit Guillemère restait introuvable depuis, malgré les nombreuses questions que le prévôt et ses sergents avaient posées aux gens demeurant au voisinage de l'impasse, en la Grande Charrière. Nul ne se souvenait de l'avoir vu dans la matinée, non plus qu'un homme maigre en pèlerine grise ; les gardes de la porte de la Lanterne, interrogés de même, ne témoignèrent d'aucun incident suspect. Quant à la description que le prévôt leur faisait de Guillemère, elle restait trop imprécise, réduite aux quelques éléments physiques recueillis au fil des interrogatoires. Une foule de passants pouvaient répondre à ce signalement : un homme grand et fort, cheveux blonds, teint rougeaud. Que la victime n'ait laissé aucune impression dans la mémoire de quiconque, c'était encore plus inéluctable : du fait de sa banalité et de son peu d'éclat, son costume semblait destiné à le rendre invisible.

– Il nous faut absolument trouver ce Guillemère ! fit Arthaud, poursuivant à haute voix ses réflexions. Ou il est le meurtrier, ou bien il est la seconde victime, et dans ce cas... son corps ne peut être loin de l'endroit où gisait ce pauvre homme, dit-il en désignant le cadavre étendu sur la table de pierre.

– Vous voulez dire que j'aurai bientôt un autre *quidam* à examiner ? s'enquit maître Curt avec une sorte d'exaltation qui déplut à Arthaud.

– Pour quel autre motif se cacherait-il, sinon ? continua-t-il sans répondre au barbier... à moins que...

Il s'interrompit, au grand dam de Curt, qui buvait ses paroles et les regardait se former sur ses lèvres avec l'attention passionnée d'un apprenti auquel son maître enseigne une des subtilités du métier. Alors que le prévôt hochait la tête pour approuver l'hypothèse qu'il échafaudait désormais *in petto,* la curiosité l'emporta sur la prudence, et Curt osa questionner :

– À moins que ?

Arthaud sembla redécouvrir la présence du barbier.

– Vous disiez : « à moins que... », insista celui-ci.

– Si vous assistiez à l'assassinat de quelqu'un, maître Curt, répondit Arthaud, quelle serait votre première façon d'agir ?

– Si... si... je voyais se commettre un assassinat ?... devant moi ?... bredouilla Curt sous le regard froid du prévôt.

– Oui... que feriez-vous ?

Curt était mal à l'aise tout à coup. Il imaginait la scène, et il s'avouait qu'il aurait grand-peine à intervenir. Crier à l'aide, peut-être ? Mais encore faudrait-il être certain de recevoir aussitôt l'assistance demandée... Crier, c'était se signaler aux assassins ! Au fur et à mesure que ceux-ci prenaient forme dans son esprit, il blêmissait, il se prenait à trembler...

– Eh bien ? Que vous en semble, messire le barbier ? pressa Arthaud. Ha, ha ! Il est plus facile de soulager des cadavres de leurs secrets que de venir à la rescousse d'un mourant, n'est-ce pas ? Comprenez-vous que si Guillemère a assisté à l'agression de ce malheureux, au fond d'une impasse où nulle aide ne pouvait survenir, il a dû penser qu'il valait mieux disparaître aux yeux des truands qui s'en prenaient à notre inconnu, avant qu'ils ne fissent de lui leur seconde victime ? Il se pourrait aussi qu'il fût la véritable cible de ces ruffians et que ce clerc ait perdu la vie parce qu'il fut un témoin importun.

– Certes, Messire ! C'est raisonné de belle façon ! approuva Curt qui, cette fois, abandonnait sa flagornerie habituelle pour une expression d'admiration sincère. Je n'aurais pas pensé à toutes ces explications !

– C'est pourquoi vous êtes barbier juré de cette cour, et moi son prévôt, Messire ! rétorqua Arthaud en prenant congé de son interlocuteur.

Il gagna la salle des gardes en projetant les opérations les plus urgentes. Plusieurs pistes s'offraient, mais quelles qu'elles fussent, il était impératif de trouver Guillemère, mort ou vif.

– Grand-Jehan, Gros Antoine ! vous allez chercher le nommé Pierre Floret, barbier en la Grande Charrière, et aussi Gillet Cordier, potier en rue du Bessal, commanda-t-il. Je veux les interroger.

– Ici, messire prévôt ? s'enquit Grand-Jehan.

– Par ma foi, oui, ici ! Par ce temps, je ne vais pas courir la ville pour glaner les témoignages, c'est aux témoins de venir à moi ! répondit Arthaud d'un ton bougon, sans se rendre compte qu'il imposait à ses sergents ce qu'il entendait s'éviter. Vous me les amenez, par la force s'il est besoin... et au passage, vous convoquerez le frenier, ce Claude Richereau, et aussi le maréchal-ferrant de la rue du Bessal, Jehan Vagny : qu'ils se présentent ici, demain, à tierce[1]. Prenez des renforts avec vous, Bras-de-fer et un ou deux autres hommes.

– Oui, messire prévôt, mais...

– Quoi mais ? Je sais, vous en avez bien pour une heure à chevaucher sous la neige... convint Arthaud en prenant soin pourtant de justifier ses exigences. Sachez qu'il me faut faire vite pour résoudre ce crime, c'est une affaire qui touche à la sécurité de la ville !

– Oh, Messire, ce n'est pas la question de la neige ! se récria Grand-Jehan.

– Alors quel est l'obstacle ?

– Eh bien, Bras-de-fer n'est toujours pas là ! lâcha Grand-Jehan, troublé.

– Serait-il malade ?

– Il se peut ! Ce n'est pas dans ses habitudes de s'absenter.

– Hum ! Certes ! Ce matin, pourtant, il n'avait pas l'air souffrant ?

– Si c'est une fièvre maligne, cela vous vient tout d'un coup ! fit Grand-Jehan, soucieux de trouver une explication qui évitât une punition à son compère.

– Soit, si demain il n'est pas réapparu, vous irez le visiter chez lui. Vous savez où il demeure ?

– Je dois être le seul à connaître cela, car il ne se confie guère.

– Le plus urgent est de me ramener ces témoins, allez !

1. Neuf heures.

Les sergents partis pour leur mission, Arthaud songea qu'il ne connaissait rien de la vie de ses hommes. Il les appréciait pour leur courage, leur endurance, leur loyauté à sa cause. Ils les tenaient pour fiables, simples mais honnêtes. De certains, tels Tout-Lourd ou Gros Antoine, il n'attendait ni initiative ni raisonnement, mais la force et l'impétuosité qui venaient à bout des plus rudes adversaires. Chez Grand-Jehan, il y avait davantage de finesse, une meilleure compréhension des enjeux et des tactiques. Mais c'est surtout Bras-de-fer dont l'intelligence lui était apparue supérieure dans plusieurs affaires où il l'avait épaulé, tel un auxiliaire plein de discernement. Son esprit de décision le lui rendait précieux. Depuis le jour – il y avait plus de vingt ans – où il avait soustrait ce soldat au contingent des francs-archers, après un incident qui avait révélé sa franchise et sa vaillance[1], il n'avait jamais regretté son choix. Ce géant, aux yeux bleus et à l'ample chevelure, silencieux et efficace, lui était devenu indispensable, et son absence en cet après-midi l'inquiétait vaguement. Pourtant, en dépit d'un attachement que les années avaient fondé, Arthaud n'avait jamais questionné son sergent sur sa vie personnelle. Il ignorait s'il avait femme, enfants, et jusqu'à l'endroit où il logeait, une fois son service accompli. Il se reprochait aujourd'hui ce manque de curiosité que le souci de sa charge, les diverses péripéties de sa propre existence expliquaient autant, peut-être – il lui fallait bien le confesser – qu'une réserve instinctive, le sentiment des bornes à ne pas franchir, des statuts à ne pas confondre, des libertés à ménager.

La lumière déclinait, la nuit tomberait tôt ce soir. Il aurait peu de temps pour interroger les témoins avant le couvre-feu, si Grand-Jehan ne menait pas assez rapidement sa mission. Il calma son impatience en fourrageant l'âtre où la flamme s'épuisait à lécher une bûche trop humide, laquelle protestait

---

1. Cf. *Sortilège meurtrier*, Les Passionnés de bouquins, 2017.

en lançant des sifflements étouffés et des jets de fumée bleuâtre. Une demi-heure plus tard lui parvint un concert de voix depuis l'entrée de l'auditoire. Arthaud reconnut celle de Tout-Lourd qui invectivait quelqu'un. Puis on frappa à sa porte et Grand-Jehan annonça :

– Vos témoins sont ici, messire prévôt. Il a fallu forcer un peu le potier qui ne voulait pas quitter son tour, mais Tout-Lourd l'a persuadé à sa manière, ajouta-t-il, en ricanant.

– Pas trop fort quand même, j'espère ? répondit Arthaud, heureux de constater la rapidité avec laquelle la tâche avait été accomplie. J'ai besoin qu'il ne s'embrouille pas dans ses déclarations ! Faites entrer d'abord le barbier…

Le nommé Pierre Floret était un homme d'âge mûr, petit et fort pansu. Sa jaque emprisonnait un ventre proéminent qui en tendait l'étoffe. Sa tête, large, offrant un visage mol et inexpressif, semblait enserrée entre le lourd bonnet de laine qui la coiffait et le collet en fourrure de lapin qui formait corolle sous son menton. Le bonhomme, que son embonpoint étouffait, accepta volontiers le banc sans dossier que lui indiqua Arthaud avant de prendre place lui-même en face, dans une chayère, de l'autre côté de la table-bureau.

– Messire Floret, vous êtes barbier en la Grande Charrière, près de la porte de la Lanterne, n'est-ce pas ? commença Arthaud.

– Pardieu, oui, messire prévôt ! Vous le savez bien puisque vos sergents sont venus me chercher là ! Ils ne m'ont point expliqué pourquoi, par exemple ! Et ils m'ont forcé à abandonner ma pratique, m'obligeant à monter sur une mauvaise mule pour me traîner jusqu'ici. J'ai cru verser plusieurs fois sur le pavé glacé, tant la maudite bête était fantasque ! De quoi m'accuse-t-on ? Pourquoi cette arrestation ? Je ne connais pas l'autre homme qu'ils ont mené avec moi !

Il haletait, le souffle court, la figure congestionnée à présent, tentant de déguiser sa peur en indignation.

– Apaisez-vous, Messire, dit Arthaud. Vous n'êtes nullement arrêté ! Je veux seulement entendre votre témoignage sur un incident qui s'est produit il y a quelques jours, une altercation à laquelle vous avez assisté, au moment où les enquêteurs des établies procédaient dans votre pennon. Cela concernait messire Jehan Guillemère.

– Vous voulez parler du maréchal-ferrant ?

– Oui-da, celui qui habite dans l'impasse menant au rempart.

– C'est pour cette affaire-là que vous avez dépêché toute votre escouade ? demanda Floret, dont l'ahurissement soulignait l'aspect lunaire de son visage. Ben, vraiment ! Il est bien temps maintenant que le mal est fait ! Oui, ils se sont querellés et ça s'est mal passé !

– Qui « ils » ? coupa Arthaud.

– Eh bien, le Guillemère et le notaire qui remplissait le carnet des établies...

– Savez-vous sur quoi ils n'étaient pas d'accord ?

– Guillemère disait qu'il n'avait jamais été astreint, autrefois, à porter une hallebarde, qu'il était maître maréchal et qu'il devait porter l'épée, ou au moins le fauchon. Mais l'autre répétait que tel était ce qui était indiqué dans son carnet, et que celui-ci était fait d'après les anciennes établies.

– Comment les choses se sont-elles déroulées ? Y a-t-il eu violence ?

– Bah ! Vous imaginez bien ce qui arrive ? C'est toujours la même chose ! D'abord des insultes...

– Qui a commencé à insulter ? Guillemère ?

– Certes ! Il a traité le notaire de truand, de punais[1], de tabellion de merde et surtout il a affirmé qu'il ne céderait pas, comme d'autres l'avaient fait, qu'il ne payerait pas pour obtenir une modification !

---

1. Pourri, puant.

– Je suppose que le notaire l'a mal pris ?
– Il s'est tourné vers le sergent et le consul qui l'accompagnaient pour obtenir leur intervention. Le consul a tancé le maréchal, lui rappelant que tout citoyen de cette ville devait contribuer à la montre sans se rebeller ; il lui a prêché le devoir, la loyauté... Des paroles inutiles et creuses, comme les conseillers en profèrent trop souvent. Ça n'a fait qu'énerver davantage le Guillemère... C'est un bon gars, pourtant, mais il ne supporte pas le mépris et il a une haute opinion de ses talents de forgeron... Il a été maître du métier de maréchal, il ne veut pas déchoir... Je le comprends. Ce discours du notable, ça n'avait rien à voir avec le sujet du débat : Guillemère ne refusait pas de participer à la montre, il voulait le faire parmi les maîtres, pas parmi les médiocres[1], pas parmi les hallebardiers !
– Il y a eu violence, m'a-t-on dit.
– Alors là, ce n'est pas la faute à Guillemère, il n'a pas été le premier agresseur ! C'est le sergent qui escortait les deux autres, un furieux qui, sans crier gare, s'est jeté sur lui, lui donnant gifles et coups de poing en vociférant qu'il savait comment mater les traîtres et que les prisons de Roanne l'accueilleraient dans l'heure !
– Qu'a fait Guillemère ? Il a donné des coups, de son côté ?
– Non, il tendait les bras en avant pour se protéger le visage ; c'est alors que le sergent, qui avait sorti sa dague de son fourreau, lui a donné une longue estafilade en travers de la paume ! Vous imaginez : une blessure pareille, pour un maréchal-ferrant qui a besoin de ses deux mains pour travailler !
– Le consul n'est pas intervenu, alors ? s'enquit Arthaud, choqué.

1. Au sens latin employé au Moyen Âge pour désigner les classes « moyennes ».

– Si, il a ordonné au sergent de cesser et il a rappelé à Guillemère ce qui était écrit dans le carnet : « une hallebarde, pas d'épée », en promettant qu'un contrôle strict serait fait le jour de la montre en fonction de ce qui était mentionné dans l'établie ! Et puis il a filé avec ses deux acolytes chez un autre particulier.

– Où cela se passait-il ? Dans l'impasse ? demanda Arthaud.

– Oui, devant la forge.

– Et pour quelle raison étiez-vous là ?

– J'étais venu le soigner pour une brûlure au bras qu'il s'était faite en forgeant. Ensuite, j'ai dû rester pour lui panser la main.

– Il y eut d'autres témoins de la scène ?

– Un homme qui était venu en client. On ne m'a pas dit son nom.

– Et vous ne l'avez pas reconnu dans celui que les sergents ont amené ici avec vous ?

– Ah ? C'est donc pourquoi il est ici, lui aussi ? Non, je ne l'avais pas vraiment regardé ce jour-là. Je ne l'ai pas reconnu.

– Une dernière question, messire Floret ! Connaissez-vous les noms des personnes dont vous avez parlé ? Le consul, le notaire, voire le sergent…

– Le consul, oui, je le connais puisqu'il est aussi le chef de notre pennon, c'est messire Anthoine Catherin. Il est fort riche et possède plusieurs maisons, tant dans la Grande Charrière que dans la rue Écorchebœuf ; il les loue à des bouchers. Lui, il habite en la rue du Palais, il ne voisine pas avec nous autres !

Les joues flasques du barbier se gonflèrent sur un bref soupir, puis il ajouta : « Il n'est guère aimé dans le voisinage. »

– Ah oui ? Et la raison ? s'enquit Arthaud.

– Trop suffisant, trop orgueilleux ! Et pourtant, son père n'était qu'un simple cordier…

– Et lui, quel est son métier ?

– Par ma foi ! Encore un notaire ! C'est un métier qui rapporte ! À croire qu'ils prennent une bonne part sur toutes les transactions et un intérêt sonnant et trébuchant dans les affaires privées de chacun ! répondit Floret en esquissant une grimace qui l'enlaidit davantage.

– Et les autres ? Vous ne pouvez me dire leur nom ?

– Nenni ! Les deux acolytes de Catherin, je ne les avais jamais rencontrés auparavant. On m'a dit que les sergents qui escortaient les enquêteurs de l'établie étaient tous pris parmi les sergents royaux, donc ce manieur de dague était sûrement issu de la cour de Roanne. Belle recrue en vérité dont notre lieutenant du bailli a doté sa police ! Pour ce qui est du notaire, je suis certain qu'il n'a pas d'officine dans le quartier… Il a dû être désigné par Catherin…

– Vous avez remarqué une familiarité entre eux ?

– Oh non ! Ce petit homme n'avait ni l'allure ni la mise d'un égal du consul. Il y a notaires et notaires… Celui-là, on voyait bien qu'il n'avait pas une clientèle qui puisse l'enrichir !

– Un petit homme, vous dites ?

– Oui, efflanqué, à croire qu'il suçait plus souvent sa plume que de bons jambons ! fit Floret en formant la moue de mépris d'un glouton pour un être famélique.

– Comment était son vêtement ?

– Terne, sans rien de remarquable. Une pèlerine grise, oui, c'est ça : il était gris, tout gris, cet homme !

– Je vous remercie, messire Floret, vous m'avez été d'un grand secours dans mon enquête.

– Qui vous l'a demandée, cette enquête ? C'est maître Catherin qui a porté plainte contre Guillemère ? Ce serait bien injuste de poursuivre le gars, car dans l'affaire, à part les injures, il fut plutôt la victime ! Et puis il a paru dans la montre, avec sa hallebarde qu'il tenait malgré la blessure à la main qu'il supportait ! Ce n'est pas un rebelle ! Pourquoi donc enquêtez-vous sur cette altercation à présent ?

– Vous qui semblez fréquenter le maréchal-ferrant, Messire, lui connaissez-vous une autre demeure que celle de l'impasse où il tient sa forge ? demanda Arthaud en se gardant bien de renseigner davantage le témoin.

– Non, je ne le crois pas assez riche pour avoir de multiples biens. Pourquoi ? On va le saisir ? C'est une injustice ! Une injustice ! se fâcha Floret, dont le teint redevint immédiatement cramoisi.

– Il n'est question ni de le poursuivre ni de le saisir pour cet incident, d'autant qu'il a obtempéré en effet aux ordres du consul, selon plusieurs témoignages, dont le vôtre, et qu'il s'est présenté à la montre avec une hallebarde et non avec une épée.

– Mais alors, pourquoi toutes ces questions ? fit Floret, d'un ton plus inquiet.

– Parce qu'il a disparu... Sauriez-vous où il pourrait se trouver actuellement ?

– Disparu ? Ben, non, nous ne sommes pas assez familiers pour que je sache où il va et ce qu'il fait ! Il s'est peut-être rendu chez un client, hors de Lyon ? Un cheval ou un bœuf à ferrer dans une ferme...

– Depuis quand ne l'avez-vous pas rencontré ?

– Bah, depuis hier, à la montre, où je l'ai aperçu dans les rangs des hallebardiers du pennon ! Vous le recherchez pourquoi ?

– Je vais vous demander de suivre mon sergent, Messire, pour un témoignage supplémentaire...

– Suivre votre sergent ? Mais où donc ? Un autre témoignage ? Je vous ai dit tout ce que je sais !

Il bafouillait, se troublait, sous l'emprise d'une peur panique, persuadé qu'on lui avait tendu un piège et qu'on allait le mettre en geôle sous un prétexte fallacieux.

– Rien d'autre qu'une identification... Après quoi vous serez libre de rentrer chez vous... vous avez ma foi ! lui dit Arthaud en le regardant droit dans les yeux.

Ce regard suffit à Floret pour l'apaiser et il suivit Grand-Jehan jusqu'à la salle du sous-sol, où il fut mis en présence du cadavre trouvé dans l'impasse; il reconnut sans hésitation le notaire dont il venait de décrire au prévôt le physique souffreteux et le rôle dans le contrôle des établies.

– Bien, voilà déjà une énigme de moins... conclut Arthaud lorsque le sergent lui rapporta la confirmation de Floret. Amenez-moi le potier, ce Gillet Cordier.

– Il est un peu plus calme, mais c'est tout de même un grincheux! commenta Grand-Jehan.

En effet les traits de cet homme traduisaient les affres de la colère. Il était plus jeune que le barbier, plus svelte aussi. Il entra dans la pièce avec précipitation comme quelqu'un qui n'en pouvait plus d'attendre. Sur un signe d'Arthaud, il s'assit à la place qui avait été celle de Floret mais, contrairement à ce dernier, il ne cessa de s'agiter sur le banc dont l'inconfort était calculé pour mettre les prévenus ou les témoins en infériorité face au prévôt. Et ce fut lui qui entama le dialogue, sans attendre les questions :

– Je ne comprends pas ce que je fais ici! Sang de Dieu, c'est une honte que la police de l'archevêque traite d'honnêtes citoyens de cette manière! Non seulement vos sbires m'ont arraché à mon tour en plein milieu d'une fabrication, si bien que lorsque je m'y remettrai, la terre sera devenue sèche et cassante et mon pot bon à jeter, mais en outre on me fait perdre au moins deux heures de travail! Ce n'est pas vous qui avez une famille à nourrir!

– Qui vous dit que vous retrouverez votre tour? rétorqua Arthaud d'une voix glaciale.

La remarque plongea l'intéressé d'abord dans l'ahurissement, le paralysant soudain, puis la rage l'emporta.

– Quoi? Vous voulez dire que vous m'arrêtez? Sous quel prétexte? De quoi m'accuse-t-on?

– Quels sont vos liens avec le nommé Guillemère ? coupa Arthaud qui avait décidé de terroriser le bonhomme afin de venir à bout de sa rébellion.

– Le maréchal-ferrant ?

– Oui… Vous le fréquentez, à ce qu'on m'a dit.

– Si vous croyez tous les mensonges qu'on vous conte !

– Ainsi vous prétendez ne pas le connaître… pressa Arthaud.

– J'ai pas dit ça ! Bien sûr que j'sais où est sa forge, mais j'le fréquente pas !

– Vous n'avez pas eu affaire à lui, récemment ?

– Comment ça, affaire à lui ? fit-il en haussant les épaules.

– Comme client…

– Si fait !

– Quand ?

– Il y a une quinzaine de jours… J'lui avais passé commande d'une porte à forger, pour mon four.

– Et ce jour-là, il ne s'est rien passé de particulier ?

– Vous voulez parler de la querelle qu'il a eue avec les gens des établies ?

– Précisément ! Racontez-moi ce que vous avez vu.

– Moi, j'ai rien fait ! J'étais là, c'est tout !

– Justement ! C'est votre témoignage à ce sujet que je désire…

Servi par un vocabulaire assez pauvre et les réflexions d'un esprit borné, le récit que fit le potier Gillet Cordier fut sensiblement identique à celui de Floret. Il confirma les accusations de concussion portées contre le notaire, et l'agression dont le sergent s'était rendu coupable. Toutefois, c'est à son propos qu'il ajouta :

– Mais faut dire que ce Coquillon est un sacré ribaud !

– Vous connaissez ce sergent ? demanda Arthaud, dont l'intérêt venait de se raviver. Comment dites-vous qu'il se nomme ? Coquillon ?

– C'est son surnom, en fait il s'appelle Benoît Lion.

– D'où le connaissez-vous ? Avez-vous eu affaire à lui comme sergent royal ?

– Oh nenni ! J'ai jamais eu d'affaire avec la police du roi ! C'est à la taverne du Cygne que j'l'ai rencontré plusieurs fois, car le Coquillon, il craint personne pour vider pichet sur pichet ! Un joyeux compagnon, toujours une fable à raconter pour faire rire toute une tablée... Quand il est là, on s'ennuie jamais et le tavernier y trouve son compte !

– Pourtant ce n'est pas ce caractère qu'il a démontré dans l'incident que vous venez de me rapporter !

– Ben, il est parfois violent, c'est vrai, faut pas le contrarier ! Mais avec moi, il s'est jamais fâché, et même par deux fois, il m'a invité à le suivre aux étuves de la Platière et il a payé pour moi !

– Vous n'avez pas été étonné de le voir procéder avec tant de violence contre Guillemère ?

– Ben j'ai pensé que le maréchal-ferrant était en faute ! Il avait traité les trois enquêteurs de voleurs ! On en a arrêtés pour moins que ça !

– Et le notaire, vous était-il familier ?

– Non, celui-là j'l'avais jamais vu. C'est pas le genre de gars qui fréquente la taverne du Cygne, ricana Cordier. Cet avorton doit même pas savoir rire et, avec son physique, il peut pas prétendre en imposer aux gens. On voyait bien qu'il avait besoin des deux autres pour accomplir sa tâche avec succès ! Mais le jour de la montre, il était au pré Saint-Irénée avec le consul, qui était chef du pennon. C'était ce maigrelet qui nous commandait, consultant son carnet pour vérifier notre équipement et nous dictant le rang où nous devions nous placer. Ha, ha ! Il était un peu plus fiérot, ce jour-là.

– Et Guillemère ? Vous l'avez revu depuis l'altercation ?

– Pardieu, oui. J'suis revenu à la forge lui réclamer ma porte de four, mais foutre ! Point de porte car il peut pas travailler, rapport à sa main blessée ! Je l'ai toujours pas à c'te heure, ma porte ! Et pourtant j'ai versé un quart de la somme en acompte ! Mais j'vais pas le lâcher, il m'verra plus souvent qu'il souhaiterait pour lui rappeler ma commande !

– La dernière fois que vous lui avez parlé, c'était quand ?

– Ben, j'l'ai aperçu hier, à la montre, mais j'ai pas pu l'approcher, parce que ce botel[1] de notaire m'a commandé de rester dans mon rang, celui des piquiers. Guillemère, lui, il était à trois rangs devant. Sans ce gueux de notaire, j'lui aurais répété ce qu'il me devait ! Mais qu'est qu'il y a donc avec Guillemère, que vous me faites toutes ces questions ?

– Il est introuvable, voilà ce qu'il y a ! répondit Arthaud volontairement sibyllin.

– Et vous pensez que j'y suis pour quelque chose ? s'inquiéta Cordier en cherchant à deviner sur le visage du prévôt la réponse à sa question.

Arthaud restait muet, fixant le potier.

– Ah mais non ! Mais non ! J'lui ai rien fait, à ce gars ! Il est mort, c'est ça ? Et si vous faites une enquête, c'est qu'il a été tué ? Alors vous avez pensé à moi, à me mettre l'homicide sur le dos, j'les connais, les méthodes de la police, avec les petites gens comme moi ! Déjà me forcer à venir ici, escorté des sergents, ça va ruiner ma réputation dans tout mon voisinage et puis maintenant cette accusation ! Et comment j'vais récupérer l'argent pour ma porte ? Ah mais non ! Je ne me laisserai pas traiter ainsi, j'suis innocent ! Ach… !

Il avait enchaîné ces phrases de manière si précipitée qu'il s'étrangla sur la dernière protestation, émise avec une voix de fausset qui se chargeait de pleurs rageurs.

– Nous avons bien un cadavre en effet, reprit Arthaud qui jouissait secrètement de la frayeur qu'il suscitait chez cet acariâtre… Mais ce n'est pas celui de Guillemère, ajouta-t-il avec une lenteur calculée.

---

1. Crapaud.

Il vit les traits de Cordier se détendre si brusquement à la suite de cette précision, qu'ils parurent menacer ruine, un teint verdâtre accompagnant cet effondrement.

– C'est celui du notaire, ponctua enfin Arthaud.

– Et vous pensez que j'suis le meurtrier ? demanda encore Cordier, si bas qu'on pouvait croire qu'il était à l'agonie.

– Vous venez d'avouer que vous ne l'appréciez guère !

– Pas au point de le tuer ! Qu'est-ce que j'en ai à faire de ce scribouillard ? De moi, il a pas exigé d'autre harnois de guerre que celui que j'ai coutume de porter : une pique, une salade, c'est tout ! J'suis pas assez riche pour me pavaner dans un autre équipement !

– Un sergent va vous conduire auprès de ce mort : j'ai besoin de la confirmation qu'il s'agit bien du notaire que vous avez vu officier contre Guillemère. Comprenez-vous ? Je ne vous accuse d'aucun meurtre – du moins pas pour le moment, s'empressa d'ajouter Arthaud par pure malice, car il éprouvait une forte antipathie pour ce genre de protestataire, aussi pusillanime qu'envieux. Et puis vous pourrez rentrer chez vous...

Cordier laissa échapper un profond soupir pour exprimer son soulagement puis ses lèvres se serrèrent comme celles d'un avare. Alors Arthaud – tel un chat jouant avec sa proie – ajouta à son intention, avant qu'il ne quittât la pièce :

– Cependant, il vous est interdit de vous éloigner de Lyon, car vous restez suspect... avec d'autres, rassurez-vous !

***

– Il s'agit bien du notaire en charge des établies de ce pennon, Messire : le deuxième témoin l'a identifié comme le précédent, vint lui annoncer Grand-Jehan. Je ne sais pas ce que vous lui avez dit, mais ce grincheux est reparti plus docile qu'un chien couchant ! remarqua-t-il en riant.

– À présent, il me faut obtenir de messires les consuls le nom de ce notaire ! répondit Arthaud. Mais il est tard. Nous verrons demain ! Et puis, j'aurai peut-être des informations plus précises sur Guillemère, afin de le retrouver, mort ou vif ?... Toujours pas de Bras-de-fer ? questionna-t-il encore, au moment où Grand-Jehan passait le seuil.

– Toujours pas, Messire. De bon matin, demain, j'irai le visiter en son logis !

– Très bien ! approuva Arthaud, et se souvenant de ses réflexions précédentes sur ses rapports avec ses hommes, il crut bon d'ajouter : « Rude journée, n'est-ce pas ? Mais mission accomplie ! » Ce fut sa façon de complimenter son sergent, toute de retenue et de sobriété. Grand-Jehan en parut heureux.

La neige avait cessé de tomber. Une écharpe jaune sale traînait dans le ciel, annonçant peut-être une prochaine averse. La lumière déclinante ourlait l'horizon d'une gaze légère, l'ombre l'emportait dans les rues les plus étroites, dans peu de temps il faudrait une torche allumée pour trouver son chemin. Arthaud menait son cheval avec prudence sur les pavés luisants, de rares piétons cherchaient leur équilibre en écartant les bras, interrompant leur marche brusquement pour éviter la chute. Avant d'arriver aux portes de son hôtel particulier de la rue Longue, il avait déjà établi mentalement l'ordre des tâches à accomplir le lendemain.

Dans l'écurie où il mena son cheval, il eut la surprise de voir une mule attachée. Un visiteur, à cette heure ?

IV
Dangereux secrets

Arthaud chercha Antonia, sa vieille gouvernante. Elle avait coutume de l'accueillir tous les soirs et de prêter une oreille attentive au récit de ses préoccupations. Depuis son enfance, elle n'avait cessé de lui prodiguer les soins les plus affectueux, remplaçant l'amour maternel qu'il n'avait pas connu, puisque sa mère était morte en lui donnant le jour. À présent, affaiblie par l'âge, Antonia restait l'âme de la maison et celle à qui il avait recours dès qu'il regagnait cet hôtel particulier de la rue Longue, demeure très ancienne des Varey dont il avait fait son unique logis. Il pénétra dans la vaste cuisine du rez-de-chaussée. Il y régnait une agitation inhabituelle. Perrine et Jehanne, les deux servantes qu'il avait engagées afin d'épargner dorénavant à Antonia les travaux les plus pénibles, s'affairaient autour d'une marmite rebondie qui pendait au-dessus d'un feu vif. L'une y jetait diverses racines qu'elle venait d'éplucher et qu'elle avait disposées dans une coupe de terre cuite, sur des feuilles de chou. Le blanc brillant des panais, l'orange rougeoyant des carottes et le vert profond des larges feuilles de chou composaient une palette contrastée dont la main ignorante de Jehanne détruisait l'harmonie en prélevant un à un chacun des légumes pour le plonger dans un bouillon déjà odorant. Quelques duvets blancs voletaient de la table jusqu'au sol. La poule qu'on venait de plumer, le ventre ouvert, le cou tranché, recevait de Perrine les apprêts les plus attentifs. Luisante de saindoux, frottée, tapotée, mignotée mieux qu'un riche client dans le bassin des étuves, elle allait connaître une fin glorieuse dans ce chaudron infernal, après avoir été garnie de toutes sortes d'herbes. À l'évidence, c'est Antonia qui avait donné le branle à ces préparatifs, car si elle n'officiait plus elle-même aux tâches domestiques, elle continuait à diriger toute entreprise de cuisine ou de ménage, distribuant ses ordres et ses critiques, approuvant, félicitant ou gourmandant les jeunes pucelles dont elle prétendait faire des servantes exceptionnelles par une éducation à l'ancienne et le partage de son expérience de maîtresse de maison. Les deux fillettes, de quinze ans, étaient heureusement dociles et obéissantes, et leur bon caractère, autant que le respect que leur avaient inculqué leurs parents, en faisaient des disciples soumises, au grand soulagement d'Arthaud, qui aurait mal supporté des querelles au sein de la domesticité.

– Où est madame Antonia ? demanda-t-il.

– Elle est à l'étage, dans la grand-salle, Messire ! Il y a quelqu'un avec elle, répondit Perrine en donnant une dernière claque à la poule devenue obèse, une fois farcie.

– Et c'est pour lui, ce que vous préparez là ?

– Oui, Madame nous en a donné l'ordre, elle a dit que ce seigneur resterait souper avec vous.

En grimpant l'escalier qui menait à la salle de l'étage, Arthaud imagina un instant que c'était son beau-frère, Raymond Dodieu, qu'il allait trouver. Mais il se ravisa, en songeant à la mule. Ce n'était pas l'habitude de Raymond d'enfourcher une telle monture. Il abordait les dernières marches quand il entendit la voix d'Antonia. Elle était gaie, pleine de vivacité et d'entrain, comme rajeunie de dix ans. À l'évidence, son interlocuteur lui plaisait pour qu'elle se mît en frais de la sorte. Et pourtant il ne décelait pas dans son timbre l'expression de déférence dont elle usait d'habitude lorsqu'elle s'adressait à des notables, laïcs ou clercs, qui faisaient visite à Arthaud.

Il entra donc dans la pièce, intrigué et curieux. Il voyait l'invité de dos et ne put se faire immédiatement une idée plus précise de son identité. Assis dans le meilleur faudesteuil qu'Antonia lui avait avancé devant l'âtre allumé, il devait être grand, car il dépassait de la tête le dossier du siège. Une chevelure brune, un peu longue, répartie en boucles souples révélait un homme jeune. Antonia aperçut Arthaud la première et se leva aussitôt, un large sourire aux lèvres, le regard brillant d'une joie manifeste.

– Arthaud, apprenez qui nous est arrivé, ce soir ! fit-elle tandis que celui dont elle parlait se levait et se retournait face au prévôt, arborant un sourire timide.

– Mon Dieu ! C'est vous, Gautier ? s'écria Arthaud, qui se sentit tout à coup submergé par une émotion intense.

Il détaillait chacun de ses traits, retrouvant intact le charme de ce visage qu'il avait découvert huit ans plus tôt[1], auréolé de l'éclat de l'adolescence : ce nez droit, cette bouche ferme, ce menton volontaire, et ces yeux noirs d'où émanait un regard si pénétrant. Comme il était grand ! Et comme cette silhouette, solide et virile désormais, conservait l'harmonieuse aisance qui était la sienne lors de leur première rencontre !

« Mon fils ! Mon merveilleux fils ! » se répétait-il mentalement en le contemplant, sans rien dire, riant pour ne pas pleurer.

---

1. Cf. *Un crime tissé de soie*, Les Passionnés de bouquins, 2018.

– C'est bien moi, messire de Varey. Vous m'aviez recommandé de venir vous visiter dès que je reviendrais dans cette ville, vous vous souvenez ?

La voix était un peu grave, chaude et pleine.

– Je ne suis arrivé qu'hier au soir et j'ai voulu vous revoir au plus vite ! Je n'ai pu vous prévenir par une missive, car ce voyage s'est décidé au dernier moment, j'accompagne monseigneur l'archevêque de Vienne, Guy de Poisieu, qui est chancelier du roi en Dauphiné et dont je suis le secrétaire et le conseiller.

– Une fort belle promotion ! Vous voilà au plus près des plus hauts seigneurs, à présent, mon cher Gautier ! Mais ce n'est que justice, car vous avez remporté tous les grades des universités ! Grâce à vos lettres, j'ai suivi votre carrière. Vous avez tenu parole sur ce point également, en me donnant des nouvelles tous les ans. Et vous voilà licencié en l'un et l'autre droit, aujourd'hui, proche d'un conseiller de notre souverain, un prélat influent qui vous poussera encore dans le monde. Vous serez bientôt au conseil du roi, mon ami ! Vous le méritez, si jeune que vous soyez ! Voyez, Antonia, notre Gautier, un homme accompli, à vingt-deux ans !

Il prenait Antonia à témoin, échangeant avec elle un regard complice puisqu'elle savait, elle, que Gautier était son fils, puisque la première, jadis, elle l'avait reconnu comme le portrait d'Arthaud au même âge.

– Je l'ai retenu à souper ce soir, en votre compagnie, Arthaud ! précisa-t-elle.

– Je sais ! Je suis passé par les cuisines… fit-il en riant. Vous avez fort bien fait, mais nous pouvons aussi vous loger céans, ajouta-t-il en se tournant vers Gautier.

– Je vous remercie, mais nous sommes descendus à l'auberge du Chapeau Rouge, Monseigneur et moi.

– Vous y serez bien traités, pourtant, je vous en conjure, revenez ici aussi souvent que vous le pourrez ; vous n'imaginez pas le plaisir que vous nous faites, à Antonia et à moi ! D'ailleurs, Antonia, ce soir, vous vous joindrez à notre table. Ne discutez pas !

Antonia trouva prétexte des ordres à donner en cuisine pour s'éclipser. En fait, elle voulait s'isoler pour cacher quelques larmes que l'attendrissement faisait sourdre sous ses paupières. Elle confondait désormais, dans son affection maternelle, Arthaud et Gautier, le père et le fils. Au seuil de l'escalier, elle se retourna et vit les deux hommes, assis devant le foyer, qui devisaient avec animation. En descendant les marches, elle entama une prière de louange à Dieu.

– Venez-vous en mission comme il y a huit ans ? demanda Arthaud en étendant les jambes vers la chaleur du feu. Il s'agit sans doute des mesures militaires qui sont au cœur des soucis de tous en ce moment ?

– Oui, monseigneur de Poisieu est porteur d'une lettre aux consuls et il doit leur en faire lecture au plus tôt. Il m'a chargé de les convoquer après-demain. Il compte les recevoir dans ses appartements, à l'auberge.

– Après-demain seulement ? Cette mission n'est donc pas aussi urgente que l'était celle de monseigneur de La Marieuse ? Car celui-là a fait précipiter l'organisation de la montre des habitants en prétextant que le roi était irrité par tout retard ! Nos pauvres consuls se sont donné bien du mal pour le satisfaire !

– Monseigneur doit au préalable rencontrer quelqu'un, il ne m'a pas dit qui…

– Hum ! Les tractations secrètes sont le quotidien, en cette période où chacun se méfie de son voisin. Vous l'avez sans doute remarqué en passant la porte du pont du Rhône : la ville est en état de siège, à chaque entrée veille une garnison dont l'effectif a été doublé ou triplé. Moi-même, je me suis employé à vérifier la garde des points stratégiques toute la matinée.

Je vous avoue que je suis recru de fatigue, d'autant que j'ai dû commencer une enquête pour meurtre cet après-midi.

– Un meurtre lié à la situation politique ?

– Rien n'est à exclure… Je ne sais encore que très peu de choses de la victime… Mais parlons plutôt de vous, mon cher Gautier. Pensez-vous que votre mission vous retiendra quelques jours à Lyon, ou devrez-vous repartir sitôt les consuls informés par l'archevêque de Vienne ?

– À vous je peux le confier, en toute discrétion. La tâche de monseigneur de Poisieu sera plus complexe qu'une simple remise de lettre missive au consulat. Le roi a grande confiance en lui. Il se peut qu'il en ait moins en d'autres commissaires…

– Dieu sait pourtant qu'il nous en envoie ! Toutes les semaines il en arrive, les uns portant une lettre missive, tels de simples messagers, d'autres prétendant faire exécuter des ordres exprès de Sa Majesté, et ceux enfin dont la venue est la plus redoutée, qui exigent des subsides ou des soldats pour les armées de Bourgogne ou de Picardie ! Dans quelle catégorie se rangera votre évêque ?

– Sans doute les trois ! répondit en riant Gautier. Puis, plus sérieusement, il ajouta : en réalité, si notre souverain se soucie autant de Lyon, c'est qu'il mise beaucoup sur la ville pour servir de base logistique à sa campagne militaire dans la Comté de Bourgogne. Or, des bruits sont parvenus jusqu'à lui qui dénonçaient des alliances possibles entre certains notables et le parti bressan, il n'est pas jusqu'à la loyauté de certains commissaires qui n'ait été remise en question.

– Ce qui veut dire que monseigneur de Poisieu est là pour enquêter et déterminer la véracité de ces rumeurs ?

– Vous avez compris.

– Et quel est votre rôle, là-dedans ? demanda Arthaud, laissant percer un peu d'inquiétude dans le ton de sa voix.

– Je dois écouter les propos, recueillir les bruits, faire parler les gens…

– Espionner en quelque sorte ? coupa Arthaud, sans dissimuler sa réprobation.

– Oh ! C'est un bien grand mot !

– C'est surtout une fonction dangereuse, en ce moment.

– Vous vous en exagérez le risque, car on m'identifiera forcément comme le clerc qui accompagne l'évêque ! On n'osera rien contre moi. Je bénéficie de la sauvegarde royale !

– Hum ! Oui, peut-être, après tout, que l'on ne vous dira rien de compromettant, justement pour cette raison. Ceux qui ont quelque chose à cacher ne vous feront pas leurs confidences ! conclut Arthaud, qui se rassurait ainsi.

– Ah ! Messire de Varey, vous méconnaissez mes talents ! J'ai appris la diplomatie auprès de maître Macé Picot[1], puis à la cour du Parlement, où j'ai tenu un temps le greffe. Je sais la valeur des mots et le maniement du langage et la manière d'influer sur les comportements…

– Vous m'effrayez, Gautier ! Ne m'avouez-vous pas que vous êtes devenu un de ces fourbes qui rusent pour se hausser dans le monde, un de ces courtisans sans foi ni scrupule ?

– Non, Messire, mais j'ai bien étudié les façons de tous ces gens et je suis capable de les mener à des révélations en leur faisant croire qu'ils me bernent aisément.

– Vous étiez déjà très subtil à quatorze ans ! se souvint Arthaud. Mais vous avez appris le mensonge et l'intrigue, ajouta-t-il sur le ton du regret.

– *J'ai appris à les reconnaître*, mais je ne les pratique pas, rassurez-vous, Messire ! répondit Gautier sur le ton de franchise qu'Arthaud avait toujours apprécié chez lui.

– Restez sur vos gardes, malgré tout, conseilla Arthaud. Vous aurez affaire à des gens déterminés et dangereux, si

1. Commissaire royal envoyé en 1470 à Lyon pour régler les problèmes de la fabrique royale des draps de soie. Cf. *Un crime tissé de soie, op. cit.*

vous débusquez des traîtres. Les personnages de ce genre n'hésitent pas à commettre les pires crimes pour masquer leurs turpitudes.

– Vous songez à votre meurtre de cet après-midi ? s'enquit Gautier.

– Il se peut, en effet, que ce malheureux qu'on a assassiné ait voulu jouer une partie trop fine pour lui ! Si vous aviez besoin de moi, au cours de votre mission, vous n'hésiteriez pas à recourir à mon aide, n'est-ce pas ? Promettez-le-moi !

– Je vous le promets, et je vous remercie de me le proposer.

Les servantes et Antonia apparurent avec ce qu'il fallait pour dresser la table. En peu de temps, tout fut prêt, et Arthaud prit place, avec Antonia à sa droite, Gautier à sa gauche, tandis que Perrine et Jehanne déposaient solennellement devant les trois convives, dans un grand plat aux bords relevés, la poularde fumante entourée de légumes nappés d'un jus couleur de chou, répandant un arôme délicieux d'herbes et de viande mêlées.

Mardi 13 janvier 1478, heure de tierce[1], en l'auditoire.

– Messire de Varey semblait de bien belle humeur, ce matin ! Tu as de la chance, tu n'essuieras peut-être pas une de ses fameuses colères ! Ou bien il aura oublié ton absence d'hier ?...

– Je compte pourtant aller lui demander merci pour celle-ci, répondit Bras-de-fer, car je ne crois pas qu'il soit homme à oublier quoi que ce soit ! Mais je te suis reconnaissant, Grand-Jehan de m'avoir défendu à ses yeux.

– Si tu m'avais confié les raisons qui te poussaient à déserter ton poste, j'aurais été plus convaincant, alors que je n'ai pu que bredouiller des craintes quant à ta santé, je t'ai dépeint

1. Neuf heures.

sous l'empire de la fièvre, alité… Je ne savais qu'inventer, car il m'a questionné deux fois à ton sujet !

– Ha, ha ! fit Bras-de-fer dont le visage s'était éclairé d'un sourire. J'étais bien en proie à la fièvre et je me suis alité, en effet !

– Quoi ? J'ai deviné juste ? s'étonna Grand-Jehan.

– Tu es un peu sorcier, mon ami ! se contenta de répondre Bras-de-fer.

– Mais enfin, tu vas mieux ce matin ? Tu ne parais pas trop affaibli, remarqua Grand-Jehan en observant le solide gaillard qui ajustait son épée à son côté.

– Oh oui ! Ce genre de mal vous épuise un moment, mais une bonne nuit vous en guérit ! dit négligemment Bras-de-fer.

– Cependant, ce matin, je ne t'ai pas trouvé au logis, s'entêta Grand-Jehan, frustré de n'obtenir aucune explication précise.

– Tu m'as témoigné grande charité de t'inquiéter pour moi !

– Et toi bien de l'ingratitude en esquivant mes questions, comme si j'allais divulguer tous tes secrets ! Depuis le temps que nous combattons ensemble, j'aurais pensé que j'étais pour toi un vrai compagnon et que tu ne douterais pas de ma loyauté !

Bras-de-fer fixa son compère en gardant un instant le silence. Il parut hésiter puis, rejetant les épaules en arrière, bombant le torse pour lisser des deux mains le cuir de son haubergeon [1] sur sa poitrine, il déclara :

– Je n'ai pas de secret, Grand-Jehan ! Les secrets en ces temps de guerre sont dangereux à porter, dangereux à partager ! Heureusement pour moi, je ne subis pas ces contraintes ! Tu ne m'as pas trouvé chez moi parce que quelqu'un m'a soigné en son logis. J'y ai passé la nuit !

---

1. Tunique longue, matelassée, renforcée de plaques métalliques ou de mailles cousues sur le support de tissu ou de cuir (peau de cerf le plus souvent).

– Ah ! C'est donc cela ? s'écria Grand-Jehan en riant... M'est avis que c'est plutôt quelqu'une qui a pris soin de toi ? Non ?

Bras-de-fer n'opina ni ne démentit. L'entrée bruyante d'un groupe de sergents dans la salle des gardes interrompit leur dialogue et les fit sursauter tous deux, comme s'ils étaient pris en faute. Le guet du matin allait bientôt s'organiser. Grand-Jehan et Bras-de-fer devaient en assurer le commandement. En gagnant la sortie pour rejoindre leurs chevaux, ils aperçurent deux hommes, assis sur le banc de pierre d'une salle proche du cabinet du prévôt.

– Ce sont les deux témoins qu'hier messire de Varey m'a fait convoquer ! précisa Grand-Jehan. Heureux mortel ! Tu as échappé aux désagréments d'une chevauchée sur la neige gelée, avec la bise venant vous fouetter le sang ! Dire que pendant ce temps, tu étais couché sous la couette... qui donc te réchauffait ? ajouta le sergent en riant. Bras-de-fer prit le parti de rire aussi et l'autre dut renoncer à en savoir davantage.

Bras-de-fer tourna la tête vers le cabinet du prévôt en songeant qu'il lui faudrait obtenir audience avant midi. Au même moment la porte s'ouvrit pour faire entrer un des deux témoins. Arthaud apparut dans l'encadrement ; le prévôt et le sergent échangèrent un même regard interrogateur.

***

Le frenier Claude Richereau, très nerveux, ne cessait de joindre ou tordre les mains, de parcourir la pièce du regard en roulant des yeux agrandis par l'angoisse. Il se laissa tomber sur le banc en expirant un si long soupir qu'on eût pu croire que ce fût le dernier.

– De quoi avez-vous peur, Messire ? demanda froidement Arthaud. Auriez-vous quelque chose à vous reprocher ?

– Non ! Oh non ! Messire prévôt ! Mais c'est cette convocation, en cet endroit ! Depuis hier soir que votre sergent m'a signifié que vous vouliez m'entendre, je n'ai pas cessé de m'interroger sur le motif. On vous aura raconté des mensonges à mon sujet ! Qu'est-ce qu'on a pu vous dire pour que vous m'emprisonniez ici… ?

– Halte là, Messire ! coupa Arthaud qui retrouvait dans ce délire la propension de Richereau à faire à la fois les demandes et les réponses. Vous êtes là en qualité de témoin !

– Témoin de quoi ? Je n'ai rien vu ! Si on m'a accusé d'être un traître, c'est faux ! Je suis bon sujet du roi, un honnête citoyen. Je n'ai jamais commis la moindre fraude !

– Si vous continuez à débiter de telles sottises, je vous préviens que je vous inculperai pour obstruction à mon enquête ! tonna Arthaud. Cessez ces lamentations qui n'ont aucun fondement ! Vous n'êtes ici que pour répondre à mes questions !

– Cependant, messire prévôt, c'est la vérité ! Je n'ai participé à aucun événement ni comme acteur ni comme spectateur ! Vous avez parlé de témoin, comment pourrais-je être témoin de quelque chose ?

Arthaud se demanda si ce Richereau était vraiment stupide ou s'il agissait ainsi pour brouiller l'interrogatoire.

– Vous avez appris que nous avons trouvé un cadavre dans l'impasse, non loin de la maison et de la forge dudit Guillemère ?

– Certes, oui ! On me l'a rapporté ! Mais je ne suis pour rien dans ce meurtre !

– Le cadavre est celui du notaire qui procédait avec le pennonier, maître Anthoine Catherin et un sergent royal, un nommé Benoît Lion, dit Coquillon. Ils ont dû passer chez vous comme chez tous les habitants de ce pennon ?

– Comment ? La victime, c'est le notaire ?

– Je croyais qu'on vous avait *informé* de cet assassinat? fit Arthaud avec une moue méprisante pour ce bavard impénitent.

– On m'avait juste parlé d'un homme gisant, poignardé, dans la neige... Ainsi c'était lui! répéta Richereau, affichant la mine satisfaite d'un curieux qui découvre un secret soigneusement celé.

– Vous souvenez-vous de ce notaire? questionna Arthaud, sans prendre la peine de rectifier l'exactitude des modalités du crime.

– Bien sûr! C'est messire Domenjon!

– Vous le connaissez? pressa Arthaud avec intérêt.

Richereau restait muet. Se donnait-il le temps de réfléchir aux conséquences de cette dernière précision sur « l'affaire » que la rumeur avait déjà travestie?

– Domenjon? insista Arthaud, d'une voix plus impérieuse. Il tient une officine dans votre quartier?

– Une officine, je ne sais pas! répondit Richereau. Il reçoit parfois des clients, chez lui, dans la rue Luyserne.

– Que savez-vous encore à son sujet?

– Bah! Pas grand-chose, sinon qu'il n'est guère riche et que sa pratique est réduite. Mais, apparemment, il avait saisi une occasion d'améliorer sa condition en participant à cette enquête des établies! fit Richereau avec une pointe d'aigreur dans le timbre. C'est qu'il a une famille à nourrir!

– Une épouse et des enfants? Beaucoup d'enfants?

– Oh, non! Quand je dis une famille, c'est une façon de parler!

Arthaud soupira; ce témoin l'agaçait par son verbiage imprécis et fantasque.

– Alors? Avec qui vivait-il? Si vous ne savez rien, n'inventez pas!

– Hum ! Je crois qu'il a une fille… Du moins je l'ai vu, parfois, avec une jeune garce[1] et je ne me souviens pas qui m'a certifié que c'était sa fille !

– Quel âge, cette donzelle ?

– Pas plus de quinze ans… Peut-être moins ! Avec les filles, n'est-ce pas, on ne peut vraiment être sûr ; elles ont vite des allures de femelles ! fit-il en ricanant.

– Vous qui fréquentez messire Jehan Guillemère, enchaîna Arthaud…

– Fréquenter ! C'est trop dire ! coupa Richereau. Je ne suis pas de ses familiers, d'ailleurs je ne crois pas qu'il ait beaucoup d'amis… c'est un rustre !

– Tiens, tiens ! Vous étiez tout éloge pour sa personne, hier !

– C'est différent : aujourd'hui je sais qu'il est un assassin !

– Vous accusez bien vite ! Sur quoi vous fondez-vous pour le déterminer avec autant d'assurance ? demanda Arthaud sur un ton de sévérité qui glaça son interlocuteur.

– Ben… euh… vu que c'est devant chez lui qu'on a trouvé le mort ! Et puis, tout le monde le dit !

– Un conseil, messire Richereau, si vous ne voulez pas vous trouver vous-même compromis dans une méchante affaire, ne propagez pas n'importe quelle rumeur ! Si Guillemère est vraiment le meurtrier du notaire pour la simple raison d'une altercation qu'il a eue avec lui, vous pouvez imaginer qu'il n'hésitera pas à s'en prendre à tous ceux qui lui nuisent par leurs bavardages !

Arthaud éprouvait un réel plaisir à terroriser le frenier. En dépit du profit qu'il tirait de son témoignage sur bien des points, il ne concevait que mépris et répulsion pour son caractère, estimant que Richereau était un de ces hommes lâches et stupides, inconséquents, bavards et d'une curiosité malsaine, par qui se propageaient les rumeurs les plus

---

1. Féminin de gars, sans nuance péjorative.

délétères, les peurs incontrôlables, les calomnies définitives. Il constata avec satisfaction que son avertissement avait atteint son but : le témoin semblait mal à l'aise sur son banc dont il éprouvait tout à coup l'inconfort, et ses mains qu'il tordait l'une sur l'autre tremblaient légèrement.

– Donc, puisque vous n'êtes nullement familier de Guillemère, reprit Arthaud, vous ignorez où il aurait pu se réfugier pour disparaître aux yeux de la police ?

– S'il a fui, vous voyez, c'est bien qu'il est le coupable ! renchérit Richereau, prenant le prévôt à témoin.

Arthaud enrageait ! Cet homme répondrait-il jamais à propos ?

– Ce n'est pas ce que je vous demande ! s'écria-t-il, ulcéré. Sauriez-vous où il pourrait être ?

– Vous le soupçonnez d'avoir une autre résidence ?

– Si vous persistez à répondre à mes questions par une autre question, je vous jette dans ces geôles que vous redoutez tant ! menaça Arthaud.

– De grâce, ne vous fâchez pas, Messire ! implora Richereau. Je l'ai entendu, un jour… il y a longtemps… je crois me souvenir… attendez ! à moins que ce ne soit d'un autre qu'il me parlait ?…

– Par le Christ en croix, allez-vous achever, à la fin ? éclata Arthaud, qui se retint de gifler le sot.

– Oui, je me le rappelle à présent ! Entre deux efforts, à la forge, lorsqu'il avait trop longtemps été exposé à la chaleur du feu, il se servait d'un petit vin…

Il s'interrompit, esquissant un sourire.

– Eh bien, quoi ? Que vient faire ce vin dans l'histoire ?

– Il m'a dit, en me le faisant goûter, que c'était un nectar de sa vigne, une vigne qu'il possédait sur la colline Saint-Sébastien… ou à Cuire ? se reprit Richereau en se frottant le front pour en tirer un souvenir plus précis.

Arthaud soupira : aucun espoir d'obtenir de la part de cette tête folle un témoignage plus fiable. Il restait une vérification à exiger de lui.

– On va vous conduire jusqu'à la dépouille de cet homme assassiné.

– Moi ? Mais pourquoi ? coupa Richereau, affolé.

– Il nous faut confirmation que vous identifiez le notaire.

– Mais puisque vous avez dit que c'était lui !

– Certes, mais il nous faut votre attestation qu'il s'agit bien de messire Domenjon !

– Mais, est-ce que… ce cadavre…

– Eh bien, quoi ? ironisa Arthaud qui devinait les craintes du couard.

– … n'est-il pas déjà corrompu ?

– Pas encore tout à fait, il est encore très reconnaissable, bien sûr il y a l'odeur… se plut-il à ajouter pour se venger des atermoiements de Richereau.

C'est un témoin plus pâle qu'un mort que le sergent escorta pour cette reconnaissance. Un instant plus tard, un homme un peu voûté et boiteux fut appelé auprès du prévôt.

– Messire Vagny, installez-vous céans, commanda celui-ci en indiquant le banc face à son bureau.

Vagny s'exécuta sans protester. Puis, une fois assis, il resta silencieux, raide et gauche, attendant qu'Arthaud prît la parole. Ses yeux seuls exprimaient l'anxiété qui le saisissait à se voir interroger par le chef de la police en personne, dans le bâtiment voisin des prisons de sinistre réputation.

– Connaissez-vous Jehan Guillemère, Messire ? commença Arthaud sans préambule et d'un ton sec qui ne laissait place à aucune esquive.

– Le maréchal-ferrant ?… Ben oui, messire prévôt ! Un grand gars, des cheveux de filasse comme les gens de son pays, des poings comme ses enclumes !

– De quel pays parlez-vous ? s'enquit Arthaud, qui releva au passage les traits peu flatteurs du portrait.

– Les montagnes par-delà, répondit Vagny avec un geste vague de la main désignant un ailleurs lointain. En Allemagne ou chez les Suisses… ajouta-t-il avec une grimace de mépris.

– Vous avez la preuve de ce que vous dites ?

– Y a qu'à l'entendre ! Il cause pas comme nous ! C'est un vilain qui a quitté la queue de ses vaches pour venir à la ville !

– Vous ne semblez pas l'aimer beaucoup !

– J'dis c'qui est, c'est tout ! Vous me demandez si j'le connais, j'vous dis !

Deux rides profondes cernaient ses lèvres minces et les cintraient vers le bas en un rictus mauvais. Arthaud devinait maintenant le vice secret du personnage : une jalousie que le constat de ses échecs ou de ses manques avait distillée dans tout son être. Oui, c'était bien cela ! Cet homme suait l'aigreur et le fiel.

– Vous êtes maréchal-ferrant, comme lui, n'est-ce pas ?

– *Comme lui*, pas vraiment !

– Il y a donc deux façons de ferrer les chevaux ?

– C'est que lui ne se contente pas de ferrer les bêtes, il est plus forgeron que maréchal ! Il forge toutes sortes de choses dans sa grange ! fit Vagny d'un air énigmatique.

– Quelles sortes de choses ?

– Des portes, des clous, des entraves pour les bêtes, des pièces de serrures… des bâtons ferrés… et, de là, d'autres créations, encore moins habituelles pour un maréchal-ferrant !

– Quoi donc ? pressa Arthaud.

– On rapporte qu'il forge des armes ! Certains armuriers et même des couleuvriniers ont porté plainte contre lui devant les jurés du métier…

– Quand cela ?

– Quelques jours avant la montre…

– N'auriez-vous pas contribué à publier ces contraventions aux règles du métier ?

– Moi ?

– Vous-même.

– Nenni, messire prévôt. J'ai rien fait de tel, et pourtant, j'aurais pu, car on m'a soufflé maintes fois le conseil de le dénoncer !

– Qui ?... Qui vous en a prié ?

– Oh ! Deux ou trois hommes qui sont venus me trouver chez moi, dans mon atelier, afin que je change les fers de leurs montures.

– Sauriez-vous les nommer ?

– Non... Ils ne sont pas des clients réguliers... Peut-être d'ailleurs que c'étaient ces furbisseurs[1] ou ces armuriers, lésés, qui cherchaient des preuves contre Guillemère ?

– Hum, ou bien vous les inventez devant moi ? lança Arthaud qui constata que Vagny se troublait davantage.

Celui-là était-il l'auteur de la lettre de dénonciation visant à faire passer Guillemère pour un agent de l'ennemi ? Arthaud en doutait fort : à son avis, Vagny était incapable d'une telle transposition à l'écrit de ses méchantes dispositions pour le maréchal-ferrant. Il avait sans doute œuvré dans de plus basses besognes, comme la diffusion d'un bruit malveillant, d'une critique sournoise, d'une allusion voilée qui jetait les bases d'une accusation plus formalisée. La médisance ne demandait pas des qualités d'esprit, la dénonciation anonyme, en revanche, exigeait un style et des expressions dont Vagny ignorait jusqu'à l'existence. Alors qui ? Fallait-il donner foi à une entreprise vengeresse de quelques armuriers, désireux de briser la concurrence déloyale que leur faisait un maréchal-ferrant qui se voulait forgeron d'armes ?

1. Artisans qui fabriquent ou fourbissent les armes blanches.

– Quand avez-vous vu messire Guillemère pour la dernière fois ? demanda Arthaud.

– Dimanche, à la montre ! On a failli être presque dans le même rang, sauf que moi, vu ma mauvaise jambe, le notaire m'a rétrogradé en fin de pennon !

– Ce notaire, vous le connaissez ?

– Non, je ne fréquente guère les notaires, moi !... Mais c'était le même qui était passé, quinze jours plus tôt, me signifier le harnois que je devais arborer à la montre.

– Ce harnois était-il différent de ce que vous vous prépariez à présenter ?

– Bah ! Moi, je dois une pique, un gambison de toile et une salade. Il n'y a que le gambison qu'il a trouvé trop déchiré. Il m'a fallu le raccommoder et rajouter de l'étoupe dans la doublure.

– De sorte qu'il ne vous a pas paru hostile, ou prêt à chicaner ?

– Pardieu ! Il n'a pas les moyens de jouer cette partie-là, l'avorton ! Mais il était accompagné d'un sergent qui, lui, semblait davantage expert en coquineries. Je dirais même qu'au moment où le pennonier les a rejoints chez moi, ce ruffian me proposait, en parlant doucettement, sans en avoir l'air, un marchandage bien peu honnête ! Il s'est ravisé en voyant paraître le consul !

– Que demandait-il ?

– Quelques sous – une livre en fait[1] – pour rayer mon nom du carnet des établies, rapport à ma jambe, ajouta-t-il en montrant son pied bot. Mais ce n'était pas mon vœu, car c'est déchoir que de ne plus figurer dans ces listes. Il n'y a que les gueux qui n'y paraissent plus !

– Ce sergent, vous est-il familier ? L'avez-vous déjà rencontré dans la rue du Bessal ?

1. Soit vingt sous.

– Vraiment non, mais certains m'ont affirmé qu'il est un pilier des tavernes de la Platière. Dire qu'il porte la livrée du roi ! Ils recrutent bien n'importe quel truand, au palais de Roanne !

Arthaud n'épilogua pas sur ce jugement audacieux qui aurait pu valoir à Vagny une fustigation publique ou une exposition au pilori. Il désirait exploiter jusqu'au bout les ressources de ce témoin. Étant donné la hargne qu'il nourrissait contre Guillemère, pouvait-il avoir causé sa disparition ? Il le sonda de nouveau sur ce point.

– Avez-vous eu une querelle avec messire Guillemère ?

– Pour avoir querelle, il faudrait qu'on se parle, j'vous l'ai dit : on comprend rien à c'qui dit, c'te brute ! Aussi, j'entame pas des conversations avec lui ! Alors, c'est ça le motif de ma convocation ici ? Il s'est plaint de moi, ce sauvage ? Tout c'qu'il a pu vous raconter, faut pas l'croire, il ment de la gueule comme lépreux !

– Il vous a menacé de porter plainte contre vous ? coupa Arthaud.

– Bah ! Pas directement ! Mais certains m'ont averti qu'il disait partout qu'à défaut de faire trotter les chevaux en les ferrant bien, je savais faire courir des bruits méchants contre lui, et qu'il en aurait raison devant la cour séculière. Le gueux ! Le chien ! Alors il l'a fait ?... interrogea Vagny en levant sur Arthaud un visage rendu plus ingrat encore par le masque haineux qu'il revêtait.

– Non, mais il a disparu...

– Et vous comptez sur moi pour vous dire où il est parti ? P't'être bien qu'il est retourné à ses vaches, dans ses montagnes ! fit Vagny en ricanant.

Il paraissait soulagé de ne pas avoir à répondre d'une plainte à son endroit.

– Il peut avoir disparu pour une autre raison, plus définitive ! suggéra Arthaud.

– Quoi ? mort, vous voulez dire ?… et vous pensez que j'pourrais l'avoir occis ? Ah mais non ! Et puis, vous m'avez bien vu, je suis boiteux, malingre à côté de ce géant ! J'aurais aucune chance contre lui !

– Il est des assassins qui prennent leur victime par surprise… insinua Arthaud, qui voulait inquiéter ce témoin déplaisant.

– Peuh ! J'suis pour rien dans la disparition de ce Guillemère de malheur, d'ailleurs j'suis sûr qu'il est parti parce qu'il a quelque chose à se reprocher !

– Quoi, par exemple ? demanda Arthaud qui voulait savoir si Vagny était informé du meurtre dans l'impasse menant à la forge.

– Je ne sais pas, moi ! Il est peut-être un espion de Bresse, avec son accent !

– Avez-vous des informations à ce sujet ? questionna vivement Arthaud.

– Moi, non ! Mais quelqu'un me l'a dit…

– Qui ?

– Je ne sais plus ! C'est un bruit qui courait…

– Ou que *vous* avez fait courir !

– Bah ! fit Vagny avec un haussement d'épaules et une grimace. C'est pas moi !

– Que savez-vous du meurtre qui a eu lieu hier dans l'impasse ?

– Comment ? C'est dans l'impasse qu'on a trouvé le cadavre gelé ?… Ventre Dieu !… Quoi ? C'est Guillemère, le mort ? s'étonna Vagny qui fixait des yeux effarés sur le prévôt, et marquait une stupéfaction qui sonnait juste.

Puis, après un temps de réflexion, il enchaîna :

– Ah, je comprends maintenant pourquoi vous m'interrogez comme ça depuis le début ! Moi, on m'avait raconté que le corps gisait *près des remparts*, pas dans l'impasse ! On ne m'a pas dit que c'était Guillemère !

– Vous a-t-on précisé de qui il s'agissait ?

– Non plus ! Un inconnu, d'après ce que j'ai entendu…

– Qui est ce « on » qui vous a renseigné ?

– Pff ! Est-ce que je sais, moi ? Tout le monde en parlait ce matin…

– Encore une rumeur ! remarqua Arthaud en esquissant une moue courroucée.

Il donna congé à Vagny, non sans l'obliger à aller identifier, lui aussi, le cadavre, afin qu'il ne propageât pas la fausse nouvelle de l'assassinat de Guillemère. Il apparut qu'il avait dit la vérité et que, tout en ayant reconnu le notaire auquel il avait eu affaire, il ne savait le nommer.

Un bruit de bottes et de voix derrière sa porte indiqua à Arthaud que les sergents du guet revenaient de leur ronde matinale. Peu de temps après, on frappa deux coups fermes.

– Entrez ! cria Arthaud. Il avait ouvert devant lui le cahier où il portait d'ordinaire les premiers indices concernant une enquête, et il s'apprêtait à retranscrire les interrogatoires qu'il venait de mener.

Levant la tête au-dessus de ses notes, il vit Bras-de-fer qui se tenait sur le seuil de la pièce.

– Avancez, Bras-de-fer ! commanda-t-il.

Tandis que celui-ci s'approchait, Arthaud scrutait son visage, y cherchant les traces de la fièvre dont il avait été la proie ; or il ne décelait aucun changement dans sa physionomie, mais la même robustesse des traits, le teint plus frais que jamais, l'œil vif, l'allure déliée.

De son côté, Bras-de-fer observait le prévôt et tentait de deviner l'humeur dont il allait recevoir ses explications. Il se lança enfin :

– Messire prévôt, je viens vous faire un aveu qui méritera peut-être votre courroux, mais je ne suis pas homme à vivre dans le mensonge.

Arthaud ne laissa pas d'être surpris par ces paroles. Il fit signe à Bras-de-fer de s'asseoir sur le banc ; après tout, c'était le siège idéal pour des aveux !

Être assis devant son chef, la situation était assez exceptionnelle pour faire perdre son assurance à cette âme simple. Aussi Bras-de-fer bredouilla-t-il le discours qu'il avait pourtant préparé avec soin.

– Euh ! Eh bien, voilà, Messire ! On vous a dit que j'avais été malade et que la fièvre m'avait empêché d'assurer mon service hier après-midi ? Ce n'est pas la vérité ! Non que Grand-Jehan ait voulu vous mentir, mais il a cru de bonne foi qu'il en était ainsi.

– Alors pourquoi avoir déserté votre poste ? coupa Arthaud plus sèchement.

– C'est ce que je suis venu vous exposer... prononça Bras-de-fer humblement.

– Je vous écoute !

– Euh, voilà ! commença le sergent en se tordant les mains. Hier, toute la matinée, on a fait les rondes du guet, on a chevauché ici et là, et il faisait très froid... Et puis il a neigé... Pour me réchauffer, et comme c'était l'heure de dîner, je suis entré dans l'auberge du Mouton Noir, en rue de Chalamont. J'ai commandé un potage et un vin chaud.

– Vous étiez seul ?

– Oui, Grand-Jehan, Tout-Lourd et Gros Antoine escortaient jusqu'aux prisons deux larrons pris en flagrant délit de vol dans la rue Mercière.

– Bon, alors que s'est-il passé dans cette auberge ?

– Je mangeais tranquillement au bout de la table commune, partagée par de nombreux convives très bruyants et, de là où j'étais, j'avais vue sur toute la pièce. Tantôt, je remarquai qu'un homme, entré sans mot dire, s'était glissé à droite de l'âtre, puis avait disparu derrière une petite porte qui s'ouvrait là. L'aubergiste semblait le connaître, puisqu'il ne lui avait rien demandé. J'en déduisis que c'était un parent ou un des valets qui venait aider au service. Cependant, je ne le voyais pas revenir dans la salle. Un peu plus tard, un deuxième *quidam*, entrant lui aussi sans plus de discours passa par la même porte. J'hélai la servante, une grosse fille, rougeaude et laide mais très active au milieu de tous les dîneurs. En lui commandant de m'apporter un autre pichet de vin chaud et un peu de la saucisse qui pendait devant l'âtre, je lui demandai où menait la petite porte en face de moi. Elle fit semblant de ne pas entendre la question et s'esquiva. Je la suivis des yeux, la vis parler tout bas à l'aubergiste en jetant un regard en ma direction. C'est l'aubergiste lui-même qui m'apporta la viande et le vin et, en plantant le pichet fumant devant moi, me déclara, tout en montrant la porte du doigt :

– Voici, mon prince ! Le meilleur nectar tiré de ma cave qui s'ouvre, là, par la porte à droite de l'âtre !

Je ne sais pourquoi, j'ai entendu ses propos comme une menace. J'aurais dû me méfier ! Je ne voyais pas les deux hommes repasser le seuil de la prétendue cave. « Ou bien ils vident les tonneaux du propriétaire, ou ils sont venus se rencontrer en catimini dans cette pièce secrète », me disais-je et, tout en dégustant ma saucisse, je ne quittais pas la porte des yeux. J'ai vidé mon pichet… terminé mon repas… payé mon écot ; personne ne revenait. Il a bien fallu que je quitte les lieux. Mais j'ai eu l'idée de guetter une éventuelle sortie des deux inconnus. J'avais repéré le renfoncement d'une cabane de pêcheur, au-delà de la taverne, pour m'y poster.

Dehors, le tapis de neige était déjà épais. Avec mes bottes j'enfonçais et peinais à avancer. J'avais un peu mal à la tête. Après la bonne chaleur de la taverne, l'air glacé que la bise me lançait au visage me procurait une sensation douloureuse, j'étouffais et puis, je voyais mal, un peu trouble. J'ai pensé que la saucisse devait être corrompue. Je me rappelle avoir marché en direction de mon but, la cabane de pêcheur, mais tout à coup la rue s'est dressée devant mes yeux, un mur blanc, puis un gouffre noir !

– Vous vous êtes évanoui ?

– Sans doute... Mais le plus étonnant, c'est de savoir où je me suis réveillé et combien de temps après ! murmura Bras-de-fer en baissant la tête. Il rougissait et hésitait à poursuivre.

– Dites ! pressa Arthaud, intrigué.

– Dans le lit d'une des fillettes des étuves de la Platière ! La Gillia, c'est ainsi qu'on la nomme ! Elle était très attentionnée à mon égard ; d'après elle, nous étions ensemble depuis la veille midi, nous avions dîné ensemble, car j'étais entré aux étuves en la demandant pour un jour entier, et elle m'a fait compliment d'être un vaillant compagnon ! ajouta-t-il en rougissant davantage.

– Quand avez-vous repris conscience ? questionna Arthaud, sans relever l'embarras de son sergent.

– C'était *ce matin,* deux heures avant tierce[1] ! Toutefois, messire prévôt, non seulement je ne me souviens pas de ce qu'elle affirme, mais *je suis certain que j'étais bien à l'auberge, hier à midi et non dans le lit de la Gillia* ! C'est un traquenard ! On a voulu m'éliminer ! Tout part de cette auberge ! Il faut que j'y retourne, des affaires louches s'y préparent !

– Et moi, je vous interdis d'y retourner seul ! intervint Arthaud. Ils vous ont épargné hier, ils se débarrasseront de vous la prochaine fois ! Nous irons enquêter ensemble... Une visite de la police dans cet établissement s'impose, ne serait-ce que pour vérifier la qualité de leur saucisse, ou celle de leur vin qui, à mon avis, ont été assaisonnés des herbes qui ont causé votre malaise ! Préparez-vous pour cette opération dès cet après-midi. Prenez cinq hommes avec vous.

– Je suis à vos ordres, messire prévôt, déclara Bras-de-fer, soulagé d'un grand poids.

---

1. Sept heures.

V
Pistes croisées

Bras-de-fer sorti, Arthaud se replongea dans la recension des premiers acquis de l'enquête. Depuis le début de sa carrière de prévôt, il pratiquait cette méthode des bilans intermédiaires afin de mieux asseoir ses déductions, de n'oublier aucun de ces détails qui, parfois, confrontés ou mis bout à bout, conduisaient à la résolution d'une énigme. Les interrogatoires qu'il avait menés, les constatations du barbier, les appréciations des uns et des autres sur les protagonistes de cette dernière affaire étaient déjà suffisamment nombreux pour pouvoir constituer un socle de réflexions ou de questionnements utiles à la progression de ses investigations. Il reprit donc son précieux cahier, mémoire de ses enquêtes passées, qu'il ouvrit à une double page blanche et commença à écrire :

Primo : Que sait-on de la victime ?

– C'est un notaire qui fut employé aux préparatifs et au contrôle de la montre de dimanche. Il a officié pour cela en compagnie d'un consul, maître Anthoine Catherin.

– Il se nomme Domenjon et habite en rue Luyserne.

– Il aurait une fille.

– Il était de constitution fragile, peu imposant, un être terne dans sa mise comme dans son comportement, de médiocre chevance[1].

– Il a été étranglé dans l'impasse menant aux remparts, devant la forge et la maison de messire Jehan Guillemère, introuvable depuis.

– Une querelle a opposé ledit Guillemère à Domenjon, quinze jours avant, à propos des établies concernant Guillemère. Le notaire fut accusé de participer à une fraude afin de soutirer de l'argent aux habitants.

Questions :

Son meurtre est-il lié à la querelle précédente ?

Guillemère est-il l'assassin ?

Ou bien le notaire avait-il des ennemis ?

Résolutions :

Préciser le portrait de la victime : comment et pourquoi le consulat l'a-t-il recruté pour les établies ? Interroger maître Catherin.

Interroger la fille du défunt sur les fréquentations de son père.

Secundo : Jehan Guillemère.

– Dépeint par les uns comme un bon géant, honnête et discipliné, comme un rustre capable de colère et de violences par les autres.

– Glorieux de son état, ambitieux quant à ses talents de forgeron. Ce que sa lettre de candidature pour avoir soin de l'artillerie de la ville semble confirmer.

– Disparu depuis le lendemain de la montre… jour du meurtre du notaire.

– Dispose d'une vigne sur la colline Saint-Sébastien…

1. Fortune.

– S'est fait des ennemis chez les métiers de l'armurerie qui le voient comme un concurrent illégal.

Questions :

– Est-il l'assassin du notaire ou une victime ?

– Qui a écrit la lettre de dénonciation ?

Hormis un interrogatoire de quelques représentants du métier d'armurier ou de furbisseur à son sujet, je ne vois pas comment répondre pour l'instant aux questions le concernant.

Ce n'est pas la priorité...

Cependant, en écrivant cette phrase, Arthaud se souvint de l'ultimatum lancé par Jehan de Villeneuve. Il fallait au juge une réponse rapide à la question : « Guillemère est-il fiable ou non ? », puisqu'il devait donner un avis au consulat et sans doute au lieutenant du bailli sur ce point précis : « Pouvait-on confier l'artillerie de la ville à ce maréchal-ferrant ? »

« Eh bien, ce sera non, en tout état de cause ! » songea Arthaud... « Je ferais bien de faire au plus vite mon rapport au juge sur ledit Guillemère, avant de poursuivre mes réflexions... »

Il se mit donc à la rédaction de ce résumé des faits qu'il acheva par l'annonce de la disparition de Jehan Guillemère, avec la conclusion qui s'imposait : « On le recherche, lui ou... son cadavre. » Et, bien sûr, il demandait à Villeneuve d'ouvrir officiellement une enquête criminelle sur le meurtre du notaire Domenjon.

Une fois l'encre séchée, il roula la feuille, la cacheta de son sceau, puis appela un des sergents :

– Portez tout de suite ce rôle chez messire de Villeneuve, ordonna-t-il, c'est urgent !

Il revint à ses notes, les relut ; il allait fermer le cahier quand il se ravisa : « j'allais oublier, le troisième larron de cette affaire ! » et il reprit la plume pour écrire :

Tertio : Le sergent royal, Benoît Lion, dit Coquillon.
– Tous les témoins, même ses amis, le décrivent comme un violent, un ribaud, un pilier de taverne.
– Il semble être capable aussi de concussion, de coquineries.
– Il a sorti la dague un peu promptement contre Guillemère.
Question :
– Peut-il avoir occis Guillemère ?... et Domenjon ?
Résolutions :
– Cerner mieux le quidam et comment il fut recruté.

« Hum ! un sergent dont la livrée est celle de la cour de Roanne est sous sauvegarde du souverain... Il faudra marcher avec prudence s'il doit être inquiété », réfléchit-il. « Il est sous l'autorité du lieutenant du bailli, messire Paterin ». En dépit des bonnes relations qu'il entretenait avec celui-ci, Arthaud craignait que Laurent Paterin ne revendiquât, en arguant de la majesté royale, la supériorité de sa police sur celle de l'archevêque. Pour de tels motifs, interdirait-il une investigation dont l'un de ses sergents serait l'objet ?

Il en était là de ses raisonnements lorsqu'on frappa de nouveau à sa porte. C'était le sergent auquel il avait confié le rapport, quelques instants plus tôt, qui demandait audience. Il s'avançait, timide et visiblement gêné du message qu'il était chargé de transmettre de la part du juge Villeneuve. Tous les hommes d'Arthaud connaissaient la rivalité qui existait entre le juge et le prévôt ; chacun subissait le caractère impérieux et méprisant du premier, chacun appréciait au contraire la droiture et l'équité du second. En dépit de ses colères redoutables, le chef de la police était respecté par ses subordonnés et pouvait compter sur leur dévouement sans réserve. Aussi, le messager était-il terrifié et peiné d'avoir à répéter les paroles du juge dont il ressentait toute l'âpreté et l'humiliante consonance.

– Messire de Villeneuve m'a commandé de vous dire, messire prévôt… hésita-t-il.

– Quoi donc ? parlez ! commanda Arthaud d'un ton plus curieux qu'impatient.

– « Qu'il vous veut dans son bureau sur le champ, et qu'il ne tolérera aucune excuse ni aucun délai… » Pardonnez-moi, Messire ! ajouta-t-il en baissant la tête.

– Je n'ai rien à vous pardonner, mon brave. Vous n'êtes que le messager et retranscrivez parfaitement le style de discours de monseigneur le courrier[1]. Ne vous inquiétez point et, puisqu'il y a le feu, je vais essayer de l'éteindre en me précipitant à l'étage, fit en riant Arthaud, apaisant ainsi le commissionnaire.

Une fois seul, il lâcha un juron pour détendre ses nerfs et aborder l'entretien sans trop de tension.

***

Jehan de Villeneuve ne prit pas la peine de saluer l'arrivant. Dès qu'il le vit paraître sur le seuil, il se leva de sa chayère, non pour venir à son devant, mais comme mû par un besoin irrésistible de se mouvoir tout en lui parlant. Et Arthaud fut confronté à un Villeneuve incapable de rester en place, allant et venant derrière la frontière que représentait son bureau et qui restait infranchissable à ses subordonnés, fût-ce le prévôt de police. Cette agitation, tout à fait insolite chez une personne qui affichait d'habitude la placidité d'un homme au-dessus des contingences, ne pouvait qu'intriguer son spectateur et lui faire redouter le pire. Arthaud pensait au contenu de son rapport et s'interrogeait sur les éléments qui avaient déclenché un tel état chez son supérieur.

1. Nom par lequel on désigne la fonction de juge de la cour séculière archiépiscopale.

– L'affaire est très grave ! Très grave ! répétait le juge en s'éloignant de la table pour y revenir aussitôt. Il en va de la sécurité de notre ville ! J'enrage qu'on ne m'ait pas averti plus tôt ! Mais ce retard est peut-être calculé pour nous perdre plus sûrement ?

– Je n'aurais rien eu à vous rapporter si je m'y étais pris plus tôt, répliqua Arthaud, révolté par cet emportement injuste.

– Quoi ? s'écria Villeneuve, arrêtant soudain ses pas et dardant sur son prévôt un regard de feu. De quoi me parlez-vous à la fin ? demanda-t-il sur un ton ulcéré.

– Eh bien, de mon rapport ! De cette affaire Guillemère et du meurtre du notaire Domenjon…

– Il s'agit bien de cela ! tonna Villeneuve en reprenant sa marche frénétique. Vous allez abandonner les investigations sur ces incidents sans importance ! J'ai besoin de toute votre énergie pour dénouer une affaire autrement épineuse !

Le qualificatif d'« incidents sans importance » pour désigner le meurtre d'un homme, la disparition d'un autre stupéfia Arthaud puis souleva en lui une rancœur irrépressible contre le juge. N'était-ce pas lui qui l'avait pressé d'agir pour éclairer son avis sur Guillemère ? Depuis quand la découverte de l'assassinat d'un notaire chargé d'une fonction officielle par les consuls – l'établissement d'un carnet d'établie et le contrôle de la montre – devait-il être négligé par la police de l'archevêque ?

– Mais enfin, Messire ! Je ne peux cesser d'enquêter sur cet homicide ! C'est un meurtre, et même plus, un assassinat ! le notaire a été étranglé avec une cordelette ou quelque chose d'approchant, et le lieu même, retiré – une impasse qui bute sur le rempart – montre que l'on a conduit le malheureux dans un piège. La victime est…

– Je me moque de votre crime et la victime pourrait être l'archidiacre ou le doyen du chapitre cathédral que ce serait la même chose ! interrompit Villeneuve en élevant la voix.

Je vous dis que ce qui est arrivé mérite bien davantage vos efforts d'enquêteur !

– Alors de *quoi* s'agit-il ? Expliquez-moi donc au lieu de me quereller ! osa lancer Arthaud.

Son audace figea le juge. Arthaud le vit balancer un court moment s'il se fâcherait de l'insolence de son prévôt – ce qui lui coûterait une perte de temps – ou s'il poursuivrait.

– Messire Archimbault sort d'ici et ce qu'il m'a appris a de quoi nous angoisser davantage qu'une dénonciation anonyme et que la mort d'un notaire !

– Messire Archimbault ? Le mandeur du consulat ?

– Oui, messire André Archimbault en personne, et il s'était fait accompagner par son frère, Pierre, qui le remplace de temps en temps à cet emploi. *Toute la famille Archimbault*, en somme, drapée dans son honneur de juristes et forte de l'excellente réputation dont elle jouit depuis des années dans l'exercice de sa charge, est venue me déclarer, m'avouer, me prévenir…

Arthaud enrageait du verbiage de Villeneuve. Il semblait qu'après avoir usé sa nervosité dans ces allées et venues incessantes, le juge s'exerçât dorénavant à l'épuiser par une exubérance de langage.

– … que les carnets des établies ont été *volés* ! lança-t-il enfin d'une voix étonnamment haut perchée comme s'il subissait un étranglement.

Il se retourna brusquement pour faire face au prévôt et juger de l'effet produit par cette révélation. Arthaud l'avait reçue avec le plus grand calme, ce qui ulcéra le juge.

– Eh bien, quoi ? C'est tout ce que cela vous fait ? demanda-t-il comme s'il s'adressait à un prévenu pour lui arracher des aveux. Ne comprenez-vous pas ce que cela implique pour la sécurité de la ville ? Le vol est certainement l'œuvre de traîtres à la cause du roi, et les carnets tomberont, ou sont déjà tombés, entre les mains des ennemis qui pénétreront ainsi tous les secrets de notre défense ! Que va penser le bailli ? Ne nous accusera-t-il pas d'incurie ? Ne jugera-t-il pas notre police inefficace, et peut-être même, ô Seigneur !... peut-être même nous soupçonnera-t-il d'une intelligence avec ces voleurs ! Hélas ! C'en est fait de moi ! ajouta-t-il.

– Il faut que j'interroge messire Archimbault, répliqua Arthaud sans paraître avoir écouté les lamentations de Villeneuve sur son avenir politique.

Il ne comptait pas perdre davantage de temps auprès du juge, dont les explications ne seraient jamais aussi claires ni aussi utiles que celles du principal témoin.

– Je me rends tout de suite à l'hôtel commun. Le consulat doit y siéger en urgence ?

– Eh bien, c'est là une complication que messire Archimbault a suggérée : un des consuls serait coupable de négligence dans cette affaire...

– Il a dit : « négligence » ou « trahison » ?

– Non, il n'a pas émis une si grave accusation, mais il est évident qu'il ne voulait pas endosser seul la responsabilité de cette disparition.

– A-t-il nommé le consul en question ?

– Il n'a jamais voulu... Il m'a dit que c'était votre rôle de le découvrir. Je crois qu'il craignait des représailles.

– Et vous l'avez cru ?

– C'est *messire Archimbault* ! répondit Villeneuve d'un air offusqué. Il est quasi une institution de la commune ! N'allez pas l'offenser en l'interrogeant comme un vulgaire détenu !

Il craignait toujours l'absence de révérence du prévôt à l'égard des hommes « apparents » de la ville.

– Le lieutenant du bailli est-il prévenu ? s'enquit Arthaud en ignorant l'injonction du juge.

– Bien sûr, je ne pouvais lui celer pareille nouvelle ! soupira Villeneuve.

– Cela veut dire que sa police va se mêler aussi de cette affaire, conclut Arthaud avec une moue de dépit.

– Encore une chose, messire de Varey, s'écria le juge, en pointant un doigt en sa direction, interdiction d'ébruiter la nouvelle de ce vol, de peur de déclencher un effroi général du peuple de cette ville !...

– Si le secret est éventé, ce ne sera pas de mon fait ! rétorqua Arthaud.

Il quitta Villeneuve aussitôt, prit avec lui trois des sergents rassemblés par Bras-de-fer en vue de la perquisition de l'auberge du Mouton Noir et glissa un mot d'explication à celui-ci :

– On doit remettre à plus tard la mission prévue, une affaire plus urgente me réclame.

***

– Vous avez osé ! Vous avez osé faire cela ! Vous avez prévenu messire le courrier ! rugissait Guillaume Baronnat en s'adressant à André Archimbault, réfugié dans la salle du conseil, à l'étage de l'hôtel de Charnay. Baronnat avançait, menaçant, le corps noué par la colère, en proie à une envie irrépressible de frapper ce couard, dont la dénonciation le clouait au pilori.

– Vous aviez promis d'informer le conseil... vous n'en avez rien fait... Je vous avais prévenu que je ne resterais pas votre complice ! balbutia Archimbault tout en reculant.

– Mon complice ? C'est trop fort ! C'est *vous* qui avez rangé ces carnets dans un lieu accessible aux voleurs !

– Mais c'est *vous* qui avez failli en ne venant point les transférer, comme promis ! C'est *vous* qui retardez la proclamation de cette disparition, au risque de rendre impossible toute riposte à ce vol !

– Misérable vilain ! Notaire de merde ! Dites plutôt que vous avez eu peur d'être compromis !

– Vos insultes ne vous serviront de rien devant le tribunal du roi : la traîtrise et le mensonge seront faciles à prouver… Pour moi, ma réputation suffira !

– Croyez-vous donc la mienne inférieure à la vôtre ?

– Moi, je n'ai pas fondé ma fortune en m'associant avec ce Jacques Cœur, que le Parlement et le roi ont fini par condamner pour ses frauduleuses opérations !

– Impudent coquin, mandeur conchié ! s'exclama Baronnat, en prenant Archimbault au collet et en le soulevant presque.

– Eh bien, Messires ! Il paraît que j'arrive fort à propos ! cria Arthaud depuis le seuil de la salle, tandis qu'il envoyait ses sergents occuper le rez-de-chaussée de l'hôtel commun et en interdire les entrées.

Au son de la voix du prévôt, Guillaume Baronnat lâcha brusquement Archimbault, sans renoncer cependant à le repousser avec force. Le notaire roula sur le sol jusqu'aux pieds d'un des faudesteuils réservés aux consuls. Arthaud lui tendit la main pour l'aider à se relever et, pendant que le mandeur replaçait ses vêtements dans leurs plis et rajustait son chaperon, tout en murmurant des insultes à l'endroit de son agresseur, il déclara, d'une voix sentencieuse et ferme :

– Messire Archimbault, à la déposition que vous avez faite devant messire le courrier au sujet de la disparition des carnets d'établies, il manque encore quelques précisions, je viens ici pour entendre de votre bouche l'exact déroulement des faits. Cependant il est un point que votre querelle à tous deux éclaire sans ambiguïté : c'est le nom du consul qui est compromis dans cette triste affaire. Vous n'aviez pas voulu le livrer… Je découvre que c'est vous, messire Baronnat !

– Co… comment ? Vous n'aviez pas cité mon nom ? s'étonna Baronnat en s'adressant à Archimbault.

– Je n'aurais pas dû avoir tant de scrupules ! Il faut croire que j'ai plus d'honneur que vous ! répliqua vertement ce dernier.

– Bien, Messires ! coupa Arthaud. Nous allons tout reprendre au commencement et vous allez me raconter l'histoire, en respectant scrupuleusement les détails et l'ordre chronologique. Nous sommes ici entre nous. Mes sergents ont ordre de ne laisser entrer personne dans l'hôtel.

En réalité, une telle mesure était destinée d'abord à retarder l'intrusion des sergents de Roanne, au cas où messire Paterin aurait l'intention de venir visiter les lieux du délit ! Arthaud désirait avoir un peu d'avance sur l'enquête qui serait menée par le lieutenant du bailli. Il ignorait si ce dernier possédait l'intégralité des informations sur l'affaire, il n'avait pas osé faire préciser ce point à Jehan de Villeneuve.

Une demi-heure plus tard, Arthaud avait obtenu de chacun des deux protagonistes un récit fidèle de l'enchaînement des faits. Toutefois, il restait silencieux, pensif, développant mentalement les questions et les conclusions que son esprit forgeait à partir de ce qu'il avait entendu, pesant les hypothèses qui en découlaient.

– Donc, si je vous comprends bien, dit-il enfin en s'adressant aux deux hommes, le voleur savait où trouver ces documents ? Est-ce que les notaires qui vous avaient remis chacun leur carnet ont assisté à ce rangement dans l'armoire, messire Archimbault ?

– Eh bien, non, aucun d'eux ! Ils m'ont seulement vu placer les carnets dans le coffret initialement destiné à leur transport à Saint-Jaquême. Ensuite, je suis resté dans la chambre voisine, à attendre l'arrivée de messire Baronnat, avant de rentrer chez moi !

Il avait glissé un œil torve au consul en mentionnant ce contretemps funeste.

– Vous étiez donc seul lorsque vous avez placé le coffret dans l'armoire ?

– Eh bien, euh!... Quand j'ai compris que, malgré ce qui était convenu, messire Baronnat ne viendrait pas, j'ai demandé au portier les clefs de l'armoire...

– Ah! Vous ne m'aviez pas raconté cela! souligna Baronnat sur un ton de triomphe. Voilà! c'est le portier le voleur! Parce que, bien sûr, vous avez été lui dire pourquoi vous désiriez ces clefs? ajouta-t-il en ricanant.

– S'il avait les clefs, pourquoi le portier aurait-il forcé la serrure de l'armoire? intervint Arthaud en commandant le silence au consul d'un geste de la main.

– C'est que... j'ai gardé les clefs! répondit Archimbault. Justement parce que ce que j'avais caché dans l'armoire avait trop de valeur!

– Bien! conclut Arthaud : vous allez me donner le nom de ce portier, car il faudra qu'il satisfasse à quelques questions. Mais je veux également connaître les noms des notaires qui étaient requis pour la montre, et ceux qui sont intervenus pour sa préparation.

– Ce sont les mêmes, précisa Baronnat.

– Comment les avez-vous recrutés pour cet office?

– Ils ont été sollicités après recommandation de tel ou tel membre du consulat, en général parmi les gens les mieux estimés du métier.

– En avez-vous la liste ici? insista Arthaud.

Baronnat hésita, interrogea du regard le mandeur, lequel se redressant avec gravité déclara :

– Certes, car j'ai scrupule d'archiver toutes les pièces relatives au gouvernement de cette cité. Le secrétaire, le trésorier et moi sommes une part essentielle de la mémoire collective.

– La Sainte Trinité de la commune! se moqua Baronnat.

Archimbault le toisa, haussa les épaules et alla ouvrir un placard dans le mur. Il en tira quelques feuillets, les parcourut brièvement, puis les tendit au prévôt.

– Voici la liste, fit-il. Ils sont classés par pennon.

Arthaud prit le temps de la parcourir entièrement. Il reconnut certains noms de notaires éminents, d'autres moins célèbres parmi les notables. Cependant quelque chose le troubla :

– Je ne vois pas le nom de maître Domenjon.

– Maître Domenjon ? Qui est-ce ? demanda Baronnat.

– Le notaire qui a œuvré avec maître Catherin dans le pennon de ce dernier, entre rue Écorchebœuf et Grande Charrière.

– Je ne me souviens pas avoir validé ce recrutement, répliqua Baronnat en fronçant les sourcils. Dans ce pennon, c'était maître Guillème Giraud qui s'était engagé à officier. Son nom n'est-il pas inscrit sur cette liste ?

– Si fait ! Guillème Giraud ! Vous connaissez ce notaire ?

La question s'adressait aux deux hommes. C'est Archimbault qui répondit :

– Maître Giraud… Oui, il a été consul, il y a dix ans au moins ! Il ne doit plus être bien jeune à présent !

– Pour ma part, précisa Baronnat, je ne l'ai jamais rencontré, mais je sais qu'il a une officine proche de l'église Saint-Alban.

– Oui, compléta Archimbault. Son fils, André, qui est licencié en lois, l'assiste avec plusieurs clercs. C'est lui qui doit reprendre l'étude.

– Était-il permis à ces notaires de déléguer un de leurs clercs, ou un remplaçant, à la tâche de l'établissement des carnets ?

Baronnat et Archimbault échangèrent un regard perplexe et, dans un bel ensemble, répondirent :

– Certes non !

– Et les consuls ou les notables qui figuraient dans l'équipe destinée à visiter chacun des habitants pour cet établissement étaient-ils avertis du nom du notaire qui devait les accompagner ?

– En principe, oui, répondit Baronnat.

« Alors pourquoi maître Catherin, le consul pennonier n'a-t-il pas signalé que Domenjon n'était pas le notaire annoncé ? » se demanda Arthaud, sans formuler tout haut son interrogation.

– Bien, conclut Arthaud, je vous invite à redire tout cela au lieutenant du bailli, devant lequel vous serez prochainement convoqués, puisque l'affaire touche à la sécurité de la ville autant qu'à l'ordre public.

– Que comptez-vous faire, messire prévôt ? Pensez-vous pouvoir retrouver ces carnets ? s'enquit Archimbault sur un ton inquiet.

– Comme dans toute enquête, il me faut remonter le fil, depuis l'effet jusqu'à la cause.

– Et vous avez trouvé le fil ? demanda Guillaume Baronnat, sur un ton de doute que le prévôt n'apprécia pas.

– Vous venez de me montrer un petit bout de ces fils, Messires ! répliqua-t-il. Je m'entends assez bien pour les tirer et les démêler, d'ordinaire ! Mais, de grâce, que je ne vous retrouve pas, à l'avenir, en train de vous battre !

Les deux hommes prirent cette phrase pour un congé. Archimbault quitta la pièce le premier. Baronnat allait le suivre quand il s'entendit rappeler par le prévôt.

– Messire Baronnat, j'ai d'autres questions à vous poser, à présent que nous sommes seuls.

Surpris et vaguement troublé, le consul se retourna :

– Que pourrais-je vous dire de plus, messire de Varey ? Je crois vous avoir fait un récit exhaustif... Par ailleurs, je suis assez pressé, car je me suis engagé à résoudre une affaire épineuse qui touche les prochaines décisions consulaires, il faut que je joigne une personne... au plus tôt...

– Si vous me répondez sans détour, vous ne serez guère retardé de vaquer à votre mission, Messire !

– Fort bien, je vous écoute, fit Baronnat en marquant quelque contrariété.

– Il y a deux points que j'aimerais éclaircir avec vous. Tout d'abord savoir pourquoi vous n'avez pas alerté immédiatement les consuls de ce vol, puisque vous en aviez été prévenu dès lundi matin ? Car messire Archimbault ne ment pas lorsqu'il affirme que vous n'avez encore rien révélé, alors que vous en aviez l'occasion hier, n'est-ce pas ?

Baronnat devint blême. Cependant, il redressa le buste et fit face à la vérité embarrassante.

– J'avais pensé en avertir messire Colloigne, en un entretien particulier. Il ne m'en a pas donné le temps. Il n'était préoccupé que de ce rendez-vous que nous avait donné monseigneur de Saint-Priest l'après-midi. Je n'ai pas pu obtenir de lui ce moment d'entretien, et à présent...

– À présent ?

– Eh bien, la dernière réunion avec les commissaires royaux, la dureté de monseigneur de Saint-Priest à son égard, les exigences invraisemblables qui nous ont été énoncées ont eu raison de la santé déjà défaillante de maître Colloigne. On a dû le porter chez lui, brûlant de fièvre, presque inconscient. Il est alité avec une mauvaise toux qui l'épuise et dont j'ai peur qu'elle ne le tue !

– Cependant, aux autres consuls, après cette dernière réunion, vous auriez dû parler !

– Vous ne comprenez pas ! Les commissaires exigent une nouvelle montre d'armes ! Et mes compagnons du conseil, comme j'avais mené à bien la première montre, m'ont chargé de tout entreprendre pour repousser cette nouvelle démonstration, si dommageable aux affaires des artisans et au bon déroulement des foires, en négociant avec les envoyés du roi ! Ce n'était pas le moment de leur annoncer que les carnets d'établies avaient été dérobés ! De plus, le secret le plus absolu s'impose sur le sujet ! Voilà les raisons de mon silence jusqu'à ce jour.

– Hum ! C'est surtout que votre absence, dimanche après-midi, a offert aux voleurs l'opportunité d'agir !

– M'accusez-vous d'être l'instigateur de ce forfait ? s'écria Baronnat, dans un sursaut de fierté.

– Je veux comprendre ce qui vous a empêché de venir chercher les carnets, comme cela était prévu ! énonça Arthaud sur un ton incisif.

Baronnat sembla foudroyé par la question. Il resta coi.

– Votre silence vous accuse ! Qu'avez-vous fait ce dimanche après-midi ? Est-ce volontairement que vous avez renoncé à vous rendre à l'hôtel de la ville ? Ou bien quelqu'un vous y a-t-il contraint ?

– …

– Messire Baronnat ! Je suis en droit, si vous ne répondez pas, de vous conduire aux prisons de l'archevêque, où messire le courrier vous inculpera de complicité de trahison ! Vous connaissez la sanction pour ce genre de crime ? Encore une fois, avez-vous agi en pleine conscience ou contraint ?

– Pfff ! Oui et non ! murmura-t-il en soupirant.

– Expliquez-vous ! commanda Arthaud.

– J'étais épuisé en revenant de la montre, car j'en avais eu la responsabilité ; c'était sur moi que reposaient le succès ou la faillite de cette présentation et l'appréciation des commissaires du roi. Mon armure de plates pesait sur mes épaules. J'avais eu une conversation avec messire Colloigne qui m'avait un peu retardé. Lorsque je suis enfin rentré chez moi, j'ai appelé mes valets afin qu'ils m'aidassent à me délivrer de mon harnois, ce qu'ils ont fait. Puis, j'ai commandé un bain et ils ont rempli un baquet après avoir fait chauffer l'eau…

– Et alors ? Vous avez pris un bain, oui… Mais vous n'êtes pas resté dans votre bain tout le reste de la journée ? s'irrita Arthaud, qui soupçonnait à présent Baronnat d'éluder l'aveu qui lui était demandé.

– Il y avait une nouvelle servante employée depuis peu de temps…

– Eh bien ?…

Baronnat baissait la tête et la voix. Il n'osait plus croiser le regard du prévôt.

– Elle est entrée quand les valets eurent terminé de m'installer dans le baquet… Et elle a commencé à me frotter le dos, puis elle a inventé des frôlements, des effleurements, des cajoleries qui m'ont échauffé le sang. Vous devinez ce qui a suivi !

– Votre épouse n'était-elle pas au logis ?

– Non, elle est actuellement auprès de son père, messire Pasquet le Charron, qui est très malade, il s'est retiré dans sa demeure de Saint-Cyr. Sybille a pris la gouvernance de sa maisonnée. Cela fait plusieurs semaines qu'elle est absente, alors, vous comprenez, cette jeune garce qui me faisait des agaceries… Je n'ai pas résisté.

– Tout l'après-midi ? demanda Arthaud, incrédule.

– Du bain, on est passés en mon lit… Elle était très experte… Mais ensuite, la fatigue du déduit[1] s'ajoutant à celle de la parade de guerre du matin, je me suis endormi profondément… Je ne me suis réveillé que dimanche soir, longtemps après vêpres, il faisait nuit.

– Hum ! Il faudra que j'interroge cette servante-là ! fit Arthaud le plus sérieusement qu'il put.

– Euh… Eh bien, ça ne sera pas possible… bégaya Baronnat.

– Pourquoi ? Est-elle muette ? répliqua Arthaud, partagé entre l'ironie et l'agacement devant l'attitude de Baronnat.

– Euh, voilà ! À mon réveil, elle n'était plus dans la chambre. Cela ne m'a pas étonné, j'ai pensé qu'elle vaquait à son service… Mais je ne l'ai plus revue par la suite, il semble qu'elle ait quitté mon hôtel… La honte, peut-être… Pourtant c'est bien elle qui m'a sollicité ! Une sorcière ! Très belle !

---

1. Amour physique.

– Aviez-vous bu ou dîné en sa compagnie avant de vous coucher ?

– Eh bien, oui !

– Elle vous aura certainement enherbé votre breuvage ou votre rôt pour vous plonger dans ce profond sommeil… Donc elle était complice du ou des voleurs !

– Mais comment a-t-elle pu savoir ?… Baronnat s'interrompit, l'air stupide… il cherchait à se souvenir de ses discours, des gens qui avaient eu l'occasion d'apprendre de sa bouche qu'il avait le projet d'aller à l'hôtel de la ville, l'après-midi…

Arthaud décida de l'aider :

– Par qui fut-elle engagée ?

– Je ne sais pas… D'ordinaire c'est ma femme qui s'occupe de ces choses ! Peut-être la cuisinière l'a-t-elle fait entrer dans le service ? Ou bien un de mes valets qui pouvait la connaître ?

– Ce sont donc les valets et la cuisinière qui choisissent vos gens ? s'étonna Arthaud en mettant une nuance de raillerie dans sa question.

– Certes non… Mais en ce qui la concerne, je ne me suis pas posé la question ! Je n'en ai pas senti la nécessité.

– Il me faut interroger vos domestiques…

– Comment ! s'insurgea Baronnat. Vous allez rendre publique une honte que j'ai eu tant de scrupule à vous dévoiler ? Vous allez m'humilier devant mes valets ?

Il ne se contenait plus, la tête en feu, le regard perdu. Il eût volontiers pris le prévôt à la gorge.

– Apaisez-vous ! Je n'évoquerai nullement votre relation avec cette servante, si c'est cela qui vous tourmente, même si je doute qu'ils n'en soient pas avertis. Je veux seulement la retrouver, et pour cela il me faut les indications que les domestiques sauront sans doute me donner. Je comprendrai ainsi comment elle a pu vous approcher et vous détourner des projets que vous aviez, afin de laisser le champ libre aux voleurs des carnets… Cette femme est votre justification, Messire, elle seule constitue la preuve que vous n'avez pas trahi !

– Alors, retrouvez-la, messire prévôt, retrouvez-la au plus tôt ! Et qu'on la brûle comme sorcière ! conclut Baronnat dont la rancœur grandissait avec la peur.

***

– Commençons par le portier ! décida Arthaud.

Selon Archimbault, c'était un nommé Pierre Roget, que le consulat avait engagé à cet office depuis peu de temps – trois mois au plus –, en remplacement du précédent titulaire qui avait été conduit au trépas par une méchante fièvre. Le mandeur ignorait tout de cet homme qu'il n'avait guère eu l'occasion de rencontrer jusque-là, affirmait-il. Il put cependant indiquer au prévôt que ledit Roget logeait dans l'ancienne écurie de l'hôtel de Charnay, où il occupait la chambre qui était celle de son prédécesseur. C'est donc dans la cour que se dirigea Arthaud. Il découvrit une construction postiche, comme greffée sur le parement en pierre de taille de l'hôtel et formant avec lui un contraste flagrant, tant le pisé de ses murs était dégradé. La façade étroite ne comportait, à gauche de la porte, qu'une seule fenêtre par laquelle on apercevait l'espace d'une pièce unique où deux silhouettes se mouvaient. Arthaud frappa à l'huis. Une femme malingre lui ouvrit et, apprenant que c'était le prévôt en personne qui demandait d'entrer, elle poussa un cri de frayeur et se retourna vers l'homme qui s'était dressé au fond de la chambre et faisait face au visiteur.

– Entrez, messire prévôt, lança-t-il, et toi ! Qu'est-ce qu'il te prend de t'affoler ainsi ? ajouta-t-il sur un ton rogue à l'adresse de son épouse. Pardonnez-lui, Messire, c'est une bonne épouse, mais elle est un peu sotte, reprit-il en indiquant à

Arthaud une chayère dont la forme et le bois de noyer eussent eu davantage leur place dans la grand-salle du conseil que dans cette masure.

– Vous êtes bien Pierre Roget, portier de l'hôtel de la ville ? questionna Arthaud, tandis que l'intéressé s'asseyait tranquillement en face de lui sur une chayère de même style.

– En personne ! Que me veut-on ? répondit Roget avec un flegme surprenant, comme s'il entretenait un familier.

Arthaud prit le temps de regarder autour de lui avant de révéler le sujet de sa présence. Il remarqua l'angoisse de la femme, qui avait joint les mains et dont les lèvres récitaient des prières muettes. La table, le lit au fond de la chambre étaient en harmonie avec les chayères, d'une aussi belle facture.

– Vous souvenez-vous d'avoir fourni des clefs à messire Archimbault, dimanche après-midi ? commença-t-il sans préambule.

– Tu vois, je l'avais prédit ! s'écria brusquement la femme de Roget, abandonnant ses oraisons. Ces clefs vont nous perdre !

– Tais-toi ! Folle langarde[1], orde[2] niaise ! hurla Roget en se levant d'un bond de son siège, l'air menaçant.

– Nenni ! Messire ! Je ne prétends pas qu'on se taise sur ce chapitre ! corrigea Arthaud. Il est clair que ces clefs sont au cœur d'un incident qui vous préoccupe fort !

– Foutue femelle ! se contenta de fulminer Roget.

Auprès de l'âtre où elle s'était réfugiée, la femme pleurait doucement.

– Donc vous avez remis ces clefs à messire Archimbault, reprit Arthaud. Saviez-vous quelles serrures elles ouvrent ?

– Ben, oui ! Ce sont celles de l'armoire qui est dans la chambre haute, à côté de la grand-salle du conseil.

1. Bavarde.
2. Sale.

– Messire Archimbault vous a-t-il expliqué pourquoi il les empruntait ?

– Pff! Croyez-vous que messire le mandeur estime que je mérite une explication de ses actes ? Je crois qu'il ne saurait même pas décrire ma figure, tant il regarde à travers moi, sans me considérer jamais. Depuis trois mois que je suis portier, il ne m'a pas adressé la parole une seule fois !

– Vous a-t-on déjà demandé les clefs de cette armoire par le passé ?

– L'un ou l'autre des consuls, après une séance du conseil, oui ! Je suppose qu'ils y déposent des documents nécessaires aux débats...

– Vous n'avez jamais vu ce qu'il y avait à l'intérieur ?

– Bien sûr que non !

– Tu vois ! Ça recommence ! gémit la femme.

– La paix ! cria Roget.

– Qu'est-ce qui recommence ? releva Arthaud. Vous aurait-on accusé d'une telle indiscrétion précédemment ?

– Non ! Sur ma foi !

– Alors, pourquoi ces clefs pourraient-elles vous « perdre », comme l'affirmait tantôt votre épouse ? Et ne me répétez pas qu'elle parle sans savoir ! ajouta-t-il afin d'interdire à Roget toute allégation de ce genre.

– Vous ne l'ignorez pas, puisque vous êtes là à m'interroger sur ce qui s'est passé dimanche !

– Que s'est-il passé dimanche ? fit Arthaud en feignant l'étonnement.

– Eh bien cette effraction de l'armoire, justement !

– Savez-vous ce qu'on a volé ?

– Non, mais hier matin, après avoir ouvert l'hôtel à la demande de messire Archimbault, j'ai constaté des allées et venues inhabituelles, deux hommes sont arrivés qui avaient l'air très contrariés. L'un d'eux, un notaire, était très agité et parlait d'une perte irréparable ! J'ai pensé qu'une somme d'argent importante avait disparu. C'est cela ? Et bien sûr les soupçons se portent sur moi, parce que je savais que messire Archimbault avait placé quelque chose, dimanche soir, dans l'armoire ?

– Mais, comment vous soupçonnerait-on, puisque vous aviez les clefs ? Vous n'auriez pas fracturé l'armoire !

– C'est bien là qu'est le malheur ! Messire Archimbault n'a pas rendu les clefs. Je ne l'ai pas vu quitter l'hôtel, je n'ai pas pu les lui réclamer.

– À quelle heure avez-vous fermé l'hôtel, dimanche ?

– Une heure après vêpres, et puis je suis rentré céans, j'avais froid. Il n'y a pas moyen de faire du feu dans la loge. Mais je n'ai rien volé ! Vous pouvez fouiller partout ici, vous ne trouverez pas d'argent.

– Vierge sainte ! Pourquoi nous imposer encore cette épreuve ? marmonna la femme en reniflant.

– Qu'est-ce que vous voulez dire par « encore » ou par « ça va recommencer » ? releva aussitôt Arthaud. Auriez-vous déjà connu une situation identique ? Que faisiez-vous avant d'être engagé comme portier de l'hôtel commun, messire Roget ?

Il observa de nouveau les meubles, reliques d'une situation sociale et financière meilleure.

– Depuis quatre ans, je me loue comme ouvrier de bras, dans divers travaux, mais je me suis blessé à la jambe, lors de la réfection des remparts. Quand le consulat a cherché un portier, l'un des consuls qui me connaît, par charité m'a proposé pour cette fonction de portier…

– Et avant ces quatre ans, à quoi étiez-vous employé ?

Roget ne répondit pas tout de suite. Il passa le dos de sa main sur son front, comme pour en ôter le souci.

– J'étais… le maître charpentier juré de la ville… murmura-t-il

Son épouse éclata en sanglots.

– Que s'est-il passé pour que vous n'exerciez plus votre art ?

– Une injustice, une cabale dont il fut la victime, Messire ! répondit la femme.

– J'ai été privé de la maîtrise et interdit d'exercer, énonça brièvement le portier.

– Pour quelle raison ? insista Arthaud.

– En l'an quatorze cent soixante-treize, soupira Roget, j'avais reçu commande d'un balconnet de la part de messire Guillaume Becey, procureur du roi, pour sa maison sur le pont de Saône…

– Eh bien ?

– Les consuls m'ont traduit devant la cour séculière sous l'inculpation d'avoir failli à mon serment de maître charpentier de la ville…

– Pour quel motif ?

– Un prétexte, en fait quelqu'un voulait prendre ma place…

– Mais encore ? Il fallut bien une accusation ?

– Cette construction mettait en péril, prétendaient-ils, la stabilité d'une pile du pont et elle était préjudiciable à la navigation. Ils ont insinué que j'avais bafoué mon serment de loyauté à la ville. Tout ça pour un procureur du roi, ce Becey, qui n'a rien entrepris pour me défendre !

– Ouais ! Et il y en a un à qui elle a profité, cette affaire ! renchérit l'épouse.

– De qui parlez-vous ?

– Il se nomme Jehan Chiefdeville, expliqua Roget. Fi ! Il n'est même pas de Lyon ! Mais c'est Anthoine Montain qui l'a fait venir d'Orléans ! Un de ses protégés… Moi, Montain n'a jamais pu me supporter, parce que je refusais d'être son esclave…

– Anthoine Montain ? *Maître* Anthoine Montain ? Le maître maçon responsable de la réfection des remparts ?

– Et de l'entretien des ponts… Oui, lui-même ! C'est à son rapport d'expert, remis aux consuls, que j'ai dû ma radiation, répliqua Roget d'une voix tranchante.

Arthaud considéra le visage de l'ex-charpentier : il n'y trouva plus de traces de ce flegme qui avait pu faire illusion au début de l'entretien. Les traits s'étaient creusés, durcis, dans l'œil flamboyait une sinistre flamme, les lèvres se serraient, amincies et blêmes comme celles des mourants.

« Se pourrait-il, songea Arthaud, que cet homme déchu ait imaginé le moyen de nuire à ceux qui l'avaient ainsi déclassé et humilié? Se pourrait-il que la haine qui couvait en lui ait trouvé la manière de se satisfaire, réunissant en un seul forfait la vengeance contre le roi dont son procureur ne l'a pas défendu, contre les consuls qui l'ont incriminé et contre le maître d'œuvre des fortifications qui l'a remplacé par un favori ? »

– Vous m'avez dit que l'un des consuls vous avait procuré cet office de portier. Qui est-ce?

– C'est messire Catherin, un brave homme, plein de charité, contrairement à tous ces beaux sires du consulat!

VI
Des arrangements compromettants

Sur le tapis de neige brossé par le vent glacial de septentrion, les pas de messire Guillaume Baronnat laissaient des empreintes profondes, comme la scansion d'une marche précipitée, la cadence d'un corps lourd de colère. Il fuyait l'hôtel de la ville et l'aveu honteux que ce damné prévôt venait de lui extorquer. Il voulait échapper à ce souvenir odieux et restaurer son honneur. Pour cela, il lui fallait accomplir ce qu'il avait promis à ses compagnons, les consuls : fléchir monseigneur de Saint-Priest et le faire renoncer à cette seconde montre d'armes qui serait si dommageable à tant de gens !

Il avait un plan, mais pour le mener à bien, l'aide de messire Lionnet de Roussi, directeur de la banque Médicis à Lyon, lui était indispensable. Comme il ne l'avait pas trouvé au logis ce mardi matin, il avait décidé de revenir l'après-midi, sur le rapport du commis lui assurant que le banquier serait alors de retour. C'est pourquoi l'interrogatoire du prévôt lui avait été d'autant plus pénible qu'il compromettait ses chances de rejoindre à temps l'homme dont il espérait le remède aux exigences du commissaire royal.

Messire Lionnet de Roussi tenait un vaste hôtel en la rue Juiverie, non loin de la demeure de Guillaume Baronnat. La bâtisse réunissait deux immeubles, l'un plus antique que l'autre, ce qui se lisait aisément sur les façades, l'une rythmée de fenêtres étroites et longues, surmontées d'arcs aigus prolongés de fleurs de lys, l'autre éclairée de vastes baies à meneaux, dont l'arcature supérieure adoptait la forme d'une anse de panier. Les deux constructions affichaient toutefois la même splendeur externe, grâce au riche parement en pierre de taille qui recouvrait les murs et unifiait les bâtiments. Roussi y avait à la fois sa demeure familiale et ses comptoirs; aussi, une agitation permanente régnait-elle dans la partie de l'hôtel consacrée aux affaires bancaires, dont la cour était sans cesse traversée par les commis, les messagers, les solliciteurs et les fournisseurs. Il n'était pas rare d'y voir livrer des balles de marchandises de luxe – tissus brochés d'or et d'argent, velours profonds aux teintes écarlates, cassettes de bijoux et livres précieux, et même quelques pièces d'orfèvrerie, quelques tableaux peints sur bois dont le propriétaire des lieux était un collectionneur avisé.

Guillaume Baronnat avait déjà eu affaire à messire Lionnet pour des prêts personnels ou pour les affaires de la commune. Le banquier, souvent sollicité d'avancer de grosses sommes au consulat quand les demandes fiscales du roi devenaient trop lourdes, répondait en général favorablement, afin de maintenir la prépondérance de la banque florentine sur d'autres compagnies concurrentes, de Gênes, Lucques ou Milan.

Cela ne signifiait pas pour autant que messire de Roussi fût d'un abord facile. Sous un aspect aimable, un visage mobile et souriant, un embonpoint qui révélait un bon compagnon de table, se cachait un fin négociateur, matois et ingénieux à manier les chiffres, à calculer les taux d'intérêt, *rate pour rate*[1], fort capable d'évaluer d'un seul regard l'estimation d'un gage, ou de fixer le prix de rachat d'une hypothèque au plus près du tarif usuraire. Un reste d'accent d'outre-monts, malgré la parfaite assimilation du Florentin à la société lyonnaise, chargeait ses propos d'une pointe d'afféterie : il prononçait chaque mot en faisant sonner les doubles lettres, en chantant certaines voyelles, en arquant sa phrase sur le modèle de sa langue maternelle.

Industrieux, vif et passionné, Lionnet de Roussi n'épargnait pas sa peine et voyageait parfois très loin de Lyon, dans le seul but de remporter un marché, de réaliser un bénéfice avantageux, ou de tisser une alliance diplomatique au profit de la banque, ou au service de Louis le onzième, dont il était parfois l'ambassadeur officieux. Obtenir de lui un entretien n'était donc pas chose facile.

Il était une heure après none[2] lorsque messire Baronnat pénétra dans la vaste cour du logis principal, dont il remarqua le sol dépouillé de neige, sans doute par le soin des valets, dont les pelles étaient rassemblées dans un angle. Les reins recouverts d'un large drap aux armes des Médicis, le poitrail encore fumant de sa course, un grand cheval était mené à la bride vers les écuries par un palefrenier. Le visiteur y vit la confirmation que le maître de maison venait d'arriver. Baronnat hésita un moment sur ce qu'il devait faire : revenir un peu plus tard, ou s'annoncer dès maintenant au risque d'être importun à un voyageur à peine rentré au foyer? Il se décida à entrer malgré tout, estimant qu'il valait mieux prendre rang parmi d'éventuels solliciteurs. Comme il s'y attendait, le valet qui lui ouvrit le prévint que messire de Roussi venait juste de rentrer de voyage et ne pourrait pas le recevoir tout de suite. Il insista

1. Aujourd'hui on dit au *prorata*.

2. Seize heures.

en parlant d'urgence, de menaces sur le bon déroulement de la foire, d'intérêts économiques compromis.

Un bref instant plus tard, tandis qu'il patientait dans la grand-salle de l'hôtel, confortablement installé dans un faudesteuil muni de coussins moelleux, et contemplant, posé sur un présentoir d'argent niellé, un petit carré de bois où était peinte la figure d'une Vierge à l'enfant bien différente de sa représentation dans les vitraux de la cathédrale ou les fresques des chapelles de Saint-Nizier, Lionnet de Roussi le rejoignit.

– Ah ! Messire Baronnat, Dieu vous garde ! Vous admirez ma Vierge à l'enfant ? Ne dirait-on pas une jeune fille de Toscane, si fraîche, si pure et si simple ? J'ai acheté cette œuvre délicate, le mois dernier, au maître Alessandro Filipepi[1], que monseigneur Julien de Médicis tient en grande estime et dont l'atelier est un des plus renommés de Florence.

– Elle est très belle en effet, mais on dirait plutôt une jeune fille d'aujourd'hui que la mère de notre Sauveur ! ne put s'empêcher d'énoncer Baronnat.

– Certes ! Vous n'avez pas, en France, l'habitude de mêler le sacré et le profane ! Mais je suppose que vous n'êtes pas venu pour me parler d'art ? Mon valet m'a parlé d'urgence et de menaces ?

Lionnet avait changé de visage en évoquant la perspective de difficultés économiques. Le banquier prenait la place de l'hôte amateur de beaux objets.

Guillaume Baronnat lui fit le résumé de l'entrevue de la veille entre les consuls et les commissaires royaux. Il insista sur le caractère impérieux de monseigneur de Saint-Priest, sur l'animosité latente qui s'était élevée entre celui-ci et quelques-uns des consuls. Il conclut en disant :

– Organiser la montre d'armes après-demain, comme le commandent les envoyés du roi, c'est sacrifier une journée

1. Sandro Botticelli.

de travail et de profit, les ouvroirs sans leurs compagnons et leur maître-artisan, la foire de l'Épiphanie sans chalands et sans la moitié des marchands. Messire de Roussi, vous qui êtes florentin, vous connaissez les désordres politiques que peuvent engendrer des griefs financiers ? De plus, en ces temps incertains où les ennemis sont prêts à profiter de la moindre faiblesse de notre défense – il ne pouvait s'empêcher de penser aux détails dont ceux-ci disposaient désormais par la lecture des carnets d'établies ! –, il est peu raisonnable de convoquer tous les chefs de feux sous les armes sur la colline de Fourvière !

– J'entends vos raisons et j'y suis sensible, répondit le banquier. Qu'espérez-vous de moi ? Un prêt d'argent pour faire fléchir ces commissaires ? La plupart sont accessibles à ce genre d'argument, ajouta-t-il en esquissant un sourire ironique.

– Cela s'est vu, en effet. Cependant, monseigneur de Saint-Priest est le gendre du roi, j'imagine mal que les épices lui soient aussi indispensables qu'à d'autres moins illustres ? raisonna Baronnat.

– N'en croyez rien ! J'ai fréquenté de puissants princes qui se sont montrés aussi cupides et vénaux que le plus gueux des émissaires !

– Le consulat m'a donné crédit pour quelques cadeaux de confitures, de poissons ou de torches… Je n'ai pas besoin d'une manne plus importante dans cette occurrence.

– Alors en quoi puis-je vous servir… ? s'enquit Lionnet de Roussi.

– C'est de votre habileté à négocier, de vos talents d'ambassadeur, de votre art de la persuasion que nous avons besoin ! Un intermédiaire tel que vous, qui n'est pas un inconnu dans la société de ces hauts officiers, recevra une écoute plus favorable que ne l'obtiendront jamais les consuls de cette ville, fussent-ils les plus notables personnages, les plus « apparents ». Monseigneur de Saint-Priest nous a traités comme des gens sans importance, il a fait preuve du plus évident dédain à notre égard et renvoyés, une fois ses ordres donnés, comme des domestiques !

– Ha, ha ! Oui, je l'ai un peu pratiqué à Amboise, lorsque j'étais délégué par monseigneur Laurent de Médicis auprès du roi Louis. L'orgueil lui tient lieu de cuirasse. Mais j'ai pu expérimenter sa loyauté. C'est ce qui en fait un adversaire redoutable dans l'affaire qui vous occupe : aucune fantaisie, aucune initiative, aucun sens du compromis, un parfait serviteur de la cause de son maître et parâtre ! Il ne déviera pas de la mission qui lui a été confiée ! Les gens de cette sorte sont désespérants… pour un ambassadeur, ajouta-t-il en riant tout à fait.

– Donc, vous estimez qu'il est vain de lui demander de renoncer à son projet ?

– Bah ! La difficulté stimule toujours le diplomate ! Je vais essayer de fléchir votre bourreau. J'y ai intérêt, car un jour de perdu en foire est un jour de déficit pour la banque !

– Quand pensez-vous le rencontrer ? Il nous a donné un délai fort court et, pour une montre jeudi, il nous faut publier la convocation des participants, demain au plus tard.

– Je pense le convier à souper ainsi que monseigneur de Combronde. Ces deux seigneurs ne doivent pas trop apprécier la cuisine rustique de l'hôtel du Lion. Je vais envoyer tout de suite un message d'invitation…

– Nous vous aurons grande reconnaissance, messire de Roussi ! dit Baronnat en se levant de son siège.

– Votre reconnaissance ira sans doute jusqu'à dégréver ma quote-part de l'impôt cette année ? glissa alors Lionnet de Roussi, sur un ton qui redevenait sérieux.

Guillaume Baronnat rentra chez lui, un peu apaisé. Il avait espoir dans l'intercession de ce rusé Florentin. Le banquier était accoutumé à fréquenter des nobles, des princes, voire des rois. Tout roturier qu'il était, simple bourgeois de Florence et de Lyon, mais fort du réseau européen de la banque Médicis, il se savait détenteur d'un moyen de pression absolu sur les hommes de pouvoir, au-delà des frontières politiques ou sociales.

Une fois installé dans sa demeure, Baronnat repensa aux questions que le prévôt lui avait posées quelques heures auparavant sur sa « servante-maîtresse ». Une rage rétrospective montait en lui au souvenir des allusions ironiques que lui avait méritées cette aventure. Il mesurait à présent combien il avait été berné par l'intrigante, d'autant plus que, dans ses déclarations à l'enquêteur, il avait volontairement omis d'avouer qu'il avait sombré dans un sommeil lourd, dès le moment où il fut couché. La drogue qu'elle avait glissée dans son breuvage l'avait assommé dès les prémices du déduit.

– Je n'ai même pas eu le temps de la foutre, cette lise[1] conchiée ! prononça-t-il à haute voix en punissant le bois de l'accotoir d'une lourde frappe du plat de la main.

De qui avait-il été la dupe ? Il voulait en avoir le cœur net. Il appela Robin, son valet.

– Robin, cette nouvelle servante que j'ai vue avec vous, hier, savez-vous à quoi mon épouse l'a affectée ? Puis-je l'employer au service à table ? Je vais donner un dîner demain et je voudrais savoir sur qui je puis compter ?

– Savez-vous donc point, Maître, qu'elle est plus ici ? répondit Robin, l'air gêné.

– Comment cela ? fit Baronnat, feignant l'étonnement. Qui l'a renvoyée ?

– Ben, personne ! Même si la cuisinière a souhaité son renvoi plus d'une fois ! Non, personne l'a renvoyée, elle est partie toute seule !

– Cela est invraisemblable ! Mon épouse sera sûrement très fâchée si, l'ayant engagée, elle apprend que la malveillance de la cuisinière l'a chassée de céans !

---

1. Chienne.

– Pardon, Maître, mais c'est pas la vérité ! Elle a pas été engagée par notre maîtresse, celle-là !

– Et par qui d'autre, voulez-vous ? répliqua Baronnat en faisant mine de se fâcher d'une sottise du valet.

– Ben ! On croyait que c'était par vous, Maître ! C'est c'qu'elle nous a déclaré, en tout cas !

– Et vous l'avez crue ?

– Parbleu ! Comment qu'on aurait pu deviner qu'elle mentait ? Elle était tellement fière avec nous autres, elle a tant fait enrager la cuisinière avec ses grands airs et ses dégoûts : pensez donc : elle refusait d'aller chercher l'eau au puits, de tourner la broche, de surveiller les rôts !... Elle disait comme ça que son service était à l'étage, auprès des maîtres – service « de chambre », qu'elle disait !

Baronnat songea que cette fille entendait en effet accomplir un service « de chambre », mais dans un bien méchant dessein !

– Quand est-elle entrée ici ?

– Vendredi dernier... Oui, c'était deux jours avant la montre...

– Je n'étais pas au logis ? Non, bien sûr ! Je vérifiais les noms et les surnoms de tous les habitants du pennon en ma qualité de pennonier,... avec le carnet d'établie en main, ajouta-t-il dans un souffle, pour lui-même.

Puis il se tut, cherchant la réponse à sa question : qui était informé du rendez-vous à l'hôtel de la ville, le dimanche après-midi ? À qui en avait-il parlé ? Il ne se le rappelait pas !

– Heureusement qu'elle est pas restée, elle nous aurait fait battre, c'te ribaude... crut bon de reprendre Robin, que le silence songeur de son maître rendait mal à l'aise.

– Ah oui ? Ribaude ?

– Ouais ! Entre Guyon et moi, y avait déjà des querelles qu'on avait jamais eues avant ! Ce s'rait une fillette échappée des étuves que ça m'étonnerait pas !

– Écoutez-moi bien, Robin, et essayez de vous souvenir ! Est-ce que vous – ou quelqu'un céans – saviez que je devais me rendre dimanche après-midi à l'hôtel de la ville ?

Robin afficha un visage affolé ; ce que son maître lui demandait lui semblait insurmontable : est-ce qu'il aurait pu prévoir, lui, qu'il lui faudrait répéter une parole prononcée trois jours plus tôt ? Est-ce que son maître s'imaginait qu'il écoutait ses propos comme la lecture de l'Évangile à la messe ? Il avait assez de peine à retenir les ordres donnés !

Soudain l'inspiration lui vint, son visage s'éclaira et il claironna :

– Ben non, Maître ! Puisque vous nous avez fait préparer un bain après qu'on vous a enlevé votre cuirasse !

Il était content de s'être rappelé le bain ! Satisfait de lui, il regardait Baronnat en ouvrant des yeux stupides, un vague sourire sur les lèvres.

Baronnat abandonna l'espoir de tirer de ce nigaud une information intéressante. Il le renvoya.

Livré à ses pensées, il renoua avec l'obsession du vol des carnets. Maintenant, les consuls devaient être avertis par messire le courrier ou par le lieutenant du bailli ? Peut-être étaient-ils déjà interrogés sur ordre de l'un ou de l'autre, comme il l'avait été quelques heures plus tôt par le prévôt. Qu'allaient-ils penser de lui, qui leur avait caché la désastreuse nouvelle ? Plus que jamais la réussite de la mission de Roussi auprès des commissaires royaux devenait essentielle au maintien de son crédit et de sa réputation dans le gouvernement communal. Il comptait sur cette victoire, dont le mérite lui reviendrait, pour interdire à ses compagnons consuls tout blâme ou tout soupçon à son endroit. Ces réflexions ne le soulageaient pourtant pas du lourd reproche qu'il s'adressait ; le sentiment de sa culpabilité dans ce vol continuait de l'oppresser.

Soudain, une évidence le bouleversa : il avait été le pion que l'on déplace aisément dans une partie d'échecs. Le forfait était prémédité, parfaitement organisé, les rôles distribués de longue date. On l'avait épié, espionné, joué, compromis jusqu'à le faire agir en apparence comme un traître ! Il fut gagné par la peur ; l'appréhension d'un nouveau projet malfaisant dont il serait la cible le saisit.

« Messire de Varey est un homme aguerri dans la recherche des criminels », se répéta-t-il *in petto*, afin de calmer l'angoisse qui le submergeait. Tous ses espoirs se portaient désormais sur le succès rapide de l'enquête du prévôt.

Mercredi 14 janvier 1478, une heure avant tierce[1]

Le rapport qu'Arthaud venait de réciter à messire de Villeneuve n'avait point satisfait celui-ci. Le juge avait qualifié de « temps perdu » l'interrogatoire de maître Archimbault, déclarant que les termes de la plainte pour vol qu'avait déposée le mandeur aurait dû suffire au prévôt.

– Vous disposiez déjà de tous les détails dans ce texte ! bougonna Villeneuve. Mais sans doute vous dispensez-vous de lire de tels documents avant de commencer une enquête ? Peut-être vous paraissent-ils fastidieux ? C'est comme ce que vous me dites du portier ! Qu'aviez-vous besoin d'aller vérifier qu'il n'avait pas les clefs de l'armoire, puisque messire Archimbault reconnaissait lui-même les avoir conservées ! Vraiment, on dirait qu'on a loisir de musarder de la sorte aujourd'hui !

– Messire Paterin a-t-il avancé mieux que moi dans l'enquête ? s'enquit froidement Arthaud sans révéler, pour sa défense, que ces entretiens avec les protagonistes l'avaient persuadé d'une entreprise longuement mûrie et lui avaient ouvert quelques pistes. Il jugea inutile de les exposer à Villeneuve – « ce serait une perte de temps supplémentaire »

1. Huit heures du matin.

ironisa-t-il mentalement. Il ne dit mot non plus, bien sûr, du piège préconçu dans lequel s'était laissé prendre un consul libidineux et quelque peu naïf.

– Messire Paterin a fait doubler les gardes et, en l'absence du bailli, s'emploie tout entier à des manœuvres militaires préventives. Il vous appartient de mener l'enquête policière pour débusquer les coupables et retrouver ces carnets ! Mais il est impératif que vous agissiez de conserve ; aussi lui ferez-vous un rapport des progrès de vos investigations et lui communiquerez-vous vos principales hypothèses ou conclusions…

– À messire Paterin ? s'étrangla Arthaud.

– Au *lieutenant du bailli*, oui-da ! répliqua Villeneuve, et Arthaud crut percevoir une ombre de sourire ironique sur ses lèvres. Mais peut-être se le figurait-il, tant il était ébranlé par cette contrainte humiliante.

– Mais je suis chef de la police de *monseigneur l'archevêque* !

– Et lui responsable de la police du roi, et il a délégation de pouvoir de monseigneur d'Estuer ! Cependant, je m'étonne de vos réticences : ne m'aviez-vous pas vanté le rapprochement de vos efforts respectifs et votre sympathie mutuelle ?

– Elle est toujours intacte, mais… faire un rapport ?… prendre des ordres ?

– Comme de moi, vous avez bien compris ! Messire Paterin vous expliquera ce qu'il espère de vous !

Cette phrase lapidaire donna son congé au prévôt. Arthaud sortit du cabinet du juge avec la ferme intention de ne pas obéir à une telle prescription, que le sentiment qu'il avait de l'honneur de sa fonction lui rendait odieuse.

Il décida de faire une visite matinale à quelques maîtres notaires figurant sur la liste qu'Archimbault et Baronnat lui avaient commentée.

« Maître Catherin a certainement bien des choses à m'apprendre ! » proclama-t-il tout haut afin de s'encourager à relever le défi que Villeneuve, inconsciemment, venait de lui lancer.

Il était à peine tierce[1], une heure bien matinale pour visiter ledit Catherin, mais Arthaud se persuada qu'un obstacle de ce genre tomberait devant l'urgence de la situation. Le notaire, consul de surcroît, ne pourrait s'opposer à son enquête, sous peine de devenir suspect. Pour l'instant c'est son témoignage qu'Arthaud voulait recueillir. Il se rendit donc, seul, dans la maison où il demeurait, en la rue du Palais. La façade assez large, le parement soigné distinguait peu la bâtisse de ses voisines, toutes également élégantes et hautes de deux ou trois étages. Des clous de bronze doré étoilaient la porte de bois, à laquelle pendait un lourd marteau qu'Arthaud actionna vigoureusement. Un valet ouvrit presque aussitôt et ne fit aucune difficulté à introduire le prévôt de l'archevêque jusqu'à son maître, lequel reçut Arthaud fort aimablement, dans son antichambre.

– Ah ! messire prévôt ! Vous voici à cause de ce vol, n'est-ce pas ? s'écria Catherin sans laisser à son visiteur le temps de s'exprimer. Je viens d'en être informé par messire Archimbault. Quelle calamité ! Qui a pu faire une chose pareille ?

– C'est ce que je vais essayer de comprendre avec vous, maître Catherin !

– Avec moi ? répéta, surpris et vaguement inquiet, le notaire... Si je puis vous aider, bien sûr... Mais je ne sais rien !

– On croit souvent cela, mais ce n'est qu'une illusion, répliqua Arthaud, volontairement évasif. Voulez-vous bien répondre à quelques questions ?

– Euh... certes, volontiers... dites !

– Vous avez été le pennonier en charge du quartier allant de l'Erberie à la Lanterne, n'est-ce pas ?

– Oui, mais ce n'était pas moi qui avais en main le carnet.

1. Neuf heures.

– Justement ! Qui était le notaire qui officiait avec vous ?

– Il se nomme Domenjon… Claude Domenjon…

– Êtes-vous sûr ? Domenjon ? Pourtant ce n'est pas le nom qui est inscrit sur cette liste… fit Arthaud en exhibant la liste fournie par Archimbault et en pointant le doigt sur le paragraphe décrivant l'équipe en charge des établies de ce pennon de la Lanterne. Voyez : « Maître Guillème Giraud » ! C'est écrit en toutes lettres ! Il n'y a point de Domenjon !

– Euh… oui… hésita Catherin, en fait… vous allez comprendre… il n'y a point de mystère ! Maître Giraud est âgé et, le jour où il devait officier avec moi et le sergent, il était souffrant… Il a renoncé… J'ai dû trouver quelqu'un pour le remplacer !

– Mais, en aviez-vous le droit, sans en informer le consulat ? demanda Arthaud.

– Pardieu, messire prévôt ! s'irrita Catherin. Étant moi-même consul, je n'ai pas cru devoir quémander une autorisation qui m'aurait, de toute façon, été accordée !

– Soit ! concéda Arthaud. Alors comment avez-vous fait le choix de ce Domenjon ? Le connaissiez-vous ?

– Il m'a été recommandé, comme un pauvre clerc, très méritant, un veuf avec une fille à élever. Le malheureux n'a qu'une maigre chevance et cette participation à l'enquête des établies était promesse d'honoraires bienvenus. J'ai agi par charité, et aussi par intérêt, car j'étais bien en peine de trouver quelqu'un au dernier moment !

– Fort bien ! Est-ce qu'il a mené son office avec compétence ? demanda Arthaud, sans paraître accorder à cette question une grande conséquence.

– En vérité, il n'a pas incarné parfaitement l'autorité de la fonction : trop effacé, gauche, parfois maladroit avec les gens à qui il s'adressait. Si je n'avais pas été là, ainsi que le sergent en renfort, il n'aurait pas obtenu grande coopération des habitants, je crois.

– Il y a eu des résistances ? Des incidents ?

– Euh... oui ! Avec un maréchal-ferrant, cela s'est mal passé... bredouilla Catherin.

– Précisez ! Que signifiez-vous par « mal passé » ?

– Cet homme a insulté Domenjon, l'accusant de procéder contre argent à des modifications dans les obligations des établies. Entre eux, le ton est monté, mais le clerc avait le dessous ! Alors le sergent est intervenu... brutalement... des coups ont été échangés... la dague du sergent a blessé le forgeron ! J'ai dû user de mon autorité pour que cela ne dégénère pas !

– Avez-vous consigné cet incident ? Y a-t-il eu des poursuites ?

– Non, car il y avait tort et excès de part et d'autre !

– Hum ! Je vois ! fit sèchement Arthaud, sans dissimuler ses réserves sur la manière dont le consul avait occulté l'incident. Est-ce que Domenjon s'est occupé aussi du contrôle des harnois le jour de la montre à Saint-Irénée ?

– Oui. Son engagement valait aussi pour dimanche.

– Résumons ! C'est Domenjon qui a procédé à la confection du carnet ? C'est lui qui a inscrit les noms et les harnois de chacun dans ce document ?

– Certes ! Cela était dans ses compétences ! Il a une très belle écriture.

– Et c'est encore lui qui a remis le carnet à messire Archimbault, dimanche, après la dispersion de la montre ?

– Eh bien, oui-da ! Forcément ! concéda Catherin, visiblement gêné.

– Cependant, il n'a pas avoué au mandeur qu'il remplaçait maître Giraud !

– C'est que... murmura Catherin.

– Quoi ? pressa Arthaud.

– Je lui ai prescrit de n'en rien dire ! lâcha Catherin, dont le teint devenait cramoisi. C'était pour éviter les complications !... Il vous confirmera lui-même qu'il n'a fait que m'obéir ! Vous ne pouvez l'accuser du vol des carnets ! C'est un brave homme, même s'il ne paye pas de mine !

– Qui a réglé les honoraires de maître Domenjon ?

– Comment cela ?

– Domenjon n'a pu recevoir ses honoraires du trésorier du consulat, puisqu'il n'existe pas pour lui. Est-ce maître Giraud qui s'en est acquitté ?

– Je ne sais pas ! Demandez-le à l'intéressé !

– Je ne peux le demander qu'à maître Giraud lui-même.

– Pourquoi ? Domenjon n'est pas à Lyon ?

– Si fait, mais il est incapable de parler.

– Comment cela ? Est-il malade ?

– Il est mort !... Assassiné !

– Hein ? Quand ? cria presque Catherin.

– On a trouvé son cadavre lundi.

– Vous pensez qu'il a pu commettre le vol ? prononça messire Catherin à voix basse... Mais alors, ce serait ma faute !

Effaré, il mesurait toute l'ampleur de sa responsabilité.

– Je voulais seulement agir pour son bien ! Le tirer d'embarras ! Et je l'aurais conduit à commettre un vol odieux ? J'aurais contribué à sa mort ? Quelle horrible pensée !

Arthaud considérait Catherin et ne pouvait déterminer s'il était vraiment sincère.

– Trouvez le meurtrier au plus vite, de grâce, messire de Varey ! Délivrez-moi de ce remords ! reprit le notaire avec l'expression d'un chrétien livré aux fauves.

Après les injonctions pressantes de Baronnat, celles d'Anthoine Catherin ! se dit Arthaud. Décidément, mon enquête est censée soulager bien des consciences !

– Une dernière question, maître Catherin, vous avez déclaré que Domenjon vous avait été recommandé comme un pauvre homme à secourir...

– C'est exact !

– Qui s'est entremis ainsi pour vous signaler sa situation ?

– C’est monseigneur Jehan de La Marieuse…
– Le secrétaire du roi qui a fait exécuter la montre d’armes ? s’étonna Arthaud.
– Lui-même…
– D’où connaissait-il Domenjon ?
– Je l’ignore… Je n’ai rien demandé… Sa caution suffisait ! Domenjon avait une lettre de recommandation de sa main.
– Vous aimez à faire la charité, maître Catherin ?
– Lorsque je peux aider mon prochain…
– J’ai rencontré Pierre Roget…
– Ah oui ! Un bien brave homme, qui a pâti d’une injuste condamnation.
– Émise par vos prédécesseurs au consulat !
– Certes. Il est difficile d’oublier ses intérêts privés lorsque l’on est consul.

En quittant l’hôtel du notaire, Arthaud se demanda si Catherin s’appliquait cette maxime. Fallait-il croire à la bonne foi de ce consul, dont la charité avait contribué à placer deux de ses protégés dans des fonctions qui auraient facilité le vol des précieux carnets ? Domenjon, s’il était compromis dans ce forfait, avait-il agi seul ? Il aurait pu bénéficier de l’aide du portier, qui savait où avaient été cachés les carnets. Une autre interrogation le taraudait : quel était le lien entre ce clerc besogneux et le secrétaire du roi, Jehan de La Marieuse ?

Pour l’instant, il désirait en savoir davantage sur la défection tardive de maître Guillème Giraud : était-elle fortuite ou préméditée ? Et la faiblesse du notaire, véritable ou inventée ? Il marcha à grands pas en direction du palais de Roanne, longea le bâtiment de la sénéchaussée royale, remarqua à travers le portail ouvert l’effervescence qui régnait dans la cour, où nombre de sergents et d’hommes d’armes se trouvaient rassemblés. Un peu plus loin, tournant à gauche, il s’engagea dans la ruette qui menait au port de Roanne. C’était là, dans la maison proche de l’église Saint-Alban, que Giraud tenait son officine, laquelle était signalée par une enseigne colorée figurant une plume et une écritoire. La demeure n'offrait pas un moins bel aspect que celle de Catherin. Sa situation, dans une rue plus étroite et plus discrète que la rue du Palais, lui conférait cependant un charme plus rustique, l'allure d'une maison campagnarde s'ornant d'un jardin, dont les arbres jetaient par-dessus la voie des branches dénudées, ourlées de neige.

Arthaud se fit connaître du portier, exigea de s'entretenir immédiatement avec maître Giraud On le fit monter à l'étage, où deux pièces qu'il traversa abritaient plusieurs clercs penchés sur des pupitres, s'appliquant les uns à grossoyer[1] des actes, les autres à les ordonner[2] en vue de leur expédition[3], selon un rituel bien réglé qui ne paraissait tolérer aucune fantaisie. C'est pourquoi le valet fit signe au prévôt de ne faire aucun bruit en passant entre les deux rangées de pupitres, afin de ne pas distraire les tabellions dans leur ingrat travail de scribes. La deuxième pièce communiquait avec les appartements du notaire. Arthaud rejoignit le maître de maison dans une salle dont les tentures de velours sombre retenaient la douce chaleur diffusée par le feu nourri de l'âtre. Un mobilier simple et élégant offrait confort et intimité.

Giraud fit prendre place à son visiteur dans une cathèdre sculptée de fines cannelures et rehaussée de coussins d'un or éclatant. Il s'assit en face de lui. C'était un homme d'une quarantaine d'années, de forte corpulence, de haute stature. Sur des épaules carrées, une tête massive, aux traits lourds, au regard vif et dur, une physionomie volontaire, rien de fragile, rien de maladif, nota tout de suite Arthaud.

1. Recopier les actes originaux.
2. Leur adjoindre les formules légales
3. Leur validation.

– Vous désiriez rencontrer mon père, messire de Varey, commença sans tarder le notaire. Hélas ! Il n'est pas en état de vous recevoir. Je suis son fils, André Giraud, licencié en lois, son principal collaborateur. Vous pouvez me poser les questions que vous désirez, j'y répondrai au même titre que mon père, je sais toutes ses affaires.

– C'est fâcheux, pourtant, car mes questions vont porter sur un engagement que votre père a pris tantôt et qu'il n'a pas honoré, répliqua Arthaud, qui désirait faire comprendre à cet homme, trop sûr de lui, qu'il ne s'en laisserait pas imposer.

– Mon père n'a pas l'habitude d'être défaillant à l'égard de la clientèle, vous devez avoir été mal informé, Messire ! Encore une de ces lettres de dénonciation anonyme, je suppose ? suggéra André Giraud avec une moue de dédain.

– Êtes-vous destinataire de telles missives ? s'enquit Arthaud.

– Ces temps de guerre ne sont pas propices à l'unité, et les envieux sont légion ! se contenta de répondre André Giraud.

– Avez-vous des exemplaires à me montrer ?

– Nenni, Messire. Ce genre d'écrits ne mérite pas d'être collationné, mais de se consumer dans l'âtre !

– Mais qu'insinuent-ils à votre sujet ?

– Eh bien, ce que vous semblez évoquer vous-même aujourd'hui, messire prévôt : concussion, faux en écriture, intelligence avec l'ennemi bourguignon, complot contre le consulat… etc.

– Ce n'est pas une faute professionnelle à laquelle je faisais allusion, mais à une défection dans la préparation récente des établies… Votre père s'était engagé à figurer au côté de maître Catherin pour constituer le carnet d'établie du pennon de la Lanterne. Son nom figurait sur la liste des notaires recrutés pour ce faire…

– C'est exact. Mais il s'en est expliqué avec maître Catherin. Est-ce lui qui se plaint à présent ? Je lui avais pourtant proposé un de nos clercs pour remplacer mon père, car il est alité depuis plusieurs jours, incapable de poser un pied par terre, tant la goutte le martyrise. Il n'aurait pas pu faire le tour du pennon !

– Affirmez-vous que maître Catherin n'a pas accepté votre offre ?

– Il a paru accepter dans un premier temps, puis, très vite, il m'a fait dire qu'il avait trouvé quelqu'un.

– Pourquoi proposer un clerc et non vous-même pour remplacer votre père ?

– Hum ! J'avais beaucoup de travail… Je ne pouvais le négliger pour cette tâche.

– Pourrais-je rencontrer le clerc que vous proposiez ?

– Ma parole devra vous suffire, messire prévôt, répondit André Giraud sèchement, car ce clerc nous a quittés. Il ne travaille plus avec nous.

– Fâcheuse coïncidence ! Pourquoi ce départ ?

– Un projet familial, je crois. Il voulait rejoindre les siens à Grenoble…

– Comment se nomme-t-il ? Où habite-t-il ?

– Il s'appelle Pierre Petit. Jusqu'alors, il était locataire de maître Étienne Colloigne, dans la rue Saint-Georges. Mais il aura quitté ce logement à présent.

– Connaissez-vous un certain Claude Domenjon ?

– Je ne crois pas, qui est-ce ?

– Est-ce que monseigneur Jehan de La Marieuse a eu affaire à votre étude ? demanda Arthaud, sans répondre à la question précédente.

– Jehan de La Marieuse, le commissaire royal ? Vous voulez dire… comme client ?

– Par exemple, oui !

– Si c'est le cas, ce n'est pas moi qui ai traité le dossier. Il faut que je me renseigne. Je vous enverrai un message quand j'aurai la réponse.

– Ne puis-je vraiment pas parler à votre père ? La podagre est un mal douloureux, mais elle n'ôte pas la conscience.

– En effet, mais la fièvre le tient depuis deux jours, au point que toute visite lui est interdite, affirma André avec une conviction impérieuse. De plus, le barbier vient de le saigner ; le tourmenter de questions serait compromettre sa guérison.

– Je m'en voudrais d'être la cause d'une aggravation de son état, maître Giraud, rétorqua Arthaud sur le même ton acerbe. J'attendrai donc qu'il se rétablisse. D'ici là, je vais poursuivre mes investigations sur ce qui s'est passé avant et pendant la montre…

– Puis-je savoir pourquoi vous menez cette enquête sur les établies ? En quoi la défection de mon père est-elle si grave ? Pourquoi vos questions à propos du commissaire royal ? A-t-il décidé de punir son absence à la montre ?

– Je ne saurais satisfaire votre curiosité, Maître, je le regrette. Mais lorsque votre père ira mieux, je lui révélerai ce qui le concerne dans mon affaire ! N'oubliez pas ! J'attends vos informations sur un dossier éventuel concernant monseigneur de La Marieuse !

Arthaud laissa André Giraud un peu moins placide qu'il ne l'avait trouvé.

Une averse de neige le surprit au sortir de l'étude du notaire. Il jugea cependant qu'il avait le temps de pousser jusqu'en la rue Saint-Georges, à la recherche de ce Pierre Petit, avec l'espoir qu'il n'eût pas mis à exécution son projet de quitter la ville.

La rue étant fort longue, une fouille de chaque immeuble ne pouvait s'envisager. Arthaud entra dans la boutique d'un boulanger située à la croisée de la rue Ferrachat. À défaut de connaître le clerc, l'artisan saurait peut-être lui indiquer les maisons qu'Étienne Colloigne proposait à louage.

– Maître Colloigne, oui, je sais qu'il habite une des plus belles demeures en Gourguillon, mais je n'ai pas sa clientèle.

Il ne mangerait pas mon pain, trop grossier pour sa bouche ! précisa-t-il en laissant voir autant de rancœur que de dépit.

– Ce n'est pas son hôtel que je cherche, mais un de ses inquilins[1], un certain Pierre Petit, clerc de notaire…

– Attendez ! Ce s'rait pas un grand gars qui n'a qu'la peau sur les os ? Guillemette ! appela-t-il d'une voix rude en tournant la tête vers l'arrière-boutique.

Une femme rajustant sa coiffe à la hâte sur des cheveux ébouriffés surgit, la sueur ruisselant sur son visage rougeaud.

– Je nettoie le four, qu'est-ce que tu m'interromps ? bougonna-t-elle.

– C'est messire le prévôt qui cherche un Pierre Petit… Celui qui nous doit trois sous de la quinzaine dernière, ça s'rait pas lui qui autrefois était locataire de maître Colloigne ?

– Ben si ! Qu'est-ce qu'il a fait que le prévôt coure après lui ? reprit la femme, dont l'air revêche accentuait la laideur. S'il va en prison, ils sont perdus, nos trois sous ! J't'avais bien dit de pas lui faire crédit ! T'es trop bête !

– Où habite-t-il ? coupa Arthaud.

– Oh, pas tout près ! souffla la mégère. Il a dû faire des dettes dans toutes les boutiques du fond de la rue, alors il a fini par fréquenter la nôtre, dame ! Pour continuer à vivre aux dépens des honnêtes gens !

– Il demeure donc plutôt vers la porte Saint-Georges ? pressa Arthaud, que ce discours dépourvu d'aménité ulcérait.

– Pff ! Ils sont quatre dans leur masure, déclara-t-elle. Une maison basse, toute pelée en façade, au-delà de l'église.

Arthaud se fia à ce témoignage et, dépassant l'église Saint-Georges, il repéra, sur la gauche de la rue, une maisonnette qui correspondait à la description de la boulangère. Il frappa à l'huis. Une femme en cheveux, tenant un enfant d'un an à peine sur le bras, lui ouvrit. Il se présenta. Sans s'inquiéter

1. Locataires.

des raisons de sa visite, comme indifférente et soumise à tout nouveau malheur, elle l'introduisit dans le logis. La pièce était pourvue d'un mobilier très modeste : un unique banc à dossier et deux tabourets, une table dressée sur deux tréteaux boiteux, près d'un coffre rustique, un brasero sur lequel était placée une petite marmite. Dans un des murs, des placards dont certaines portes manquaient laissaient voir un peu de vaisselle de terre cuite, un pot, deux pichets. À travers le chambranle d'une porte ouvrant sur ce qui devait être une seconde salle, Arthaud aperçut un châlit recouvert d'une couette. Mais pas de cheminée, le brasero à moitié éteint ne chassait pas l'humidité glacée qui suintait des murs et semblait coller aux meubles. La femme paraissait lasse et passive. Elle s'assit sur le banc, devant la table sur laquelle il n'y avait pas d'autre nourriture qu'un gros pain qui avait l'air aussi sec que le morceau de lard à côté de lui. Elle émietta une tranche du pain, trempa chaque morceau dans un bol de vin coupé d'eau, et en nourrit l'enfant. Tous deux étaient fort maigres, les yeux agrandis par la faim, le teint gris.

– Votre époux n'est pas ici ? s'enquit Arthaud.

– Il va revenir bientôt, il est allé voir s'il pouvait se louer sur le port du Sabliz. Il est parti avec le frère de celui-ci, fit-elle en désignant l'enfançon comme s'il était un étranger pour elle.

– Ah ! fit Arthaud, honteux tout à coup.

Il pensa quitter les lieux, cesser d'imposer sa présence à cette malheureuse que le sort avait écrasée et qui n'avait même plus la force de se plaindre. Il se levait déjà quand la porte tourna sur ses gonds et Pierre Petit entra, accompagné d'un garçon de cinq ou six ans, à l'aspect souffreteux. L'homme était élancé, avec un beau visage dont les traits, même flétris par les privations, exprimaient toujours la distinction de son ancien état. Une volonté farouche se lisait dans son regard. Si son épouse avait capitulé devant la misère, tel n'était pas encore son cas.

À la vue du prévôt, il éclata en invectives contre le boulanger de la rue Ferrachat, persuadé que c'était lui qui le faisait saisir pour ses arriérés.

– Allez ! Saisissez ! Saisissez donc ! Regardez ce qui peut se vendre ici ! Voyez combien vous tirerez de ce bout de bois qui nous sert de table ? Ou de ce coffre fait de quatre planches mal équarries ?

– Arrêtez, Messire ! coupa Arthaud. Je ne suis pas là pour procéder à une saisie ! Je veux seulement des renseignements sur l'étude de maître Giraud.

– Maître Giraud ? Lequel ? Le fils ou le père ? Le fils, il m'a jeté dehors !

– Comment ? Ce n'est pas vous qui avez quitté votre emploi de clerc pour rejoindre votre famille à Grenoble ?

– Ma famille ? Elle est là, ma famille ! Et voyez à quel état cet hypocrite, cet orde menteur l'a réduite !

– J'ai besoin que vous me racontiez tout cela, messire Petit ! J'enquête sur un meurtre et une grave affaire de trahison.

– Un meurtre ? Qui est mort ? Si c'est Giraud, c'est que Dieu est juste ! Mais qu'est-ce que je viens faire, moi, dans ce meurtre et dans une affaire de trahison ?

– Le meurtre est certainement lié à un complot contre la sécurité de cette ville, Messire. Non, les Giraud, père et fils ne sont pas les victimes, mais j'ai besoin de comprendre pourquoi vous avez été licencié de l'étude alors que vous aviez été choisi pour remplacer maître Guillème Giraud dans la préparation de la montre d'armes. Vous a-t-on accusé de quelque faute ?

– Cela n'a rien à voir ! Ce n'est pas à cause de la montre d'armes que ce maudit Giraud m'a mis à la porte de l'étude ! Et comme je comprends, il ne se vante pas de l'avoir fait ! Il vous a menti en vous disant que j'étais parti de mon plein gré !

– Racontez-moi ce qui s'est passé ! demanda Arthaud sur un ton compatissant.

Pierre Petit s'assit sur le tabouret, soupira longuement, puis commença son récit :

– Je traitais les affaires les plus compliquées en l'étude Giraud. Le père, maître Guillème, m'avait engagé il y a six ans, et j'avais toute sa confiance. C'est pourquoi il m'avait désigné pour le remplacer pour cette mission des établies du pennon de la Lanterne. Du moins, c'est ce que je croyais ! Je me suis présenté à maître Catherin, le consul, qui m'a reçu froidement, m'a posé quelques questions et m'a renvoyé... Le lendemain, maître André Giraud m'a annoncé que la mission était annulée... J'avais déjà compris que je ne convenais pas à maître Catherin.

– Devinez-vous pourquoi ?

– Affaire d'humeur, sans doute ? J'ai bien vu que je ne répondais pas comme il le souhaitait à ses questions.

– Quelles étaient ces questions ? Des points de pratique du droit ?

– Non, justement, rien de professionnel ! Il voulait savoir si je recevais juste rétribution de ma peine chez maître Giraud – hélas ! c'était le cas à l'époque ! Il m'a demandé si j'aimais l'argent, si je jouais, si j'avais des besoins que mon travail ne me permît pas de satisfaire...

– Que lui répondiez-vous ?

– Que l'argent menait aux vices, que je n'avais pas de besoins excessifs et que je vivais heureux dans ma famille. Quand je repense à cette conversation, cela me fend le cœur car je pensais vraiment ce que je disais, je me vantais de vivre selon les commandements de Jésus-Christ et je ne prévoyais pas ma déchéance actuelle ! Je ne sais ce que ce damné André Giraud a raconté aux gens du métier, mais je n'ai obtenu que des refus lorsque j'ai tenté de me faire embaucher dans une autre étude. Le dernier notaire à qui je me suis adressé m'a ri au nez en me déclarant qu'il n'était pas assez fou pour introduire dans son étude un ruffian tel que moi ! En l'espace de trois semaines, je fus réduit à ce que vous voyez : j'ai dû vendre mes meubles, emménager dans ce logis misérable, me louer comme manouvrier, car même comme écrivain public, on ne veut pas de moi !

– Ce que vous me contez là suscite d'autant plus ma curiosité : quelle fut la raison de cette hostilité de maître Giraud à votre endroit ?

– Une lettre, que je n'aurais pas dû décacheter, que j'ai eu le malheur de prendre pour une pièce à enregistrer, et donc de lire !

– Quel était le sujet de cette lettre ?

– Elle n'était pas signée. Elle menaçait les notaires, père et fils, de révéler publiquement certaines malversations dont ils s'étaient rendus coupables deux ans plus tôt et dont la mise au jour ruinerait leur réputation et la crédibilité de l'étude. L'auteur semblait précisément renseigné.

– Réclamait-il de l'argent contre son silence ?

– Non, justement, c'était cela qui était étonnant. Il écrivait simplement : « Si vous ne voulez pas que cela se déroule ainsi, obéissez aux ordres qui vous seront transmis ultérieurement. »

– Et André Giraud vous a surpris en train de lire la lettre ?

– Plus stupide encore ! Je la lui ai apportée moi-même, en lui dénonçant une méchante manœuvre contre l'étude !

Il ricana avec une sorte de férocité, puis il reprit :

– André ne m'a jamais aimé... La jalousie, je crois ! En raison des bonnes relations que j'avais avec son père alors que lui ne parvient pas à s'en faire apprécier. Il a pris la lettre, n'a rien dit sur le moment, mais, quelques jours plus tard, j'étais congédié sous le prétexte d'un acte qui n'était pas convenablement étendu[1], et quelques autres négligences inventées de toutes pièces. Il a refusé de me payer la semaine de travail que

1. L'extension d'un acte notarial est la copie munie des formules juridiques nécessaires à son expédition (à sa validation).

j'avais faite. Je n'avais point d'économies ; d'un jour à l'autre je suis tombé dans la gêne.

– Maître Guillème ne vous a pas défendu ?

– Non, il ne s'est pas montré… et peu après il est tombé malade ; on m'a dit qu'il ne participe plus au travail de l'officine. C'est cet orgueilleux d'André qui mène tout !

– Une dernière question, Messire : avez-vous souvenance d'un acte notarié passé au bénéfice de monseigneur Jehan de La Marieuse ?

– Vraiment, non. Je me souviendrais d'un nom comme celui-ci.

Arthaud prit congé, non sans avoir sorti de son escarcelle un écu qu'il posa sur la table.

– Ceci est une avance sur le salaire que vous gagnerez bientôt, affirma-t-il en réponse au digne refus que lui opposait Pierre Petit. Demain, une heure avant none[1], rendez-vous de ma part chez messire Raymond Dodieu, en la rue Mercière, non loin du carré de la rue de l'Aumône. Il connaît beaucoup de gens d'influence et vous recommandera pour une place de secrétaire particulier, ou de clerc aux écritures… Je m'y engage !

En revenant en l'auditoire, Arthaud tentait de faire le tri entre les témoignages fallacieux qu'il avait entendus depuis le matin. La neige tombait de nouveau, mais moins dru que la veille. Il reprit son cheval, avec l'intention de rentrer chez lui pour dîner confortablement. Sur son chemin, il croisa de nombreux hommes en armes, francs-archers et francs-arbalétriers, commis à la surveillance des foires. À l'entrée du pont de Saône, la tentation le saisit de bifurquer dans la rue de la Saunerie jusqu'au Chapeau Rouge, mais il se retint, se souvenant que la mission de Gautier exigeait la discrétion. Il soupira, passa le pont…

---

1. 15 heures.

VII

Des espions partout ?

Mercredi 14 janvier 1478, une heure avant none[1], chez messire Lionnet de Roussi

– Ainsi il n'a pas été jusqu'à renoncer à la montre ? demanda Guillaume Baronnat, dont l'expression ne dissimulait rien de sa déconvenue.

– J'ai pourtant mis tout mon talent à lui prêcher l'économie de cette démonstration ! Mais c'est un homme fort obstiné. J'avais convaincu monseigneur de Combronde et pensais avoir remporté la victoire par ce biais, mais quelle erreur ! En fait, Combronde n'est que la moitié d'un caractère, « *una mezza tacca*[2] » dit-on chez nous, à Florence. Il ne veut pas contrarier Saint-Priest et ne se hasarde jamais à avoir un autre avis que lui !

– Ainsi, même avec les cent écus, monseigneur de Saint-Priest n'a pas fléchi ?

---

1. Quatorze heures.
2. Un minable, une demi-portion.

– Oh mais si ! Il s'est bien radouci, à voir briller cet or ! Sur ce plan, il est fait du même bois que tant d'autres ! ironisa Roussi. C'est pourquoi il a consenti à cette solution médiane !

– Peuh ! Il a repoussé la date du jeudi au dimanche ! Ce n'est pas ce que j'appellerais un compromis ! fit Baronnat, en grimaçant.

– C'est tout ce que j'ai pu en tirer ! Je vous rappelle que je l'ai fait gracieusement, afin de vous obliger, par amour pour les intérêts de cette ville ! répliqua Roussi, un peu piqué par la réflexion du consul.

– « Et pour la prospérité de vos affaires », pensa Baronnat, qui, à voix haute, se confondit en remerciements et en paroles de gratitude.

– Convenez qu'en repoussant à dimanche, il vous ôte le souci de la perte d'un jour ouvré !

– Certes, c'est ce que je vais faire valoir auprès de mes compagnons du conseil ! s'encouragea Baronnat. A-t-il exigé quelque chose d'autre de notre part ?

– Hum ! Je crois qu'il a parlé de gratuité de son logement...

– Quoi ? s'écria Baronnat... Ces commissaires royaux sont insatiables !

– Il m'a parlé aussi de monseigneur de Joyeuse, qui fut autrefois bailli ici, et de messeigneurs de Tournon et de la Roche, qui l'accompagnent et qui souhaitent être logés par la ville, vers la Lanterne...

– Ah ça ! Croient-ils que nous allons les entretenir ainsi, juste parce qu'ils se disent chefs de guerre ? se fâcha Baronnat. Si je puis encore négocier avec les consuls la prise en charge du logement des seigneurs de Saint-Priest et de Combronde jusqu'à la montre, je ne saurais les convaincre de loger toute la noblesse de nos pays, fussent-ils tous sénéchaux ou commissaires du roi !

Guillaume Baronnat prit congé rapidement de Lionnet de Roussi. De son propre chef, il avait fait mander les consuls, à none[1], en la chapelle Saint-Jaquême, afin de leur communiquer les résultats de sa démarche auprès de monseigneur de Saint-Priest. Il allait leur dévoiler le moyen dont il avait usé, l'heureux report obtenu, puis aborder, avec moins de chance de gagner leur approbation, le chapitre des exigences financières de tous ces seigneurs. La partie promettait d'être rude. Il se hâta donc de rejoindre le quartier d'Empire.

Ses appréhensions étaient fondées. Dès l'abord, Jacques Caille, qui présidait la séance en l'absence d'Étienne Colloigne, attaqua Baronnat sur le vol des carnets.

– Il paraît, messire Baronnat, que vous étiez informé de ce vol dès lundi ? Dites-nous donc : *Quand* pensiez-vous en faire part au conseil ? Nous ne l'avons appris qu'hier ! Et encore, parce que messire Archimbault a déposé plainte auprès du courrier, Jehan de Villeneuve, lequel a immédiatement diligenté une enquête. Messire Paterin, prévenu dans le même temps, a commencé à prendre les mesures de sûreté qui s'imposent, mais en déplorant le temps perdu entre le vol et son signalement. Vraiment, messire Baronnat ! Votre attitude prête à conjectures !

Baronnat se sentit comme flagellé au plus profond de sa chair. Il comprit qu'il se devait de défendre immédiatement son honneur, de réduire à néant les soupçons de trahison que Caille n'osait formuler franchement, mais que tous entendaient sous le terme de « conjectures » !

– M'accuseriez-vous d'avoir favorisé ce vol, ou peut-être de l'avoir organisé ? s'écria-t-il d'une voix forte, en se levant et en faisant face à tous les consuls. Est-ce que je n'ai pas suffisamment prouvé mon dévouement à cette ville par le passé ? Ai-je repoussé la lourde tâche de l'organisation de la montre et de sa préparation, en dépit du temps pris sur le soin de mes propres affaires ? Ne vous ai-je pas sauvé du caprice de

1. Quinze heures.

monseigneur de Saint-Priest, en négociant avec lui, lundi, au lieu de l'affronter stupidement sans espoir de victoire ?...

Il avait prononcé cette dernière phrase en foudroyant du regard Jacques Caille, qui sursauta sous l'insulte et voulut répliquer, mais Guillaume Baronnat continuait, portant la voix plus haut encore, maintenant :

... Et ces négociations ont réussi, car – c'était l'objet de la réunion à laquelle je vous ai conviés – je vous annonce que monseigneur de Saint-Priest consent à reporter la montre des harnois à dimanche !

– N'aviez-vous pas prévu de lui faire *abandonner* totalement ce projet fou ? répliqua Jacques Caille, la bouche amère.

– Voyons, messire Caille, intervint Anthoine Catherin sur un ton lénifiant, convenons que ce report à un jour chômé est une grande avancée ! Monseigneur de Saint-Priest ne paraît pas homme à renoncer à quoi que ce soit, et messire Baronnat a obtenu de lui plus qu'on ne pouvait espérer lundi soir !

– Certes ! Mais que messire Baronnat nous dise pourquoi il s'est tu sur le vol des carnets lundi ! insista Jacques Caille.

Guillaume Baronnat considérait ses compagnons conseillers : ils gardaient tous une réserve polie, affichant une gêne – sincère ou feinte – devant cette guerre ouverte entre deux consuls. Mais aucun d'eux n'avait encore contesté les propos de Jacques Caille, aucun – à l'exception d'Anthoine Catherin, dont Baronnat apprécia d'autant plus l'intervention. Pourtant, précédemment, il n'avait guère eu d'affinité avec ce notaire, nouveau venu au consulat et assez effacé au cours des séances. Mais il se souvenait que Catherin avait été volontaire pour participer à la constitution des carnets, qu'il avait accepté cette mission consistant à collecter les informations chez les particuliers, alors que, parmi ses pairs, l'enthousiasme pour ce genre de tâche ne s'était pas manifesté spontanément. Et aujourd'hui il tentait de pacifier la réunion... C'était lui qui prenait une deuxième fois la parole, lentement, doucement, avec un sourire aimable sur les lèvres :

– Je suis sûr que l'explication est toute simple !

Baronnat était acculé : il devait livrer une explication qui lui restituât la confiance de ses compères du consulat.

– Eh bien, je vous avouerai que je ne voulais dévoiler ce vol inquiétant qu'à celui qui nous a prouvé, depuis plusieurs mois de présidence de ce conseil, combien son esprit était prudent et sage, maître Étienne Colloigne ! Car, sans vouloir vous offenser, Messires, il a toujours su dompter les émotions et les passions qui vous empêchaient – qui *nous* empêchaient, devrais-je dire, car je ne suis pas différent de vous sur ce point – de prendre les meilleures décisions.

Ses auditeurs avaient reçu l'allusion critique avec quelque humeur, un mouvement des corps, un murmure de réprobation. Mais Baronnat était lancé et continua :

– Je prenais en compte également le danger qu'il y avait à diffuser une nouvelle qui pouvait se répandre dans le peuple et engendrer une peur générale, déclencher des mouvements de révolte, voire inciter des esprits exaltés à perpétrer l'exécution sommaire de prétendus espions. C'est l'image de cette ville, mise à feu et à sang – peut-être selon le vœu des traîtres qui sont les instigateurs de ce vol – qui m'a retenu de vous informer aussitôt. Mais cette crainte, je l'avais exposée à messire Archimbault, lors du constat du vol, et je ne doute pas qu'il vous ait rapporté mes arguments dans ce sens, lorsqu'il vous a instruit de la soustraction des carnets...

Archimbault, qui se tenait, comme à son habitude, dans un recoin de la chapelle avec le secrétaire de séance, ne s'attendait pas à cette pique subtilement lancée contre lui. Il protesta en marmonnant une phrase incompréhensible, et son teint prit une couleur de brique dont il ne se départit plus.

Claude Rochefort crut devoir exprimer le sentiment de tous les consuls en rétorquant :

– Cependant, messire Baronnat, lorsque vous affirmez avoir gardé le secret vis-à-vis du conseil, de crainte que cette fâcheuse nouvelle ne se répandît dans la ville avec les conséquences terribles que vous décrivez, n'est-ce pas sous-entendre que l'un ou plusieurs parmi nous seraient capables de divulguer des informations aussi brûlantes, et ceci en dépit du serment que nous avons prêté, à notre entrée en fonction, de ne rien dévoiler de nos délibérations ? Faut-il comprendre que vous nous considérez comme de piètres gouvernants ou – hypothèse que je n'ose retenir – comme des traîtres potentiels ?

Un froid glacial tomba sur l'assemblée. Baronnat sentit une hostilité presque palpable l'entourer ; pourtant il reconnaissait soudain à Rochefort une clairvoyance véritable, inaccoutumée de sa part. Depuis le début de l'occupation du duché de Bourgogne par les armées de France, il avait bien relevé, en effet, chez certains de ses pairs, des hésitations à approuver la politique du roi, des tiédeurs dans l'application de ses commandements, tous comportements qui lui faisaient redouter l'influence sur le consulat de quelque parti princier néfaste à un absolu loyalisme au souverain. C'est pourquoi il s'en remettait davantage à la prud'homie d'Étienne Colloigne. Mais il fallait répondre et se défendre :

– Il n'était nullement dans ma pensée de vous insulter en supposant de tels manquements de votre part, Messires ! mentit-il. Mais comme je l'ai dit tout à l'heure, je réservais à messire Colloigne la primeur de l'information.

– Mais vous ne la lui avez pas donnée ! glapit Jacques Caille.

– Je n'en ai pas eu la possibilité. Lundi matin, rappelez-vous, messire Colloigne ne se souciait que de préparer au mieux l'entrevue avec Saint-Priest. Lorsque j'ai voulu avoir un entretien avec lui, il l'a reporté après la visite à l'hôtel du Lion... Et vous savez bien qu'il fut pris de faiblesse dès la fin de cette pénible rencontre avec les commissaires !

– Hum ! Soit ! coupa Jacques Caille, mais il est regrettable que vous n'ayez pas rejoint messire Archimbault à l'heure dite, dimanche ! Le vol n'aurait pu se produire !

– J'en ai été *empêché* ! *Physiquement empêché* ! s'exclama Baronnat en songeant qu'il ne déguisait pas tout à fait la vérité. Si vous songiez à m'imputer la responsabilité de ce vol en raison de ce contretemps, vous pourriez aussi bien soupçonner messire Archimbault !

Une vibration indignée parcourut la petite assemblée... Archimbault s'était levé d'un bond, au bord de l'apoplexie.

– ... ce que je ne me suis jamais abaissé à faire, compléta Baronnat, car chacun ici connaît le dévouement et l'honnêteté de notre mandeur ! Et je suis persuadé que tout ce qu'il vous a conté sur moi part de son souci du bien commun !

– Les jugements abusifs sont en effet bien inutiles et délétères en ces temps troublés, Messires, et nous devons afficher un front uni contre nos ennemis – du moins c'est mon avis ! intervint timidement Catherin.

– Vous avez sans doute raison, messire Catherin, et votre sens du compromis en ce jour nous est fort utile, répliqua Jacques Caille, qui voulait revêtir de nouveau la stature d'un président de séance. Bien ! Félicitons-nous donc de ce report de la montre ! Cependant, vous ne nous avez pas dit, messire Baronnat, à quel prix il était obtenu. Monseigneur de Saint-Priest s'est-il laissé convaincre avec les cadeaux que nous avions prévus ? Du vin ou quelque poisson ?

– Il a fallu un peu plus que cela, rectifia Guillaume Baronnat, qui voyait se profiler une autre querelle à ce propos. J'ai dû verser cent écus, que j'ai empruntés au nom de la ville auprès de messire Lionnet de Roussi !

Comme il s'y attendait, l'annonce provoqua des critiques supplémentaires. La rancune de Caille à l'égard de Saint-Priest, qui l'avait si mal traité, et son animosité envers Baronnat se conjuguant, il souligna que la victoire du négociateur était vraiment mince, puisqu'un report de trois jours – où l'on attendait une annulation – coûtait aussi cher à la commune!

On en était aux passes d'armes entre les consuls quand un homme élégamment vêtu fut introduit par le garde commis à l'entrée de la chapelle.

– Qu'est-ce donc? interrogea sèchement Jacques Caille, déjà prêt à tonner contre celui qui osait interrompre une séance du conseil de ville.

Le visiteur n'attendit pas que le garde justifiât sa présence, il prit la parole avec une assurance et une fermeté que son apparente jeunesse ne laissait point augurer.

– Messires consuls, je me nomme Gautier Blanc, secrétaire de monseigneur l'archevêque de Vienne, Guy de Poisieu, qui est actuellement mandaté dans cette bonne ville de Lyon par notre sire le roi afin de vous faire entendre ses commandements exprès. À cette fin, monseigneur de Poisieu m'a chargé de vous remettre cette première lettre dans laquelle vous trouverez exprimées, outre la créance de son commissaire, les volontés de notre souverain. Je vous prie donc d'en prendre connaissance par une lecture publique ici même. Dans une semaine, nous vous ferons tenir une convocation pour que vous rendiez compte à monseigneur de Vienne de l'application que vous aurez donnée à ces ordres royaux.

En récitant ces phrases d'introduction, d'une voix ample et harmonieuse, le jeune clerc tendit un rôle de parchemin, scellé de cire verte, avec un sceau pendant. Archimbault s'en saisit et le porta à messire Caille. Les consuls gardaient un silence respectueux et dévisageaient ledit Gautier, dont ils admiraient le port altier.

– Eh bien, messire Blanc, déclara Jacques Caille, si vous voulez bien demeurer céans tandis que je procède à la lecture de la lettre devant mes pairs, vous pourrez témoigner à monseigneur de Poisieu de la première exécution des volontés royales.

– Volontiers, Messires, je vous remercie, fit Gautier en prenant place sur une cathèdre, en face des consuls.

Jacques Caille rompit le cachet de cire, déroula le parchemin et commença à lire à haute voix. Le roi soulignait la nécessité absolue « *d'obvier*[1] *à certaines entreprises que quelques seigneurs projetaient sur cette ville et dont il avait reçu des preuves récentes* ». En conséquence, il enjoignait les consuls de faire bien garder les accès, de faire bon guet et arrière-guet et il demandait un contrôle strict des passages aux portes de la ville. « *Qu'il n'y ait homme étranger passant qu'on n'interroge sur son identité, sur les lieux d'où il vient, où il va, comme sur les motifs de son voyage, les raisons de sa venue à Lyon* », insistait le souverain.

Gautier quitta la chapelle après avoir répété l'urgence de ces mesures et glissé habilement que des manœuvres sournoises pour livrer la ville à certains partis hostiles au roi étaient attestées. Plus que jamais, il fallait se méfier.

Ses paroles ébranlèrent les consuls : la lettre et le jeune émissaire désignaient-ils le vol des carnets en évoquant « les entreprises récentes dont le roi avait des preuves » ? Ils se regardèrent avec défiance. Les soupçons de trahison qui avaient plané sur les débats de ce jour reprenaient toute leur acuité.

Mercredi 14 janvier 1478, peu après none[2]

Arthaud se fit violence pour gagner l'hôtel de Roanne. Il lui fallait pourtant, afin d'obéir aux injonctions de Jehan de Villeneuve, se rapprocher de Laurent Paterin, le lieutenant du bailli. Il connaissait messire Paterin pour un homme actif et efficace dans sa charge. À plusieurs reprises, par le passé, lorsqu'ils avaient œuvré ensemble à la poursuite de criminels

1. Obvier à : contrecarrer, éviter.
2. Quinze heures.

ou à la résolution d'un problème de sécurité publique[1], Arthaud avait apprécié ces qualités et éprouvé une certaine affinité avec lui. Toutefois, l'obligation qui lui était faite de livrer un rapport de son enquête à l'officier royal lui paraissait une contravention au partage des juridictions sur la ville, qui avait force de loi depuis près de deux siècles.

Il n'eut aucune difficulté à rencontrer Laurent Paterin car, aussitôt parvenu dans la cour de l'hôtel de Roanne, il l'aperçut en train de donner ses ordres à quelques sergents. Le lieutenant vint au-devant du prévôt, l'air préoccupé.

– Ah ! Messire de Varey, grâce à Dieu vous voici ! Suivez-moi, nous avons à parler !

Et, sans attendre une réponse, il entraîna son visiteur au premier étage de l'hôtel, dans ses appartements, choisissant une sorte d'antichambre, à l'écart du mouvement de la demeure, une petite pièce dont deux chayères, une table-écritoire et une armoire formaient tout le mobilier. Le lieu était lumineux, car éclairé par un couple de fenêtres jumelées de style antique, et fort heureusement pourvu d'une cheminée où l'on avait préparé une flambée crépitante.

Les deux hommes s'assirent l'un en face de l'autre. Laurent Paterin soupira profondément.

– Ce vol des carnets, c'est la pire des malédictions ! Si la rumeur s'en répand, je suis perdu ! Il n'y a jamais eu autant de commissaires royaux dans nos murs ! S'ils venaient à apprendre que les ennemis ont désormais les moyens de connaître le détail de nos forces militaires, si monseigneur le bailli – qui, fort heureusement a été rappelé aux armées en Bourgogne – venait à le découvrir, je serais immédiatement destitué, voire peut-être inculpé de trahison et condamné à une mort ignominieuse ! Avec cela, je ne peux pas déployer

---

1. Cf. *Sanglantes Épices, op. cit.*, 2019, et *Mémoire de crimes, op. cit.*, 2020 ; *Meurtre d'un maître drapier*, Pygmalion, 2014.

mes sergents sans susciter des inquiétudes, provoquer des peurs collectives, créer des soupçons... Comment enquêter en se cachant? Et pourtant! Il n'y a pas de temps à perdre! Où en sont vos recherches? Messire le courrier m'a dit que vous étiez sur une piste?

Arthaud restait ébahi de ce qu'il entendait. Les conséquences les plus angoissantes du vol des carnets, aux yeux du lieutenant du bailli, n'étaient-elles que les incidences néfastes qu'un tel détournement aurait sur sa carrière? Et comment Jehan de Villeneuve pouvait-il avancer que son prévôt était sur une piste, quand il lui reprochait justement de perdre son temps à des interrogatoires inutiles? Arthaud sentait un accès de bile noire l'envahir. Serait-il un pion entre l'officier du bailli et celui de l'archevêque? Dans le discours de Paterin, il retenait toutefois un point qui lui souriait davantage : la police de Roanne ne lui ferait ni obstacle ni concurrence, car son déploiement ne pouvait qu'effaroucher la population et nourrir les interprétations les plus pessimistes.

– Il va sans dire que, si vous avez besoin d'un renfort d'effectifs, vous les obtiendrez ici, sans restrictions, ajouta Paterin, un peu stupéfait du silence du prévôt.

– Je vous en remercie, messire Paterin, mais pour l'instant je ne suis qu'au tout début de mes investigations. J'ai pris note des déclarations des principaux protagonistes, ceux qui ont constaté la disparition des carnets, messires le mandeur du consulat et messire Guillaume Baronnat, consul. J'ai procédé à l'interrogatoire de l'un des notaires qui ont déposé lesdits carnets dans les mains de messire Archimbault, mais il en reste encore beaucoup à consulter. J'ai même questionné le portier de l'hôtel de la ville, messire Pierre Roget, pour savoir ce qu'il avait vu et entendu.

– Cela éclaire-t-il votre piste?

– Messire Villeneuve a beaucoup exagéré, il n'y a pour l'instant de piste que dans son imagination.

– Alors aucun élément nouveau ? fit Paterin avec une grimace marquant sa déception.

– Je ne dis pas cela ! Je cherche ce qui est inhabituel, le détail qui ne s'explique pas, qui dérange l'harmonie...

– Je ne saisis pas votre pensée, messire de Varey, quelle harmonie ?

– Eh bien, déjà, la trame des procédures : les notaires remettant leurs carnets... messire Archimbault les rangeant dans un coffret, puis le coffret dans une armoire dont il prend la clef auprès du portier... Arthaud omettait sciemment la part de Baronnat, ne voulant pas compromettre la réputation du consul avant d'avoir enquêté sur les explications qu'il avait avancées pour justifier son rendez-vous manqué avec Archimbault.

– Et qu'est-ce qui dérange cette trame ? demanda Paterin, quelque peu sceptique.

– Que parmi ces notaires, il y en ait un qui n'était pas recruté à l'origine !

– Ah ! Alors, ne cherchons pas plus loin ! C'est notre voleur ! Il s'est introduit frauduleusement...

Il n'acheva pas sa phrase, pensif, puis balbutia :

– Cependant... pour ne pas avoir été repéré et refusé, c'est qu'il...

– ... a pris la place d'un notaire préalablement inscrit, oui ! compléta Arthaud.

– Comment cela se peut-il ?

En réalité, Paterin se posait la question à lui-même, découvrant, guidé par le prévôt, ce petit bout de fil qu'il convenait de tirer au début d'une enquête, afin de dérouler l'ensemble et d'y voir se raccrocher tous les faits, les indices, les preuves directes et indirectes, jusqu'à découvrir enfin la logique du tout et la solution de l'énigme.

– Il n'a pas pu le faire clandestinement, répondit Arthaud ; la mission a duré deux semaines, puisque les notaires pressentis l'étaient à la fois pour constituer le recensement des personnes et des armes, *et* pour surveiller la bonne application des obligations, le jour de la montre.

– Donc, s'il a agi légalement, c'est qu'il a été sollicité pour remplacer le notaire inscrit sur la liste ?

– Bien sûr ! Et c'est pourquoi j'ai voulu interroger le notaire en question… celui qui s'est fait remplacer !

– Alors ? Qui est-ce ? Que vous a-t-il dit de son remplaçant ?

– Eh bien, voici un autre élément qui vient troubler *l'harmonie* ! Maître Giraud, puisqu'il s'agit de lui – Guillème, le père, précisa Arthaud – je n'ai pas pu l'approcher !

– Comment cela ? N'avez-vous pas soumis ce récalcitrant à votre autorité ? s'étonna Paterin.

– Il est – paraît-il – « au plus mal et interdit de visites ». C'est son fils, André, qui l'affirme et qui monte une garde sévère au chevet de son père. C'est en raison de cette maladie, prétend toujours le fils, que le remplaçant a été proposé…

– Mais André Giraud a pu indiquer le nom de ce remplaçant ? Donc nous le tenons ! s'écria Paterin, sans attendre la réponse d'Arthaud.

– Hélas ! Deuxième « *détail dysharmonique* » : le remplaçant proposé n'a pas été retenu et c'est un autre qui a assuré cet office.

– Ah oui ? Hum ! Certes, ce sont des faits troublants… balbutia Paterin en fixant Arthaud avec la mine d'un voyageur égaré dans un lointain désert.

– Oui, je trouve aussi ! ironisa Arthaud. D'autant que le clerc que Giraud proposait a été renvoyé de l'étude par André…

– Attendez ! fit Paterin, visiblement perdu.

– Vous remarquerez, continua Arthaud sur un mode léger, censé amoindrir le choc de la révélation finale, que la dysharmonie vient également des disparités de rythme ! Giraud envoie un homme, cet homme ne plaît pas et il ne fait plus partie de l'étude le lendemain… Oui, bien sûr ! J'ai interrogé l'intéressé, poursuivit-il, avant que Paterin ait pu articuler la question, ce qui laissa le lieutenant du bailli bouche bée, l'air un peu stupide... Il dit avoir été congédié pour avoir ouvert une lettre destinée aux deux Giraud.

– C'est en effet une faute professionnelle! déclara Paterin, qui, avec cette sentence, endossa de nouveau sa dignité de juge royal.

– Sauf que ce clerc était préposé à ouvrir toutes les lettres aux fins de collationnement. Il n'a fait que son travail habituel mais, comme il le reconnaît lui-même, la lettre, elle, sortait de l'ordinaire et n'avait aucune similitude avec une pièce notariale... Et là, nous découvrons le troisième point de discordance!

– Que contenait cette missive? demanda Paterin, fort intrigué.

– Des menaces, bien sûr! Faisant allusion à des tromperies dont les notaires seraient coupables et que l'auteur se disait prêt à dévoiler sur la place publique.

– Fi! Nous ne rencontrons que cela en ce moment! Dénonciations suivies d'extorsion d'argent! grogna Paterin, avec une moue de dégoût.

– Détrompez-vous! Il n'était pas question d'argent...

– Mais quoi alors? Une vengeance? Un moyen de ruiner l'étude des Giraud? fit Paterin en fronçant les sourcils.

– Plus intéressant pour ce qui nous occupe! Un projet auquel on associait ledit Guillème Giraud, sans doute malgré lui...

Paterin hochait la tête, mais n'était pas sûr de bien comprendre. Arthaud précisa :

– Il était question d'attendre des ordres...

– Qu'en concluez-vous? Le notaire subissait une pression? Vous pensez que le projet portait sur le vol des carnets?

– C'est ce que je lui demanderai quand je pourrai lui parler!

– S'il faut une réquisition royale pour qu'il consente à vous recevoir, je vous la ferai tenir. En attendant, celui qui a officié à la place de Giraud doit être interrogé, je ne peux croire qu'il ne soit pour rien dans ce vol. Vous allez le rechercher, bien sûr ?

– C'est fait ! Il est dans nos murs, dans une salle de l'auditoire, répliqua Arthaud de la manière la plus détachée.

– Ah ! Vraiment ? J'admire votre efficacité, messire de Varey. Une fois de plus, vous faites la preuve de votre grand talent ! Que dit-il pour sa défense, cet homme ?

– Il ne dit plus rien depuis lundi. Il est maintenant couché sur la table de dissection du barbier juré. Il a été étranglé avec un lacet…

– Hein ? s'étouffa Paterin, dardant sur le prévôt un regard où se lisait autant d'irritation que de désarroi. Avec le meurtre du principal suspect, s'effondrait à ses yeux toute chance de recouvrer les carnets ou d'identifier l'instigateur de ce vol. Quant à la manière dont Arthaud de Varey lui dressait le rapport de l'enquête, le menant d'espoirs en déceptions, d'affirmations en restrictions, de certitudes en doutes, il n'en goûtait guère l'ironie.

– Oui, messire Paterin, reprit Arthaud, et voyez comme les choses se sont heureusement assemblées ! Ce meurtre à propos duquel je venais de commencer les investigations, lundi, mais que messire de Villeneuve me commandait de négliger afin de me consacrer tout entier au vol des carnets, ce meurtre qui pouvait paraître tout à fait banal en raison de l'obscurité et de la médiocrité de la victime, eh bien ! voici qu'il devient le pivot de l'affaire ! Nous avons de la chance !

– De la chance ? gronda Paterin, comment cela, quand le seul témoin qui pouvait être interrogé restera muet à jamais ?

– Mais vous n'ignorez pas, Messire, que les morts sont parfois plus bavards que des suspects récalcitrants ! J'ai déjà appris bien des choses de ce Domenjon !

– Et cela relance l'enquête ?

– Certes ! Cela la déplace vers deux autres personnes pour l'instant. Ce Domenjon était affecté au pennon de la Lanterne en compagnie d'un des consuls, maître Anthoine Catherin et d'un sergent royal.

– Je ne connais pas ce Catherin, c'est un notaire ?

– Oui et c'est son premier mandat de consul. Une personne assez terne, qui n'a pas le caractère bien trempé d'autres notables du consulat, mais qui présente pourtant une caractéristique intéressante.

– Je vous en prie, messire de Varey, cessez ces airs de mystère avec moi ! Expliquez-vous franchement ! éclata Paterin, n'y tenant plus.

– Je ne fais aucun mystère, rétorqua sèchement Arthaud, je vous fais un rapport détaillé des étapes de l'enquête, comme me l'a *ordonné* messire le courrier.

Paterin considéra Arthaud. Il comprenait mieux le ton déplaisant que celui-ci avait adopté pour lui parler de ses découvertes.

– Je ne sais ce que vous a dit messire de Villeneuve, répondit-il, mais je devine qu'il vous a froissé par ses façons peu courtoises de présenter les choses ! Soyez assuré que je ne vous commanderai nullement en cette affaire, je ne me permettrai pas de vous imposer une quelconque procédure d'investigation, je suis trop attaché à la distinction de nos polices. Sachez cependant que je me fie entièrement à vous, et que si j'ai besoin d'être informé le plus exactement possible des pistes et des hypothèses que vous suivrez, c'est afin d'aviser sans retard à la sécurité de la ville et aux décisions politiques que la situation exigera. Pour parvenir à déjouer les manœuvres de nos ennemis, à parer les projets des instigateurs de ce vol, il n'est pas d'autre moyen.

– Très bien, messire Paterin. Je vous remercie de cette précision, elle était nécessaire en effet. Je vais donc aller droit au but en vous disant que maître Catherin présente, à mon avis, un double visage : d'un côté, il se montre très accommodant, homme de paix et de charité, aidant volontiers les gens en détresse en leur procurant une fonction rétribuée. C'est ce qu'il a fait pour le portier de l'hôtel de la ville et pour ce Domenjon…

– Mais ?

– Mais j'ai appris qu'il n'était guère aimé dans le pennon de la Lanterne, où on le juge trop orgueilleux. De plus, c'est lui qui a refusé le remplaçant proposé par Guillème Giraud afin de recruter Domenjon. L'interrogation est donc la suivante à son sujet : est-il complice du vol en ayant placé aux postes-clés des hommes à lui ? Quel est son vrai visage ?

– Hum ! En effet, la question peut se poser. Je vais le faire surveiller… Pardieu ! Un consul ! Croyez-vous que l'ennemi ait pu introduire de ses suppôts au sein du consulat ? fit Paterin, consterné.

– Et puis il y a le sergent : un nommé Benoît Lion, dit Coquillon. Il porte la livrée royale. Le connaissez-vous ?

– Non, ce nom ne me dit rien. Mais je ne fréquente pas mes sergents ! ajouta Paterin avec un ton méprisant. Ils sont plus de trente actuellement à Roanne.

– Il faudrait que j'interroge cet homme. On me l'a dépeint d'une nature violente, débauchée. Il a pu être un des acteurs de ces forfaits.

– Un membre de la police du roi ! fit Paterin, d'un air sombre.

– Peut-on être sûr de qui que ce soit, de nos jours ? renchérit Arthaud, plein d'amertume. L'appât du gain, l'ambition, ou seulement la peur et la lâcheté suffisent à saper les valeurs morales qui ont fait la dignité d'un homme, la loyauté d'une cité ou la force d'un royaume !

– Je fais chercher ce Benoît Lion tout de suite… décida Paterin. Me permettrez-vous d'assister à son interrogatoire ?

– Nous le partagerons ! répondit Arthaud. Céans, cet homme dépend de votre autorité !

Paterin donna des ordres et, quelques instants plus tard, ils se trouvèrent en présence d'un grand gars, portant avec panache la livrée bleue à fleurs de lys. On remarquait aussi ses hautes bottes d'un cuir souple, dont l'éclat attestait la nouveauté. Quant à son baudrier, large et solide, il soutenait un fourreau de cuir décoré d'entrelacs rehaussés de cire rouge, une pièce de qualité bien supérieure à celle dont usaient ses pareils.

Aucune gêne dans la posture, aucune hésitation ne trahissaient de sa part une quelconque appréhension à se voir convoqué devant le lieutenant du bailli.

Arthaud entama l'interrogatoire, en laissant le sergent debout devant eux.

– Vous êtes bien Benoît Lion, Messire ?

– Oui, Monseigneur, répondit l'intéressé, d'une voix claire qui ne tremblait pas.

– « Messire prévôt » suffira, corrigea Arthaud un peu sèchement. Vous avez participé à l'enquête préalable à la constitution des établies, il y a deux semaines ?

Benoît Lion regarda Paterin avant de répondre, comme s'il cherchait l'approbation préalable de son chef.

– Répondez ! commanda celui-ci.

– Oui, dans le pennon de la Lanterne… messire… *prévôt* !

– Qui escortiez-vous ?

– Le consul qui est le pennonier de la Lanterne, messire Catherin et un notaire dont j'sais pas le nom.

– Vous n'avez jamais su son nom ou l'avez-vous oublié ?

– J'l'ai pas demandé. C'est pas quelqu'un d'important ! Il est… comment dire… il est assez médiocre…

– Qu'est-ce que vous considérez comme médiocre chez ce notaire ?

– Ben, déjà, sauf vot'respect, c'est un avorton, aussi mou qu'un tas de graines de chènevis ! On souffle dessus, il s'éparpille ! fit-il en mimant le souffle puis en riant de sa comparaison. Et puis, avec ça, trop besogneux pour être un bon compagnon !

– Est-ce que vous n'avez pas été obligé de le protéger contre les habitants qui contestaient les établies ?

– Si fait ! Il a fallu parfois que j'donne un peu des poings !... La force doit rester à la loi des consuls et du roi, pas vrai ? dit le sergent en prenant à témoin tour à tour le prévôt et le lieutenant, d'un air gouailleur.

– Des poings ou plutôt de la dague ? fit Arthaud.

– Euh !... Ben... oui... parfois, j'ai menacé de façon plus... *pointue*, admit-il, mais c'était pour le bien du roi !

– Messire Guillemère, vous ne vous êtes pas contenté de le menacer de la dague !

– Qui c'est ça, Guillemère ? s'écria Lion, adoptant un ton hargneux, sans plus de considération pour la qualité de ses interlocuteurs.

– Le maréchal-ferrant de l'impasse qui va aux remparts... Vous ne l'avez pas oublié ?

– Ah ! Lui ? fit Lion avec une moue méprisante... Alors quoi ? Il porte plainte contre moi, c'est ça ? Il m'avait prévenu qu'il le ferait ! Mais vous ne savez pas tout sur lui ! Ce n'est pas un homme honnête, c'est un espion au service du comte de Bresse ! Il fabrique des armes en cachette dans sa forge !

– Si vous saviez tout cela, pourquoi ne l'avoir pas dénoncé à messire le lieutenant ?

– Ben, voilà ! J'le fais ! J'le dénonce !

– Un peu tard, messire Lion ! Avant de vous y résoudre, n'avez-vous pas essayé de traiter avec lui, de monnayer votre silence ?

– Nenni ! C'est pas dans mes habitudes !

– Pourtant j'ai un témoin qui dit que vous lui avez proposé de le rayer des listes des établies contre une somme d'argent !

– Ben, votre homme ment, c'est tout ! C'est sûrement un ribaud que j'ai arrêté et qui m'en veut ! J'ai ma solde, j'vais pas extorquer des sous aux gens !

– Est-ce avec votre solde que vous avez fait l'acquisition de ces bottes ? demanda Arthaud. Et ce fourreau ouvragé : un achat de peu de prix ?

– J'les ai gagnés... honnêtement... à un cavalier milanais... à la taverne.

– Au jeu de dés ? souffla Arthaud.

– ... ben, oui-da ! C'est sa faute, il a voulu engager ces choses pour tenter de nouveau la Fortune. Mais elle lui a fait la grimace, la garce ! ajouta-t-il en riant comme s'il racontait l'histoire à ses compagnons de salle des gardes.

– Vous fréquentez les tavernes louches de la Platière, plusieurs personnes en attestent, et vous venez d'avouer y jouer pour de l'argent, vous contrevenez ainsi deux fois à la loi alors que vous portez la livrée royale ! tonna Arthaud.

– Vous êtes indigne de cet office ! déclara Paterin, en jetant un regard furieux sur le sergent.

– J'ai fait mon travail avec zèle, messire lieutenant, et plusieurs fois j'ai défendu les deux autres qui se seraient fait lapider sans moi ! Demandez à messire Catherin !

– Qui vous a recruté pour ces établies ?

– Ben, le consulat !

– Le consulat tout entier ne s'est pas déplacé pour vous prier de participer ! Qui ? En personne ?

– Ben, messire Catherin !

– Sur quel critère ?

– ... J'comprends pas la question !

– Pourquoi vous a-t-il choisi, *vous* ?

– Ben, j'sais pas ! Faut lui demander !

Arthaud fit signe à Laurent Paterin qu'il n'avait plus de questions.

C'est alors qu'un autre sergent apparut sur le seuil de la pièce, porteur d'une feuille de papier.

– Une missive urgente, Messire, déclara-t-il. Celui qui l'a apportée a exigé qu'on vous la remît sur le champ, il prétend qu'il en va de la sauvegarde de la ville !

– Qui est-ce donc, ce messager ? Où est-il ? questionna Paterin d'un ton ulcéré.

– Euh ! Eh bien !… c'était un enfant, il s'est éclipsé aussitôt ! Je n'ai pas eu le temps de l'arrêter.

Laurent Paterin, pestant contre la stupidité de l'homme, lui arracha la missive des mains et lut en toute hâte. Benoît Lion restait planté devant lui, la mine fâchée de l'algarade qu'il venait d'essuyer, mais ne relâchant pas son attention. Arthaud n'osait congédier le coquard à la place de son supérieur.

Enfin le lieutenant se rappela sa présence, qu'il jugea immédiatement inopportune. Il donna ordre au sergent qui venait d'apporter le message de conduire son compagnon aux arrêts – « et sans faille dans l'exécution, cette fois ! » précisa-t-il d'une voix rageuse. Coquillon eut encore le front de clamer, avant de quitter la place, que « croire les mensonges débités sur son compte par des traîtres comme Guillemère, c'était pactiser avec l'ennemi ! ».

– Qui est ce Guillemère dont vous lui avez parlé, demanda Paterin.

– C'est un homme qui a été victime de la brutalité de ce Coquillon, mais qui est également impliqué dans le meurtre du notaire Domenjon. De quelle façon ? Témoin ? Coupable ? Victime supplémentaire ? Je ne sais pas encore : il a disparu !

– Pourquoi cet orde paillard de sergent le qualifie-t-il de traître ?

– Eh bien, cette insistance de sa part m'intéresse car, à l'origine de tout, il y a eu une lettre de dénonciation anonyme contre ledit Guillemère, qui avait postulé auprès du consulat pour se charger de l'organisation de l'artillerie… Que ce

Benoît Lion évoque la même accusation de traîtrise contre Guillemère laisse penser qu'il n'est pas étranger à cette lettre anonyme.

– Pourtant, à la façon dont il s'exprime, je le crois peu capable d'écrire.

– Certes, mais s'il était le lien qui me conduirait à l'auteur? C'est pourquoi je souhaiterais assez que vous laissiez libre ce coquard de sergent afin que je puisse le faire suivre.

– Fort bien, mais attention à ne pas le laisser échapper à la sentence qu'il mérite dès maintenant pour tous ses abus frauduleux, fit Paterin. J'enrage de constater la dégradation des mœurs dans cette ville : la guerre exacerbe tous les vices! La lettre que je viens de recevoir, voyez! dit-il en tendant le papier à Arthaud, elle est de la même veine que la dénonciation contre votre Guillemère!

Arthaud déchiffra une écriture fine, bien tracée, sans faute d'orthographe ni de style, en cela assez différente du pamphlet contre Guillemère. Le texte en était bref et percutant tel que le commande le genre, il égrenait en peu de mots une vérité dérangeante, dont l'aveu était présenté comme un acte de civisme et de loyauté : *« Vous devriez surveiller maître Matthieu Monier, il reçoit en son étude des gens étrangers qui ne sont pas des marchands, des gens suspects. »* Tel était le message.

– En effet, c'est assez affligeant, conclut Arthaud en rendant la lettre au lieutenant. Que comptez-vous faire?

– Rien! Je n'ai pas assez d'hommes pour répondre à ce type d'écrit diffamatoire… Il m'en arrive chaque jour, comme je vous le disais! À croire que chacun hait ou envie son voisin dans cette ville!

Laurent Paterin se frotta le front de la main, comme pour en effacer les rides profondes. Il avait l'air accablé et dépité. Quant à Arthaud, ce nouvel exemple de délation le laissait préoccupé, sans qu'il pût s'expliquer pourquoi.

VIII
Victime ou coupable ?

Jeudi 15 janvier 1478

Il s'en était expliqué la veille avec messire de Villeneuve, dès son retour de l'hôtel de Roanne : *il reprenait l'enquête sur le meurtre de Domenjon.* Le juge avait d'abord vitupéré contre son prévôt, menacé de se plaindre de sa désobéissance au procureur de l'archevêque, répété que l'urgence était ailleurs, que la sécurité de tous importait bien davantage que la punition d'un meurtrier. À la fin, Villeneuve avait dévoilé les vraies raisons qui le poussaient à privilégier l'affaire du vol, et Arthaud y avait reconnu l'angoisse égoïste, la peur des châtiments que Paterin lui avait déjà confiées. De telles craintes étaient pourtant fondées sur des précédents célèbres, puisque des princes du sang, des familiers de la cour, des clercs des administrations avaient connu les geôles, subi la question, la confiscation de leurs biens, la ruine de leur lignée, l'opprobre sur leur nom pour des erreurs similaires. Le souverain ne pardonnait guère les maladresses politiques, encore moins celles qui compromettaient la sûreté d'une place forte. Et Villeneuve, comme Paterin, s'imaginait déjà emporté dans la tourmente de la colère royale, privé du titre de noblesse qu'il avait eu tant de mal à obtenir, déchu de toutes les responsabilités qui le rapprochaient insensiblement des plus hautes fonctions.

Cependant, imperturbable et obstiné, Arthaud lui opposait sa conviction d'un lien existant entre l'assassinat de Domenjon et la disparition des carnets et, à force de patience, en accumulant les indices qu'il présentait comme des preuves, il persuada le courrier que le chemin vers le recouvrement des précieux documents passait par la compréhension de l'assassinat d'un obscur notaire.

– Soit, mais faites vite ! Chaque jour qui passe prépare notre anéantissement ! avait conclu Villeneuve, dont l'irritation nerveuse était tombée, se muant en une soumission désabusée à la fatalité, une apathie douloureuse à laquelle il s'abandonnait désormais sans retenue.

– Ayez confiance, Messire, avait cru bon de lancer Arthaud en le quittant.

Confiance ! Avait-il lui-même foi dans ce qu'il entreprenait ? N'avait-il pas compromis ses chances de résultat en négligeant de procéder comme à son ordinaire dans cette affaire de meurtre ? D'habitude, il commençait toujours par enquêter sur la vie de la victime. Il avait gâché un temps précieux en se souciant d'abord de Guillemère. Qui était vraiment Domenjon ? Jusqu'alors, il n'avait recueilli sur lui que des commentaires méprisants et dépréciatifs. Il devait se faire une idée par lui-même, en reconstituant l'univers du personnage, son quotidien, ses mœurs.

Il ne réquisitionna que Grand-Jehan pour l'accompagner.

Depuis le matin, une escouade de sergents, menée par Bras-de-fer, était dévolue au renforcement de la police de Roanne dans une mission de maintien de l'ordre. En effet, plusieurs troubles avaient éclaté en divers quartiers de la cité à l'annonce d'une nouvelle convocation à la montre d'armes, dimanche. Les récalcitrants criaient qu'ils ne perdraient pas une journée de plus pour satisfaire l'orgueil des consuls, et ils avaient appelé à la révolte, suivis par quelques rioteurs[1], dont la plupart n'étaient guère concernés par les établies en raison de leur pauvreté, ou de leur situation marginale. Les deux trompettes que Jacques Caille avait envoyés par la ville pour publier l'injonction avaient bien failli se faire étriper et n'avaient dû leur salut qu'au secours des gardes de la porte de Bourgneuf, qui les avaient soustraits à la vindicte populaire en leur ouvrant, *in extremis,* l'accès à l'une des tours flanquant la porte. Réfugiés là, les deux garçons, terrifiés et ahuris par l'aventure, ne cessaient de répéter aux hommes de la garnison : « Des enragés, Messires ! Ce sont des sauvages ! Il faut appeler la police de Monseigneur[2] ! »

Lorsque le prévôt et Grand-Jehan parcoururent le chemin jusqu'à la rue Luyserne, l'effervescence était déjà retombée. Ils croisèrent des groupes de sergents, livrées bleues des sbires du bailli, livrées rouges de ceux de l'archevêque, lesquels escortaient les rebelles qu'ils venaient d'arrêter. Derrière eux, parfois, quelques femmes suivaient, pleurant et criant, invectivant soit les sergents soit le prisonnier – époux ou père – à qui elles reprochaient sa stupide témérité qui les laissait plus démunies qu'auparavant.

Arthaud entra dans la rue Luyserne. La neige, qui fondait depuis la veille, avait transformé la voie non pavée en un ruisseau fangeux où les bottes enfonçaient dans des fondrières malodorantes. De part et d'autre, des constructions basses, séparées par des zones herbeuses ou par des curtils[3], ressemblaient davantage à des fermes qu'à des bâtiments urbains. La maison qu'on leur avait désignée comme celle

1. Batailleurs.
2. L'archevêque.
3. Jardins.

de Claude Domenjon était identique à ses voisines, petite, modeste sans être délabrée. Arthaud espérait y trouver la fille du défunt, en dépit du fait que personne n'avait réclamé la dépouille du notaire pour l'ensevelissement, et que seul le témoignage, imprécis et confus, de Claude Richereau, ce bavard de frenier, mentionnait une enfant. Il frappa donc à l'huis, une fois, plusieurs fois, sans qu'aucun son trahissant une présence à l'intérieur ne soit perceptible. Des volets de bois internes occultaient les deux fenêtres donnant sur la rue. Tout était clos, vide, silencieux. Arthaud hésita sur la démarche à suivre : forcer la porte, entrer dans la maison, la fouiller pour découvrir quelques indices ou interroger le voisinage, alors que celui-ci n'était pas immédiat, un enchevêtrement d'arbustes dénudés par l'hiver formant une sorte de haie qui isolait la maison ? En jetant un regard circulaire sur les bâtiments proches, il surprit une silhouette dans l'encadrement d'un fenestron, à l'étage de la demeure située en face. L'ombre disparut aussitôt repérée. Traversant la rue, Arthaud s'en vint heurter à la porte, mais sans succès ; alors criant haut et fort : « Police de l'archevêque ! Je vous somme d'ouvrir sous peine de lourdes sanctions ! », il fit un tel tapage qu'il entendit bientôt la clef tourner dans la serrure. Tremblante, livide, une vieille femme apparut dans l'entrebâillement.

– J'ai rien fait ! Qu'est-ce que vous me voulez ? bredouilla-t-elle.

– Je suis le prévôt de police, et voici mon sergent. Je veux vous entretenir de votre voisin d'en face, maître Domenjon.

– Il est mort ! fit-elle en restant toujours en retrait du seuil, les deux mains sur le battant de bois.

– Je sais bien qu'il est mort, c'est pourquoi je veux vous poser quelques questions sur lui !

– J'suis pour rien dans son meurtre ! se défendit-elle.

– Je ne vous accuse nullement de cela ! s'irrita Arthaud. Laissez-nous entrer, je ne peux vous interroger ainsi dans la rue !

– Qu'est-ce qui m'prouve que vous êtes pas des voleurs venus pour m'assassiner et me voler ? fit la vieille.

– Si vous continuez, vous aurez la preuve que je suis bien le prévôt, car je vous conduirai moi-même en la tour des prisons ! répliqua Arthaud de la voix qu'il prenait pour terroriser les prévenus.

Elle céda à cette menace et conduisit les deux hommes dans la première pièce du rez-de-chaussée, qui semblait faire fonction de cuisine à en juger par l'étroite cheminée qui occupait une des parois et par l'odeur de graisse brûlée qui flottait dans l'air. Le plafond était bas, la lumière rare. Elle s'assit sur un tabouret situé près d'une petite table. Arthaud chercha des yeux un autre siège, il n'y en avait pas. Point de feu dans l'âtre, point de cendres récentes, un froid pénétrant régnait là. La pauvreté du logis et de son occupante ne faisait aucun doute. Que craignait-elle qu'on lui volât ? se demandait Arthaud.

– Je voudrais que vous me parliez de messire Domenjon, commença-t-il. Était-il de bon voisinage ? Vous parlait-il ?

– Peuh ! Ni bon ni mauvais ! Il fréquentait peu les voisins. C'était un homme triste, quelconque. Il saluait – oui, poli –, mais un mot, deux, pas plus ! Sa fille était plus affable, avec moi du moins.

– Sa fille ? Où est-elle donc à présent ?

– Cela fait bien deux semaines déjà que j'la vois plus. La pauvrette, elle ne s'amusait guère avec son père !

– Elle n'a plus sa mère ?

– Il est veuf, je crois. Je lui ai jamais vu d'femme.

– Quel âge a la fillette ?

– Elle va sur ses quinze ans. Jolie avec ça, déjà bien attrayante pour les gars ! C'est p't-être pourquoi il la renferme à la maison. Elle sort jamais seule. Il l'accompagne partout.

– Où peut-elle être ? Avez-vous une idée ?

– Comment j'pourrais ? J'les connais pas tant que ça !

– Il ne vient jamais personne en visite dans cette maison ?

– Si... des clients, pas souvent, et pas des riches ! Sauf une fois, il y a quinze jours, je crois... un homme mieux habillé, un cavalier avec de hautes bottes à éperon, un grand chapeau, une cape bleue, a heurté à son huis. J'arrivais du marché de l'Erberie, j'ai pu l'apercevoir de loin. Il est entré vivement dès qu'on lui a ouvert, et j'ai juste pu voir qu'il était assez jeune.

– Il y a quinze jours, vous dites ? La fillette était-elle encore présente dans la maison à cette date ?

– J'sais pas, j'pense que oui... Attendez ! Oui, oui ! Elle était là, je l'ai vue vider les eaux sales dans le clos, peu après le départ de ce cavalier.

– L'avez-vous revu, ce *quidam* ?

– Non... À mon avis, c'était une erreur, il s'était trompé d'adresse ! C'était pas du tout le genre des habitués que recevait le notaire. Ce beau sire-là était plutôt fier de sa personne, à l'aise quoi ! Même si j'ai eu l'impression qu'il ne souhaitait pas s'éterniser devant la maison, vu la vitesse avec laquelle il s'est engouffré à l'intérieur.

– Hum ! Et à part cette visite, rien ? pas de famille ?

– Non, rien. Mais Perrine – elle s'appelle Perrine – me parlait quelquefois d'une tante – la sœur de sa mère, je crois – qui l'avait élevée dans les premiers temps du veuvage du notaire. Elle avait toujours la larme à l'œil quand elle évoquait ce souvenir, parce que l'existence heureuse de son enfance, auprès de cette femme, lui faisait ressentir l'ennui de celle qu'elle menait avec son père. Mais elle est jamais venue ici, cette tante !

– Vous pensez que Perrine serait partie la rejoindre ?

– J'sais pas ! Si elle l'a fait, il y a deux semaines, ça pouvait être qu'avec la permission de son père.

– Elle ne vous a pas dit où elle habite, cette tante si aimable ?

– Dans le plat pays, elle décrivait une ferme…
– Où précisément ? pressa Arthaud.
– J'me souviens plus ! Je sais seulement qu'elle paye le cens à l'abbaye d'Ainay…
– Hum ! Une seigneurie d'Ainay dans le plat pays ? réfléchit Arthaud. Vernaison ?
La vieille femme fit non de la tête. Arthaud continua à débiter : Millery ? Grigny ? Cuire ? Chazay ?
– C'est ça ! Chazay ! s'écria-t-elle.
Arthaud remercia la femme de son témoignage. Il la prévint qu'il allait forcer la porte de la demeure de Domenjon afin de découvrir des indices qui puissent expliquer son assassinat.
– Un homme a déjà essayé d'ouvrir, avant-hier… glissa-t-elle négligemment.
– Quoi ? s'exclama Arthaud. Vous pourriez le décrire ?
– Sa figure, non, parce que j'le voyais que de dos depuis ma fenêtre. Mais j'peux dire comment il était habillé, c'est facile ! C'était une livrée pareille à celle-là…, fit-elle en se tournant vers Grand-Jehan.
Arthaud sursauta, aussi bien que son sergent.
– Comment était-il, cet homme ? demanda Arthaud d'une voix étrangement altérée.
– Je dirais : très grand et solide. Mais il n'a pas insisté quand il a vu qu'elle était fermée, il est parti, après avoir inspecté un peu autour de la maison. J'ai pensé qu'il cherchait messire Domenjon.
Ils quittèrent la femme, la mine soucieuse, sans se parler. Qu'un sergent de l'archevêque soit impliqué dans cette curieuse affaire les bouleversait tous deux. Arthaud, comme Grand-Jehan, ne pouvaient s'empêcher de se répéter la description physique de l'inconnu.
Ainsi qu'ils l'avaient annoncé, ils s'employèrent à faire céder la porte de Domenjon. Prélevant une branche un peu forte dans la haie qui ceinturait la maison, Grand-Jehan s'en servit

de boutoir. Le bruit des coups ébranlant la serrure résonnait dans la rue étroite et, pourtant, nul attroupement ne se forma. Arthaud scruta les alentours : soit les maisons étaient désertées par leurs habitants en cette heure de la matinée, soit leurs occupants se terraient, épiant peut-être la scène sans oser bouger. Il songea que cette rue était propice à des actions secrètes. Il enverrait toutefois ses sergents recueillir les témoignages de ces particuliers, afin de compléter celui qu'il venait d'obtenir. L'un d'eux avait peut-être vu le sergent à la livrée rouge ?

La serrure céda enfin. En écartant les volets intérieurs pour laisser entrer le jour, ils découvrirent une vaste pièce réunissant un foyer et les éléments d'une cuisine d'un côté, un lit clos de l'autre. Entre les deux espaces, une échelle donnait accès à l'étage sous charpente. Quelques meubles, rustiques et sommaires, constituaient le décor : deux chayères, un haut coffre de bois brut, un banc-coffre à dossier, quelques placards aménagés dans un des murs, une table dressée sur tréteaux et, posée dessus, une écritoire – seule trace de la fonction notariale du propriétaire. Ouvrant tout ce qui pouvait contenir objets ou papiers, les deux hommes se rendirent rapidement compte qu'on avait fouillé la demeure avant eux. Vêtements, objets domestiques, denrées alimentaires se retrouvaient mêlés et confondus dans le plus grand désordre à l'intérieur du coffre ; il en était de même des diverses archives que le notaire rangeait dans le banc : la plupart des brèves[1] avaient été compulsées hâtivement, puis rejetées ; elles restaient chiffonnées, parfois déchirées. Quelques carnets avaient subi le même sort. Quant aux placards, on n'en avait pas non plus épargné le secret. Arthaud sonda le lit et y vit les traces d'un

1. Il s'agit de la rédaction du contenu d'un acte, sans les formules légales ni les signatures, lesquelles ne figureront que dans l'expédition de l'acte final ou grosse.

fourragement patent. Tandis que Grand-Jehan s'attelait à la fouille de la cuisine, vidant tous les pots, retournant la cendre de l'âtre, Arthaud monta à l'étage. C'était la chambre de Perrine, à l'évidence ; une paillasse sur un châlit, un coffre et un tabouret pour tout mobilier. La charpente descendait presque jusqu'au sol, le plancher répandait une âpre odeur de poussière. La soupente était fort sombre. Là aussi, les visiteurs précédents avaient tout retourné. Rien n'était plus en place, un air de désolation et de chaos ajoutait à la tristesse du lieu. Arthaud examina le plancher, le tâta du pied dans l'espoir de repérer une latte dont le contour discontinu signalerait une cachette, mais il ne trouva rien. Il s'appliqua alors à passer la main sur chacune des pannes accessibles de la charpente. Il ne recueillit d'abord que poussière et toiles d'araignée, enfin, sur une volige plus haute, à la jonction avec un des chevrons, ses doigts rencontrèrent quelque chose d'épais. Il se haussa sur la pointe des pieds, prit à pleine main l'objet et le détacha de sa cache. C'était un sac de toile de quelque poids, qui avait été modelé et soigneusement ficelé en forme de rouleau, de façon à disparaître derrière la croisée des poutres.

Arthaud redescendit avec son trophée. Il le posa sur la table devant Grand-Jehan.

– Voyons ce qu'il y a là-dedans, dit-il en commençant à délacer le paquet. Cela doit être suffisamment précieux pour que le meurtrier ait mis à sac toute la maison afin de le trouver !

Plusieurs feuilles de papier apparurent d'abord, roulées autour d'une bourse qui expliquait le poids de l'ensemble, puisque trente écus d'or la remplissaient. Sans doute les documents écrits livreraient-ils des renseignements essentiels ? Le prévôt les étala sur la table avec une certaine fébrilité. Trois feuillets présentaient un texte très dense, écrit en très petits caractères, qu'il faudrait étudier attentivement afin de découvrir son intérêt et ses implications, mais la dernière des pièces était tout autre. C'était un billet plus lisible, révélant un rendez-vous, l'ordre de se trouver « le lundi douzième de janvier, en l'église Saint-Sorlin, avec la marchandise au complet, contre rétribution ». Puis suivait l'avertissement que « l'on ne tolérerait aucune défaillance », que « la colère de Monseigneur comme celle de Yahvé s'étendait *d'âge en âge* – le mot était souligné – sur ceux qui lui manquaient ». Le billet n'était pas signé.

– Bon, nous voici avec une énigme de plus, déclara Arthaud : nous avons trouvé porte close et pourtant quelqu'un s'est introduit pour voler ces documents, quelqu'un qui possédait la clef, donc, et qui a refermé derrière lui ! Pour l'heure, j'emporte ces documents et la bourse. Vous, Grand-Jehan, restez ici afin d'interdire toute intrusion ; je vous envoie bientôt des renforts avec lesquels vous opérerez la mise sous scellés de la maison et la saisie des archives du notaire.

Il n'eut pas à retourner à l'auditoire pour trouver les hommes disponibles. Dans la Grande Charrière, il rencontra une escouade de sergents de l'archevêque qui faisait une ronde sous la conduite de Gros Antoine, et l'envoya relever Grand-Jehan.

La sixième heure[1] allait bientôt sonner. Il avait besoin d'un calme absolu pour étudier ces feuillets hors de l'agitation qui régnait depuis le matin en l'auditoire, aussi choisit-il de regagner son hôtel. Il n'accepta d'Antonia qu'une courte collation, puis s'enferma dans sa chambre.

Les feuillets disposés côte à côte devant lui présentaient une écriture très serrée et fine, et, de ce fait, difficilement déchiffrable. Cependant après un temps d'adaptation à leur graphie, il constata qu'ils comportaient des dates et des noms dans une colonne à gauche, l'indication de sommes d'argent, de deux à cinq livres tournois dans celle de droite. Les dates s'égrenaient depuis le premier jour de janvier jusqu'au dix,

---

1. Midi.

veille de la montre. La désignation d'une rue ou d'un carré[1] qui suivait chaque nom mentionné dans la liste situait ces personnes dans le pennon de la Lanterne. Arthaud se souvint du récit de l'altercation entre Guillemère et le notaire, tel que l'avait rapporté le barbier Pierre Floret. Le maréchal-ferrant n'avait-il pas accusé l'autre d'exiger des paiements frauduleux pour réaliser des modifications dans les établies ? Ces quelques pages semblaient conforter le soupçon de concussion qui pesait sur Domenjon. Arthaud compta plus de vingt noms et, cherchant le total des sommes, il le découvrit, déporté dans la colonne de gauche, en chiffres minuscules, comme volontairement occulté. Il se montait à cinquante livres, mais quelque chose était griffonné à côté qu'il n'arriva pas à déchiffrer tout de suite. Après bien des efforts, il reconstitua : *« prélevées par B. L. »*

B. L. ? Benoît Lion, bien sûr ! Ainsi le notaire tenait une comptabilité des exactions du sergent ? Pourquoi ? Était-ce la preuve qu'il désirait dénoncer ses coquineries ou celle d'une association dans la fraude ? Les écus de la bourse valaient un peu moins que le total exprimé en livres. À quelle rétribution correspondaient-ils ?

Arthaud réfléchit longuement.

Une seule explication rendait compte à la fois du soin qu'avait pris Domenjon de conserver au secret ces documents et de l'acharnement dont témoignait celui qui avait fouillé la maison pour les récupérer : Domenjon détenait le moyen de faire pression sur le sergent avec ces relevés très précis !

Quant à la bourse qu'il avait mise de côté, était-elle le fruit de cette menace qu'il exerçait sur Benoît Lion, ou bien le résultat de la transaction que réclamait le billet annexe ? Et ladite transaction, était-ce la vente des carnets volés ?

---

1. Croisement ou îlot d'immeubles formant le croisement de deux rues.

Pardieu ! Ce billet aussi gardait son mystère ! Qui était ce *Monseigneur* dont la colère devait s'abattre sur la descendance de celui qui n'obtempérait pas à ses exigences ? Était-ce pour que sa fille échappât à ces terrifiantes conséquences que le notaire l'avait éloignée depuis deux longues semaines ? Dans quelles griffes s'était jeté ce tabellion que tous décrivaient comme insignifiant ? En fait, quelle que fût l'hypothèse retenue, la victime révélait un tout autre caractère : celui d'un homme déterminé à tirer profit des forfaitures de ses contemporains, un être besogneux qui thésaurisait des écus d'or derrière les poutres de sa charpente !

– Me voilà avec plus de questions que de réponses à présent, grommela Arthaud après avoir tout relu. Pourtant, des réponses, c'est ce sergent royal, ce Benoît Lion qui devrait m'en fournir ! Coquard, tricheur, voleur, certes, tel est son portrait véridique, mais serait-il davantage ? Serait-il un meurtrier ?

Et, tout en décidant de la direction que prendraient dorénavant ses investigations, il ne put s'empêcher de repenser avec angoisse à ce sergent à livrée rouge qui, lui aussi, était apparemment impliqué dans l'affaire et dont il devrait découvrir l'identité.

***

Gautier pénétra dans l'hôtel de la Croix d'or. Sa mise soignée, une dignité naturelle, un port de tête altier le signalèrent tout de suite à l'attention de l'hôtelier, qui, flairant un client de qualité, vint à son devant et s'enquit de ce qu'il souhaitait avec force paroles obséquieuses.

– Je désirerais m'entretenir avec maître François Le Bourcier. Il réside bien dans votre établissement ?

– Certes, Monseigneur, qui dois-je annoncer ?

Sans corriger le titre trop flatteur que lui attribuait le bonhomme, Gautier déclina son nom et son titre, achevant ainsi d'impressionner l'hôte de la Croix d'or qui grimpa en toute hâte à l'étage annoncer *« le secrétaire de monseigneur de Vienne »* au commissaire royal, puis l'introduisit dans la chambre de ce dernier en multipliant les formules de respect et les révérences.

Le buste haut, au-dessus d'une table de travail encombrée de liasses et de rouleaux descellés, messire Le Bourcier, sans se lever de son siège, convia Gautier à prendre place en face de lui. C'était un homme d'une quarantaine d'années, aux cheveux noirs, raides et drus, qu'un bonnet de laine disciplinait difficilement. Il était évident que l'interruption de sa correspondance lui était importune ; le froncement de sourcils qui accompagnait son regard sur Gautier le laissait deviner. Pourtant, une politesse des manières, une inflexion mesurée de ses phrases contrebalancèrent bientôt ce premier signe d'humeur. François Le Bourcier était accoutumé aux discussions avec des étrangers, ses fonctions de maître clerc à la Chambre des comptes du trésor, à Paris, en faisait un expert dans l'analyse des dossiers les plus complexes de l'administration comptable, un chasseur de fraudes fiscales, un redoutable contrôleur au service des intérêts du souverain. Il savait assez rapidement jauger les vérités et les mensonges d'un discours. La jeunesse de cet émissaire de l'archevêque de Vienne ne l'étonna qu'un moment. Dès qu'il l'entendit parler et raisonner, il apprécia son interlocuteur.

– Maître Le Bourcier, monseigneur de Poisieu a reçu de notre très redouté seigneur le roi une mission délicate. Des rumeurs, étayées depuis sur quelques preuves solidement vérifiées, ont établi en effet que plusieurs commissions menées auprès des consuls de cette ville de Lyon depuis décembre avaient été le prétexte d'actions répréhensibles de la part de leurs responsables.

– Répréhensibles jusqu'à quel point ? coupa Le Bourcier.

– Cela irait du détournement d'argent, de la concussion jusqu'à… la collusion avec l'ennemi.

– La trahison ? s'écria Le Bourcier, effaré.

– Oui… murmura Gautier.

– Avez-vous les noms des suspects ?

– Hélas non ! Car nous n'avons de preuves que des infractions, en vérifiant la réalité de leurs conséquences : des armes qui devaient arriver aux troupes et qui ont été volées en route, du salpêtre dont le poids à l'arrivée est inférieur à ce qui était enregistré au départ de Lyon, des plaintes d'exactions indues opérées sur des particuliers ou des établissements religieux par des sergents, lesquels affirment avoir reçu des ordres dans ce sens sans qu'on puisse déterminer qui les a manipulés.

– Le ver est dans le fruit ? C'est cela que vous voulez me faire entendre ?

– Nous le craignons, en effet !

– Et pour identifier les coupables, monseigneur de Poisieu a charge d'enquêter ?

– Oui, mais il ne peut le faire officiellement sans alerter les fautifs. Je suis son agent de liaison, en quelque sorte.

– Quel est mon rôle ? Pourquoi m'avertir, *moi* ?

– Eh bien, tout d'abord parce que Sa Majesté vous exclut des suspects ! fit Gautier en souriant finement.

– Vous m'en voyez très honoré, répondit sèchement Le Bourcier. Il est heureux qu'après vingt années de loyaux services dans les administrations royales, à compter les impôts dus et à traquer les mauvais payeurs, à vérifier les moindres erreurs des comptabilités du royaume, les doutes sur mon honnêteté me soient épargnés !

– Certes, approuva Gautier tout en pensant : « Sauf que de grands serviteurs de la couronne ont parfois cédé à la tentation de trahir, et qu'une longue carrière ne saurait valoir une preuve d'absolue loyauté ni une garantie de ne pas devenir, un jour, suspect au roi ! »

– Que voulez-vous que je fasse ? reprit Le Bourcier.

– D'abord monseigneur de Poisieu désire que vous me dressiez la liste des commissaires que vous avez installés et dont vous avez délivré l'accréditation aux consuls. Ensuite que vous évaluiez le bilan de leur mission.

– Hum ! La liste sera relativement courte ! Depuis décembre, il n'y a eu que trois commissaires, à part moi. Tous avaient mission d'œuvrer au renforcement des défenses de la cité. Il y a eu d'abord monseigneur Jehan de La Marieuse, secrétaire du roi, qui prit charge d'organiser la montre d'armes. En même temps que lui fut dépêché ici monseigneur Raymond de Sales, avec la mission de faire récolter le salpêtre de la ville, et, quelques jours plus tard, vers le huitième de janvier, monseigneur Claude Cotayn, écuyer tranchant de notre sire le roi, qui était porteur de lettres ordonnant de renforcer les gardes et les services de guet.

– Et vous-même, Maître ?

– Comment cela ?

– Quel était le contenu de votre commission ?

– Je suis arrivé dès Noël, porteur de plusieurs lettres, les unes accréditant les commissaires susdits, les autres – au nombre de deux – destinées à exiger des consuls des reconnaissances à cheval jusqu'à Bourg-en-Bresse et en Franche-Comté, afin de repérer la présence de troupes ennemies. Je devais aussi demeurer à Lyon pour veiller à la coordination des différentes missions.

– Et donc ? Quel est le bilan que vous pouvez établir ?

Le Bourcier resta un instant silencieux. Il paraissait chercher comment exprimer sa pensée.

Il se cala au dossier de sa chayère, en agrippa nerveusement les accotoirs, constata que Gautier le fixait en attendant sa réponse.

– Eh bien, fit-il, je dois dire que j'ai été un peu déçu par ces seigneurs.

– Pourquoi ?

– Disons qu'ils manquaient de diligence. Excepté monseigneur Cotayn, qui n'avait qu'un rôle de messager et qui est reparti aussitôt ses lettres transmises aux consuls, les deux autres répugnèrent pendant trop longtemps à agir avec les conseillers, à se mêler à leur discussion pour presser l'exécution des ordres qu'ils s'étaient contentés de transmettre. L'organisation de la montre a traîné en longueur. De même pour ce qui est du salpêtre… Et puis, il y a surtout une très grande animosité entre eux ! Ils se jalousent, se méprisent, et je crois qu'ils ne recherchent, dans leur commission, qu'un moyen de se faire connaître du roi et valoir auprès de lui.

– Jusqu'où est allée leur animosité ? A-t-elle compromis leur mission ?

– Pas exactement ! La montre a bien eu lieu, dimanche dernier ! Mais, à présent que monseigneur de Saint-Priest exige une nouvelle fois cette revue des armes, je me demande si La Marieuse n'a pas outrepassé la mission qui lui était confiée – si celle-ci n'était pas plus modeste, moins illustre : une simple préparation à la montre qui devrait se tenir devant le seul monseigneur de Saint-Priest ?

– Vous voulez dire que monseigneur de La Marieuse aurait anticipé la montre afin de s'en réserver le mérite ?

– Pour l'emporter sur monseigneur de Sales, oui… car dimanche, justement, ils se sont querellés devant moi et monseigneur le bailli d'Estuer pour déterminer celui dont la mission avait le plus d'importance, de gloire et de prestige. J'ai été obligé de les menacer d'un rapport à Sa Majesté pour les ramener à un plus digne comportement.

– Vraiment ? Où sont-ils aujourd'hui ? Sont-ils demeurés à Lyon ?

– Dans l'attente d'une lettre de mission du roi, oui, ils y sont restés. Monseigneur de La Marieuse doit se trouver bien gêné, à présent, de la décision de Saint-Priest de réitérer la montre. C'est une avanie à son endroit, mais peut-être risque-t-il aussi la foudre de ce grand seigneur, qui pourrait aisément le poursuivre pour usurpation de pouvoir ?

– La Marieuse serait-il assez téméraire pour marcher sur les brisées d'un personnage aussi influent que monseigneur de Saint-Priest ? demanda Gautier, perplexe et vaguement sceptique.

– Bah ! Cet homme ne m'a jamais plu. Il est froid, orgueilleux, *très* avare. Il vit comme un moine, alors qu'il est de petite, mais de bonne noblesse chevaleresque. Son seul vice semble être l'ambition de la gloire, mais c'est un défaut qui en a menés plus d'un à l'échafaud !

– Cependant, il fallait être stupide pour imaginer que Saint-Priest tolérerait son audace !

– Il a pu penser que les opérations militaires le tiendraient éloigné de Lyon, ce qui fut le cas d'ailleurs, puisque monseigneur de Saint-Priest est intervenu à Marboz contre les troupes de Philippe de Bresse ! Mais les combats ont été moins longs et moins vifs que prévu, d'où son retour à Lyon.

– Hum ! Je vois ! Et monseigneur Raymond de Sales, quel est-il ?

– Un écuyer, qui s'est haussé dans la carrière par la brigue, répondit sèchement Le Bourcier.

– Vous jugez qu'il ne mérite pas l'état auquel il est parvenu ? souligna Gautier.

– Il est de ces gens que le roi promeut pour avoir la main sur eux ! Ils doivent leur fortune au souverain, celui-ci compte avoir acheté ainsi leur loyauté. Mais c'est un leurre !

– Vous l'estimez déloyal ?

– Je dis qu'il *serait capable* de déloyauté, car rien chez lui n'est ancré sur des principes moraux solides. Il n'a que l'apparence de la chevalerie. Le premier obstacle le verra retourner aux instincts du vilain.

– S'est-il mal acquitté de sa mission concernant la réquisition des poudres pour l'artillerie ?

– Non, pas à ma connaissance. Mais n'avez-vous pas affirmé, tout à l'heure, que les quantités fournies n'étaient pas celles qui étaient attendues ? Cela relevait de sa responsabilité !

– Mène-t-il grand train ou bien vit-il, comme La Marieuse, tel un ascète ? demanda Gautier, sans répondre à l'insinuation précédente.

– Je le crois aussi paillard et ribaud que l'autre est austère et triste.

– Vraiment ? Vous n'avez qu'une piètre opinion de ces deux commissaires ! Vous auraient-ils causé quelque avanie ?

– Je suis un clerc, un homme rigoureux. Je ne suis pas noble, mais je me vante d'être compétent, loyal et méritant dans mes fonctions. Or ces deux coquards n'ont cessé d'invoquer leurs privilèges de naissance pour s'épargner les astreintes de leur mission, tout en cherchant à en tirer illustration et avantages ! Ils m'ont accablé de leur mépris lorsque je les rappelais à leurs devoirs... Pourtant un seul rapport de ma main sur leurs négligences ou leurs excès pourrait bien mettre fin à leur carrière ! ajouta Le Bourcier sur un ton aigre.

– Je vous pose la question, Maître : les rumeurs dont je vous ai rapporté la teneur pourraient-elles, selon vous, désigner l'un de ces commissaires ?

– Par tous les saints, messire Blanc, j'ai peur que, pour des motifs différents – la vanité pour La Marieuse, la cupidité pour de Sales, et le désir de promotion pour tous deux – ni l'un ni l'autre ne soit exempt d'un tel soupçon !

– Il faudrait que je les rencontre... où puis-je les trouver ?

– Monseigneur de La Marieuse est logé à l'Écu de France, en la rue du Palais ; Raymond de Sales a fait choix de la

Tête Noire, au début de la rue de la Saunerie, non loin du pont.

– Ainsi, leur aigreur réciproque les a poussés à ne pas descendre dans le même établissement ?

– Sans doute, et elle souligne les oppositions de leurs goûts et de leur caractère : l'Écu de France est un havre de paix, de bonne renommée et de confort assuré. Sa clientèle est aisée et d'honnête conversation.

– Ce n'est pas le cas de la Tête Noire ?

– D'après ce que l'aubergiste de céans m'a rapporté, la clientèle en est plus cosmopolite, car composée de marchands étrangers vendant en foire, sur la place du Change. Toutefois, ce n'est nullement un mauvais lieu et le service y est à la hauteur des exigences d'un homme qui se veut apparent comme Raymond de Sales !

François Le Bourcier fit un geste de la main, comme pour mimer le personnage. Il ébranla ainsi une liasse de papiers qui vint s'éparpiller aux pieds de Gautier. Aussitôt celui-ci se pencha pour rassembler les feuillets, en dépit des protestations du maître des comptes, qui le priait de n'en rien faire, sur un ton que Gautier jugea un peu trop sec pour être tout à fait courtois. Il vit Le Bourcier se précipiter afin de ramasser lesdits feuillets et les fourrer hâtivement dans une boîte, dont il referma le couvercle. Puis il balbutia quelques mots regrettant sa maladresse d'une voix plus policée. Gautier sentit qu'il était opportun de prendre congé.

Cependant, il avait eu le temps de découvrir quelques lignes de ce document, sans le vouloir, simplement parce qu'un paragraphe était signalé en marge par le dessin d'un doigt pointé. Il était écrit : *Bilan des forces de défense de la ville de Lyon, faiblesses mises au jour par la montre du onzième jour de janvier mil quatre cent soixante-dix-huit.*

Et Gautier songea que, dans la définition de sa propre mission, Le Bourcier n'avait pas mentionné l'élaboration d'une analyse de ce genre. La contrariété qu'il n'avait su dissimuler lorsque ce document était passé dans les mains de son visiteur en laissait deviner le caractère secret et confidentiel. Une idée lui venait à l'esprit, dérangeante en ce qu'elle remettait en question la sincérité des propos recueillis et cette loyauté au roi si haut revendiquée. Ce rapport sur les moyens militaires de la ville, était-ce bien au roi que Le Bourcier le destinait ?

***

Après avoir confié leurs prisonniers au chartrier de la tour, les sergents qui avaient participé à la répression des troubles pendant la matinée prenaient quelque repos dans la salle des gardes de l'auditoire. Tout en ôtant leur salade et leur baudrier, afin de se mettre à l'aise, ils échangeaient des commentaires sur les événements, piquetaient leurs propos de railleries sur tel ou tel des protagonistes, ou s'adressaient mutuellement des plaisanteries. L'humeur était joyeuse, le contentement d'avoir achevé la mission, général, et l'appétit, aiguisé par le mouvement qu'ils s'étaient donné.

Bras-de-fer restait à l'écart de cette effervescence, pensif et morose.

– Est-ce que tu rêverais pas à la gloire militaire, compère ? lui glissa Tout-Lourd en souriant. Pardieu, la tâche qu'on nous a assignée fut pas des plus valeureuses, pas vrai ? continua-t-il en tapant amicalement dans le dos de son compagnon, comme pour le consoler. Arrêter ces pauvres gars, déjà étouffés de misère, on a presque honte, pour sûr ! Avec ça qu'ils ont pas tort de se plaindre ! A-t-on jamais vu pareille niaiserie de refaire une montre à huit jours de distance ! Les consuls mériteraient que les Bressans profitent de cette farce pour investir la ville, tiens ! On verrait qui serait bien affolé, sans personne pour défendre les maisons et les rues !

– Tais-toi, Tout-Lourd ! Veux-tu donc qu'on te poursuive pour rébellion et trahison ? le réprimanda Bras-de-fer avec irritation. J'espère que tu n'iras répéter de tels propos à personne, surtout pas aux autres sergents ! Avec ce que tu viens de dire, j'aurais matière à te jeter en geôle : est-ce notre rôle de juger les ordres qu'on nous donne ? Est-ce à nous de mesurer la justice des actions qu'on nous commande ?

– J'disais ça pour parler ! bredouilla Tout-Lourd, surpris par la vivacité de la remontrance. J'te voyais bien maussade ! D'ailleurs, c'est pas d'aujourd'hui que t'es plus le même ! Tu serais pas malade, par le prépuce du Christ ?

– Je vais très bien ! Ne t'occupe pas de moi et reste discret ! Tu n'as pas le don des discours, mon ami ! Chacun a ses talents, les tiens sont là-dedans, fit Bras-de-fer en saisissant Tout-Lourd aux épaules et en tâtant sa musculature puissante qui emplissait les manches de son jaque.

– À ta guise, répliqua Tout-Lourd, vexé, en allongeant une moue de mécontentement. Garde tes secrets !

– Je n'ai pas de secrets, compère ! lança Bras-de-fer en se forçant à rire.

C'est alors que Grand-Jehan parut au seuil de la salle. Il scruta la bruyante assemblée, entrevit, retirés dans un angle, Bras-de-fer et Tout-Lourd, et remarqua tout de suite le visage soucieux du premier, l'expression boudeuse du second.

– Salut à vous, compères, lança Grand-Jehan en s'approchant. Je reviens d'une bien intéressante perquisition en compagnie de messire le prévôt, ajouta-t-il.

– Ah oui ? Où cela ? questionna Tout-Lourd.

– Dans la maison de ce notaire que l'on a découvert lundi, étranglé et tout à fait mort, dans la neige ! Tu vois de qui je parle, Tout-Lourd ? répondit Grand-Jehan sans quitter Bras-de-fer des yeux.

C'est ainsi qu'il saisit un fugace rictus sur le visage de ce dernier. Rien d'autre qu'un bref pli aux commissures des lèvres et qu'un battement de paupières.

– Et alors ? Qu'est-ce que vous avez donc trouvé de si extraordinaire dans cette maison ? Un autre cadavre ? reprit Tout-Lourd, goguenard.

– Non… mais des documents très secrets soigneusement cachés qui ont eu l'air de vivement attirer l'attention de messire de Varey, et une bourse pleine de trente écus ! Ceux qui avaient mis la maison sens dessus dessous avant nous n'avaient point déniché ces trésors !

Grand-Jehan releva de nouveau une imperceptible réaction à cette nouvelle de la part de Bras-de-fer, dont le silence faisait contraste avec la curiosité brouillonne de Tout-Lourd.

– Bah ! Rien de fabuleux ! Trente écus, bien sûr, c'est une somme, mais j'appelle pas ça un trésor ! grommela Tout-Lourd. Dis plutôt que tu veux nous faire sentir combien notre mission à nous était médiocre et banale, sans surprises ! Tu te vantes, compère, tu deviens un vrai enflé ! ajouta-t-il en déguisant un reproche sincère sous la forme d'une raillerie.

– J'aurais préféré ne pas avoir la surprise que nous a réservée cette visite en la rue Luyserne.

Bras-de-fer ne put réprimer un sursaut au nom de la rue. À présent, il fixait Grand-Jehan avec des yeux brillants, comme enfiévrés, les traits contractés, la mâchoire serrée.

– Pourquoi ? continua Tout-Lourd, les écus étaient faux ?

– Il s'agit bien de la bourse ni même de ces documents ! fit Grand-Jehan en haussant les épaules.

– Ben, vrai ! T'en fais des mystères ! C'est quoi ta surprise ? insista Tout-Lourd, impatiemment.

Grand-Jehan inspira profondément, comme il l'eût fait avant un effort physique, puis il lâcha :

– Des témoins ont repéré un sergent de l'archevêque essayant d'ouvrir la porte de cette maison, avant-hier !

– Quels sont ces témoins ? questionna Bras-de-fer, sortant de son mutisme avec une voix caverneuse qu'on ne lui connaissait pas.

– Des voisins ! La rue est étroite, les gens frileux derrière leurs fenêtres, à regarder, sans se faire remarquer, tout ce qui s'y passe, comme sur les tréteaux des jongleurs !

– Ils l'ont décrit ce sergent ? demanda encore Bras-de-fer.

– Oui... Ils en ont donné une description sommaire... répondit Grand-Jehan en plantant son regard dans celui de son compère.

– Ça veut dire qu'il y a un traître parmi nous ? interrogea Tout-Lourd en désignant la troupe des sergents, toujours aussi gaie.

Il n'obtint aucune réponse. Bras-de-fer et Grand-Jehan échangeaient un regard soutenu, dur, presque hostile.

– Ben, vrai ! commenta encore Tout-Lourd, en s'adressant à Bras-de-fer, tu disais que je risquais une inculpation de traîtrise pour quelques mots de critique sur le gouvernement consulaire ! Est-ce que ce *quidam*-là ne mérite pas la même chose ?

– Il mérite la mort, trancha Bras-de-fer, plus blanc qu'un linceul.

IX
Une vérité qui dérange

Arthaud ne pouvait éviter l'entrevue quotidienne avec Villeneuve. Plus inquiet que jamais, celui-ci exigeait un rapport détaillé et, une fois de plus, se lamenta sur le faible résultat obtenu par le prévôt.

– Je vous ai connu plus efficace ! bougonna-t-il. À croire que vous souhaitez nous voir tous poursuivis en Parlement, mis sur la sellette et conduits jusqu'au bourreau dans une charrette d'infamie ! Qu'en pense messire Paterin ? Vous l'avez bien informé de vos investigations, comme je vous l'ai ordonné, n'est-ce pas ?

– Messire Paterin me fait entièrement confiance pour mener cette enquête, répliqua sèchement Arthaud, « contrairement à vous » acheva-t-il *in petto*.

– Mais sur Domenjon, *votre* victime, que savez-vous de plus aujourd'hui qui nous conduirait vers les précieux carnets ? Rien ! Avez-vous seulement établi qu'il fut le voleur ?

– Il y a ce billet dont je vous ai parlé qui indique la livraison d'une marchandise, et cette bourse pleine d'écus... mais ce ne sont que présomptions, il peut s'agir d'une autre transaction...

– Donc, continua Villeneuve, sourd à ce qui n'était pas sa version des faits, soit il les a cachés dans un lieu qu'il vous faut découvrir, soit il les a transmis à un complice, quelqu'un que vous devez chercher parmi ses connaissances, ses relations, peut-être ses clients !

Arthaud n'en croyait pas ses oreilles : voilà que le juge prétendait lui indiquer des pistes à suivre ! Il en eût ri s'il n'avait pas été aussi irrité !

– Que croyez-vous que je fasse en ce moment ? La personne avec qui il était le plus en contact est un sergent de Roanne. C'est mon principal suspect à l'heure actuelle.

– Quoi ? s'exclama Villeneuve, déjà alarmé, est-ce que vous avez déclaré à messire Paterin que vous soupçonniez un de ses hommes ?

– Bien sûr, et nous avons interrogé le gaillard ensemble...

– Ah ! fit Villeneuve, surpris. Et alors ?

– Eh bien, c'est un fameux coquard ! Rusé, insolent. Il semble se trouver une excuse pour chacun de ses excès... J'ai pu prouver qu'il commettait des fraudes, des violences, mais non qu'il fût ni l'assassin de Domenjon ni son complice dans le vol des carnets. Toutefois, messire Paterin a jugé qu'il méritait de goûter au cachot pour ses infractions manifestes à la discipline d'un sergent du bailli.

– Si vous le soupçonnez et qu'il est retenu en prison, rien de plus facile que d'obtenir ses aveux ! Dans une pareille affaire, nous procéderons à l'extraordinaire... Il y a mort d'homme, tout de même ! ajouta-t-il.

Prenant prétexte du meurtre que, jusqu'alors, il avait jugé négligeable, il donnait maintenant à l'affaire la qualification criminelle pour laquelle la justice se dote de procédures suprêmes afin d'obtenir les preuves déterminantes. Sans doute pensait-il que l'aveu – « la reine des preuves » – pourrait être arraché à ce sergent par les moyens « extraordinaires » de la torture.

– Soumettre à la question un sergent royal ? Et dans les prisons de Roanne, de plus ? releva Arthaud avec une intonation ironique qu'il ne chercha pas à dissimuler.

Il se trouvait si fréquemment en butte aux railleries acerbes du juge lorsqu'il proposait une méthode d'investigation qui paraissait faire fi des hiérarchies sociales ou concurrencer la police de Roanne, et voilà que ce même Villeneuve était prêt, aujourd'hui, à se livrer à toutes les audaces, à bouleverser les règles judiciaires, à empiéter sur les prérogatives du bailli ! La peur le rendait téméraire !

– Bien sûr ! C'est impossible ! Mais quand la sûreté de la ville est en jeu… Messire Paterin sera bien obligé de collaborer ! s'entêta Villeneuve, soucieux d'effacer la sottise de sa précédente proposition en invoquant la raison d'État.

– Mais le lieutenant du bailli est tout à fait disposé à coopérer avec moi, reprit Arthaud. Et pour preuve, il doit libérer dès demain ce sergent… sur ma demande…

– Hein ? s'étrangla Villeneuve. Êtes-vous fou ? Le seul suspect dont vous pouvez tirer les noms des coupables, vous allez le laisser aller ?

– Pour mieux le suivre ! Je ne doute pas qu'il nous mène auprès de gens intéressants pour notre affaire !

– Mais si vous le perdez de vue ? S'il parvient à vous échapper ?

Arthaud se mordit les lèvres. C'était l'argument qu'il avait tourné et retourné plusieurs fois en son esprit. Il savait qu'il jouait gros en tentant cette feinte, que le gibier de cette traque était futé, sans scrupule, et que ses meilleurs hommes devraient se voir réquisitionnés pour garder Benoît Lion sous surveillance. Mais il envisageait aussitôt les avantages d'une telle tactique, le gain de temps qu'elle représenterait par le constat de la flagrance du crime et peut-être la chance de retrouver les carnets si le suspect les conduisait jusqu'à l'endroit où ils étaient cachés. Du temps, c'est ce qui manquait le plus dans cette enquête, et pareille contrainte justifiait des méthodes aussi risquées. Cependant, il fallait répondre à Villeneuve, le convaincre…

– Nous serons nombreux sur sa piste.

– Mobiliser autant d'hommes pour un seul présumé coupable, alors que la ville demande une vigilance policière absolue ! Qu'en pense messire Paterin ?

– Il m'a proposé de me fournir des renforts si nécessaire… répondit Arthaud afin de rassurer le juge.

Pourtant, il savait qu'il ne choisirait pas ce secours, ignorant les alliances que Benoît Lion avait pu tisser parmi ses compagnons de livrée.

Villeneuve sembla retrouver un peu son calme en apprenant l'aval de Paterin.

– Soit ! Mais si ce Benoît Lion n'est élargi de prison que demain, voilà toujours une demi-journée de perdue pour l'enquête ! grommela-t-il encore.

– Nenni, car d'autres pistes sont à explorer, suggéra Arthaud avec une assurance qui n'était destinée qu'à leurrer le juge, mais dont il mesurait, quant à lui, toute la fragilité.

– Alors explorez ! Faites vite ! s'écria Villeneuve, ce qu'Arthaud entendit comme la signification de la fin de l'entretien.

« D'autres pistes », se répétait-il en regagnant son bureau… Il avait besoin de se ressourcer en lisant ses notes pour identifier ces fameuses pistes car, à ce stade de l'enquête, il éprouvait plutôt la fâcheuse impression de perdre le cap. Mais à peine était-il installé devant sa table de travail qu'on frappa à sa porte.

– Qu'est-ce encore ? cria-t-il à celui qui restait timidement sur le seuil pour avoir décelé l'agacement du prévôt dans le ton de la question.

– Messire, je viens vous rendre compte de l'enquête de voisinage que nous avons menée rue Luyserne, sur votre ordre, mais si je vous dérange, j'attendrai que vous me rappeliez…

– Non, non, entrez Gros Antoine ! Entrez et dites-moi ce que vous avez appris des voisins de Domenjon, répondit Arthaud d'une voix plus placide, tout en se munissant d'une plume pour coucher par écrit les récits du sergent.

Gros Antoine s'avança, un feuillet – dont il avait l'air embarrassé – à la main. Balançant d'une jambe sur l'autre comme pour se donner courage, il entreprit de relire les lignes qu'il avait tracées en grosses lettres maladroites.

– Eh bien, voilà, messire prévôt, commença-t-il après s'être éclairci la gorge d'une petite toux sèche, nous avons visité les deux logis jointifs de la maison du notaire Domenjon, sur laquelle nous avions mis d'abord les scellés, comme Grand-Jehan nous l'avait prescrit de votre part. Enfin, quand je dis jointifs, c'est pas tout à fait exact, car il y a du terrain et une haie assez haute d'arbustes mal taillés, tout enchevêtrés les uns aux autres, épineux pour certains, qui font une vraie barrière entre eux…

Il reprit une inspiration, vérifia du coin de l'œil si son préambule convenait à son auditeur, et rassuré de le voir opiner tout en écrivant, s'enhardit à poursuivre.

– Les voisins, ce sont des artisans : un tisserand, un codurier[1], un savetier… des gens très modestes, avec femme et enfants : le codurier en a six ! Tous travaillent en chambre, car ils n'ont pas les moyens de louer un ouvroir[2].

Encore un coup d'œil en direction du prévôt…

– Bon, alors… le tisserand dit qu'il a vu un sergent venir chercher le notaire chez lui, plusieurs fois.

1. Tailleur d'habits.
2. Atelier, boutique.

– Un homme de l'archevêque ? coupa Arthaud d'une voix étranglée.

– Euh… Ah ?… Non, bredouilla Gros Antoine, perturbé par cette interruption et vaguement inquiet de ne pas répondre ce qu'il fallait. Non… Un sergent de Roanne, balbutia derechef le malheureux conteur.

– Continuez ! Donc il venait chercher le notaire ? Sans doute pour l'escorter dans sa mission des établies, compléta Arthaud.

– Oui, ça doit être l'explication… parce que cela a commencé un peu après Noël… approuva Gros Antoine en consultant son feuillet.

– Et ce Benoît Lion qui affirmait ne pas connaître le notaire ! remarqua Arthaud à voix haute.

– Hein ? fit Gros Antoine qui ne comprenait pas et s'affolait un peu.

– Rien, continuez !

– Bon, à part ça, il dit qu'il n'a jamais fréquenté Domenjon, que c'était un homme très renfermé qui ne parlait à personne.

– Et sa fille ? Vous a-t-il dit quelque chose de sa fille ?

– Il l'apercevait quand elle sortait avec son père, sinon elle restait cloîtrée dans la maison. Même au jardin, elle n'y allait guère. D'ailleurs, personne n'y allait, à en juger par l'état dans lequel il est ! Des herbes hautes partout, des orties, des ronces… Pour celui-là, c'est tout… conclut Gros Antoine avec un soupir de soulagement, comme s'il avait vaincu un adversaire à l'épée.

– Je crois que vous devriez vous asseoir, suggéra Arthaud, s'avisant tout à coup qu'il avait laissé son sergent debout. Et il lui indiqua le banc vis-à-vis de son propre siège de l'autre côté du bureau.

Gros Antoine s'y assit du bout des fesses, gêné de cette disposition inhabituelle face à son chef. Il chiffonna un peu son papier et reprit son rapport :

– Le codurier habite au-dessus du tisserand, il a une meilleure vue sur ce qui se passe dans la maison voisine. Il a déclaré qu'un après-midi où le notaire était sorti, il a vu un homme en costume de cavalier, avec une épée au côté, une cape et un grand chapeau – un sergent, pense-t-il…

– Quelle couleur, la livrée ? coupa Arthaud, fébrile.

– Ben… La livrée j'sais pas, mais la cape était bleue ! Peut-être un sergent de Roanne… le même, sûrement ! bégaya Gros Antoine que les interruptions rendaient mal à l'aise. Il l'a vu entrer dans la maison…

– Il a forcé la porte ?

– Non… On lui a ouvert. Il paraît qu'il s'est hâté d'entrer…

– Oui, la vieille femme qui demeure en face l'a vu également et a fait la même réflexion. Donc, ce serait la fille de Domenjon qui l'a reçu ? Il est resté longtemps ?

– Ah, ça j'ai pas demandé ! fit Gros Antoine, navré.

– Tant pis ! Est-ce qu'il a fait d'autres visites par la suite ?

– Ben, le codurier dit que le lendemain le notaire est parti avec sa fille et qu'il est revenu seul, et depuis il a pas revu la fillette.

– C'était quand ? Le savez-vous ?

– Il y a deux semaines.

– Donc, le notaire a fait disparaître sa fille après la visite clandestine de cet homme – sans doute Benoît Lion ! Aurait-elle été subornée par le paillard ? prononça Arthaud.

Gros Antoine, bouche bée, fixait le prévôt, sans bien comprendre.

– Ça, il me l'a point dit ! crut-il nécessaire de répondre.

– Est-ce tout ? Il n'a pas vu ceux qui se sont introduits dans la maison pour la fouiller ? Il faut dire qu'ils avaient les clefs et qu'ils ont même bien refermé après leur passage. S'ils sont passés inaperçus, c'est peut-être qu'ils étaient familiers du notaire aux yeux du voisinage…

Soudain Arthaud se souvint de l'hypothèse que Villeneuve avait voulu lui imposer et dont il s'était moqué. Le juge lui avait suggéré que Domenjon pouvait avoir des complices parmi ses… clients… « Certes, un client que les voisins étaient habitués à voir pénétrer dans la maison ne se serait pas fait remarquer », songea-t-il tandis que Gros Antoine répondait à sa question :

– Non, il a signalé quelque chose de pas commun ! Un incident qu'il a surpris avant-hier, mardi, tard dans l'après-midi.

D'instinct, Arthaud redouta ce qu'il allait dire.

– Il a vu un homme en suivre un autre…

– Comment cela ? interrompit Arthaud, perplexe.

– Euh… Oui… Attendez, Messire, que je retrouve ce qu'il a déclaré exactement ; là, voilà, fit Gros Antoine en défroissant son feuillet de papier et en s'apprêtant à déchiffrer son grimoire.

Il ânonna : « J'ai vu un – homme – en jaque rouge – qui guettait derrière – la maison – voisine – de celle de Domenjon. Cela m'a intrigué – alors j'ai regardé – longuement pour – comprendre – ce qu'il faisait… J'ai pensé – à un ruffian préparant – un mauvais coup… J'ai entendu – la porte de Domenjon – se refermer et j'ai vu – un inconnu s'éloigner – dans la rue – en direction de la Grande – Charrière… Aussitôt le gars en rouge sortit – de sa retraite et prit – le même chemin. En voyant le dos de son jaque – avec les fleurs de lys – de monseigneur l'archevêque – j'ai compris que c'était – un sergent comme vous. Je me suis – dit qu'il devait – suivre un malfaiteur… Un peu plus tard – il est revenu, est allé – à la porte du notaire – et a essayé – de l'ouvrir, sans succès… Il est reparti – dans la direction de Saint-Sorlin. »

Arthaud avait ponctué d'un signe de tête chaque bribe de phrase ainsi débitée par la langue épaisse de Gros Antoine, avec l'espoir de l'encourager à une lecture plus fluide et plus compréhensible, mais le malheureux sergent faisait déjà un gros effort, lui qui était peu familier de l'expression écrite.

Gros Antoine attendait la réaction du prévôt. Mais ce dernier restait pensif, silencieux et ne le regardait même pas. Quelques instants passèrent ainsi, puis Arthaud demanda :

– Est-ce qu'il a reconnu l'homme qui sortait de chez Domenjon ?

– Non, il a seulement entendu la porte se fermer ; après, le gars a filé très vite, la tête baissée, il avait un chapeau à larges bords.

– Bien… Est-ce tout ?

– Ben, il y a encore le savetier…

– Oui ? Qu'a-t-il vu ?

– Lui, il n'a rien vu… Mais il a entendu…

– Ah oui ? Quoi ? Qu'a-t-il entendu ? demanda fébrilement Arthaud.

– Il a entendu le notaire – parce que c'est le seul à qui le notaire a parlé, le jour où Domenjon est venu chercher les souliers qu'il lui avait donnés à réparer, crut nécessaire d'expliquer Gros Antoine dont l'esprit pratique et la logique primaire l'incitaient à prendre les choses dans l'ordre.

– Peu importe, trancha Arthaud un peu sèchement, allez au fait, qu'a-t-il dit ?

– Il a entendu le notaire lui confier, reprit Gros Antoine en cherchant de nouveau l'exacte phrase qu'il avait écrite sur son feuillet : « Vous ne verrez plus Perrine – c'est le nom de sa fille, expliqua-t-il encore – vous ne verrez plus Perrine car je l'ai conduite chez sa tante ! » Il a précisé cela parce que, d'ordinaire, c'était Perrine qui venait chez le savetier… ajouta encore Gros Antoine, avec le même souci de délivrer un compte rendu précis des témoignages qu'il avait recueillis.

– Quand a eu lieu cette visite chez le savetier ?

– Il y a moins de deux semaines.

– Je vous remercie pour ce rapport très complet, conclut Arthaud, surpris de l'application qu'y avait mise Gros Antoine, peu habitué à un genre d'exercice que le prévôt confiait plutôt d'ordinaire à Grand-Jehan ou à Bras-de-fer.

– C'est que… hésita Gros Antoine.

– Oui ?

– Il y a encore un autre témoignage, mais je sais pas s'il faut le prendre au sérieux… vu que c'est un des enfants du savetier qui a voulu me parler…

– Dites toujours ! Quel âge a-t-il, ce petit gars ?

– C'est pas un gars mais une fillette, Mariette ; elle a dix ans.

– Soit, que vous a-t-elle dit ?

Cette fois, Gros Antoine n'eut pas besoin de son feuillet, le témoignage de l'enfant avait dû suffisamment l'intéresser pour qu'il s'en souvînt. Son débit n'en fut que plus aisé, au grand soulagement d'Arthaud.

– Elle prétend qu'elle jouait avec d'autres enfants, dans un pré qui se trouve non loin du cimetière Saint-Sorlin ; ils couraient tous en direction de la rue Luyserne en se poursuivant et en se lançant des boules de neige. C'est en revenant chez elle, qu'elle a aperçu un homme avec un jaque rouge qui s'appuyait au mur de sa maison ; par jeu, elle l'a visé avec une boule de neige qui l'a touché dans le dos. Il n'a pas crié, ni juré, il s'est retourné et a paru ignorer qui était le tireur. Elle avait bien peur qu'il ne l'ait identifiée. Pourtant, elle devait rentrer chez elle et, pour cela, elle ne pouvait éviter de passer devant l'inconnu. Quand elle s'est approchée, il l'a attrapée par le bras, lui a fait signe de se taire et demandé, en chuchotant, si elle savait qui habitait dans la maison qu'il désignait du doigt. Elle a dit que c'était maître Domenjon. Il a encore voulu savoir combien de personnes vivaient là et, comme elle était terrorisée, elle a avoué qu'il y avait Perrine, mais qu'elle n'était plus là depuis plusieurs jours… Et alors, messire prévôt, acheva Gros Antoine, se donnant la mine de celui qu'on ne berne pas facilement, l'homme lui *aurait dit* qu'elle était bien gentille et il *lui aurait donné un denier,* en ajoutant qu'il ne la conduirait pas en prison pour avoir lancé une boule de neige sur un sergent de l'archevêque si elle gardait le secret sur sa présence ici. Vous ne trouvez pas que cela sent son invention ? Elle a entendu mes questions à son père sur l'homme en rouge, elle a voulu faire sa maligne ! Elle mérite le fouet !

– Je vous trouve bien sévère ! Son témoignage est vraisemblable... Lui avez-vous demandé quel jour cela se passait ?

– Bien sûr ! Elle a répondu que c'était mardi, une heure après none[1].

– Aviez-vous mentionné cette date lorsque vous avez questionné son père sur l'homme en rouge ?

– Euh... Non !

– Vous voyez ! Elle n'a pas pu inventer cette précision !

– Mais quand même, messire prévôt, un sergent de l'archevêque qui se renseigne sur les occupants d'une maison, en secret... On dirait plutôt un voleur ou un assassin qui prépare un mauvais coup, non ?

Arthaud ne répondit pas. Avant de donner congé à Gros Antoine, il s'enquit des archives du notaire qui avaient dû être saisies.

– Qu'on me les apporte, tout de suite, commanda-t-il.

C'est ainsi qu'il se trouva, quelques instants plus tard, devant des liasses de feuillets et une dizaine de carnets à couverture de toile.

L'examen des premières lui prit presque deux heures, mais il estima n'avoir point perdu son temps, car il fit plusieurs découvertes. Les liasses contenaient des brèves d'actes divers, dont l'ensemble reflétait la médiocrité des affaires confiées à Domenjon et une certaine décadence de ses activités au

1. Seize heures.

cours des dernières années. Sa caution était sollicitée surtout pour enregistrer quelques engagements provisoires, comme des entrées en apprentissage, des locations de divers biens, des obligations, des quittances, les contractants étant des gens modestes du quartier, membres de l'artisanat ou de la domesticité. Point de ces actes perpétuels comme les contrats de mariage, les testaments, les entérinements de ventes, qui procurent au tabellion qui les rédige une substantielle rétribution ; Domenjon était un « gagne-petit ». Du moins était-ce ce qu'avait conclu Arthaud, un peu déçu par la succession des lectures fastidieuses qu'il venait de faire, jusqu'à ce qu'un double feuillet, daté de l'an quatorze cent soixante-treize, ranimât son intérêt. Il s'agissait d'un inventaire de biens établi pour soutenir une hypothèque. Meubles, literie, ustensiles divers, vêtements, orfèvrerie étaient énumérés et estimés à leur prix, puis la maison elle-même, située à l'entrée de la Grande Charrière – une bâtisse assez vaste et cossue, à en juger par le chiffre de son évaluation. Le total révélait la détresse financière que subissait le propriétaire, contraint d'escompter ainsi ses moindres avoirs. Outre qu'une telle mise en gage représentait clairement une aubaine parmi les ternes activités de Domenjon, les signataires n'étaient pas des inconnus. Celui qui s'obligeait ainsi n'était autre que Pierre Roget, qualifié alors de « maître charpentier juré de la ville », et Arthaud ne put retenir un cri de satisfaction en lisant le nom du créancier prenant l'hypothèque : Anthoine Catherin !

– Ah ! Ah ! Voilà la collusion entre eux démontrée ! s'écria-t-il.

Aussitôt sa première hypothèse reprit corps : une complicité entre les trois protagonistes afin d'opérer le vol des carnets des établies. Et il déroula en pensée le fil des événements : Catherin avait prémédité l'opération, il avait évincé Pierre Petit, le clerc envoyé comme remplaçant par Guillème Giraud parce qu'il voulait mettre à sa place le souple serviteur que lui était Domenjon, suffisamment besogneux et intéressé pour accomplir tout ce qu'on lui ordonnait, y compris une traîtrise éhontée. Afin de prendre possession des documents convoités, le clerc avait reçu l'aide de Roget, assez fort pour forcer l'armoire, une solution devenue nécessaire puisque les clefs n'étaient plus en sa main. Ce Pierre Roget, interdit d'exercer son métier – continuait à imaginer Arthaud – n'avait certainement pas eu les moyens de dégager l'hypothèque et se voyait acculé à tout perdre au profit de Catherin, à moins d'entrer dans ses plans, d'accepter la fonction de portier de l'hôtel de la ville et d'être ainsi au cœur des secrets de défense de la commune.

– Ah ! Messire Catherin, tout consul que vous êtes, vous allez devoir vous expliquer ! lança encore Arthaud à haute voix.

La perspective d'une solution prochaine le plongeait dans une euphorie fébrile. Il avait hâte, à présent, de se retrouver face à cet homme qui lui avait déplu – il se l'avouait maintenant – dès leur première entrevue. Mais il restait encore ces carnets couverts de toile, éparpillés sur la table : devait-il remettre à plus tard leur lecture pour ne point différer l'arrestation de Catherin ? Cependant, s'ils recelaient des informations capables de confondre davantage les coupables ?

Il s'accorda une demi-heure de lecture... Quelle déception lorsqu'il constata qu'ils étaient couverts d'une écriture griffonnée, pleine d'abréviations et trop rapidement tracée pour être formée ! Seul un homme du métier pourrait peut-être la déchiffrer ! Il avait sous les yeux les « brouillards[1] » que le notaire consignait, sous la dictée de ses clients, avant de rédiger les minutes ! Il tourna des pages toutes semblables, les lignes se pressaient les unes sur les autres par souci d'économie : le texte était parfaitement inintelligible ! Il allait renoncer à

1. Notes de brouillon, prises sous la dictée ou à partir d'un échange oral, avec de multiples abréviations.

consacrer plus de temps à cet exercice lorsqu'il remarqua qu'au sein de ce fatras d'encre noire, il y avait parfois des lignes bien écrites, calmement calligraphiées.

Elles constituaient une sorte de journal. Il lut : « *Aujourd'hui, avant-veille de la Nativité Notre Seigneur, j'ai obtenu du consulat une amodération*[1] *de ma quote-part de taille, Alléluia ! Je vais pouvoir épargner cette somme afin de placer Perrine chez les dames de Saint-Pierre.* » Arthaud ouvrit son cahier et recopia la phrase. Il en trouva d'autres, disséminées au milieu des lignes illisibles, qu'il s'appliqua à transcrire également en les classant par ordre chronologique. Domenjon devenait ainsi un témoin *post mortem* inespéré.

« *Devant l'église Saint-Sorlin, au sortir de la messe de Noël, j'ai été abordé par un envoyé du consulat qui m'a proposé de participer à la révision des établies. Ma récente requête d'amodération est cause, m'a-t-il expliqué, qu'on m'ait choisi, car la rétribution devrait m'être d'un bon secours financier. J'ai accepté avec gratitude. Il m'a donné une lettre de recommandation scellée, à remettre au consul Anthoine Catherin, à l'hôtel de la ville, dès demain. Je rends grâce à Dieu.* »

Un émissaire du consulat soucieux d'épargner la paupérisation à un contribuable ? Comment Domenjon avait-il souscrit à cette fable ? Était-il à ce point aux abois qu'il crût que Dieu exauçait sur le champ ses prières ? se demanda Arthaud. Cependant, aussitôt qu'il eut formulé en pensée ce jugement critique, il y vit une défaillance de sa propre foi et se le reprocha vivement. Voilà qu'il commettait le blasphème à présent en cherchant une raison à tout ! Pourquoi refuser à Domenjon la vertu de l'Espérance ? L'avait-il perdue, lui, prévôt de police, au contact du crime et du mensonge ? Un

1. Une réduction du taux de prélèvement, en général négocié avec le consulat après une requête de l'intéressé motivée par la pauvreté ou le veuvage ou un dommage subi.

instant, il tomba dans une rêverie amère. Il n'en sortit qu'en implorant la miséricorde du Christ en croix dont l'image peinte sur le mur, face à son bureau, présidait à toutes ses prises de décision en ce cabinet.

En soupirant, il revint à son analyse : une lettre scellée... Donc Domenjon n'avait pas pu lire ce qu'elle contenait ni qui en était l'auteur ? Adressée à Catherin... Ah ! Il avait noté quelque chose dans son cahier à ce propos... dans le rapport de l'interrogatoire de Catherin... Celui-ci avait dit...

– Eh bien voilà ! s'écria-t-il en trouvant le passage qu'il cherchait : la lettre de recommandation était de monseigneur Jehan de La Marieuse ! Monseigneur ? Serait-ce lui le Monseigneur dont le billet décrivait la menace implacable ?

Ce journal de feu Domenjon était décidément fort intéressant. La demi-heure qu'il s'était assignée avait pris fin, pourtant Arthaud poursuivit le repérage des petites phrases :

« *Dimanche de la fête des saints Innocents*[1]. *La charge serait facile et agréable sans l'escorte de ce sergent, un larron prouvé qui use de sa livrée pour voler les habitants recensés. Je ne veux pas être confondu avec ses détournements, je vais en noter le détail soigneusement. Je n'ose le dénoncer à messire Catherin, qui ne semble pas imaginer ce qu'il est vraiment.* »

Arthaud relut cette phrase. Elle ruinait l'hypothèse d'une complicité dans la fraude entre Domenjon et Benoît Lion. La comptabilité des détournements du sergent que le notaire avait tenue et qu'il avait cachée soigneusement n'était donc de sa part qu'une mesure de défense. Cependant, l'idée de s'en servir pour lui soutirer de l'argent, en le menaçant d'une dénonciation devant la justice, ne lui était-elle pas venue, par la suite ? En ce cas, aurait-elle nécessité son élimination ? Quant à Catherin, ignorait-il vraiment les fraudes du sergent, ou le feignait-il devant le tabellion ?

---

1. 28 décembre.

Arthaud tourna quelques pages. Plus loin, le journal de Domenjon se faisait plus angoissé.

« *Mardi, pénultième jour de décembre*[1]. *Ce maudit B. L. qui force ma porte tous les matins, sous prétexte de l'escorte qu'il me doit, a découvert l'existence de Perrine. Le paillard lui a débité moult sottises, faisant fi de la pudeur. Je ne veux plus qu'il l'approche ! Elle restera dans sa chambre désormais !*

Mercredi, honte sur nous ! Le ruffian s'est vanté devant moi d'avoir défloré Perrine ! La sotte lui a ouvert, hier après-midi, alors que j'étais absent. Il avait prétendu avoir rendez-vous avec moi… Je dois la mettre hors d'atteinte, cet homme est dangereux ! »

C'était bien ce que les voisins avaient repéré : l'absence de la fillette depuis deux semaines ! Son viol n'était-il qu'une preuve supplémentaire de la nature perverse et violente de Benoît Lion, ou signifiait-il l'accomplissement des menaces annoncées dans le billet retrouvé chez Domenjon ? Arthaud avait beau chercher, il ne rencontrait pas mention de ce billet dans le journal du notaire.

Pourtant, la suite évoquait le piège qui s'était refermé sur le malheureux.

« *Jeudi huitième de janvier, un incident désagréable s'est produit aujourd'hui. Un maréchal-ferrant contestant son inscription aux établies m'a accusé de concussion. Je suis sûr que B. L. avait essayé de lui extorquer de l'argent, en se cachant derrière mon nom. La violence de ce menteur est incontrôlable. Il a failli tuer ce Guillemère, tant il était déchaîné, hors de sens. Messire Catherin lui-même a eu le plus grand mal à le raisonner !* »

La dernière phrase était datée du jour de la montre et sonnait comme un cri de désespoir, car elle exprimait le constat amer d'une tromperie dont Domenjon prévoyait les conséquences abominables.

1. 30 décembre.

« *L'homme qui m'a engagé dans cette aventure, celui que je croyais le messager d'un bienfaiteur, n'est en vérité que le bras armé d'un parti de traîtres ; il s'est joué de moi et me contraint aujourd'hui à commettre un acte épouvantable. Je redoute tout de ces damnés. Que fera ma pauvre enfant sans mon secours ? La somme qu'ils m'ont promise suffira-t-elle à l'établir, flétrie comme elle est désormais ?* »

Domenjon pressentait-il son assassinat en écrivant ces lignes ? En tout cas, le vol des carnets des établies, leur remise à « un parti de traîtres » ne faisaient plus de doute, et la bourse des trente écus représentait certainement la rétribution correspondante, tels les trente deniers de Judas ! Arthaud avait sous les yeux l'aveu de l'acte de trahison et, toutefois, ne pouvait s'empêcher de plaindre le coupable pour avoir été le pion d'un complot fomenté de longue date. Qui donc était l'homme qui s'était fait passer pour un émissaire du consulat ? La révélation de son rôle dans la mystification du notaire le mettait dorénavant au premier rang des suspects du meurtre. C'était lui, certainement, qui avait transmis le billet de menaces, lui qui avait « éliminé » ce témoin gênant, peut-être parce qu'incidemment Domenjon avait laissé penser qu'il avait l'intention, ou les moyens, de les dénoncer, ou tout simplement parce que sa mort était préméditée dès le début de cette histoire !

Heureuse découverte que ce journal ! songea Arthaud. Sa lecture modifiait les perspectives de l'enquête. Ainsi, le consul Catherin ne semblait pas l'objet des soupçons de Domenjon, qui ne lui attribuait aucune part à ses tourments. Plus que l'instigateur de toute l'affaire, comme l'eût juré Arthaud quelques heures auparavant, il paraissait n'en être qu'un intermédiaire. Il restait à déterminer s'il avait joué cette partie sciemment ou non. Quant à Benoît Lion, sa culpabilité se limitait-elle à la concussion et au viol ? Avarice et luxure, deux péchés capitaux qui lui vaudraient la damnation éternelle, c'était assez déjà sans qu'il y ajoutât encore l'homicide ! Jusqu'à quel point ce ribaud de sergent était-il compromis dans le vol des carnets, dans l'assassinat du notaire, voilà ce que devrait démontrer la suite de l'enquête.

En revanche, le nom du chef de ce complot n'était plus un mystère. Un commissaire royal convaincu de trahison ! C'était une affaire trop importante pour qu'un prévôt de l'archevêque la portât seul : Arthaud se devait à présent d'en livrer les preuves au lieutenant du bailli et au juge Jehan de Villeneuve. Il n'y avait plus qu'à prier que ledit La Marieuse n'ait pas déjà transmis les carnets des établies aux princes ennemis.

Arthaud rassembla les brouillards et les liasses qu'il venait d'étudier, grimpa à l'étage, et se fit annoncer chez Jehan de Villeneuve. Au moment de franchir le seuil du cabinet du juge, il se prit à penser au trouble qu'il allait jeter dans l'esprit timoré de celui-ci en désignant le principal suspect. Si la culpabilité du sergent Benoît Lion paraissait à Villeneuve une solution si commode qu'il était prêt à la soutenir par les méthodes les plus extrêmes, quel désappointement, quelle frayeur devant le scandale et les complications politiques ne lui inspirerait pas la révélation de l'implication de Jehan de La Marieuse, noble seigneur, secrétaire et commissaire royal ?

***

Le soir tombait. Bras-de-fer enlaça la jeune femme étendue à son côté. Ses boucles soyeuses formaient une auréole dorée autour de son petit visage triangulaire, au menton pointu, à la bouche mignonne, aux pommettes hautes. Le vert d'eau profonde de ses pupilles, la paillette d'or qui les irisait faiblement, disparaissaient sous ses paupières à demi-closes à mesure que ses baisers se faisaient plus pressants. Docile, le corps gracile, souple, ondoyant de sa mie se lovait contre son corps rude et massif de soldat, ses doigts légers, caressant les cicatrices que les combats anciens y avaient tracées, enflammaient sa chair, avivaient son désir. Depuis un mois, la nuit les réunissait dans des étreintes passionnées, et Bras-de-fer éprouvait des émotions qu'il avait cru ne plus devoir connaître jamais, à quarante-quatre ans passés.

Son quotidien en était bouleversé. Les occupations de sa charge ne suffisaient plus désormais à son bonheur, il ne parvenait pas à discipliner son esprit ni à réprimer le vagabondage de ses pensées, son humeur alternait entre des accès d'exaltation joyeuse et de brusque morosité. Son service de sergenterie s'en trouvait affecté. Les tâches imposées lui devenaient fastidieuses, il les vivait comme autant de contraintes le privant des rencontres désirées, le « manque d'Elle » le rendait taciturne, son absence le faisait sourd au monde, indifférent à ses compagnons, incertain parfois dans ses décisions.

Sa jeunesse comme franc-archer dans les armées du feu roi Charles l'avait accoutumé aux relations tarifées des filles à soldats ; plus tard, quelques conquêtes ancillaires avaient introduit brièvement une présence féminine dans sa vie, car les femmes avaient du goût pour ce grand et solide gaillard, aux yeux couleur d'azur, à la longue chevelure d'un magnifique châtain. Toutefois, il n'avait jamais songé à s'établir avec une compagne, à fonder une famille, le service de sergenterie primant sur toute autre passion. L'âge mûr venant, il se contentait de se rendre aux étuves lorsque la chair le tourmentait, mais, même au bordel, il se gardait de tout excès de ribauderie.

Or, depuis un mois, Bras-de-fer était assujetti à une belle garce[1], amoureux tel un jouvenceau, quasi ensorcelé comme un ermite par des succubes[2].

1. Féminin de gars, sans sens péjoratif.
2. Démons prenant l'aspect de femmes.

Elle se nommait Jehanote, elle avait à peine vingt ans. Il l'avait rencontrée à la taverne de l'Écu de bronze, où il avait ses habitudes, l'établissement étant proche de son logis en la rue du Bessal. Les circonstances qui la lui avaient fait connaître ne laissaient pas d'être mémorables. Elle était attablée avec un jeune homme et buvait paisiblement en sa compagnie lorsqu'un gars de mauvaise mine, que l'ivresse rendait agressif, s'était approché du couple, l'avait invectivé, traitant la femme de putain, l'autre de herlot[1]. En voulant protéger sa mie que le paillard prétendait « foutre sur la table même », son compagnon avait reçu un mauvais coup de poing au visage et était venu choir, à moitié évanoui, au pied de Bras-de-fer, tandis que retentissaient les cris d'épouvante de la jeune femme, laquelle se défendait des embrassements de l'ivrogne, sans espoir de lui échapper. Bras-de-fer avait relevé le blessé et s'était chargé du trublion en l'assommant tout de bon d'une claque formidable de ses larges mains, au grand soulagement du tavernier, qui redoutait les conséquences d'une rixe pour ses tables et ses bancs.

Le couple avait remercié son sauveur, offert à boire, engagé la conversation. Bras-de-fer avait appris ainsi qu'ils n'étaient point époux, mais frère et sœur, et cette précision lui avait été, dès ce moment, très agréable. En effet, était-ce une conséquence de l'agression ou la marque de la reconnaissance, les joues de Jehanote se teignaient d'un rose nacré qui seyait parfaitement à l'harmonie de ses traits et rehaussait le vert si changeant de ses prunelles. Sa beauté avait subjugué Bras-de-fer dès cet instant. Le frère se révélait un excellent compère ; les rires, les confidences, les protestations d'amitié s'étaient bientôt enchaînés et on s'était quittés en promettant de se revoir bientôt. Et, par la suite, ils s'étaient beaucoup fréquentés… « Trop ! » songea tristement Bras-de-fer.

1. Souteneur, maquereau.

Il soupira et, se dégageant de l'étreinte de Jehanote, il redressa le buste, plia les jambes et se tint assis sur le lit, ses bras enlaçant ses genoux.

– Qu'as-tu, mon ami ? demanda Jehanote, tu parais si fâché tout à coup, est-ce que je t'aurais déplu ce soir ?

Sa voix était douce, avec des inflexions aussi suaves que les caresses qu'elle lui prodiguait. Elle semblait tout entière faite pour le déduit.

Il s'était juré de l'interroger ce soir, dès son arrivée, mais il avait cédé une fois de plus à l'envie qu'il avait d'elle et avait laissé passer le temps des paroles sérieuses. Pourtant, il fallait bien lever le doute qui le rongeait depuis deux jours. Sans la regarder, il demanda :

– Ton frère, l'as-tu vu récemment ?

– Mon frère ? répéta-t-elle ébahie en se soulevant sur un coude.

– Oui, ton frère ! Ma question est simple, tu n'as bien qu'un seul frère, n'est-ce pas ? Je te demande s'il est passé te voir !

L'angoisse d'obtenir confirmation de ce qu'il redoutait lui serrait la gorge et lui faisait la voix sèche et dure.

– Ben, pas depuis mardi soir... dit-elle, hésitante.

– Et il t'a expliqué ce qu'il a fait ce jour-là ?

– Euh... Non, son service de sergenterie, je suppose, fit-elle. Pourquoi ? Tu le cherchais ?

– Est-ce que tu sais ce qu'il fait à l'auberge du Mouton Noir, rue de Chalamont ?

– Le Mouton Noir ? demanda-t-elle encore d'une voix tremblante.

– Vas-tu répéter tout ce que je dis ? Le Mouton Noir, une taverne qui se prétend auberge comme elle se prétend une maison honnête, alors qu'on y fait un trafic louche et que ton frère *participe* à ce trafic !

– Comment tu peux dire ça ? Comment tu saurais ça, toi ? s'écria-t-elle, d'un ton qui était plus agressif.

– Parce que je surveillais la taverne, et que je l'ai vu y entrer et ressortir avec deux hommes suspects que j'avais repérés précédemment, lundi, à midi… quand j'ai dîné en cette même taverne, avant qu'on ne me drogue et qu'on ne me laisse aux bons soins de la Gillia !

– Plains-toi ! On aurait pu te tuer ! fit Jehanote qui se mordit les lèvres aussitôt cette réplique lancée.

– Ainsi tu étais informée ? s'exclama Bras-de-fer en saisissant Jehanote aux épaules et en la plaquant sur le lit. Tu es complice de ton frère ? Que sais-tu de ses malversations ?

– Rien, j'ai dit ça comme ça ! Tu me dis qu'on t'a laissé aux étuves de la Pêcherie, je dis que c'est mieux que d'être tué ! Mon ami, que t'arrive-t-il ? Pourquoi me parles-tu ainsi ? Est-ce que tu ne m'aimes plus ? demanda-t-elle en reprenant une intonation lascive.

Il la tenait toujours fermement immobile et la dévisagea en esquissant un sourire haineux.

– Comment sais-tu que j'étais aux étuves de la Pêcherie ? Je ne t'ai parlé que de la Gillia… Tu la connais donc ? Une amie à toi ?

Jehanote grimaça, ses traits étaient devenus tranchants, ses yeux, sombres comme le fond d'un puits. Sa bouche charnue, qu'il avait mordue des plus brûlants baisers une heure auparavant, se tordit en une moue méprisante.

– Alors c'est ça ? Tu es une des putains des étuves de la Pêcherie ? éclata-t-il. Et dire que j'ai été assez bête pour m'attacher à toi, et pour te débiter tous ces mots tendres ridicules ! Ah ! Ton frère et toi, vous avez dû bien rire de moi ! D'abord, est-il vraiment ton frère ? N'est-ce pas ton herlot ?

– Tu es fou ! cria Jehanote. C'est mon frère ! Je te le jure !

– Ne jure pas ! C'est pire encore s'il est ton frère, car il te prostitue ! Car c'est lui qui t'a jetée dans mes bras, pour me compromettre, au cas où la police de l'archevêque mettrait le nez dans ses affaires louches !

– Et qui, à ton avis, a insisté pour qu'ils t'épargnent et se contentent de t'endormir au lieu d'un coup de couteau définitif? Qui? Si ce n'est moi? cria Jehanote, des sanglots dans la voix. Cela n'a pas été facile de les convaincre, tu sais!

– Et pourquoi as-tu fait cela? Parce que je pouvais « servir » encore à vos plans? ironisa amèrement Bras-de-fer.

– Parce que je t'aime! lança Jehanote. Je suis assez stupide pour *t'aimer*!

– Je voudrais te croire, mais ton frère et toi m'avez menti et caché bien des choses! Ainsi, que venait-il chercher dans une maison de la rue Luyserne, la maison du notaire Domenjon, qui avait été assassiné la veille? Il possédait la clef, apparemment! Comment pouvait-il la détenir, si ce n'est pour l'avoir prise sur le cadavre dudit notaire?

– Tu l'as suivi là encore? se contenta de répliquer Jehanote.

– Oui, je ne l'ai plus lâché, mardi, depuis ses allées et venues autour du Mouton Noir, jusqu'à cette visite en rue Luyserne... chez une victime d'assassinat! Que sais-tu à ce propos?

– Rien! Je ne sais rien! Je ne connais pas ce Domenjon, il ne m'en a jamais parlé! protesta Jehanote. Et lâche-moi enfin! Tu me fais mal!

– Le bourreau te fera mal bien davantage quand tu subiras la question! fit Bras-de-fer d'une voix brisée.

– Dieu! gémit Jehanote.

– Où étais-tu dimanche et lundi? Tu n'es pas venue me rejoindre dimanche soir, et lundi tu m'as fait enfermer aux étuves, assommé par un sommeil irrépressible!

– ...

– Réponds! Je peux encore t'épargner des tourments. Parle! supplia Bras-de-fer.

– Dimanche, j'étais chez un des consuls... messire Baronnat, rue Juiverie.

– Que faisais-tu donc là-bas?

– Ce que mon frère m'avait commandé de faire ! murmura Jehanote.

– Quoi ? Qu'as-tu fait, ribaude ? s'écria Bras-de-fer en la secouant sans ménagement.

– J'ai fait en sorte que le maître des lieux restât en son logis.

– Et pour cela, tu as couché avec lui, bien sûr ? questionna Bras-de-fer, qui voulait sonder jusqu'au fond la trahison de cette femme.

– Il s'est endormi avant de pouvoir profiter de moi, si tu veux savoir ! Je l'avais tant drogué qu'il a dormi autant que toi chez la Gillia ! Cela m'a laissé le temps de disparaître…

– C'est bien ce que je pensais : ton frère est ton herlot ! Et toi, toi tu n'es qu'une vile putain ! Lève-toi et habille-toi !

Il ne la lâchait pas, et sa forte poigne imprimait des marques bleues dans la chair tendre de ses épaules. Il lui lia les mains. Elle ne résistait pas, elle ne pleurait pas, mais le fixait de ses prunelles aux étranges couleurs, son visage si beau devenu d'un blanc d'albâtre. C'est cette image de sa mie qu'il garderait en mémoire, se disait-il en la traînant dans la rue du Bessal. La nuit régnait sur la ville mais, non loin de là, il apercevait les feux allumés des vigiles de la porte de la Lanterne. Une fois arrivés à leur niveau, il réquisitionna un cheval et un porteur de torche pour éclairer son chemin vers l'auditoire de l'archevêque. Il avait assis Jehanote devant lui et, les bras tendus tenant les rênes, il emprisonnait le corps de son amante et sentait sa douce tiédeur contre sa poitrine, la soie de ses mèches dorées sur la peau de sa joue.

X

Un commissaire au-dessus de tout soupçon

Vendredi 16 janvier, au palais de Roanne, une heure après tierce[1]

Laurent Paterin allait et venait, en proie à une agitation nerveuse extrême. La nouvelle de l'implication probable de monseigneur Jehan de La Marieuse dans un acte de trahison, telle que le prévôt venait de la lui démontrer, l'ébranlait totalement.

– L'arrêter ? Je ne peux pas prendre cette décision sans obtenir l'aval de monseigneur le bailli ! Un secrétaire du roi ! Un commissaire délégué de la cour ! C'est inimaginable ! Or monseigneur d'Estuer est actuellement aux armées : à peine les Dijonnais sont-ils ralliés que les habitants de Beaune

1. Dix heures.

conspirent de nouveau contre nos troupes, et le comté de Charolais, que l'on croyait soumis, retrouve sa foi bourguignonne ! Quant à l'occupation de la Comté[1], elle rencontre tant d'obstacles, elle est si lente, qu'elle ravive et décuple le sentiment anti-Français. Au moindre prétexte, ces gens pratiquent la « mutemaque » – c'est ainsi qu'on nomme, là-bas, la rebeyne[2]. Ils ne se rendront qu'au prix d'une répression terrible ! Le roi devra faire couler le sang en abondance pour se rendre maître de ces pays, je vous le dis, messire de Varey !

Un tableau aussi alarmant de la situation militaire rendait encore plus angoissante la révélation des traîtrises projetées dans la ville même. Laurent Paterin, qui avait toujours géré parfaitement la sécurité de la ville et qui s'était révélé, à plusieurs occasions, un intermédiaire précieux du bailli, éprouvait pour la première fois le poids écrasant de ses responsabilités.

– Avec ça, la menace sur la ville des armées du comte de Bresse, Philippe, soutenu par le duc Maximilien d'Autriche, l'un comme l'autre rêvant sans doute d'ajouter Lyon à ses États ! Croyez-vous qu'ils soient déjà en possession, tous deux, de la description de nos moyens de résistance ? demanda Paterin en tournant un regard égaré vers Arthaud.

– Le vol ayant eu lieu dimanche, c'est possible, en effet... à moins que...

– À moins que quoi ? questionna fébrilement le lieutenant, avec une nuance d'espoir dans la voix.

– Il reste à souhaiter que le vol soit crapuleux plutôt que politique. Alors, peut-être, le détenteur actuel des carnets des établies cherchera à les monnayer... répondit Arthaud, tentant de se convaincre lui-même.

1. La Franche-Comté actuelle, terre appartenant à la Bourgogne d'Empire, contrairement au duché.
2. Nom lyonnais pour la révolte.

– Vous pensez *vraiment* qu'un tel motif a pu susciter une pareille organisation ? Car, selon ce que vous m'avez expliqué, preuves à l'appui, l'affaire a été montée de longue date. Au moins depuis Noël dernier ?

– Certes, le remplacement du notaire Giraud par Domenjon, le recrutement de ce dernier, le placement de Roget à la porterie de l'hôtel de la ville, le choix de Benoît Lion, sergent peu scrupuleux, « *et l'empêchement de Baronnat au moyen de la fausse servante* » ajouta-t-il mentalement, démontrent que c'est une opération bien réfléchie, et je vous accorde que cela semble relever davantage d'un plan politique que des manigances d'un truand. Ces gens n'hésitent pas à tuer pour éliminer qui pourrait leur nuire...

– Vous voyez ! Vous-même, vous ne croyez pas à un vol crapuleux ! s'écria Paterin d'une voix étranglée où perçait une sorte de désespoir.

– Cependant, mon expérience des affaires criminelles m'incite à espérer qu'il le soit, car l'âme humaine est si complexe que les pires actions sont parfois motivées par des raisons fort simples, des passions quasi « communes », ou des vices d'une grande banalité.

– Imaginez-vous pourtant monseigneur de La Marieuse avoir besoin d'argent au point de revendre des documents secrets ? Un seigneur comme lui ne doit pas connaître de difficultés financières !

– Les exigences de la vie de cour, le rang qu'il faut tenir quand on approche le roi, autant de grandes incommodités pour qui aurait la bourse trop plate : on a vu des hommes opulents s'abaisser à des vilenies pour gagner plus encore ; l'avarice et sa sœur la cupidité sont des vices de riches ! On dit de monseigneur de La Marieuse qu'il est très avare. N'a-t-il pas obtenu des consuls qu'ils lui fournissent gracieusement cheval et cavalier pour envoyer un message à la cour ?

– Hum ! J'ai de la peine à admettre cette hypothèse.

– Il y a d'autres passions que l'argent, chez les hommes d'importance : l'ambition, l'envie, la rancune, la vengeance... Vous n'êtes pas neuf dans la carrière, vous connaissez ces sentiments plus ou moins avouables qui régissent la société politique. Chacun veut se hausser au-dessus de son voisin, et parfois la fin paraît, aux yeux de l'intéressé, justifier les moyens ! Les rêves dans ces milieux n'ont pas de prix ! énonça doctement Arthaud.

– Pour savoir « *les rêves* » qui animent monseigneur de La Marieuse, il faudrait que je l'interroge ! Et vraiment, je ne saurais aborder ces questions dans une conversation insignifiante. De plus, l'homme n'est pas d'un abord agréable ; sec, hautain, peu bavard ! Je n'aurais jamais le pas sur lui, sinon dans un interrogatoire judiciaire en bonne et due forme, après une arrestation !

– Comment allez-vous faire ?

– Je vais envoyer un messager auprès de monseigneur d'Estuer pour lui exposer la situation et réclamer de lui l'autorisation de procéder à cette arrestation. Toutefois, cela va prendre quelques jours, et le temps nous presse ! Dans l'immédiat, je vais faire surveiller La Marieuse dans son hôtel ; il est logé à l'Écu de France, en la rue du Palais. Mais, vous, messire de Varey, avez-vous reçu licence de messire de Villeneuve d'approcher ledit seigneur ?

– Vous connaissez assez messire le juge pour deviner sa réponse. Il m'a demandé d'être très prudent, de ne rien faire que l'on puisse regretter et, surtout, il s'en est remis complètement à votre avis. Il a estimé que l'affaire relevait des compétences de la cour de Roanne, garante de la sauvegarde royale.

– Et si je vous donnais, moi, le blanc-seing pour aller trouver monseigneur de La Marieuse et le sonder – comme vous savez si bien le faire – sur ses « rêves », accepteriez-vous, Messire ?

– Ce sera la première – *et la dernière fois, j'espère*, corrigea Arthaud en souriant – que je prendrai mes ordres du lieutenant du bailli !

– Je vous remercie, messire de Varey, et Dieu sauve la cause du roi !

– Il nous reste à régler le sort de ce sergent ! Est-il toujours dans vos geôles ?

– Oui ! Et je compte lui faire subir un interrogatoire serré ! Croyez-moi, il va avouer ce qu'il a fait et ce qu'il sait ! répondit Paterin, le regard brillant de fureur.

– Hum ! Si vous me permettez... murmura Arthaud, je ne crois pas que cela soit la meilleure méthode...

– Vraiment ? Pourquoi ?

– Il est rusé et, de plus, j'ai l'impression qu'il se sent fort, comme soutenu par une autorité supérieure. D'où son attitude désinvolte lors de notre précédente entrevue. Je suis persuadé qu'il fera durer les interrogatoires dans l'espoir d'une intervention de ce protecteur pour lui épargner les tourments. Un homme qui garde un espoir, dans un auditoire de justice, n'est pas disposé à avouer. Et, sous la torture, il dira peut-être des choses, mais pas forcément la vérité, et surtout il prétendra ne pas savoir où se trouvent à présent les carnets. Le temps qu'il soit soumis aux trois séances de l'estrapade, cela repoussera d'autant la solution, vous savez bien qu'on doit respecter un délai réglementaire entre les séances, et le temps, c'est précisément ce qui nous manque !

– Que proposez-vous alors ? Toujours votre idée de le libérer et de le faire suivre ?

– Oui, mais pas avant que je n'aie rencontré monseigneur de La Marieuse... Selon ce que j'aurai appris, au cours de ma conversation avec lui, nous aviserons ensemble sur ce qu'il convient de faire de ce Benoît Lion, dit Coquillon... D'ailleurs savez-vous pourquoi il arbore ce surnom ridicule ?

– Ma foi, non ! Cependant le mot m'évoque le nom de « Coquillards » que s'étaient donné certains malandrins écumant les campagnes dijonnaises, il y a vingt ans environ. Ils semaient la terreur et on pouvait craindre qu'ils ne se répandissent au-delà des frontières du duché de Bourgogne afin d'échapper à la justice du duc. Fort heureusement, ils ont été arrêtés au bordel de Dijon et jugés à pendre et étrangler ! Notre homme est peut-être né au sein de cette bande des « compagnons de la Coquille ». C'est une question à lui faire poser par le bourreau ! ajouta Paterin, qui semblait rêver du moment où il suspendrait ce mauvais sergent à la corde de l'estrapade.

– Ainsi, il ne renierait pas ses origines en complotant contre les intérêts du roi ? commenta Arthaud.

– Des Bourguignons fourrés, des espions savoyards, des Lyonnais gagnés aux ennemis et trahissant leurs devoirs vis-à-vis de la commune, des sergents déshonorant leur livrée, des commissaires royaux dévoyés : pardieu, messire de Varey ! sommes-nous arrivés au temps des quatre cavaliers de l'Apocalypse ? gémit Laurent Paterin.

Arthaud avait tressailli à la mention des sergents traîtres à leur serment de loyauté, l'image de l'inconnu en livrée rouge guettant la maison de Domenjon en la rue Luyserne lui revint douloureusement en mémoire. Parmi les protagonistes de cette affaire, il y avait aussi un homme à lui !

***

L'auberge de l'Écu de France, en la rue du Palais, était une belle demeure disposée en quatre corps de logis jointifs enfermant une cour centrale. Au rez-de-chaussée, une galerie à plafond de bois, à sol dallé de pierres dorées, cernait la cour, à la manière d'un cloître. Ses poutres étaient peintes de couleurs vives, quelques-unes ornées d'animaux du zodiaque, d'autres de bêtes fabuleuses, chimères, griffons, basilics. Sous ce décor historié, les hôtes étaient conduits jusqu'à une salle formant *atrium*, où se trouvait le valet chargé de l'accueil. Derrière lui, les premières marches d'un escalier à vis prenaient appui sur le mur d'une tourelle.

D'une fenêtre donnant sur la cour, on apercevait les écuries de l'auberge, où s'affairaient deux palefreniers, bouchonnant les croupes des chevaux.

– Monseigneur de La Marieuse est-il céans ? demanda Arthaud au valet.

– Certes, Messire, mais il ne reçoit personne ! Il m'a donné ordre de repousser tout visiteur.

– Je pense que cette injonction ne concerne pas le prévôt de police de monseigneur l'archevêque, lança Arthaud à pleine voix.

Le valet sursauta et prit un air affolé.

– De grâce, messire prévôt, ne parlez point si haut, je ne voudrais pas que nos hôtes croient qu'il y a, dans notre établissement, matière à faire intervenir la police !

– Annoncez-moi à monseigneur de La Marieuse et je me ferai aussi discret qu'il m'est possible, répliqua Arthaud.

– Cependant, c'est que Monseigneur a commandé qu'on servît son repas dans sa chambre... Il doit être en train de dîner actuellement... Je crains qu'il ne soit très fâché d'être interrompu...

– Nous verrons bien ! Annoncez-moi ! Ajoutez qu'il s'agit d'une question urgente le concernant !

Le valet partit accomplir cette démarche avec la mine d'un condamné à mort au pied du gibet. C'est avec la même expression qu'un instant plus tard, il introduisit le prévôt dans la chambre de monseigneur de La Marieuse.

Plutôt qu'une chambre, il s'agissait d'une vaste pièce qui avait dû être la grand-salle de l'hôtel particulier primitif.

Prenant jour par deux larges baies à triple fenestrage de style ancien, elle était claire et meublée avec goût. C'était à l'évidence un des logis réservés aux hôtes de marque, ou aux plus riches clients. Une douce chaleur était prodiguée par le feu nourri brûlant dans la cheminée, auprès de laquelle on avait installé la table où Jehan de La Marieuse prenait son repas.

– J'espère que ce que vous avez à me dire, messire prévôt, justifie une visite à une heure si peu courtoise ! énonça tout de suite le commissaire royal, sans convier Arthaud à prendre un siège et en choisissant dans le plat une cuisse de poulet dorée et odorante.

– Je pense, en effet, Monseigneur, que l'affaire est assez grave pour que je vous consulte sans attendre, en dépit de l'incommodité qu'il y a pour vous de devoir dîner en ma présence tout en répondant à mes questions, répliqua Arthaud.

Il considérait le personnage dont la face maigre et longue n'était animée que du mouvement avide des mâchoires arrachant de gros morceaux de chair au pilon de poulet. Le regard était dominateur et méprisant. Il n'y avait rien d'affable dans cet homme.

Comme le sieur de La Marieuse ne relançait pas le dialogue en réclamant une explication, Arthaud reprit la parole.

– Vous avez reçu mission de notre sire le roi, Monseigneur, de faire tenir une montre des harnois des Lyonnais, n'est-ce pas ?

– Bien sûr ! Est-ce cela votre urgence ? Ignorez-vous que la montre s'est déroulée dimanche dernier ?

– Je ne peux l'ignorer, puisque j'y ai participé, rétorqua Arthaud sèchement. Votre mission se bornait-elle à faire exécuter l'ordonnance du roi sur ce point ?

– Me reprocherait-on à présent la façon dont j'ai mené cette mission ? s'exclama La Marieuse en rejetant rageusement dans le plat l'os de poulet dépouillé de sa chair.

– Non pas, Monseigneur ! Au contraire, il semble que votre zèle pour le service du roi vous ait incité à participer à la préparation de cette montre, n'est-ce pas ?

– Comment cela ?

– N'avez-vous pas conseillé les consuls sur le choix des notaires à recruter pour établir les listes des habitants et des harnois ?

– Pardieu non ! Pourquoi aurais-je perdu mon temps à de si viles besognes ? Cela incombait aux consuls ! Et puis, je ne connais pas les notaires de cette ville ! Certains notaires parisiens, à la rigueur, je pourrais vous citer leurs noms, mais à Lyon, je serais bien en peine !

– J'avais cru pourtant que *maître Giraud* avait défendu quelques-uns de vos intérêts ?

La Marieuse ne se donna même pas le temps de réfléchir avant de répondre en haussant les épaules.

– Giraud, dites-vous ? Tout à fait inconnu ! C'est lui, ce Giraud, qui a prétendu gérer mes biens ? Eh bien, il s'est vanté, ou il s'est moqué de vous ! ajouta-t-il avec un sourire ironique.

– J'aurais mal compris, consentit Arthaud feignant l'humilité pour tirer davantage du glorieux personnage. Vous avez beau être de Paris, Monseigneur, reprit-il, il paraît que vous pratiquez généreusement la charité envers les Lyonnais les plus pauvres, mais peut-être par modestie désirez-vous vous en cacher et ne pas l'évoquer devant moi ?

– Hum ! Certes, il m'arrive de donner une pièce de billon à un gueux, à la sortie d'une célébration ! Cependant, je ne sors guère dans cette ville et ne fréquente l'église que pour la messe dominicale. Il est vrai que les miséreux méritent notre bienveillance, selon ce que nous enseigne Notre Seigneur Jésus-Christ, mais, de nos jours, tant de faux mendiants, de vrais larrons, ou de truands en bande jouent les indigents pour mieux vivre d'oisiveté et de rapines que c'est entretenir leurs vices que de les combler de charités !

– Donc, ce n'est pas vous qui, par lettre de recommandation, avez secouru un certain Claude Domenjon ?

– Une lettre de recommandation ? Pour quel emploi ? Vraiment, messire prévôt, je ne comprends pas vos questions ni ce qui vous amène ! À qui aurais-je bien pu envoyer une lettre de recommandation, je vous prie ?

– Une telle lettre, signée de votre nom, a pourtant été reçue par un consul, Monseigneur ! affirma Arthaud.

Il n'avait pas plutôt énoncé cela qu'il le regretta, car il ne tenait cette information que de Catherin, et ce dernier pouvait avoir menti. Mécontent de lui, Arthaud observa l'effet de son propos sur son interlocuteur. Il constata que celui-ci passait par bien des sentiments successifs : d'abord perplexe, dubitatif, pensif, il finit par être tout à fait irrité et c'est avec plus d'animosité encore à l'égard de ce visiteur importun qu'il lâcha :

– Et votre consul n'a pas soupçonné qu'il pût s'agir d'un faux ? Il ne s'est pas posé la question de comprendre comment, moi, secrétaire et commissaire de notre sire le roi, je me souciais de lui recommander ce… comment l'avez-vous appelé ?

– Domenjon, Claude Domenjon.

– Domenjon ! D'abord à quel poste le recommandais-je ce Domenjon ?

– Comme notaire chargé de dresser l'un des carnets des établies…

– Ridicule ! Croyez-vous que je n'avais pas assez de tâches à accomplir, avec ces stupides bourgeois qui ne cessaient de se réunir pour discuter et voter la moindre des dispositions et qui ont retardé d'autant l'exécution de la montre ? Je n'allais pas me mêler encore du recrutement des tabellions ! Pourquoi pas aussi des sergents et des pennoniers ? Pardieu, j'enrage d'avoir à traiter d'intérêts aussi importants avec des gens à l'esprit aussi court !

Le regard qu'il posait sur le prévôt lui signifiait qu'il ne l'excluait pas d'un jugement si peu flatteur. Il fallait à Arthaud toute son expérience et sa maîtrise des interrogatoires pour ne pas céder à la colère face à cet homme qui alliait l'orgueil le plus odieux au mépris des règles de la courtoisie. Le dîneur continuait en effet à se goinfrer de viandes et de sauces, tout en parlant, peu soucieux de tenir son visiteur debout devant lui.

– Vous dites que les consuls ont retardé l'exécution de votre mission ; quand le roi exigeait-il que la montre fût organisée ?

– Il n'avait pas donné de date formelle, mais les termes de sa lettre étaient très explicites, pour satisfaire Sa Majesté, il fallait agir au plus vite. Je ne voulais pas que d'autres puissent prétendre que je déméritais de l'honneur qui m'était fait. Sa Majesté avait placé sa confiance en moi, comme il me l'avait expressément fait dire par monseigneur Le Bourcier, maître clerc de la chambre des comptes.

– J'espère, Monseigneur, que le retard dû aux lenteurs consulaires ne vous a pas valu remontrance de la part de notre seigneur le roi ? demanda Arthaud avec la mine hypocrite qui masquait ses véritables souhaits.

– Dès que j'ai constaté ces résistances, j'ai pris soin d'envoyer un courrier à cheval à la cour pour exposer les difficultés que je rencontrais, afin d'apaiser l'impatience légitime de Sa Majesté. Je lui ai peint les bourgeois de cette commune tels qu'ils sont, procéduriers, bavards et faiseurs d'embarras, ajouta-t-il avec une moue méprisante avant d'avaler goulûment un verre d'un vin doré qui sembla fort à son goût.

Puis il entreprit de déguster une crème d'amandes, servie avec des pommes cuites dont l'odeur délicatement sucrée, venant jusqu'aux narines d'Arthaud, éveilla en lui les premières sensations de faim. Il fallait pourtant poursuivre ce dialogue, en dépit des démonstrations de gloutonnerie et d'incivilité du sieur de La Marieuse. Arthaud remit la conversation sur ses rapports avec le consulat.

– Oui, je devine que vous aviez dû assister à plusieurs fastidieuses séances du conseil afin d'expliquer les ordres dont vous étiez le commissionnaire ?

– Pardieu, non ! J'ai évité ces inutiles débats : l'énoncé que j'avais fait des ordonnances royales me paraissait suffire !

– Donc, vous ne connaissez aucun des consuls ?

Il répondit en pinçant les lèvres, avec dédain.

– Je n'en ai fréquenté qu'un seul, celui qui avait été désigné par ses pairs, après moult tergiversations, pour mettre cette montre au point. Un certain Guillaume Baronnat… un de ces bourgeois enrichis dans la marchandise qui veulent singer les nobles hommes !

– Il a eu en effet la tâche difficile de rassembler tous les pennons, et ce fut un travail remarquable de sa part, corrigea Arthaud qui supportait difficilement les critiques acerbes et injustes de La Marieuse sur ce sujet.

– Hum ! Oui, sans doute ! Mais que de hâbleries nous avons dû supporter quand il prétendait tout régenter, comme s'il avait charge d'un spectacle de cirque à Rome ! Je crois qu'il se montait un peu la tête… C'est comme la cuirasse de plates dont il s'était affublé : il était ridicule !

– Pourquoi dites-vous : « *nous* avons dû supporter » ? Étiez-vous plusieurs à prévoir le déroulement de la montre ?

– Disons plutôt que ce Baronnat a voulu que les personnes les plus éminentes soient témoins de son œuvre, constatent son zèle et le louent ou le promeuvent… Aussi, pour présenter la façon dont les événements devraient s'enchaîner, a-t-il réuni les trois commissaires présents, à défaut du bailli, monseigneur d'Estuer, qui était retenu en Bresse en raison de quelques escarmouches.

– Il vous a exposé l'enchaînement des présentations ?

– Oui-da, et le cérémonial du serment par acclamation, « à l'antique ! », ricana-t-il.

– Vous a-t-il dit comment il pensait conclure la matinée ?

– La remise des carnets à messire d'Archimbault, oui.
– À l'hôtel de la ville, rue de la Fromagerie ?
– Bah ! Il nous a fait tout un discours sur la différence entre l'hôtel de la ville, trop récemment acquis par la commune, et la chapelle Saint-Jaquême, lieu ancestral, symbolique de l'affranchissement de la ville : c'est donc dans cette chapelle, insista-t-il, que lesdites établies, en mémoire de cette montre, seraient déposées, et celées dans le trésor de ladite chapelle, par ses soins, dès le dimanche après-midi.
– Et c'est ainsi que cela s'est déroulé ?
– Je n'ai assisté qu'à la revue à Saint-Irénée ! Je n'allais pas suivre les pennoniers sur le chemin du retour !
– Donc vous saviez tout le détail du plan de messire Baronnat ?
– Eh bien oui ! Me direz-vous enfin à quoi riment ces questions ? En quoi y a-t-il si grand péril que vous ayez forcé ma porte et gâché mon dîner ?
Arthaud n'avait pas l'intention de révéler le vol des carnets. Si La Marieuse était le commanditaire du larcin, il ne l'ignorait pas et, s'il était innocent, ce secret si inquiétant ne devait pas être dévoilé aux commissaires royaux. Il fallait orienter la conversation de telle manière que l'urgence de l'intrusion du prévôt trouvât sa justification.
– Je pense que vous avez des ennemis céans, Monseigneur !
– Des ennemis ? Que voulez-vous dire ? s'enquit-il d'un air plus concerné qu'au préalable.
Arthaud prit son temps pour répondre, notant avec une pointe de satisfaction maligne – mais qui n'était après tout que sa revanche sur la grossièreté du personnage – que La Marieuse affichait une certaine inquiétude.
– Des gens qui en veulent à votre réputation…
– Comment cela ? Expliquez-vous, Pardieu ! s'énerva l'impérieux commissaire.
– Je vous ai parlé d'une lettre signée de votre nom…

– Oui, eh bien ? Je vous ai dit que c'était un faux !

– Peut-être, mais sachez que cette lettre vous implique dans un meurtre et dans une affaire de trahison à la cause royale.

– Hein ? s'écria La Marieuse, dont le teint était devenu gris. Mais c'est une calomnie ! Qui croira une chose pareille ? Je demande à voir cette lettre ! Quoi, c'est ce *Domajin* qui m'accuse ? C'est un sanglant menteur, un orde truand ! Qu'on me le présente, je lui ferai rentrer ses mensonges dans le corps ! On cherche à me diffamer !

Il débitait ces protestations si vite qu'il en perdait le souffle.

– Je ne peux vous confronter à ce *Domenjon*, corrigea Arthaud, car on l'a assassiné, sans doute pour qu'il se taise plus sûrement.

– Et vous pensez que j'y suis pour quelque chose ? s'exclama La Marieuse, hors de lui. Si vous n'avez que les divagations d'un homme mort pour m'impliquer dans une sordide affaire, je tiens vos allégations pour des injures et j'en demanderai réparation, messire prévôt !

Arthaud observait la longue figure ingrate du commissaire, cette laideur déplaisante qui accentuait l'aspect revêche de sa physionomie. Pourtant, à l'indifférence méprisante qu'il arborait jusqu'alors, un vague désordre s'était substitué. Son regard s'égarait comme s'il cherchait du secours dans la pièce, ses épaules s'affaissaient sous le poids d'un fardeau invisible. Plus rien d'impérieux dans sa posture, plus aucune maîtrise chez cet homme qui se vantait de sa noblesse et de sa supériorité, quelques instants auparavant.

Se pouvait-il qu'il jouât le rôle d'un pleutre, qu'il contrefît une absolue démission de son insolence pour mieux détourner les soupçons ? Car, à ce spectacle, Arthaud était enclin à remettre en question la culpabilité de Jehan de La Marieuse, chez qui il ne trouvait aucune des qualités de sang-froid et de perversité qu'il attribuait au promoteur du vol des carnets et du meurtre de Domenjon. Aussi reprit-il son interrogatoire :

– Qui pourrait vous vouloir autant de mal, Monseigneur, au point de fabriquer de faux indices pour vous faire accuser des pires crimes – des crimes qui vous mèneraient sûrement sous la hache du bourreau ?

Jehan de La Marieuse avait tremblé à cette évocation. Il tenta de réfléchir plus calmement, la tête entre les mains et faiblement, pour lui-même, murmura :

– Non ! Il n'aurait pas été jusque-là, c'est impossible !

– De qui parlez-vous, Monseigneur ? pressa Arthaud, sur un ton qui faisait comprendre qu'il n'accepterait ni des demi-vérités ni des allusions.

– Raymond de Sales... Je ne vois que lui capable de faire cela !

– N'est-il pas un de vos pairs ? Un commissaire royal comme vous ?

– Un de mes *pairs* ? répéta La Marieuse avec une moue dédaigneuse. Nenni, Messire, c'est un parvenu qui s'est imposé à certains familiers du roi pour que ceux-ci le recommandent à notre sire Louis. Il a obtenu la mission d'approvisionner l'artillerie en salpêtre... Ce n'est pas glorieux !

– C'est indispensable pour l'artillerie ! rectifia Arthaud.

– Bah ! Une mission de boutiquier ! Acheter le salpêtre chez les particuliers ou les forcer à le livrer, et puis l'acheminer ! c'est à la portée d'un sergent !

Voilà qu'il renouait avec ses airs supérieurs et avec ses jugements dépréciatifs ! Arthaud recommença à douter de sa sincérité dans la scène précédente. Cet homme semblait avoir besoin d'écraser les autres pour se sentir exister.

– Pourquoi pensez-vous que monseigneur Raymond de Sales ait pu fomenter ce piège contre vous ? insista Arthaud.

– Tout simplement parce qu'il me hait et que je lui fais de l'ombre.

– N'est-ce pas exactement ce que vous ressentez, vous-même, à son endroit ?

– Croyez-vous que j'aie peur qu'il ne me supplante auprès du roi ? ricana La Marieuse. Comment le pourrait-il ? De quel talent peut-il se prévaloir à avoir recueilli son salpêtre ? Ha, ha ! Le voilà bien « salpêtré », vraiment !

– Et pourtant, si médiocre que vous le jugiez, vous pensez qu'il a pu fomenter cette cabale contre vous ? s'étonna Arthaud.

– Le connaissez-vous ?... Non ?... Eh bien lorsque vous lui ferez la surprise de venir l'interroger au milieu de son dîner, vous comprendrez ! C'est chiennerie que cet homme-là !

– Vous a-t-il déjà menacé ?

– Pardieu, non ! Et si j'apprends que c'est à lui que je dois ces accusations de meurtre et de trahison, il saura ce qu'il lui en coûtera de s'attaquer à moi ! Je lui ferai regretter amèrement, je me vengerai sur lui et toute sa descendance !

Arthaud n'entendit pas cette dernière phrase sans se rappeler les menaces du billet conservé par Domenjon. Il considéra avec attention le commissaire royal. Celui-ci avait recouvré sa morgue et son agressivité naturelle et en témoigna sur le champ d'une manière peu courtoise pour son visiteur :

– Quant à vous, Messire, je dois vous prévenir que je ne supporterai pas davantage qu'un prévôt de police vienne me souffler sous le nez que je suis soupçonné d'être un traître et un meurtrier ! Je suis secrétaire de Sa Majesté, donc sous *sa sauvegarde*, je ne suis justiciable que des officiers de la justice *royale*. Et à ce jour, ni le bailli ni son lieutenant n'ont eu le front de venir me raconter ce que j'ai entendu de votre bouche ! Soyez certain que votre nom sera connu de notre sire le roi : j'aurai soin de lui révéler la manière dont vous traitez les commissaires qu'il envoie dans cette ville !

– Je ne vous ai accusé de rien, Monseigneur, rétorqua Arthaud, en se contraignant pour ne pas débiter les jurons qui lui venaient. J'ai seulement désiré vous informer des rumeurs qui circulent contre votre honneur, afin d'apprendre de vous qui pourrait les avoir lancées. Si ces rumeurs parviennent jusqu'à monseigneur d'Estuer, il lui incombera en effet de vous réhabiliter en diligentant une enquête. Que Dieu soit garde de vous, Monseigneur !

Arthaud quitta Jehan de La Marieuse sur cette réplique qui promettait la poursuite des investigations sous les ordres de la cour de Roanne. Il atteignait ainsi son but : inquiéter le suspect tout en ne lui révélant rien de sa propre enquête. Les invectives qu'il avait dû subir de la part de cet arrogant personnage l'avaient pourtant ulcéré à tel point qu'il avait besoin de déverser son courroux sur quelqu'un pour se soulager.

***

Comme il en était convenu avec Laurent Paterin, il retourna à l'hôtel de Roanne pour lui rendre compte de son entrevue avec l'impérieux Jehan de La Marieuse.

– Par le Christ en croix, Messire Paterin, c'est la dernière fois que je vous servirai de substitut ! s'écria Arthaud, encore brûlant de colère, une fois en présence du lieutenant du bailli. J'ai essuyé à votre place les pires avanies ! Ce commissaire, tout secrétaire du roi qu'il se proclame fièrement, n'est qu'un impudent, un orde coquard[1], un enflé ! Il m'a obligé à le regarder se gaver de volailles et de rôts en me laissant debout devant sa table, tel un valet ; il m'a abreuvé – non de son vin dont il vidait force verres – mais de paroles blessantes, voire menaçantes ! Il a mis en doute mes facultés d'intelligence et a tourné en dérision toutes mes questions !

– Je suis sincèrement désolé, messire de Varey, mais vous serez vengé, car j'ai fait partir un messager pour avertir monseigneur d'Estuer, et cet orgueilleux aura très prochainement à s'expliquer devant la justice du bailli !

1. Un sale vaniteux.

– C'est ce que je lui ai prédit en le quittant, cependant…
– Cependant ?
– Eh bien, je n'ai pas réussi à déterminer s'il était vraiment celui que nous recherchons, l'instigateur du vol, le traître et le meurtrier qui a monté ce projet et placé ses pions sur l'échiquier avec tant de perversité. C'est un véritable Janus, tantôt ses propos le désignaient comme un courtisan dont la servilité était soutenue par l'ambition, donc peu disposé à une trahison qui remettrait en question sa position, tantôt il se montrait si jaloux de ses pairs, si vindicatif à leur égard, si méprisant en général pour autrui que je l'ai jugé capable des pires dévoiements pour les écraser ou se venger d'eux.
– Ainsi, il ne vous a livré aucun indice confirmant son implication, même dans le cas de la lettre portant sa signature ?… demanda Paterin, déçu.
– Il prétend que c'est un faux !
– Doit-on le croire ?
Arthaud soupira.
– Il est fort difficile de déterminer s'il ment ou s'il dit vrai, car il passe volontiers de la plus extrême froideur à un désordre émotionnel où semblent se mêler la peur et la colère ; en bref, l'homme paraît instable sous des dehors rigides. D'ailleurs, cette instabilité même, si elle n'est pas feinte, laisse planer le doute sur sa culpabilité, car le promoteur d'un tel plan doit être un caractère posé, calculateur, maître de lui.
– C'est très fâcheux, car si nous nous sommes trompés sur son compte…
– Certes, opina Arthaud qui repensait aux menaces proférées par La Marieuse… Mais il n'a pas pu celer qu'il connaissait parfaitement la procédure de remise des carnets à l'hôtel de la ville, puis leur transfert prévu le dimanche après-midi dans le coffre de Saint-Jaquême, car messire Guillaume Baronnat en avait exposé le détail aux trois commissaires.

– Quelle imprudence de sa part ! ne put se retenir de déclarer Paterin.

« Plutôt quelle sottise ! » pensa Arthaud.

– Et puis, il y a cette phrase qu'il a prononcée, à propos de l'autre commissaire, Raymond de Sales… *Je lui ferai regretter amèrement, je me vengerai sur lui et toute sa descendance !*

– Mais, ce sont presque les mots du billet que vous m'avez montré !

– Oui, troublant, n'est-ce pas ?

– Dans ce cas, je m'inquiète moins d'avoir fait avertir monseigneur le bailli ! fit Paterin avec un soupir de soulagement.

– Comme le doute subsiste en ce qui concerne la responsabilité de La Marieuse dans cette affaire, je crois utile de nous servir de Benoît Lion, ainsi que nous en avions conçu le projet, reprit Arthaud.

– Ainsi que *vous* en aviez formulé l'idée ! corrigea Paterin.

– Oui, mais vous y avez souscrit, coupa Arthaud un peu vivement, agacé de la prudence toute politique du lieutenant du bailli. C'est toujours le cas, j'espère ? ajouta-t-il en plantant son regard dans celui de Paterin.

– Si on ne peut pas faire autrement pour accélérer la manifestation de la vérité… je vais le faire élargir de sa prison, mais il ne faudra pas le perdre de vue, car je crains qu'il ne tente d'échapper à la peine que la cour lui infligera pour sa façon si particulière de servir sous la livrée royale !

– N'oublions pas qu'il est suspect du meurtre de Domenjon… et que je n'ai pu encore découvrir s'il avait eu part dans le vol des carnets. Ce qu'il fera au sortir de sa geôle lèvera sans doute ces incertitudes.

– Soit. Je vais donner ordre qu'on le libère, concéda Paterin.

– Il me faut le temps de rassembler mes hommes pour organiser sa traque dans les meilleures conditions, précisa Arthaud.

Ils convinrent donc que Benoît Lion serait libre à la dixième heure[1].

Arthaud utilisa ce délai pour disposer huit de ses sergents autour de l'hôtel de Roanne. Ils avaient troqué la livrée aux armes de l'archevêque, qui les eût trop aisément fait repérer, contre des vêtements sans éclat ni recherche et, suivant les ordres de leur chef, ils s'étaient glissés parmi les passants, lesquels, en ce milieu d'après-midi, étaient encore nombreux dans la rue du Palais. Deux d'entre eux, en face du portail de l'hôtel baillival, tenaient un cheval par la bride en le flattant à l'encolure, tout en faisant mine de discuter, comme des amis qui se rencontrent avec plaisir. Plusieurs s'étaient postés aux endroits où ils pouvaient le mieux surveiller les issues de l'hôtel de Roanne, du côté du port et dans la rue Saint-Alban, où Arthaud lui-même se tenait, à la croisée de cette rue avec celle du Palais. Aucun des quatre sergents escortant habituellement le prévôt ne faisait partie de cette escouade, car Arthaud craignait que leur présence, si elle était remarquée par un artisan du quartier, ne signalât l'opération policière.

Au moment prévu, une heure après none[2], Benoît Lion sortit de la cour de la Maison de Roanne. À la surprise d'Arthaud, ce n'était pas un prisonnier flétri par l'opprobre qu'il venait d'attirer sur lui qui apparaissait, mais un sergent royal, fier de l'autorité que lui conférait sa livrée, et qui n'avait rien abandonné de son assurance. « Heureuse disposition, d'ailleurs », jugea-t-il plus tard, puisque cet aplomb l'empêcha de se méfier et rendit sa traque assez facile.

D'un pas vif, Benoît Lion se dirigeait maintenant vers la place du Change, suivi à bonne distance par les huit hommes et leur chef, qui avaient choisi de rester piétons afin de disparaître dans la foule. Tenant leur monture par la bride,

1. Seize heures.
2. Seize heures.

ils ressemblaient à des voyageurs en quête d'une adresse d'auberge. En réalité, ils gardaient l'œil rivé sur la livrée bleue qui se faufilait à travers les étals et les bancs que repliaient les marchands, en cette fin de foire. Arthaud hâta le pas de peur de perdre la trace du suspect dans ce décor compliqué. Il vit Lion emprunter la rue de la Saunerie, s'arrêter presque tout de suite devant la façade d'une maison de deux étages, au parement de pierres jaunâtres. Sans hésiter, le sergent frappa à l'huis, parlementa un peu avant qu'on le fît entrer. Arthaud s'enquit aussitôt de l'identité du propriétaire chez le poissonnier qui tenait boutique, à deux pas de là. Le nom qu'on lui livra ne lui sembla pas étranger.

– La maison jaune, à côté ? C'est celle de maître Matthieu Monier, Messire. Un notaire, il y tient son officine et son logis.

Arthaud fut pris de ce vertige qui lui était familier lorsqu'un indice inespéré venait ouvrir une piste nouvelle dans une de ses enquêtes. Enfin deux éléments se recoupaient, car le nom qu'on lui confiait était bien celui qui figurait sur la dénonciation remise à messire Paterin, deux jours plus tôt. Il se souvint que Benoît Lion avait assisté à la remise du billet, que celui-ci n'était pas cacheté, que le sergent qui l'avait apporté avait eu loisir de le déchiffrer et d'en rapporter le contenu à son compère lorsqu'il l'emmenait prendre ses arrêts dans les geôles de Roanne. Ainsi la première visite d'homme libre qu'il faisait était à ce notaire ? Un complice des menées subversives auxquelles ce maudit Coquillon donnait la main, très certainement !

Que faire ? Investir les lieux avec ses hommes ? Se saisir de ces traîtres ? Se pouvait-il que ce notaire fût le chef de la bande, l'instigateur du vol des carnets, un suppôt de Philippe de Bresse dans la ville ?

Non, mieux valait attendre la sortie du suspect, réfléchit-il, on aurait tout le temps, après, d'appréhender le notaire. Au besoin, il laisserait un de ses sbires en faction pour le surveiller. Le sergent pouvait encore les conduire à d'autres complices...

Justement, la livrée bleue réapparaissait, quittant la maison de Monier. Ce dernier, ou son valet, ne se risqua pas sur le seuil, la porte claqua brutalement derrière Benoît Lion. Arthaud remarqua que le sergent tâtait sa manche droite de façon répétitive, aurait-il reçu un coup sur le bras ? Aurait-il été rossé ? se demanda-t-il. Pourtant Lion, revenant sur ses pas dans la rue de la Saunerie, reprenait une marche alerte en direction du pont de Saône. En se dérobant prestement à sa vue derrière une pile de bois fort à propos entreposée là, Arthaud eut le temps de voir le visage du sergent : il rayonnait de satisfaction ! Arthaud reprit la traque, accompagné de quelques-uns de ses hommes. Lion ralentit l'allure devant le porche de l'auberge de la Tête Noire, hésita un très bref instant, puis, continuant son chemin, emprunta le pont de Saône, tourna à gauche dans la rue Écorchebœuf. Ce n'est qu'en le voyant disparaître dans la maison des étuves de la Pêcherie que le prévôt décida d'abandonner la surveillance à ses sergents. Ils avaient mission d'arrêter le ribaud dès qu'il sortirait du bourdeau[1].

Se saisir de maître Monier, c'était le plus urgent à présent. Avec l'aide de Dieu, peut-être trouverait-on chez ce notaire les carnets tant recherchés ?

Arthaud revint sur ses pas, rassembla ses troupes et opéra une incursion policière en règle dans la maison jaune. L'événement bouleversa tout le voisinage et suscita un attroupement bavard à l'entrée de la rue de la Saunerie jusque devant l'auberge de la Tête Noire. Plusieurs clients croyaient à un début de rebeyne et hésitaient à sortir.

---

1. Bordel.

XI
Secrets de notaires

Samedi 17 janvier 1478, une heure avant tierce[1]

Une nuit en prison avait beaucoup altéré l'apparence du notaire Matthieu Monier. Ce petit homme, plutôt fluet, semblait à présent disparaître dans ses vêtements fripés et salis. Sa figure portait les traces des pleurs qu'il avait versés, seul dans sa cellule, désespérant de son sort, partagé entre la peur et l'incompréhension. La vision infernale de l'irruption des sergents dans son étude, l'épée nue, revenait à sa mémoire, obsédante, encore et encore, le laissant tremblant et épuisé. Il croyait ressentir de nouveau la pression des bras puissants qui l'avaient ceinturé, immobilisé au sol, ligoté solidement, puis exposé à la honte publique en le traînant hors de chez lui dans cet état. Sur ses poignets et ses chevilles, la marque douloureuse des fers dont on l'avait chargé, dans une geôle sombre et puante, lui disait que ce n'était pas un cauchemar,

1. Huit heures du matin.

que tout cela lui était bien arrivé, à lui, maître Monier ! Et tout avait commencé avec la visite de ce sergent royal. Toutes les polices de la terre étaient-elles acharnées à le détruire ?

Assis sur le banc qui faisait face au bureau du prévôt, les épaules rentrées, le dos voûté, la nuque raide, il attendait que l'officier eût achevé de consulter plusieurs feuillets disposés devant lui. Il avait soif et faim, car on ne lui avait rien donné depuis son incarcération.

Enfin le prévôt leva les yeux de ses documents. Il fixa longuement son prisonnier, comme s'il en découvrait l'existence.

Bien qu'il n'en laissât rien paraître, Arthaud s'étonnait du physique du bonhomme, lequel ne lui semblait pas correspondre avec le genre de criminel qu'il imaginait à la tête de l'affaire des établies. Et pourtant, la liste qu'il consultait attestait bien de l'implication de ce Monier – une liste dont il aurait dû se souvenir lorsqu'il avait lu ce nom dans la dénonciation anonyme remise à Paterin.

– Vous avez été recruté pour les enquêtes préparatoires aux établies, messire Monier, commença Arthaud, je vois votre nom dans le pennon de...

– De Bourgneuf et des Changes, oui, messire prévôt ! compléta le notaire. Est-ce messire Baronnat qui me reproche d'avoir fait une erreur dans le compte des habitants ?

– Vous avez exercé dans le pennon avec messire Guillaume Baronnat pour pennonier, en effet ! constata Arthaud en se reportant de nouveau à ses feuillets. Et le sergent qui était avec vous, c'était...

– Il habite rue Chèvrerie, je le connais bien, il a grandi avec mon fils, il se nomme Jehan Cabet, dit Le Goupil parce qu'il est de poil roux.

– Exact... Une nouvelle recrue de la cour de Roanne, apparemment ?

– Oui, il vient d'être incorporé au corps des sergents.

– Hum… de sorte qu'on ne sait rien sur lui, commenta Arthaud pour lui-même.

Et dans le même souffle, il enchaîna sur la question suivante :

– Le sergent Benoît Lion est un ami de votre fils, également ?

– Benoît Lion ? Non, je ne le connais pas ! Et mon fils ne m'a jamais parlé d'un Benoît Lion.

– Peut-être le connaissez-vous mieux sous le surnom de Coquillon ?

– Non, vraiment, je ne vois pas !

– Vous ne voyez pas ? Alors qu'il est venu chez vous hier ? tonna Arthaud, ce qui fit sursauter puis trembler sur son banc le malheureux Monier.

– Ah, ce gars ? Je le voyais pour la première fois ! C'est ainsi que se nomme ce ruffian ?

– Pourquoi ruffian ? Expliquez-vous ! Que venait-il faire chez vous s'il vous était inconnu ? questionna sèchement Arthaud, qui devinait une feinte de la part de Monier.

– Il est arrivé en me disant que la police me soupçonnait d'être un espion à la solde de la Bourgogne, et d'entretenir chez moi tout un réseau de traîtres… On m'avait dénoncé, on allait venir enquêter. Il y avait des preuves, des lettres entre les mains du lieutenant du bailli.

– Qu'avez-vous fait ?

– Je lui ai demandé pourquoi il venait me dire cela. Et cet orde truand a eu l'impudence d'exiger…

– Quoi ? De l'argent ?

– Oui ! Il m'a dit qu'il avait les moyens de détourner les soupçons sur d'autres, de brouiller les pistes. Il fallait seulement que je le paye… J'ai eu peur ! J'ai payé !

– Combien ?

– Trente écus d'or, avoua Monier en baissant la tête.

Arthaud considéra le prisonnier. On avait fouillé son étude, son logis. On n'avait pas trouvé les carnets d'établies, ni rien qui puisse indiquer des transactions avec l'ennemi ni des relations avec Benoît Lion, ou Domenjon, ou Catherin… Rien ! Donc deux hypothèses devaient être envisagées : soit l'homme était assez subtil et malin pour diriger ses complices sans laisser de traces écrites ou comptables, soit il disait la vérité et n'avait aucune part dans ce qui était arrivé. Une question pouvait résoudre l'alternative ; cette question, Arthaud la posa brusquement, sans laisser à Monier le temps d'inventer des arguments spécieux :

– Pourquoi avoir payé si vous n'avez rien à vous reprocher ? De quoi aviez-vous peur ?

– C'est que… hésita Monier.

– Parlez donc ! gronda Arthaud.

– J'ai enfreint le règlement imposé par les consuls… J'ai eu peur qu'une enquête à mon sujet ne le mette au jour !

– À quel règlement faites-vous allusion ? demanda sèchement Arthaud qui prenait ces demi-aveux pour des détours dilatoires.

– À l'interdiction qui était faite de réaliser une copie des carnets.

– Vous avez fait un double du carnet de votre pennon ?

– Oui, mais pas seulement…

– Qu'est-ce que signifie ce « pas seulement » ? Vous en avez fait plusieurs copies ? Dans quel but ?

Les soupçons du prévôt redoublaient : ce copiste zélé prétendait-il en vendre à tous les princes ennemis ? Sous ses dehors pusillanimes et humbles, ce notaire était-il le vrai chef de la bande ?

– Euh… Eh bien, il faut comprendre… balbutia Monier. Les notaires aiment avoir, pour preuve, un double des documents dont ils se reconnaissent responsables en y apposant leur seing. Plus d'un de mes confrères était, comme moi, très embarrassé par les injonctions des consuls de ne délivrer qu'un exemplaire de ce recensement. J'en avais discuté avec eux.

Il s'interrompit, la fièvre au front; une angoisse évidente le saisissait à dévoiler ces faits. Il ne cessait de se croiser et décroiser les mains.

– Eh bien, quoi ? Où voulez-vous en venir ? pressa Arthaud, agacé.

– Voyez-vous... reprit Monier, plus bas encore, chacun craignait d'égarer ces précieux dénombrements et d'être poursuivi pour négligence ou pour trahison ! Alors, je leur ai proposé de recopier les carnets, pendant les quinze jours qui précédaient la montre...

– *Les* carnets ? répéta Arthaud, ahuri.

– Oui...

– Vous voulez dire, ceux des neuf pennons ?

– De huit seulement, en fait, car un des notaires était absent et fut remplacé par un obscur tabellion que je n'ai pas rencontré.

– Domenjon ?

– Je ne sais pas, il remplaçait maître Guillème Giraud.

– Mais... voyons, cela n'est pas possible ! Aucun des notaires que j'ai interrogés ne m'a parlé de cela ! contesta Arthaud.

– Ils n'allaient pas convenir d'avoir transgressé les prescriptions du consulat !

– Et vous, vous auriez pris le risque de les enfreindre à leur place ? Quel était votre intérêt ? questionna Arthaud, de plus en plus persuadé que Monier avait agi pour monnayer les documents par la suite.

– La défense des usages de notre art ! La sécurité de l'archivage !

– Pardieu ! Cessez de mentir, ou je vous livre au bourreau ! s'écria Arthaud, fort irrité d'avoir écouté jusque-là de pareilles affabulations.

Monier sursauta. Blême, repris par des tremblements irrépressibles, il finit par avouer :

– Eh bien, c'est vrai... Ils m'ont payé pour ce travail !

– Et vous affirmez avoir eu le temps de dupliquer ces listes de noms et ces descriptions de harnois de presque toute la ville en seulement deux semaines ? Vous vous moquez !

Faiblement, mais avec toute la précision notariale dont il était coutumier, Monier expliqua :

– J'ai mis au point un système d'écriture codée qui permet d'abréger les textes... Si vous avez fouillé mon étude, vous avez dû trouver un cahier comportant ces signes : c'est celui qui retranscrit le recensement de mon pennon. Vous trouverez ses pareils chez les sept autres notaires, ils ont dû les ranger dans leur armoire d'archives.

Arthaud était perplexe. Comme devant Jehan de La Marieuse, il ne pouvait déterminer chez Monier ce qui relevait de la dissimulation ou de la vérité. L'histoire que racontait le notaire était des plus étranges. S'il disait vrai, sa complicité avec Benoît Lion n'était qu'apparence et il n'était qu'une victime supplémentaire des extorsions du sergent. Arthaud n'aurait su confesser ce qui excitait le plus sa colère : ne pas parvenir à distinguer le vrai du faux chez ce suspect ou envisager l'abandon d'une piste qu'il avait crue si prometteuse !

Il renvoya Monier en cellule, en dépit de ses plaintes et de ses suppliques. Il lui fallait à présent vérifier ses déclarations en trouvant les fameux cahiers qui dupliquaient les documents originaux.

Dans ce but, il délégua Gros Antoine pour fouiller l'étude de la rue de la Saunerie, puis Grand-Jehan et Tout-Lourd chez chacun des notaires de la liste, porteurs à leur intention d'une convocation immédiate en l'auditoire.

– Pour ce qui est des Giraud, *je veux maître Guillème Giraud en personne, ici même*, précisa-t-il à Grand-Jehan. Si son fils fait des embarras, s'il vous raconte que son père est malade et inaccessible, employez la force et ramenez-moi le père et le fils, comme deux prisonniers ! Il faut en finir avec les mensonges de tous ces notaires ! Où est Bras-de-fer ? demanda-t-il encore.

– Je l'ignore, Messire, répondit Grand-Jehan en arborant un air fâché et distant.

– Sang du Christ ! Cela aussi devra cesser ! conclut Arthaud dont l'humeur courroucée ne trouvait pas d'apaisement à l'annonce de la nouvelle absence du sergent.

Samedi 17 janvier, quatrième heure[1], en l'auditoire de l'archevêque

Ils étaient tous réunis dans la salle qui jouxtait le bureau du prévôt. Huit notaires qui avaient été soustraits à leur officine par les sergents de l'archevêque, la plupart avec discrétion, excepté les deux Giraud père et fils, qu'il avait fallu contraindre, ou encore maître Pierre Berruyer qui s'était cru arrêté et avait protesté fort bruyamment de son innocence, au point d'attirer l'attention de ses voisins de la rue de l'Aumône. D'ailleurs, il restait bouleversé par l'effroi qu'il venait d'éprouver et ne parvenait pas à réprimer des mouvements de tête, comme des dénégations répétées et perpétuelles. Cette vision ne contribuait pas à rassurer les autres, qui manifestaient leur agacement de subir ce spectacle par des haussements d'épaules, force soupirs de déplaisir, voire des grognements, et jusqu'à des jurons de la part d'André Giraud. Cela faisait bien une demi-heure qu'ils attendaient, avec l'interdiction de communiquer entre eux, sous la surveillance de deux sergents dont les silhouettes massives et musclées barraient l'issue de la pièce.

Les murs épais ne laissaient point filtrer ce qui se passait dans le cabinet du prévôt, immédiatement mitoyen. Et pourtant on y parlait haut et fort. Messire de Villeneuve s'étonnait de cette « prise d'otages au sein du notariat lyonnais » – c'étaient ses mots –, exigeait des justifications, en contestait le bien-fondé, réclamait davantage d'égards pour un corps de métier

1. Dix heures.

qui avait rang parmi les plus prestigieux et dont les plaintes déclencheraient, il en était sûr, des procès interminables, ruineux et dégradants pour l'autorité de la police et de la justice archiépiscopales.

– Ahrrr ! Vos méthodes ! Vos méthodes, vraiment ! fut la seule conclusion qu'il trouva pour ponctuer ses récriminations, mais sans doute comptait-il que les regards furieux dont il l'accompagnait compensaient l'indigence de sa rhétorique.

En fait les objurgations de Villeneuve se brisaient sur la placidité butée du prévôt, lequel avait sa mine des mauvais jours, fermée, hostile, vibrante d'une rage à peine contenue ; Arthaud restait sourd à ses critiques, rebelle comme il savait l'être quand il était certain d'avoir raison.

– Je veux être présent à l'interrogatoire de ces personnes ! finit par déclarer le courrier, comme s'il eût prononcé une sentence au tribunal, voilant ainsi sa capitulation sous le masque de l'autorité hiérarchique.

– Dans ce cas, je vous demanderais de ne pas m'interrompre, osa retorquer Arthaud, audace qui laissa Villeneuve sans voix.

– Faites entrer maître Berruyer, ordonna Arthaud à Gros Antoine.

Villeneuve prit place derrière la chayère d'Arthaud, tout en retrouvant le souffle pour quelques jurons. Le notaire, plus mort que vif à la vue de ces deux officiers de l'archevêque, disposés tels des juges sévères en face de lui, s'affala sur le banc où le sergent lui avait fait signe de s'asseoir. Ses mouvements de tête incontrôlés avaient fait place à des contractions des paupières qui ajoutaient à son malaise en le privant d'une vision parfaite.

– Maître Berruyer, commença Arthaud, lorsque je vous ai interrogé la première fois, vous m'avez déclaré que vous aviez été, lundi douze de janvier, au matin, le premier témoin de l'effraction de l'armoire et du vol des carnets...

– Oui, messire Archimbault m'a fait constater l'un et l'autre...

– Vous avait-il fait appeler pour ce faire, chez vous, rue de l'Aumône ?

– Non. J'étais en l'hôtel de la ville, justement, ce lundi matin...

– Ah oui ? Pour quelle raison vous y trouviez-vous ?

– J'avais une requête à déposer pour les prochaines délibérations du consulat, une demande d'amodération[1] de taille...

– Pour votre compte ?

– ...Ou...i, murmura Berruyer en baissant la tête. L'étude ne me rapporte plus autant depuis trois ans, et les tailles ne cessent de s'enchaîner... J'ai déjà vendu une ou deux terres que je possédais...

– Ensuite, messire Archimbault vous a délégué auprès de messire Baronnat pour lui annoncer le vol ?

– Oui, je me suis précipité chez lui, malgré l'heure très matinale.

– Est-ce que vous avez mis vos confrères notaires au courant de ce vol ?

– Ah non, par exemple ! Je n'ai rien dit ! regimba Berruyer, tout à coup plus virulent. Messires Archimbault et Baronnat m'avaient interdit d'en ébruiter la nouvelle ; m'accusent-ils de l'avoir fait ? Vous constatez bien que personne n'en parle nulle part, aujourd'hui. Si le secret avait été éventé, vous le sauriez déjà par les rumeurs et les paniques qui bouleverseraient la ville !

– Ce que je ne comprends pas, c'est que vous n'ayez rassuré ni messire Archimbault ni messire Baronnat...

– Comment ça, rassuré ?

1. Réduction.

– Les originaux étaient volés, certes, ce qui restait tragique pour la sécurité de la ville, mais n'aviez-vous pas un double de ces précieux carnets ?

– Un double ? Moi ?

– Un double de votre propre carnet, concernant votre pennon : celui de l'Empire, « *depuis l'Erberie jusqu'au portail des Mineurs* », si je sais lire cette liste constituée afin de préparer l'enquête des établies.

– Je... je n'ai point de double, messire prévôt... Le consulat avait interdit justement les copies de ces pièces pour des raisons de sécurité !

– Et par ce même souci de sécuriser des documents si importants, n'avez-vous pas fait rédiger malgré tout une copie ?

– Mais... non... bredouilla Berruyer.

– Donc, si je demande à mes sergents de fouiller les armoires de votre étude, ils ne trouveront pas un cahier reproduisant ce carnet ?

– N... on...

– Vous me répondez non car, bien sûr, ce cahier ne sera pas la réplique formelle du précédent carnet, mais un texte dans une écriture codée permettant sa restitution, énonça sentencieusement Arthaud, comme s'il récitait une règle du Donat[1].

– Co... comment savez-vous cela ? bégaya Berruyer, dont le visage ne maîtrisait plus les contractions nerveuses.

– Vous confirmez qu'un tel cahier existe ?

– Oui-da ! fit le notaire dans un soupir. Je ne pouvais le révéler à messire Baronnat, il est l'un des consuls ! Je risque la radiation du métier !

– Confirmez-vous également que d'autres cahiers ont été constitués ?

1. Grammaire latine servant à l'apprentissage de la langue dans les universités.

– Un seul par pennon ! Chacun a reçu le sien. C'est maître Matthieu Monier qui nous l'a proposé.

– Il ne vous est pas venu à l'idée qu'il pouvait vouloir copier l'intégralité des carnets pour son propre usage ?

– Quel usage ? Que pouvait-il en faire ? demanda Berruyer.

– Les vendre à nos ennemis, par exemple ?

Berruyer, bouche bée, l'air stupide, mit quelques instants avant de répondre :

– Maître Monier ? Trahir ? Ce n'est pas possible ! C'est un homme pétri de principes ! Une caricature de notaire, si l'on peut dire !

– Comment l'entendez-vous ?

– Eh bien, on dirait qu'il a avalé le *Corpus juris civilis*[1] comme plat principal et le *Decretum*[2] en dessert ! Il ne peut pas vous parler sans citer une loi, un article de ces livres de droit, il est pointilleux sur le fond et la forme des écritures notariales, j'en sais quelque chose car j'ai été son clerc. Ce qu'il nous a proposé, c'était justement pour ne pas déroger à une règle de notre métier qui veut qu'on garde un double de tout acte expédié.

– Mais si expert fût-il, il pourrait bien avoir mis au point ce plan pour dupliquer les documents si précieux pour la sécurité de la ville et les transmettre à l'ennemi !

– Mais alors, pourquoi voler les carnets ? raisonna Berruyer, visiblement satisfait d'avoir trouvé cet argument.

– Peut-être que l'idée de transmettre ces documents à l'ennemi ou de les monnayer a germé chez plusieurs en même temps ? renchérit Arthaud.

---

1. Recueil de l'ensemble du droit romain.
2. Recueil constitué au XIIe siècle contenant les éléments du droit canon (droit de l'Église).

Il vit Villeneuve s'agiter sur sa chayère. Cette hypothèse qu'il venait de soulever de deux coupables distincts, s'ignorant l'un l'autre, devait lui paraître une complication insupportable !

– Non, vraiment, maître Monier traître, je ne peux le croire ! répéta Berruyer.

– Apparemment, il a autant que vous besoin d'argent, argumenta Arthaud. N'a-t-il pas exigé d'être payé pour réaliser ces copies codées ?

– Cela ne nous a pas paru abusif : c'était un travail fastidieux et long !

– Vous a-t-il remis le code de déchiffrage ?

– Oui, bien sûr !

– Et vous avez vérifié que cela correspondait au texte du carnet initial ?

– Vierge sainte ! Non ! Je n'en ai pas eu l'idée ! Avez-vous la preuve qu'il nous ait trompés sur ce point ? s'inquiéta Berruyer.

– Non, mais vous feriez bien de vérifier ! lança perfidement Arthaud, on ne sait jamais avec un langage codé !

« Trop naïf, trop bête, décidément, pour être un témoin de moralité fiable, ce Berruyer ! » pensait-il et, comme il restait d'humeur aigre et qu'il en voulait à ce notaire de lui avoir caché l'existence des copies des carnets lors de leur première entrevue, il prenait plaisir à accroître son inquiétude. Très certainement, le notaire passerait le reste de la journée à retranscrire le cahier afin de calmer ses doutes.

– Que concluez-vous ? demanda Villeneuve, après que Berruyer eut quitté la pièce.

– Sur l'implication de Monier dans le vol des carnets ? demanda Arthaud pour se donner le temps de réfléchir à la réponse car, il devait en convenir, rien n'était vraiment probant.

– Oui, ou sur son projet de les recopier pour les négocier… ajouta le juge pour montrer qu'il avait bien suivi la démonstration du prévôt. Croyez-vous vraiment qu'il ait pu exister deux projets fomentés en même temps par deux criminels s'ignorant l'un l'autre? reprit-il en ne cherchant pas à dissimuler les alarmes qu'une telle hypothèse soulevait.

– On ne peut écarter aucune piste dans cette affaire! Je vais poursuivre l'interrogatoire des autres notaires, qui me confirmeront sans doute la réalité de la transcription codée. Les questionner sur les établies reste un exercice délicat, car je dois veiller à ce qu'ils ne soupçonnent ni le vol ni le crime de trahison sur lesquels portent mes investigations. Cependant, il en est deux, parmi eux, qui n'ignorent pas que la montre a fait l'objet de curieux arrangements, et ceux-là, je veux les entendre m'exposer exactement ce qu'ils savent et jusqu'où ils sont compromis!

– De qui parlez-vous? s'enquit Villeneuve, agacé de constater qu'un point de l'enquête lui échappait.

– De Guillème et André Giraud! Père et fils ont quelque chose à cacher!

Un instant plus tard, Gros Antoine introduisait maître Guillème Giraud. C'était un vieillard gros et gras, dont le corps était sanglé dans la robe de drap lourd qui l'enserrait. Son visage aux joues rebondies avait pris la teinte de la brique, tant la rage de se voir traiter comme un malfaiteur avait exacerbé son ressentiment pour le prévôt et sa police. Sa marche hésitante – dos courbé, pas mesurés – et la canne dont il s'aidait laissaient apparaître un homme affaibli par l'âge, éprouvé par les circonstances de sa convocation, las de l'attente prolongée qu'on lui avait imposée avant de l'entendre. Pourtant, dès qu'il fut assis à la place que Berruyer venait de quitter, il redressa le torse, leva le menton et, prenant appui des deux mains sur sa canne fichée droite devant lui, présenta à Arthaud une physionomie arrogante et fière.

– Je proteste des méthodes de votre police, messire courrier! s'écria-t-il d'une voix forte en reconnaissant Villeneuve. Savez-vous que vos sergents ont osé nous menacer de nous jeter en geôle si nous refusions de les suivre ? Pour un peu, ils nous brutalisaient ! Mais cela ne restera pas impuni, je m'en plaindrai à monseigneur l'archevêque qui ne saurait tolérer de tels procédés !

– Monseigneur l'archevêque n'entend pas qu'on bafoue sa justice ni sa police, maître Giraud ! Veuillez vous montrer plus respectueux à l'égard de ses officiers ! répliqua Villeneuve, qui ne supportait pas qu'un justiciable contestât son autorité.

– Qu'on m'explique alors pourquoi je suis ici ! reprit Giraud.

– Votre état de santé était si préoccupant, il y a trois jours, que je n'ai pas pu vous poser les questions utiles à une enquête que je mène, intervint Arthaud. Je vois, avec plaisir, que vous allez bien mieux. Mais sans doute votre fils a-t-il exagéré votre maladie, par un effet de la tendresse filiale ? ajouta-t-il sur un ton ironique.

– Une enquête ? Quelle enquête ? choisit de répondre Giraud, éludant l'allusion.

Arthaud n'avait pas l'habitude de satisfaire la curiosité des prévenus qu'il interrogeait ni de leur laisser mener les débats. Aussi se contenta-t-il de poursuivre :

– J'aimerais que vous me parliez d'une lettre que vous avez reçue à l'étude, il y a un peu moins d'un mois, une lettre que votre principal clerc, messire Pierre Petit, a décachetée et vous a remise, juste avant que vous ne le renvoyiez !

– Votre question est stupide ! osa s'exclamer Giraud, dont le teint redevenait rubicond et dont les joues se parsemaient de taches violettes. Des lettres, on en reçoit tous les jours à l'étude ! Comment voulez-vous que je me souvienne de celle-là ? Pierre Petit était préposé à ouvrir et trier le courrier en fonction de son importance, alors, me présenter une lettre décachetée n'avait rien qui pût me surprendre !

– Cette lettre pourtant n'était pas de celles qu'on a plaisir à recevoir... Cherchez bien, maître Giraud... Une missive qui faisait allusion à certaines opérations frauduleuses dont l'étude s'était rendue complice ?

– Vous êtes fou ! lâcha Giraud, qui commençait à perdre son assurance. Notre étude ne commet pas de telles tromperies ! Si vous écoutez tous les diffamateurs !

– Maître Giraud, prenez garde ! se fâcha Arthaud. Vous êtes ici comme témoin, mais si vous persistez à me mentir et à taire ce que vous savez, c'est en qualité de complice que vous serez incarcéré dès ce jour ! Complice d'un assassinat et d'une trahison à notre roi ! Car tel est le sujet de l'enquête que je dirige.

– Un assassinat ? Une trahison ? bredouilla le notaire dont la voix faiblissait.

– Oui. À vous de juger s'il ne vaut pas mieux avouer une faute passée plutôt que de couvrir un crime de cette envergure ! À vous de considérer ce qui serait vraiment *stupide* ou *fou*, insista Arthaud qui désirait renvoyer à cet insolent vieillard les insultes qu'il lui avait servies.

Guillème Giraud avait perdu l'altière allure qu'il arborait un instant plus tôt, son corps que ne redressait plus une farouche volonté de contestation redevenait une masse lourde et obèse qu'éprouvait l'inconfort du banc sur lequel il était assis.

– Eh bien ? pressa Arthaud.

– C'est un infâme débat qui nous a été imposé ! L'auteur de la lettre connaissait tout d'une vente que nous avions faite, deux ans auparavant… et qu'il nous reprochait comme une malversation.

– Quelle sorte de vente, conclue devant notaire, peut passer pour une malversation ? demanda Arthaud, affectant l'ignorance afin d'empêcher Giraud d'éluder l'aveu de sa forfaiture.

– Euh !… il s'agissait de biens soumis à un prêt hypothécaire…

– Dans un prêt hypothécaire, je crois me souvenir que si la somme empruntée n'est pas restituée dans les temps par le débiteur, les biens deviennent propriétés du créditeur, c'est bien cela ? demanda Arthaud, toujours feignant une certaine incompétence dans ce domaine.

– Oui, c'est ce qui s'est passé. Notre étude a fait saisir les biens du débiteur et les a revendus.

– Donc c'est *vous* qui aviez prêté l'argent contre hypothèque ?

– Oui, moi et mon fils, nous avions investi un peu de notre chevance[1] dans cette opération.

– Mais si le débiteur était défaillant, en quoi la saisie et la vente de ses biens pouvaient-elles vous être reprochées comme une malversation ? insista Arthaud, tel un barbier qui sonderait une plaie jusqu'au bout, en dépit des cris du patient.

– C'est que… c'était un franc-arbalétrier, et il avait été envoyé avec l'armée à Chalon. Il y était encore lorsque l'échéance du rachat de l'hypothèque arriva…

– Et vous n'avez pas attendu qu'il revienne pour savoir s'il rachetait l'hypothèque ?

– Euh… en fait… il nous avait adressé une lettre nous disant qu'il avait la somme…

– Et vous avez prétendu que vous l'aviez reçue trop tard ? compléta Arthaud avec un sourire mauvais.

– …

– Je n'ai pas entendu votre réponse !

– C'est ce que nous avons fait, oui-da ! reconnut Giraud en baissant la tête.

– Et quel était le nom de ce franc-arbalétrier que vous avez dépouillé ainsi ?

– Noé Le Vasseur.

– Sur quoi portait la vente ?

– Deux vignes aux limites du Beaujolais.

– Je suppose qu'elle vous a rapporté un bon bénéfice ?

– … Oui, le double de la somme prêtée.

1. Fortune.

– Eh bien, voilà élucidée une partie de l'histoire, conclut Arthaud en se tournant vers Villeneuve d'un air vainqueur. Il reste à apprendre ce qu'exigeait la lettre. Messire Petit m'a affirmé ne pas avoir lu une demande d'argent...

– Non, il n'était pas question d'argent, cela m'a étonné... Mais il fallait obéir à certaines recommandations.

– Et quelles étaient-elles ?

– On m'interdisait de participer en personne à l'enquête des établies...

– Qu'avez-vous fait ?

– J'ai décidé d'envoyer Pierre Petit pour me remplacer, je l'ai adressé à messire Catherin avec une lettre d'excuse de ma part disant que j'étais malade, trop vieux pour entreprendre ce lourd travail ; mais je n'aurais pas dû !

– Oui, car cela n'a pas été du goût de votre fils, n'est-ce pas ?

Le vieillard baissa encore une fois la tête, accablé de honte.

– Votre fils détestait Pierre Petit et a profité de l'occasion pour s'en débarrasser, et vous avez laissé faire !

– André est licencié en lois, mais il n'a aucun talent pour conserver la clientèle ; il est sec, dur, avide. Il ne pense qu'aux profits, sans considérer les règles du métier.

– Ne lui aviez-vous pas montré l'exemple ? ironisa Arthaud.

– Vous avez raison de m'accabler ; une seule faute et toute une carrière est compromise. Pourtant, cette affaire Le Vasseur, ce fut ma première entorse à la loi et la seule, je vous assure, messire prévôt, et c'est sur les instances d'André que je l'ai commise !

– Donc c'est lui qui a négocié ensuite avec l'auteur de la lettre ?

– Oui, moi, le renvoi de Pierre Petit m'a rendu malade.

– De cette façon, votre mensonge à messire Catherin n'en était plus un ! nota encore Arthaud, sans pitié.

Il laissa partir Guillème Giraud qui semblait avoir vieilli de dix ans à l'issue de l'interrogatoire. Le notaire ne put obtenir réponse lorsqu'il voulut s'informer de quel assassinat et de quelle trahison il s'était fait involontairement le complice en cédant aux pressions de la lettre anonyme. Et c'est dans cet état d'incertitude et d'abattement, abandonné à ses remords, qu'il sortit de l'auditoire.

Lorsqu'André subit à son tour l'épreuve de l'interrogatoire, il s'avéra très semblable au portrait qu'avait brossé son père. Toutefois, sa raideur, la morgue qu'il affichait, le caractère délibérément offensant de ses manières comme de ses paroles – attitudes dont il usait sans doute avec succès pour mener ses affaires – n'étaient pas les armes qui pouvaient impressionner le prévôt. Il s'en rendit compte, d'ailleurs, assez rapidement, car il n'était point sot. Quand il fut prié de donner sa version de l'épisode de la lettre et qu'il comprit que son père avait renseigné le prévôt, il se mit à adopter une mine penaude, et simulant un profond désarroi commença à bredouiller des phrases confuses, telles des bribes de prières.

– Oh ! Pardonnez-moi, Seigneur, pour ce que je vais dire ! prononça-t-il enfin de façon plus intelligible, comme s'il terminait un dialogue avec Dieu.

C'est d'un air contrit, les traits du visage n'exprimant plus la dureté orgueilleuse précédente, mais un chagrin trop longtemps retenu, qu'il déclara :

– Cela fait plusieurs mois déjà que l'état de santé de mon bien aimé père décline. Ce n'est point tant le corps qui dénonce cette décrépitude, mais l'esprit. Il s'est forgé l'idée que l'étude ne rapporte plus comme autrefois, que nous perdons des contrats, que notre chevance est menacée. Il a commencé à être plus âpre au gain, exigeant des honoraires exorbitants qui, en conséquence, nous ont aliéné certains clients... Je lui conseillais de me laisser la direction de l'étude, mais il refusait absolument, et il lui est arrivé, à plusieurs reprises, de lever la main sur moi, comme si j'étais un enfant à corriger, tout simplement parce que je n'approuvais pas ses projets.

André Giraud leva les yeux sur les deux officiers qui l'écoutaient. Il remarqua l'air sévère et courroucé du juge Villeneuve, qui supportait mal ces critiques d'un fils pour son père et le cachait difficilement. Arthaud gardait une figure impassible. Depuis longtemps habitué aux faux-fuyants des prévenus, aux non-dits des témoins, aux mensonges des coupables, il avait discipliné ses émotions et était rompu à n'en laisser rien transparaître.

C'est donc à l'intention de Villeneuve qu'André rajusta son discours.

– J'ai tenu à ce que sa misère ne soit pas décelable par autrui. Aussi quand je prenais, derrière lui, des décisions en tout point contraires, je m'arrangeais pour qu'elles parussent aux clercs de l'étude la manifestation de l'opposition d'un fils à l'autorité patriarcale, un conflit familial, intime. J'ai beaucoup de respect pour mon père, en dépit de ce que vous penserez sans doute après les révélations que je vais vous faire...

– Nous vous écoutons, coupa Arthaud que ces préambules larmoyants ulcéraient.

– Eh bien, voilà : cela remonte à deux ans... Mon père, que l'idée d'un appauvrissement commençait à torturer, a commis une grave infraction à la procédure de l'hypothèque. Il a vendu un bien qui n'était pas encore dégagé, commettant ainsi un vol aux dépens du débiteur. D'ailleurs, je me suis aperçu qu'il exigeait de celui-ci, pour remboursement de la dette, une somme bien supérieure au prêt consenti, y ajoutant des intérêts si élevés qu'ils étaient usuraires.

– Quel était ce débiteur ? demanda Arthaud négligemment.

– Eh bien, c'est justement ce qui complique la situation : c'était un soldat, un franc-arbalétrier enrôlé dans les armées déployées alors contre le duc de Bourgogne, en Chalonnais. Et on nous avait affirmé qu'il était mort au combat. De sorte que... vous comprenez... cela arrangeait assez notre affaire !

– En enterrant le *quidam* vous enterriez aussi la vente frauduleuse, c'est ça ?

– En un sens, oui ! avoua André en joignant les mains comme pour adresser une prière aux deux officiers. Mais je n'ai agi que pour éviter à mon père l'humiliation d'une radiation du métier... Il n'y avait aucun héritier réclamant des comptes, personne ne s'est manifesté... jusqu'à la réception de cette lettre !

– Vous pensez que Noé Le Vasseur est celui qui vous a écrit ? Qu'il est vivant ?

– Ah ! Vous connaissez son nom ? Mon père vous l'a révélé ? Je ne crois pas que ce soit lui, car j'avais fait mon enquête, il y a deux ans, auprès des francs-arbalétriers : Le Vasseur n'était pas réapparu après la bataille à laquelle ils avaient tous participé. Non, je pense que c'est un de ses proches, un fils, un frère peut-être ? En tout cas quelqu'un qui connaissait assez la faute commise par mon père pour nous imposer ses conditions en menaçant de tout révéler !

– Pourtant, n'aviez-vous pas reçu une missive de ce franc-arbalétrier, il y a deux ans, par laquelle il annonçait qu'il avait de quoi rembourser sa dette avant la fin de l'hypothèque ? Vous auriez pu comparer les écritures afin de déterminer s'il s'agissait du même auteur !

– Sauf que cette promesse de remboursement prétendument écrite par le débiteur n'existe que dans la mémoire dérangée de mon père ! Il l'a inventée pour se rassurer, il se persuade qu'elle a existé et qu'elle est arrivée *après* le terme fixé pour lever le gage. Il se justifie ainsi d'avoir vendu les terres !

– Qu'avez-vous fait à la réception des menaces ?

– J'ai appliqué les ordres qui les accompagnaient...

– C'est-à-dire ?

– Attendre des consignes ultérieures. Elles sont arrivées le lendemain : mon père ne devait pas participer à la préparation des établies. Ne me demandez pas pourquoi, je l'ignore ! Mais, soulagé de constater qu'il ne s'agissait point d'une extorsion d'argent, j'ai entrepris de convaincre mon père de se désister, ce qu'il n'a pas fait de bon gré. Il a envoyé tout de suite son protégé, ce Pierre Petit de malheur, à sa place ! Heureusement que messire Catherin ne l'a pas retenu !

– Pourquoi dites-vous cela ? Mentionnait-on dans la lettre qu'il ne fallait pas suggérer un remplaçant à votre père auprès de messire Catherin ?

– Non, mais ce Pierre Petit, je n'avais pas confiance en lui ! Il aurait pu fouiner dans les dossiers et retrouver l'hypothèque de Le Vasseur ! Il avait lu la lettre de menaces !

– C'est pourquoi vous l'avez jeté à la rue ?

– Je ne regrette rien ; il avait gagné trop d'influence auprès de mon père ! Il exploitait sa faiblesse !

– Hum ! On peut vous retourner l'accusation, je crois ! trancha Arthaud.

– Comment cela ? se fâcha André, renouant avec l'orgueil et la suffisance qui lui étaient naturels.

– Vous-même, n'avez-vous pas cherché à retrouver trace de Le Vasseur ou de ses proches après avoir obéi aux menaces ? demanda Arthaud, sans relever la question d'André Giraud.

– Euh !... Bien sûr, j'aurais dû... mais... balbutia André Giraud, d'une voix moins assurée.

– Mais ?

– Eh bien, j'ai eu... peur...

– Vous le reconnaîtriez, bien sûr ?

– Oui... Il était grand et fort, une allure martiale. Son visage était plutôt rustique, des sourcils épais, des yeux petits et très mobiles, de grosses lèvres, un menton carré et proéminent.

– Eh bien ! Il a fallu qu'il vous fasse très peur, ou que vous l'ayez revu il y a peu de temps, pour garder un souvenir aussi précis, après deux ans... fit remarquer Arthaud avec quelque ironie.

– Je vous l'ai dit : je ne l'ai pas revu ! Mais son souvenir me hante en ce moment, vous pouvez comprendre pourquoi ! confessa le notaire, devenu blanc comme un linge.

– Oui, en effet ! il peut réitérer ses menaces et même les mettre à exécution ! Il n'a plus rien à perdre ! conclut Arthaud avant de laisser partir le fils Giraud.

Alors que celui-ci allait franchir le seuil de la pièce, il ajouta cependant :

– Que l'on souscrive à votre version ou à celle de votre père, la responsabilité dans la malversation qui vous est reprochée par l'auteur de la lettre est absolument partagée. Devant un tribunal, vous serez jugés également coupables, sachez-le !

***

Arthaud se tourna vers Jehan de Villeneuve.

– Nous avons au moins appris une chose de cet hypocrite et de son couard de père, exposa-t-il. C'est que le nommé Le Vasseur est celui qui a permis le remplacement d'un notaire connu par Domenjon, lequel a volé les carnets.

– Vous pensez que ce Noé Le Vasseur, ou celui qui se fait passer pour lui, est le commanditaire du vol ? demanda Villeneuve.

– Sûrement pas ! rectifia Arthaud. Ce franc-arbalétrier n'a pas le profil du manipulateur qui a monté ce plan diabolique et qui a déplacé les protagonistes comme les pièces d'un jeu d'échecs !

– Pourtant il a bien su manœuvrer les notaires Giraud !

– Il a exploité une faille de leur passé, qu'il connaissait pour en avoir été la victime… L'extorsion, la pression et la menace ne sont que des outils, et l'homme qui les emploie n'est qu'un mercenaire lui-même dirigé. C'est celui qui tire les fils qui nous intéresse… C'est le même qui utilise le sergent Benoît

Lion, le même qui a fait engager Domenjon, ou placer Pierre Roget à l'hôtel de la ville – *le même qui a envoyé la prostituée chez Baronnat pour le séduire et le distraire de son devoir,* ajouta-t-il mentalement.

– Le consul, messire Catherin ! s'exclama Villeneuve, de l'air satisfait de celui qui découvre la solution d'une énigme.

– Non ! Même si je n'ai pas encore bien cerné le rôle et la responsabilité de celui-là, non, vraiment, il n'est pas à la tête de cette entreprise du crime ! répondit Arthaud. En revanche, nous avons des indices très sérieux pour désigner monseigneur Jehan de La Marieuse !

– Mais ne m'avez-vous pas dit que votre entrevue avec lui n'avait pas été probante ? Et si messire Paterin n'a pas encore jugé utile d'agir contre lui, c'est bien qu'il doute de son implication !

– Messire Paterin a tout de même prévenu monseigneur d'Estuer, le bailli ! C'est lui qui jugera s'il doit intervenir contre La Marieuse.

– Oui-da ! Donc nous en sommes toujours au même point ! tonna Villeneuve. Nous ne savons pas entre les mains de qui, à ce jour, se trouvent les carnets volés, nous ignorons qui a commandité toute l'opération, et si nous avons repéré quelques intermédiaires, ceux-ci ne nous servent à rien : comment identifier ce Noé Le Vasseur que personne n'a revu depuis deux ans ? Quant à *votre* Benoît Lion, que vous suiviez avec la certitude qu'il vous conduirait à son chef, il vous a fourvoyé dans une sordide histoire de copies illégales.

– Permettez ! Nous avons récupéré les copies des carnets, ce qui peut être précieux ! protesta Arthaud.

– Oui ! Encore faut-il les retranscrire en une prose lisible !

– Tout à l'heure, je vais signifier aux notaires qui attendent à côté qu'ils devront me remettre leur exemplaire retranscrit, sous peine d'être poursuivis par les jurés du métier ! Ils ne pourront refuser !

– Soit ! À ce propos, où est-il, votre sergent royal en ce moment ? Le gardez-vous toujours sous surveillance ?

– Hum ! Oui, j'ai commis quelques hommes à cette tâche. Ils l'ont vu entrer aux étuves de la Pêcherie, et ils reprendront leur traque lorsqu'il en sortira…

– Y-a-t-il longtemps qu'il est au bordel ? demanda ironiquement Villeneuve.

– Depuis hier soir ! Il y a passé la nuit ! dut concéder Arthaud.

– Êtes-vous certain qu'il s'y trouve encore, qu'il n'a pas pu fausser compagnie à vos sbires, en passant par la rivière, par exemple ?

Arthaud blêmit. Il prit conscience qu'en effet le séjour dudit Lion dans les étuves se prolongeait beaucoup trop : avait-il choisi de s'y cacher de la police, se sentant traqué ? Ou – comme le suggérait Villeneuve avec la satisfaction qu'il montrait chaque fois qu'il pouvait souligner une maladresse ou une erreur du prévôt – Lion avait-il utilisé une des poternes des étuves sur la rivière pour s'échapper ? Et, dans ce cas, responsable d'avoir perdu la trace d'un suspect de cette importance, le prévôt aurait des comptes à rendre non seulement à Villeneuve, mais surtout à messire Paterin. Il se sentit tout à coup anéanti.

Au moment où il décidait d'envoyer aux nouvelles un de ses sergents jusqu'à la Platière, Gros Antoine surgit dans la pièce, avec un air affairé.

– Messires, on réclame le prévôt en quartier d'Empire, il y a eu meurtre d'un officier de la police…

– Où cela, en Empire ?

– Devant l'auberge du Mouton Noir, rue du port de Chalamont…

Arthaud fut pris d'un vertige et se retint à son bureau.

– Un officier de la police, vous dites ? Un sergent ?

– Sans doute, Messire. Je n'en sais pas plus.

Et parce qu'il n'avait pas écouté Gros Antoine, ou que son malaise lui ôtait la faculté de bien le comprendre, Arthaud demanda d'une voix étranglée :

– Un sergent ?... de quelle couleur est sa livrée ?

XII
Mauvaises surprises

Laissant Jehan de Villeneuve auditionner les cinq notaires qui restaient à entendre, Arthaud fit prendre le trot à son cheval pour rejoindre la rue de Chalamont. Gros Antoine, Tout-Lourd et Grand-Jehan l'accompagnaient. Un attroupement encombrait la rue. Les sergents s'employèrent à repousser les curieux. Au fur et à mesure que ceux-ci s'écartaient, Arthaud découvrait la scène de crime. Pourtant, il n'apercevait, pour l'instant, que les pieds d'un homme, dont le corps, allongé dans le renfoncement d'un andrône entre l'auberge du Mouton Noir et la bâtisse voisine, lui restait encore caché. Il lui fallut arriver au droit de cet entremis[1] pour avoir enfin vue sur le cadavre. Or, on l'avait recouvert d'un linceul qui le dissimulait entièrement.

– Ôtez-moi ce drap tout de suite! commanda-t-il d'une voix si changée que Grand-Jehan se retourna et le fixa avec étonnement.

---

1. Passage étroit entre deux maisons, synonyme d'andrône.

Le sergent ne pouvait détacher son regard du visage du prévôt, si pâle sous le chaperon noir qui le coiffait qu'on eut dit un revenant échappé du tombeau. Il le crut en proie à un malaise et vint flanquer son cheval contre celui d'Arthaud afin d'anticiper une chute du cavalier.

Cependant, on obéissait déjà à l'ordre crié si rudement. Une cape bleue, semée de fleurs de lys apparut, qui masquait le buste et la tête du mort. Sous le corps, tourné face contre terre, on apercevait le fourreau de l'épée sur lequel il avait chu.

Arthaud descendit de cheval sous le regard anxieux de Grand-Jehan. Il avait repris un peu de couleur, mais son front restait barré de rides profondes. Il s'avança vers le mort, s'accroupit devant lui.

– Aidez-moi à le retourner, ordonna-t-il à celui qui avait retiré le drap.

Le visage de Benoît Lion, yeux exorbités et ensanglantés, traits bouffis, bouche béante, langue à demi pendante, surgissant brusquement à la vue des spectateurs provoqua parmi eux un murmure horrifié. Arthaud se releva, inspira longuement et sentit peu à peu ses muscles se détendre. Il se passa la main sur le front dont la moiteur le surprit.

– Vous êtes souffrant, messire prévôt ? s'enquit Grand-Jehan.

– Non, tout va bien à présent ! marmonna Arthaud. Que Gros Antoine prévienne maître Curt qu'il aura à examiner une autre victime d'étranglement.

– On l'a étranglé ?

– Le malheureux en porte tous les signes… et surtout cette marque au cou, ajouta Arthaud en se baissant pour soulever le collet de la chemise de Lion.

Un sillon grenat, parfaitement semblable à celui qui ornait la dépouille de Domenjon, lui faisait un collier sanguinolent.

– Il ne s'est pas défendu, son épée est encore au fourreau ! s'étonna le sergent.

– Oui, il a été pris par surprise, par-derrière, exactement comme le notaire de l'impasse des remparts !

Puis, pour lui-même il ajouta :

– Quelqu'un se débarrasse, dirait-on, des intermédiaires dont il n'a plus besoin. Les Giraud peuvent s'inquiéter !

– Assassiner un sergent de Roanne, quand même ! s'indigna Grand-Jehan, qui n'avait pas participé à la traque de Benoît Lion et qui ne l'avait jamais rencontré. Il a dû être victime d'un suppôt de l'ennemi ? Il est tombé dans un piège, c'est sûr ! poursuivit-il.

– Non, ce *larron-là* – oui, je dis bien : ce *larron,* ce *truand,* ce *voleur,* ce *traître*, tout sergent royal qu'il était, précisa Arthaud pour Grand-Jehan qui s'étonnait d'entendre le prévôt parler ainsi du mort –, ce *ruffian* a bien cherché une fin aussi brutale. Ses exactions en sont certainement la cause ! Et, en fait de piège, c'est lui qui en a tendu un à vos compères que j'avais chargés de le surveiller et de le suivre ! Ils se sont laissés berner par un tel coquin ! Les sots ! ils le croient toujours à l'intérieur des étuves de la Pêcherie ! Mais ils vont avoir droit à mes compliments !

Grand-Jehan n'osa rien demander de plus. Il se félicitait de ne pas avoir fait partie de l'escouade réquisitionnée pour la traque en question ! Les colères de messire de Varey étaient redoutables et le sergent plaignait d'avance ses compagnons d'armes. Par voie de conséquence, il trouva la victime beaucoup moins pathétique.

– Et je suis certain que nous allons découvrir qu'il a partie liée avec des gens sans aveu... continua Arthaud, à commencer dans cette auberge du Mouton Noir, dont les activités sont plutôt louches, selon le témoignage que m'en a fait Bras-de-fer, il y a peu.

Évoquer Bras-de-fer maintenant, devant ce cadavre qu'il avait craint un moment être celui de son sergent favori, lui procurait un contentement sincère. Il remarqua toutefois que

Grand-Jehan gardait une réserve inhabituelle à propos de celui qui était jusque-là son partenaire le plus apprécié. N'avait-il pas, récemment, décrit à Arthaud l'amitié qui les unissait ?

Mais ce n'était ni le temps ni le lieu d'interroger Grand-Jehan à ce sujet. Pour l'heure, il fallait recueillir les témoignages, commencer l'enquête sur le meurtre de Benoît Lion. Avait-il un lien avec l'affaire des établies ? La question l'obsédait.

Arthaud entraîna Grand-Jehan vers l'auberge. Le tenancier de celle-ci, volubile et vantard, pérorait au milieu des badauds avides de commentaires sur l'événement ; cependant, il abandonna son public sans plus de façons lorsqu'il aperçut le prévôt et l'un de ses sergents franchir le seuil de son établissement. Il se hâta de les rejoindre, les interpellant depuis la rue :

– Messires, je suppose que vous avez des questions à me poser ? Si je peux vous aider, ce sera avec plaisir !

Et tout en prononçant ces mots, il exécutait une habile esquive du corps qui lui permit de dépasser ses visiteurs et de se placer face à eux, le dos à la salle, comme s'il les recevait.

Arthaud ne répondit pas tout de suite. Il examinait le *quidam* : un homme rougeaud de figure, petit mais massif et solide d'épaules, planté bien droit sur ses jambes courtes malgré un ventre proéminent que ceignait une large toile de lin, descendant plus bas que les genoux et faisant office de davanti[1]. Son sourire obséquieux, ses complaisances outrées à l'égard des deux officiers de police parurent à Arthaud l'indice de manœuvres suspectes. « Trop débonnaire pour être honnête », pensa-t-il. Et, comme il jetait un regard vers la porte du fond de la pièce dont Bras-de-fer lui avait parlé, il remarqua une crispation soudaine qui figea le sourire de l'aubergiste.

– Nous prendrons place ici, fit Arthaud en désignant la grande table qui gardait encore quelques reliefs du dîner servi

1. Nom lyonnais pour tablier.

une heure plus tôt. Puis, du ton qu'il savait rendre implacable, il ajouta : « Débarrassez-moi cela et nettoyez, après nous causerons ! »

L'aubergiste esquissa une grimace de dépit, mais s'exécuta immédiatement. Quand il eut terminé, Arthaud et Grand-Jehan s'assirent de part et d'autre de la table.

– Asseyez-vous là, à côté du sergent, ordonna le prévôt. J'aime être en face des témoins que j'interroge, précisa-t-il. Cela me permet de mieux juger s'ils me disent toute la vérité.

– J'ai pas l'intention de vous mentir, Messires ! se crut obligé d'affirmer l'aubergiste en se glissant sur le banc d'un air moins faraud.

– J'espère bien ! répliqua Arthaud froidement. Quel est votre nom ?

– Mathelin Duc, mais ici on m'appelle plutôt Taborin, c'est mon surnom, parce que je suis bruyant comme un tambour ! expliqua-t-il en ricanant.

– Connaissez-vous l'homme qui est étendu mort dans l'andrône de votre auberge, messire Duc ? enchaîna Arthaud toujours aussi glacial.

– Ben, oui, le pauvre ! C'était un bon client, Coquillon !

– Coquillon ?

– Oui, c'était son nom ! Drôle, hein ?

– Vous ne le connaissez pas sous un autre nom ?

– Non, pourquoi ? Il en avait un autre ? s'étonna Taborin. *Benoît Coquillon*, moi, je trouvais que son nom lui seyait bien : un homme volubile, tout en spirales, en volutes, et aussi en bénignité ! ajouta-t-il en traçant dans l'air d'amples circonvolutions.

– Sur quoi était-il si bienveillant ? demanda Arthaud.

– Oh ! Je dis ça parce qu'il était un client facile à contenter : il buvait beaucoup, il payait bien, il était gai luron – ma servante pourrait mieux que moi vous en parler, précisa-t-il avec une intonation gouailleuse, ponctuée de nouveau par un ricanement. Les femelles aiment l'uniforme, pas vrai ? insista-t-il en osant un clin d'œil complice en direction de Grand-Jehan. Et puis, un sergent royal dans un établissement, c'est une bonne chose pour la renommée d'une maison ! Hélas ! Vraiment, je vais le regretter, ce malheureux Coquillon !

– Il était là, ce midi ?

– Oui, il a dîné à cette table.

– Seul ?

– Il était jamais seul très longtemps, Coquillon ! Pas avare de conversation !

– Les gens qui dînaient en sa compagnie, ce sont des habitués de votre auberge ?

– Certains, oui, d'autres non.

– Est-ce qu'il y a eu querelle à cette table ?

– Pas à ma connaissance, même si quelques buveurs de pichets ont parfois le verbe haut !

– Point de menaces à son endroit, donc ?

– Ben... hésita ledit Taborin.

– Quoi ? pressa Arthaud.

– J'ai point entendu à proprement parler des menaces de mort, mais des promesses de représailles, oui !

– De la part d'un des dîneurs ?

– Non, pas vraiment...

– Comment : « pas vraiment » ? Que signifie cette réponse ? « Pas vraiment un dîneur » ?

– Ben, non, c'était pas un dîneur d'aujourd'hui... mais un dîneur d'il y a plusieurs jours...

– Je ne comprends rien à ce que vous dites ! se fâcha Arthaud. Vous prétendez qu'il y a plusieurs jours, celui que vous appelez Coquillon a reçu des menaces d'un de vos clients ?

– Non, c'est pas ce que je dis ! La vérité c'est que le gars qui s'en est pris aujourd'hui à Coquillon, c'était un gars qui a dîné ici lundi dernier.

– Avec Coquillon ?

– Non ! s'exclama Taborin du ton d'irritation de celui qui s'épuise à se faire écouter. Tout seul, là, au bout de cette table !

– Et il est revenu aujourd'hui quereller Coquillon ?

– Il est entré, est allé droit jusqu'à lui. Je sais pas c'qu'il lui a dit, mais Coquillon s'est levé, a quitté la salle pour suivre l'autre dans la rue, un peu plus loin que la porte.

– Que s'est-il passé ensuite ?

– Je sais pas trop. J'ai observé la scène à travers le fenestron qui est à côté de la porte, je voyais mal et j'entendais guère. Mais pour sûr, l'autre en voulait à Coquillon ! Il lui criait dessus ! Il l'avait saisi d'une main au collet et il lui soufflait au visage, des injures sans doute. Je crois même qu'il lui a donné une gifle !

– Comment réagissait Coquillon ?

– Ben, il était pas trop glorieux !

– Il n'a rien tenté contre son agresseur ? Un coup, une répartie ?

– Non ! Il faut dire que c'était partie égale entre eux !

– Vous venez de nous dire que l'agresseur dominait son adversaire ! Il n'y avait donc pas d'égalité ? contesta Arthaud qui jugeait les propos de Taborin par trop décousus.

– Ben, si ! renchérit Taborin en ricanant encore : un sergent rouge qui insulte un sergent bleu ! C'est bien un combat égal entre deux coqs, non ?

– Comment ? L'inconnu qui est venu tirer Coquillon de sa tablée, c'était un sergent à livrée rouge ? questionna Arthaud en s'étranglant presque.

– Toute pareille à celle du sergent, fit l'aubergiste en se tournant vers Grand-Jehan, sans abandonner son petit ricanement désagréable.

Arthaud blêmit. Il ne pouvait douter à présent que l'inconnu que lui décrivait l'aubergiste fût Bras-de-fer, ce même Bras-de-fer qui avait fréquenté l'auberge au début de la semaine et qui avait dénoncé des allées et venues suspectes entre la salle et la cave. Pourquoi s'en était-il pris à Benoît Lion ici, aujourd'hui ? Pourquoi cette intervention qui ressemblait davantage à un règlement de compte personnel qu'à une intervention policière. Quel était le rapport véritable entre les deux hommes ? Car tout prouvait à présent que le sergent de l'archevêque qui – selon au moins trois témoignages – guettait la maison de Domenjon, en vérifia la serrure, puis suivit un homme – sûrement Benoît Lion – en rue Luyserne, c'était Bras-de-fer !

Il croisa le regard de Grand-Jehan et comprit que celui-ci *savait*, et qu'il avait soupçonné bien avant lui le rôle ambigu que tenait son compère dans cette intrigue. Sa froideur à son propos s'expliquait ainsi ! Se pouvait-il que Bras-de-fer eût *tué* Benoît Lion ?

Ces réflexions tacites avaient causé une interruption dans l'interrogatoire de l'aubergiste. Lorsqu'Arthaud voulut en reprendre le cours, il constata que Taborin arborait un sourire discret, celui d'un homme satisfait.

– Soyez heureux, messire Taborin, car j'ai la preuve que vous nous dites la vérité, fit-il en réservant à l'aubergiste le regard glacial qui terrorisait plus d'un prévenu.

– Eh ! J'vous l'ai dit tout à l'heure, j'ai pas l'intention de vous mentir, messire prévôt, répondit Taborin en se forçant à rire, ce qui soumit sa panse obèse à quelques soubresauts.

– Oui, car je sais qui est le sergent qui vous a fait ces deux visites successives à quelques jours d'intervalle ! poursuivit Arthaud.

Grand-Jehan sursauta puis leva sur le prévôt un regard éperdu.

– Ah ? Alors vous allez pouvoir lui demander pourquoi il a tué ce pauvre Coquillon ? suggéra l'aubergiste d'une voix doucereuse.

– Je l'ai déjà interrogé, répondit Arthaud !

– Ben ça alors ! Vous êtes fort ! bredouilla Taborin, qui sentait confusément que quelque chose lui échappait.

– Oui, et il m'a décrit l'utilité de votre cave.

– Ma cave ? J'y mets mon vin comme tout le monde ! répondit Taborin, d'une voix moins assurée. Qu'est-ce que ma cave vient faire dans le meurtre de ce pauvre sergent ? Il y fera plus honneur à présent, le malheureux ! C'est pas dans la cave qu'il a rencontré son assassin, mais dehors, où l'autre l'a attiré !

– Je suis certain que rusé comme était ce « malheureux Coquillon », il avait connaissance, tout comme mon sergent, des *autres* marchandises entreposées dans votre cave, n'est-ce pas ?

– Je comprends pas où vous voulez en venir, messire prévôt ! Quelles autres marchandises ? Un cochon à saler, de temps en temps, oui ! Des racines pour les potages qu'on sert à table ! Quoi d'autre ?

Taborin abandonnait désormais l'expression alerte qu'il avait soutenue jusqu'alors. De légers tremblements perçaient dans le fil de sa voix, un essoufflement venait infléchir ses phrases.

– Je ferais volontiers un tour dans votre cave, *maintenant*, messire Duc, annonça Arthaud.

– Mais… de quel droit ? Qu'est-ce qui vous prend ? Quel rapport avec la mort de Coquillon ?

– Du droit qu'a le prévôt de l'archevêque de visiter tous les lieux d'un crime ! répliqua Arthaud, sur un ton qui ne souffrait aucune contradiction.

– Vous l'avez pas vu, le cadavre, dehors, dans l'andrône ? Ma cave est pas le lieu du meurtre ! glapit Taborin, dont le teint devenait verdâtre.

– Une fouille nous le dira ! fit Arthaud en faisant signe à Grand-Jehan qu'il se levât et demandât la rescousse de l'un des deux sergents demeurés dans la rue.

Seul face à Mathelin Duc, le prévôt put lire dans ses yeux des éclairs homicides. Ledit Taborin ne se contrôlait plus et tombait le masque affable sous lequel il avait dissimulé sa véritable nature.

– Vous n'auriez pas dû droguer mon sergent, lundi dernier ! déclara Arthaud en fixant le visage ingrat de l'aubergiste. C'était prouver que ses soupçons étaient fondés !

– Du diable si je comprends un mot de ce que vous dites ! Voilà que j'ai empoisonné votre sergent, maintenant ? Vous faites confiance à ce gars – qui est sans doute l'assassin de Coquillon – parce qu'il porte la livrée rouge ? Vous le couvrez, hein ? Il se balancera jamais au bout d'une corde, lui ?

Grand-Jehan revint avec Gros Antoine et Tout-Lourd. Attirant le prévôt à distance de la table afin que Taborin n'entendît rien de leur conversation, il lui confia en chuchotant :

– Le barbier est arrivé, Messire, accompagné de deux sergents qui s'occuperont de transférer la dépouille en l'auditoire. Maître Curt confirme que la victime a été étranglée, d'après lui avec une corde assez mince – il a retrouvé des fils de chanvre dans la plaie du cou. Mais il a aussi trouvé de larges traces de salpêtre sous ses bottes, et un peu dans ses cheveux.

– Eh bien ! Messire Taborin, nous avons décidément de multiples raisons de descendre dans votre cave ! s'écria Arthaud à voix haute en tournant la tête en direction de l'aubergiste. Levez-vous et ouvrez-nous cette porte, ajouta-t-il en désignant la petite porte à droite de l'âtre.

– Je refuse ! Vous n'avez pas le droit ! C'est un abus de pouvoir ! Je me plaindrai au roi !

– Je crains que le roi sache comment traiter des ruffians de votre espèce, trancha Arthaud. Je fais enfoncer la porte si vous me refusez les clefs, mais, Sang du Christ !, je découvrirai ce que vous trafiquez au sous-sol de cette salle !

Il avait crié cette phrase avec tant de violence que Taborin sembla vaciller sur ses jambes. En jetant des regards apeurés de part et d'autre, il tira une clef d'un tas de bûches, proche de l'âtre, et la tendit à Tout-Lourd. La porte s'ouvrit sur un escalier assez raide.

– Passez le premier ! commanda Arthaud à l'aubergiste, au cas où celui-ci aurait prévu de précipiter ses gardiens du haut des degrés.

Tout-Lourd, immédiatement à sa suite, puis Arthaud, et Grand-Jehan fermant la marche s'engagèrent donc en direction de la cave, laquelle formait, au bout de la rampe obscure, un îlot de lumière car, ainsi qu'ils le comprirent une fois en bas, plusieurs soupiraux lui donnaient jour.

La dimension de la pièce les impressionna : trois travées de voûtes en plein cintre étaient soutenues par douze colonnes épaisses et basses. On se serait cru dans une crypte. Seule la hauteur sous voûtes très réduite rappelait la destination de cet espace. Les regards des sergents et du prévôt se portèrent immédiatement sur un désordre manifeste sous un des soupiraux : le sol de terre battue labouré de traces doubles, un tabouret renversé, un sac crevé crachant une poussière blanchâtre contre une pierre descellée.

– Hum ! On s'est battu ici ! constata Arthaud. Et ces sacs, là, entassés deux par deux, que contiennent-ils ? Ce ne sont pas des grains ni des jambons ! fit-il en se tournant vers Taborin, plus mort que vif.

Arthaud égrena le sable blanchâtre entre pouce et index, le huma, le goûta, grimaça et recracha au sol les quelques cristaux qu'il avait ainsi identifiés.

– Salpêtre ! Alors c'est ça, votre trafic ? fit-il en s'adressant à Taborin, qui avait suivi son inquisition en roulant des yeux affolés.

– Je suis pour rien dans cette affaire ! s'exclama l'aubergiste, on m'a juste demandé de prêter ma cave pour entreposer les sacs !

– On ? Qui se cache derrière ce « on » ?

– Je sais pas…

– Un petit tour en salle d'estrapade vous déliera la langue… menaça Arthaud.

– C'est vrai ! J'ignore qui est le chef ; je vois juste ceux qui apportent les sacs ou qui les reprennent…

– Des familiers de l'auberge, je suppose ?

– Non, même pas !

– Comment font-ils pour ne pas se faire remarquer du voisinage quand ils apportent ou enlèvent ces sacs ?

– Ils les apportent plutôt en fin de journée, quand les clients sont partis… Les gens peuvent croire à une livraison de blé ou de fèves.

– Cette fable peut expliquer l'arrivée des sacs, pas leur sortie de la cave. Comment font-ils pour les emporter ?

– Ils les chargent sur d'étroits chariots… dans l'andrône…

– La cave communique donc avec l'andrône ?

– Par-là ! répondit Taborin en indiquant de la main un soupirail un peu plus large que les autres. La grille s'ôte en appuyant sur le côté.

Grand-Jehan s'essaya à la manœuvre aussitôt et, en effet, la grille sortit de ses gonds avec un léger grincement, après quoi elle put être retirée facilement. Arthaud nota que ce soupirail se trouvait à l'aplomb de l'endroit où le tabouret était renversé. Dans l'ouverture béante ainsi ménagée, ils virent apparaître d'abord les chaussures, puis la tête penchée d'un sergent, lequel offrit un visage étonné de se trouver face à son compère.

– Le cadavre est tout près, n'est-ce pas ? cria Arthaud au sergent, médusé d'être interpellé par le prévôt et de l'apercevoir en-dessous de lui.

– Euh ! O…ui ! messire prévôt, il est là ! On est en train de l'envelopper dans un sac pour le transporter jusqu'en l'auditoire.

– Regardez s'il y a des traces depuis ce soupirail jusqu'à lui ! ordonna Arthaud.

– Des traces ? répéta bêtement le sergent.

– Oui les traces que ferait un corps qu'on traîne, expliqua Arthaud, d'un ton agacé. L'andrône est assez boueux, il pourrait garder de telles marques. Réclamez l'aide de messire Curt pour vérifier ce point, ajouta-t-il, car il doutait des capacités d'observation de son interlocuteur.

Des échanges de voix et le bruit de quelques déplacements parvinrent jusqu'à eux.

– Messire de Varey ! C'est moi, maître Curt ! appela le barbier, dont le visage chafouin s'inscrivit dans l'encadrement du soupirail. Il y a deux traces parallèles, et j'ai retrouvé de la boue de l'andrône au niveau de la pointe des souliers de la victime : on a dû le traîner depuis le soupirail en le tenant sous les aisselles. Il était sûrement inconscient, ou déjà mort, car je ne vois point de signes de lutte.

– Merci, maître Curt ! lança Arthaud. Nous savons donc qu'il n'a pas été tué dans l'andrône, mais dans la cave ! conclut-il en se tournant vers Taborin. Ce qui élimine la culpabilité du sergent Bras-de-fer, malgré les efforts que vous avez déployés pour faire tomber sur lui les soupçons !

– N'empêche qu'il n'est pas tout blanc dans cette affaire, votre protégé ! s'écria Taborin, avec la hargne de celui qui n'a plus rien à perdre.

– Comment cela ? coupa sèchement Arthaud, sans réussir à cacher le trouble que lui causait cette insinuation.

– Ben, il savait bien ce que Coquillon venait faire ici ! Il ne le dénonçait pas parce qu'il était quasiment son frère !

– Aurez-vous bientôt fini de débiter vos mensonges ! éclata Grand-Jehan en s'avançant poing levé en direction de Taborin.

– Grand-Jehan, non ! cria Arthaud qui fit signe à Tout-Lourd de maîtriser son compère.

– Ha, ha ! ça vous embête hein, d'apprendre que votre cher ami est compromis dans des affaires louches ? ricana l'aubergiste avec une grimace perverse.

– Que venait faire Coquillon céans, selon vous ? questionna Arthaud, avec la volonté de rétablir la vérité à partir des réalités factuelles et non des sentiments supposés.

– Ben, vous ne l'avez pas encore deviné ? osa railler Taborin.
– Je veux l'entendre de votre bouche !
– Il était en charge des approvisionnements ! C'est lui qui organisait les livraisons et les achats, et c'est lui qui récoltait les paiements !
– Et vous prétendez que Bras-de-fer était au courant de ces activités ?
– Ben, oui… puisqu'il couche avec Jehanote, la sœur de Coquillon !
La nouvelle ébranla Grand-Jehan autant qu'Arthaud. Tout-Lourd, quant à lui, ne put se retenir de dire :
– C'est donc pour ça qu'il était différent depuis quelque temps !
Taborin jouissait manifestement de la situation. Lorsqu'Arthaud s'en aperçut, il rétorqua d'une voix vibrante de colère :
– Qu'il couche avec la sœur n'implique pas qu'il sache tout du frère ! D'ailleurs s'il est venu chez vous lundi dernier, c'est sans doute qu'il avait des soupçons et voulait enquêter !
– Nenni Messire ! fit en ricanant encore l'ignoble aubergiste. Quand il est venu lundi, ce fut un coup de malchance ! Il a choisi mon auberge parce qu'il avait faim ! C'est bête, hein ? Le diable a voulu qu'il remarque ce qu'il ne devait pas voir : deux gars sont entrés dans la cave ; ils passaient les sacs par le soupirail à Coquillon et quelques autres, dans l'andrône : c'était le jour des transferts. Et comme il ne les voyait pas remonter, votre Bras-de-fer a commencé à poser des questions à la servante, qui a consigne de tout me rapporter, au cas d'une intervention imprévue de la police !
– Alors vous l'avez enherbé !
– Moi, j'étais pas d'accord pour cette manière ; d'ordinaire c'est pas à moi de régler ces problèmes, c'est *eux* qui s'en chargent…

– Vous voulez dire que *leur* façon de s'en charger, d'habitude, c'est de se débarrasser définitivement des curieux ?

– Pff ! Peut-être ? En tout cas je les revois jamais céans ! Mais je demande rien, je veux rien savoir !

– Alors pourquoi dans le cas de Bras-de-fer la procédure a-t-elle varié ?

– Ben, justement ! C'est Coquillon qui l'a voulu ainsi. Il a dit que sa sœur ne lui pardonnerait jamais si son amant disparaissait, avec ça que s'attaquer à un sergent de l'archevêque aurait forcément déclenché une inquisition policière intense...

– Et compliqué vos activités... compléta Arthaud.

– Vous voyez bien qu'ils se connaissaient ! Coquillon l'avait repéré dans la salle... C'est lui qui l'a épargné, sur ordre de sa sœur : une belle équipe à trois, conclut Taborin avec un rire odieux.

– Mais qu'il soit venu quereller Coquillon, aujourd'hui, prouve qu'il a sans doute compris la nature de ses activités ! plaida Arthaud afin de défendre l'innocence de son sergent.

– Et pourquoi alors qu'il l'a pas arrêté ? Pourquoi qu'il s'est contenté de l'injurier, et dehors encore, pour éviter les témoins ?

Décidément, ce maudit aubergiste avait réponse à tout et prenait plaisir à diffamer Bras-de-fer. Grand-Jehan se souvenait des paroles de son ami à propos de celui qui trahissait : « *il mérite la mort* » – une condamnation qu'il s'appliquait à lui-même, parce qu'il se savait compromis dans une sale affaire !

– Nous en jugerons en l'interrogeant, mais vos allégations ne nous détourneront pas de l'enquête sur l'assassinat dudit Coquillon ! Il a été étranglé ici même, dans cette cave, comme tous les indices le prouvent – y compris, ajouta Arthaud en touchant la corde qui ligaturait un des sacs, ce genre de lien qui manque à ce sac éventré et qui ferme tous les autres : une cordelette de chanvre dont quelques fils sont restés imprimés dans le cou de la victime ! Ensuite, son corps a été hissé par le soupirail et laissé dans l'andrône... Il fallait plusieurs personnes pour agir ainsi : qui était avec vous ?

– Mais j'y étais pas ! J'suis pour rien...

– ... dans cette affaire ! oui, coupa Arthaud d'une voix féroce, nous avons compris, depuis plus d'une heure, c'est votre système de défense : tout se fait en dehors de vous, vous vous contentez de prêter votre cave pour un trafic frauduleux de salpêtre, un acte de trahison en période de guerre, vous ignorez ce qui arrive aux curieux qui dénonceraient vos activités, vous n'avez fait qu'obéir aux ordres en droguant un sergent de l'archevêque, lundi dernier, et, quand on assassine un de vos complices, au sous-sol de cette salle, vous n'êtes pas présent et vous vous lamentez sur ce « pauvre Coquillon ». Je vais vous avouer quelque chose, messire Taborin, votre ingénuité permanente me fatigue et va vous valoir une rencontre avec l'exécuteur des hautes œuvres, qui, vous en ferez l'expérience, parvient à confesser les plus ingénus mieux que le meilleur des curés !

– Mais, c'est la vérité ! Je n'étais pas dans la cave lorsque ça s'est passé ! s'écria Taborin, qui n'avait plus envie de rire. J'ai juste... commença-t-il avant de s'interrompre, en se mordant les lèvres.

– Oui, vous avez juste quoi ?

– J'ai juste dit à Coquillon qu'on voulait lui parler... à la cave.

– Ha, ha ! J'en étais sûr ! s'exclama Arthaud, vous êtes parfait dans les rôles de traître ! Qui est ce « on » qui tendait le piège fatal à ce larron de Benoît Lion ?

– Je peux pas vous dire comment il s'appelle, j'connais pas son nom, il l'a jamais dit !

– Certes, il a dû se douter qu'il était dangereux de vous faire confiance ! ironisa Arthaud.

Mais vous allez me révéler ce que vous savez sur lui !

– Rien, justement, sinon qu'on l'appelait quand on avait un problème avec un témoin trop curieux.

– Qui l'appelait ? Vous maniez trop souvent le « on », à mon gré !

– Ben, c'est Coquillon qui savait où le trouver…

– C'était le chef de votre trafic ?

– J'crois pas, il obéissait lui aussi, j'en suis sûr. Une fois, il a évoqué les ordres du chef…

– Et bien sûr, il ne l'a pas nommé ?

– Il a dit « Monseigneur ».

« Encore lui ! » songea Arthaud. La figure déplaisante de Jehan de La Marieuse lui apparut, tel un bref reflet sur une vitre.

– Comment est-il, ce *quidam* ?

– Il est grand et fort, toujours habillé de noir, coiffé d'un chapeau à larges bords, botté de noir aussi…

– Et ses traits ? Son visage ?

– Son visage est très grossier, son regard vient du fond des orbites, sous des sourcils épais, et son menton carré et porté en avant lui donne un air toujours farouche et menaçant. On n'a pas envie de lui résister !

– C'est pourquoi vous n'avez pas hésité une seule fois à lui envoyer Coquillon, alors que vous ne pouviez ignorer ce qui allait lui arriver ? Votre *quidam* avait des complices, forcément, pour tirer le corps hors du soupirail.

– C'étaient les deux qui venaient d'ordinaire…

– Et ceux-là, vous les connaissez ?

– Pas par leur nom, mais je sais qu'ils ont été francs-arbalétriers autrefois.

« Comme Noe Le Vasseur » nota mentalement Arthaud. Serait-ce possible que ce fût lui, l'homme de main du Monseigneur inconnu ?

– La bouche de celui auquel vous avez livré Coquillon, comment est-elle ?

– Sa bouche ? répéta Taborin, ahuri par la question.

– Oui, sa bouche, comment la décririez-vous ?

L'aubergiste prit un temps de réflexion puis déclara :

– Elle est comme le reste de sa figure, large, avec de grosses lèvres épaisses. On dirait un homme sauvage, ce particulier-là ! J'en ai toujours eu peur !

– Vous n'avez jamais entendu parler d'un certain Noé Le Vasseur ?

– Non ! Qui c'est ?

Arthaud ne prit pas la peine de répondre. Il confia Mathelin Duc, alias Taborin, aux sergents Tout-Lourd et Gros Antoine ; ce dernier avait eu charge d'éloigner les badauds de l'auberge pendant que le prévôt procédait à la visite de la cave.

C'est ainsi que l'établissement fut définitivement fermé, les sacs de salpêtre transportés en l'auditoire pour être restitués au consulat ; le corps de Benoît Lion, emporté dans un sac, serait jeté dans la fosse commune des prisons de l'archevêque.

Arthaud sortit le dernier du Mouton Noir, en compagnie de Grand-Jehan, taciturne depuis son éclat contre Taborin.

– Il reste, à présent, à interroger Bras-de-fer ! dit Arthaud. Savoir jusqu'à quelle folie l'ont conduit ses amours ?

– J'espère qu'il ne s'est pas fait justice lui-même, messire prévôt ! Il avait parlé de sentence de mort pour qui trahit sa mission !

Arthaud tressaillit.

– Il faut me l'amener au plus vite dans mon bureau, Grand-Jehan ! Je compte sur vous pour le retrouver !

***

Pourquoi le « Monseigneur », chef de cette bande de traîtres, avait-il décidé de se débarrasser de Benoît Lion ?

Telle était la question qui obsédait Arthaud tandis qu'il se hâtait vers l'hôtel de la ville dans le dessein d'y consulter les listes des francs-arbalétriers recrutés depuis plusieurs années. Il lui fallait remonter deux ans en arrière afin de trouver Noé Le Vasseur et il espérait que les registres lui fourniraient sur le personnage des précisions permettant de le situer aujourd'hui. Sans doute les noms de ses complices actuels y figureraient-ils également.

Pierre Roget était absent de la loge du portier. En revanche, dans la cour de l'hôtel de la ville, un petit groupe d'épiciers discutait bruyamment à la porte du local du rez-de-chaussée où se faisait le grabellage[1]. L'accès à l'étage était libre, Arthaud s'engagea dans l'escalier qui y menait. Sur le seuil de la Chambre haute, flanquant la salle de réunion du Conseil, il rencontra messire Anthoine Catherin en grande conversation avec le mandeur André Archimbault.

– Ah ! Messire de Varey ! s'écria Catherin en l'apercevant : vous arrivez fort à propos pour nous départager. Une réunion du Conseil va se tenir dans une heure afin de régler les derniers détails de la montre que nous devons réitérer, demain, comme vous le savez, devant monseigneur de Saint-Priest ! À cette occasion, messire Archimbault voudrait soumettre au vote une lettre qu'il compte adresser à messire de Villeneuve, courrier de l'archevêque, et à monseigneur le bailli d'Estuer, missive dans laquelle le consulat exprimerait ses souhaits d'être informé des avancées de l'enquête sur le vol des carnets d'établies. Je faisais remarquer à messire Archimbault que cette exigence pouvait être jugée trop hardie par les instances dont il s'agit. Qu'en pensez-vous ?

– C'est en effet une demande sans précédent et bien inappropriée, fit Arthaud d'une voix sèche. Pour l'enquête que

1. Tamisage des épices, préalable à leur mise en vente, donnant lieu au paiement d'une taxe. Cf. *Sanglantes Épices, op. cit.*

je mène – et qui progresse, n'en doutez pas! – je ne dois de comptes qu'à messire de Villeneuve. Quant au bailli, il serait maladroit de le solliciter alors que messire Paterin, qui a charge de se substituer à lui pendant son absence, ne néglige aucune investigation!

Il n'oubliait pas que Paterin gardait l'affaire ignorée de messire d'Estuer, de crainte de perdre son poste de lieutenant du bailli! Il fallait éviter que les consuls ne fissent éclater le scandale par leur maladroite initiative.

– Cependant, cela fera huit jours demain que le vol a été perpétré, et nous n'avons toujours pas recouvré les carnets! nota Archimbault avec l'air revêche et buté qui lui était habituel.

– Imaginiez-vous qu'on allait les retrouver du jour au lendemain? répliqua Arthaud, ulcéré par l'esprit étroit du mandeur.

Et il ajouta méchamment :

– Je comprends bien votre hâte, messire Archimbault, puisque *vous êtes impliqué au premier chef*, mais je vous le dis fermement : la police de l'archevêque et celle de Roanne ne sont aux ordres ni de la commune ni du consulat! Je pense que votre lettre vous vaudra les foudres des deux destinataires, qui vous rendront responsable d'une telle perte!

Catherin se tenait coi. Satisfait que le prévôt abondât dans son sens face à cet entêté d'Archimbault, il s'inquiétait toutefois de sa présence en l'hôtel de la ville. Qui venait-il encore interroger?

– Je viens ici justement pour parfaire mon enquête, annonça Arthaud. Nous touchons au but, aussi n'est-ce pas le moment de révéler nos pistes, ajouta-t-il en se tournant vers Archimbault, piteux et mécontent. L'étau se resserre autour des responsables de ce vol et de son instigateur. Il se peut que ce dernier soit un personnage fort connu et considéré! Croyez-moi, Messires! La résolution de l'affaire ébranlera bien des hommes de pouvoir, car moult trahisons seront révélées!

Volontairement énigmatique, il surveillait les réactions de Catherin.

– C'est la menace que nous a déjà fait entendre, de la part du roi, monseigneur l'archevêque de Vienne, par le truchement de son secrétaire ! releva Archimbault en prenant à témoin Catherin.

– Le secrétaire de l'archevêque de Vienne est venu vous entretenir ? demanda Arthaud, comme s'il découvrait son existence.

– Oui, un bien jeune mais bien distingué gentilhomme ! précisa Archimbault, que cette appréciation fit remonter dans l'estime du prévôt.

– Vous avez parlé de compléter vos recherches céans ? s'enquit Catherin, sur le ton doucereux qui était le sien.

– Oui, je voudrais consulter les registres des recrutements de francs-arbalétriers.

– De cette année ?

– Des années précédant quatorze cent soixante-seize.

– Ils sont là, fit Catherin en montrant la Chambre haute où plusieurs armoires contenaient les documents relatifs à la gestion de la ville.

– Vous cherchez quelqu'un en particulier ? questionna Archimbault qui désirait faire montre de sa compétence et de sa mémoire pour tout ce qui touchait les affaires communales.

– Le nom de Noé Le Vasseur, vous dit-il quelque chose ?

Archimbault se recueillit un moment, accompagnant sa réflexion de divers mouvements du visage – froncement de sourcils, contracture des joues, avancée des lèvres – qui multipliaient les rides sur son teint bilieux. Enfin, il s'exclama :

– Noé Le Vasseur ! oui ! Ce nom ne m'est pas inconnu. C'est un des francs-arbalétriers qui est mort au combat. On avait eu des blessés, jusqu'à cette date, mais, avec lui, on a compté notre premier mort ! Sa veuve a reçu un secours de la commune jusqu'à ce qu'elle périsse de la rougeole, quelques mois après son mari !

– En fait, il se pourrait qu'il ne soit pas mort !

– C'est impossible ! fit Archimbault avec une nouvelle grimace.

– Pourquoi ? Vous avez enterré son cadavre ?

– Non, on n'a pas retrouvé son corps, mais c'est chose fréquente sur un champ de bataille, sur une terre ennemie… les animaux, murmura-t-il d'un air navré… Voyez le duc de Bourgogne, les loups l'avaient à moitié dévoré !

– Qu'est-ce qu'il faisait, ce Le Vasseur, de son vivant ?

– Il me semble qu'il était charpentier, ou maçon, quelque chose dans la construction des maisons, autant qu'il m'en souvienne. Mais on peut vérifier, n'est-ce pas messire Catherin ?

– On doit le retrouver… dans les registres des francs-arbalétriers, répondit Catherin, sereinement.

Et tandis qu'Archimbault allait chercher les documents en question, Catherin reprit :

– Mais puis-je vous demander pourquoi vous le recherchez ? C'est lui, le voleur ? Ce n'est donc pas Domenjon ? Cela me délivrerait d'un grand poids, car c'est moi qui ai recruté Domenjon…

– Sur recommandation de monseigneur de La Marieuse, vous le maintenez ?

– Mais oui ! Une lettre signée de son sceau ! Alors ce Le Vasseur, c'est le voleur ? redemanda-t-il.

– Non, c'est l'assassin… de Domenjon… et du sergent Benoît Lion. N'aviez-vous pas aussi préféré ce sergent à d'autres pour vous escorter dans le pennon ? questionna Arthaud.

– Hein ? Le sergent royal qui nous accompagnait ? Mort lui aussi ? Assassiné, vous dites ? Mais je ne comprends pas… Alors, moi aussi, peut-être suis-je menacé de mourir ainsi ? bégaya Catherin, affolé.

– Pourquoi connaîtriez-vous le même sort qu'eux ?

– Je... je ne sais pas ! Quelqu'un paraît s'acharner contre l'équipe qui a œuvré aux établies dans ce pennon dont j'étais le consul pennonier !

– Quelqu'un a fait tuer les complices du vol, étiez-vous complice dans cette affaire, messire Catherin ? insista Arthaud qui voyait Catherin changer de visage, blêmir et rougir tour à tour, près de défaillir.

– Mais non ! Bien sûr que non ! s'exclama le consul. Pourquoi ce soupçon à mon égard ?

– Pourquoi avoir choisi Benoît Lion plutôt qu'un autre ? reprit Arthaud.

– Eh bien... parce que lui aussi venait *de la part de monseigneur de La Marieuse* ! lâcha Catherin, en posant sur le prévôt un regard suppliant.

– Calmez-vous, messire Catherin, vous ne mourrez pas assassiné si vous dites vrai ! conclut Arthaud, qui pour la première fois voyait dans ce consul lénifiant, doucereux et un peu insignifiant, une dupe de sa naïve bonté plutôt qu'un hypocrite.

Avec l'aide d'Archimbault, il se mit à la recherche du sieur Noé Le Vasseur dans les registres de quatorze cent soixante-quinze et quatorze cent soixante-seize...

Ils disposaient d'une heure avant que ne commençât la réunion du Conseil de ville.

XIII
Sur les traces d'un assassin

Dimanche 18 janvier 1478, heure de tierce[1]

Les rues de la ville commençaient à se remplir de cohortes d'hommes en armes qui empruntaient le même itinéraire que le dimanche précédent pour se consacrer de nouveau à la montre des harnois. Cependant, les visages étaient moins fiers, les démarches plus nonchalantes, le port des armes quelque peu négligé. La bonne humeur de la première revue avait fait place à une bouderie générale. Les conversations engagées entre les participants se faisaient à voix basse, aucune plaisanterie ne venait en détendre le cours. Les Lyonnais obéissaient à la convocation que le consulat avait fait crier, mais ils affichaient leur mécontentement, leur tacite rébellion à une mesure dont ils ne comprenaient pas la pertinence et qu'ils vivaient comme une sanction. Les consuls pennoniers

1. Neuf heures.

n'arboraient qu'avec discrétion le grave maintien dont ils se paraient ostensiblement à la tête de leur pennon, huit jours auparavant. Ils entendaient le murmure de protestation qui couvait parmi leurs troupes et n'avaient qu'un souhait : c'était que la cérémonie fût plus brève que la semaine passée.

Le ciel, lui aussi, était moins clément, une petite pluie fine et froide tombait sur les casques, ruisselait sur les espalières des cavaliers, énervait leurs chevaux, trempait vêtements et pennons ; ces derniers, chiffonnés, pendaient piteusement à leur hampe et pesaient aux bras des porteurs.

Messeigneurs de Saint-Priest et de Combronde, du haut de leur monture, assistaient avec sévérité au rassemblement des Lyonnais en armes. La manœuvre se réalisait rapidement, avec l'assurance d'un mouvement bien appris et dont la mémoire n'avait pas eu le temps d'être effacée. Les deux seigneurs, ne pouvant imaginer l'importance qu'avaient eue les notaires dans le succès de la précédente montre, ne remarquaient pas leur absence sur le champ de Saint-Irénée. Or, celle-ci résultait d'une décision des consuls, qui n'entendaient pas que les tabellions demandent à consulter leur carnet d'établie. En ce jour, c'était les sergents de Roanne qui officiaient pour installer dans leur rang respectif les participants, lesquels avaient reçu consigne de réintégrer la place qu'ils occupaient une semaine auparavant.

Le bailli, revenu du Brionnais où des velléités de révolte dans plusieurs villages l'avaient retenu, semblait considérer la cérémonie comme une ennuyeuse perte de temps ; peut-être trouvait-il agaçant de devoir côtoyer monseigneur de Joyeuse que Louis de Saint-Priest avait invité au spectacle et qui parlait avec emphase de son passé de bailli en Lyonnais, en se citant en exemple, sans modestie. Quant aux trois commissaires présidant à la première montre, ils n'avaient pas été conviés à cette manifestation, négligés, pour ne pas dire interdits, par Saint-Priest. Messire Baronnat se sentait bien esseulé en compagnie de si orgueilleux et éminents seigneurs.

Dans une telle ambiance, les formules d'allégeance au roi, criées par tous les pennons ensemble, perdirent leur caractère solennel et furent privées de la symbolique qui en faisait la grandeur.

En somme ce fut une cérémonie écourtée, dépouillée de sa signification essentielle, gâchée par la pluie et sans enthousiasme de la part des Lyonnais. Guillaume Baronnat considéra cette seconde montre comme un échec total. Il s'apprêtait à subir les foudres de ceux qui l'avaient exigée. Or, à sa grande surprise, il reçut les félicitations de Saint-Priest :

– Vous avez bien fait de me demander un délai supplémentaire, messire Baronnat. Vous avez merveilleusement réussi cette présentation. Je suis heureux d'avoir eu le bon sens de vous écouter.

Saint-Priest occultait, ou faisait semblant d'oublier, les nombreux avantages financiers qu'il avait exigés contre ce délai supplémentaire. Qu'importait ! Guillaume Baronnat se confondit en remerciements et se sentit libéré enfin d'un grand poids. Désormais, le vol des carnets d'établies et le secret à garder sur le sujet n'étaient plus qu'une affaire interne à la commune. Ces commissaires à la guerre avaient eu ce qu'ils voulaient, la perspective de devoir leur rendre des comptes sur la composition précise des harnois s'éloignait, fort heureusement.

Il redescendit le Gourguillon au milieu des figurants de la montre, impatients de rejoindre leur logis et de se sécher devant un bon feu. En passant devant l'hôtel d'Étienne Colloigne, où il n'entra pas cette fois-ci, il songea au consul, qui était mourant, ainsi que le rapportait la rumeur. Il se prit à penser combien de bouleversements étaient advenus, en une semaine, et médita amèrement sur la fragilité de toute condition.

Quelques heures plus tard, en début d'après-midi, il devait recevoir confirmation d'une telle vérité. Il se reposait dans son faudesteuil, près de l'âtre, profitant paisiblement de la chaleur qui alanguissait tout son corps quand son valet lui annonça la visite de deux de ses compagnons du consulat. Il ne put cacher son mécontentement à cette nouvelle et, lorsque messires Caille et Catherin entrèrent, il crut revivre la scène de l'arrivée de Berruyer chez lui, sept jours plus tôt. Les deux hommes étaient en effet dans un grand désarroi. Si Catherin, à son habitude, gardait une certaine sobriété dans la manifestation de ses émotions, tel n'était pas le cas de Jacques Caille, qui montrait un visage tourmenté et se livrait à des gestes brusques.

– Que se passe-t-il donc ? s'écria d'une voix angoissée le maître de maison, sans même souhaiter le bonjour à ses visiteurs.

– Ah ! Messire Baronnat, répondit Catherin qui semblait en cet instant le seul capable d'articuler des phrases cohérentes, vous ne le croirez jamais ! Le sort s'acharne contre nous ! Nous étions délivrés des instances de monseigneur de Saint-Priest avec la tenue de la montre, eh bien, non !... Ah ! Nous sommes bien malheureux !

– Enfin me direz-vous ce qui arrive, au lieu de geindre ainsi ? se fâcha Baronnat, ce qui déconcerta tout à fait Catherin.

– Monseigneur de Saint-Priest vient d'adresser une missive à messire Archimbault, intervint Jacques Caille en disciplinant ses nerfs. Il y exprime le souhait impérieux que le consulat lui transmette au plus tôt les rouleaux, papiers ou carnets comportant les noms des habitants présents à la montre, leur nombre et la description des armes que chacun doit porter...

– Mais pourquoi ? demanda sottement Baronnat, à qui cette annonce ôtait toute faculté de réfléchir.

– Monseigneur de Saint-Priest prétend que c'est pour faire rapport au roi, mais nous savons, nous, que c'est le prétexte qu'il prendra pour installer une garnison à Lyon ! Comment lui cacher à présent que nous n'avons plus les carnets ? Comment éviter le scandale et l'accusation de l'avoir berné jusque-là ? Comment le dissuader de loger la soldatesque chez nous ?

– Voyons, apaisez-vous, messire Caille, nous allons bien trouver un moyen de repousser ce projet ! prêcha Catherin, dont la voix doucereuse exaspéra, autant l'un que l'autre, ses interlocuteurs.

– Quel moyen ? Vous en avez un, vous ? Cessez donc de vouloir tout concilier, tout le temps, c'est agaçant ! tonna Caille qui avait trouvé un exutoire à son anxiété en s'emportant contre le caractère trop accommodant du consul.

– On pourrait déjà essayer de gagner du temps... suggéra timidement Catherin.

– Ah oui ? Et comment ? aboya encore Jacques Caille en écrasant du regard le malheureux notaire.

– Ce que propose messire Catherin est à envisager, reprit Baronnat, qui parvenait maintenant à mieux ordonner ses idées. On va dire que nous avons déjà envoyé au roi les papiers de la montre.

– Alors *vous* vous chargerez de proférer un tel mensonge devant de si puissants seigneurs ! fit Caille en serrant les lèvres de dépit, moi, je ne m'associe pas à pareille entreprise ! S'ils apprennent que nous les avons mystifiés, que croyez-vous qu'ils feront ?

– Vous n'aurez qu'à dire que j'ai agi sans vous consulter, ainsi vous sauverez votre tête, répliqua Baronnat en toisant Caille avec condescendance.

– C'est vrai que les mensonges ne vous effraient pas, vous êtes familier des demi-vérités, ou des non-dits, rétorqua Caille.

Le ton montait entre les deux consuls, dont les inimitiés passées se ravivaient au moindre incident. Baronnat avait conscience d'être toujours tenu pour responsable du vol des carnets, et Caille lui gardait rancune pour son entregent, tout en enviant son aisance dans la compagnie des nobles et des puissants.

– Allons, Messires, la concorde soit entre vous, sinon nous ne nous tirerons jamais de ces difficultés ! reprit Catherin. N'oubliez pas ce que le secrétaire de monseigneur l'archevêque de Vienne nous a dit des querelles intestines, signes de trahisons possibles, de partis divergents.

– Comment ? Vous nous soupçonnez de traîtrise à présent ? s'irrita Baronnat en s'adressant à Catherin sur un ton menaçant.

– C'est un peu fort quand même de se voir traité de la sorte par un consul sans expérience ! Si on ne peut plus discuter librement sans s'entendre accuser d'appartenir à des factions séditieuses ! renchérit Jacques Caille.

C'est ainsi qu'Anthoine Catherin vit, à ses dépens, s'accomplir son vœu d'unir les deux adversaires.

La suggestion de Baronnat l'emporta sur les réticences de Caille. Comme il l'avait proposé, il se chargerait de répondre lui-même à Saint-Priest, au nom du consulat, dont une réunion pourtant s'imposait afin de cautionner une telle démarche.

Maître Archimbault allait avoir à mander les consuls d'ici la fin de la journée.

Dimanche 18 janvier 1478, à la même heure de tierce[1], dans le bureau du prévôt, en l'auditoire de l'archevêque

– Il n'est pas chez lui, messire prévôt, et il n'y est pas reparu depuis vendredi, selon ses voisins de la rue du Bessal. À la taverne de l'Écu de bronze, qu'il fréquente d'habitude, on ne l'a pas revu non plus depuis cette date.

Grand-Jehan affichait un visage las et il avait du mal, tout en faisant son rapport, à garder bien droit son corps longiligne, tant il se sentait épuisé par les pérégrinations qu'il menait depuis la veille à travers la ville, tantôt à cheval, tantôt à pied, à la recherche de Bras-de-fer. Il ne cachait pas non plus son inquiétude, persuadé que son ami, accablé par la culpabilité et la honte de s'être compromis avec des assassins et des traîtres, ne reparaîtrait plus vivant parmi eux. Il connaissait assez le code d'honneur que Bras-de-fer s'astreignait à suivre depuis des années. Aussi longtemps qu'ils avaient servi ensemble sous la livrée de l'archevêque, il n'avait jamais vu son compagnon s'écarter de la droite morale. La force de son épée, la vigueur de ses muscles, la vivacité de son courage – son surnom n'était pas usurpé ! – avaient toujours contribué à apaiser les violents et à arrêter les criminels.

– Asseyez-vous ! proposa Arthaud en constatant le malaise de son sergent. Sur la sœur de Benoît Lion, n'avez-vous rien appris ?

– On a vu en effet Bras-de-fer en compagnie d'une jolie blonde dont il avait l'air très épris, répondit Grand-Jehan en prenant place sur le banc. Le tavernier de l'Écu de bronze m'a pourtant glissé qu'il ne la croyait pas de mœurs très honnêtes, bien qu'elle se vantât partout que son frère fût sergent du roi. Selon lui, elle avait parfois les façons provocantes des

1. Neuf heures.

fillettes d'étuves. D'ailleurs, il ne semblait pas apprécier non plus Benoît Lion, auquel il reprochait surtout de ne plus mettre les pieds dans son établissement depuis que sa sœur fréquentait Bras-de-fer.

– Pardieu ! s'exclama Arthaud, avec colère. Dans quel piège est-il tombé ? Il ne vous avait rien dit de ses amours ?

– Non, vraiment, il était devenu très secret.

– Mais enfin ! ajouta Arthaud, comme s'il plaidait contre les accusateurs de Bras-de-fer. S'il avait vraiment couvert les forfaitures de ce Benoît Lion, ainsi que l'affirmait cet infâme Taborin, il ne serait pas venu me dénoncer les agissements louches des gens du Mouton Noir ! Il est évident qu'il ignorait que Lion participait à ce trafic ! Et ce n'est que lorsqu'il l'a appris, hier, qu'il a provoqué cette explication avec lui !... Mais pourquoi n'a-t-il pas usé de son statut de sergent pour l'arrêter ? Voilà sa faute ! Il a prêté le flanc à toutes les accusations en le laissant libre !

Arthaud adressa un regard navré à Grand-Jehan.

– Eh bien, moi, messire prévôt, déclara bravement Grand-Jehan, le connaissant comme je le connais, je ne peux croire qu'il ait procédé ainsi sans une bonne raison ! Après tout, on ignore ce qu'ils se sont dit, devant l'auberge ! Ce gueux de Taborin nous a parlé d'injures, d'une gifle : pourquoi Bras-de-fer n'aurait-il pas obtenu de l'autre des aveux ou des renseignements ?

– Des renseignements ? releva Arthaud. Vous suggérez que Bras-de-fer a pu vouloir enquêter sur ce trafic de salpêtre ?

– Pour contribuer à rétablir son honneur, oui ! Moi, à sa place, c'est ce que j'aurais fait, en tout cas !

– Et plutôt que d'arrêter un intermédiaire, il aurait projeté de remonter jusqu'au chef ?

– Moyennant un indice arraché à Benoît Lion au cours de leur dispute... Il a pu penser qu'on arrêterait facilement toute la bande plus tard...

– On n'a aucune preuve que cela soit l'explication de sa conduite, rectifia Arthaud en soupirant.

– Pourtant, je suis persuadé que c'est ainsi qu'il a raisonné ! J'ai confiance en lui, Messire ! Et vous, ne lui accorderez-vous pas un peu de confiance ? osa demander Grand-Jehan.

Arthaud le dévisagea avec bienveillance.

– Soit ! Nous verrons bien si ses investigations rejoindront les miennes pour débusquer celui qui est à l'origine de tous ces maux. Bras-de-fer est peut-être malheureux dans ses choix amoureux, mais, en revanche, il a un précieux ami en votre personne, Grand-Jehan ! Allez prendre un peu de repos, à présent, dans une demi-heure j'aurai besoin de la bravoure de tous pour une opération de police qui pourrait être dangereuse.

– Merci, messire prévôt, lança Grand-Jehan avec un large sourire de gratitude, en quittant le bureau.

***

Une demi-heure, c'était le laps de temps qu'il s'accordait pour revoir le plan qu'il avait échafaudé à partir des renseignements recueillis la veille au soir, dans les registres de l'hôtel de la ville.

De Noé Le Vasseur, les archives militaires ne conservaient que la mention de son engagement, en l'an quatorze cent soixante-treize, parmi les francs-arbalétriers préposés à la défense de la ville. Au printemps de cette année-là, un retour de peste avait clairsemé les rangs des soldats de ce corps et il avait fallu recruter en urgence de nouveaux éléments. Il semblait qu'on n'eût pas le loisir, alors, de noter trop de détails sur les recrues : aussi aucune information n'était portée quant au métier ni au lieu de résidence de cet arbalétrier. Ils étaient dix, nouvellement intégrés, et Arthaud avait soigneusement recopié les noms et les alias, parmi lesquels peut-être pourrait-il, plus tard, repérer les deux acolytes de Benoît Lion dans le trafic de salpêtre, ceux-là mêmes qui, complices de son assassinat selon le témoignage de l'aubergiste du Mouton Noir, avaient hissé son cadavre depuis la cave jusqu'à l'andrône.

Rien d'autre ne figurait dans les registres des années suivantes, excepté, en l'an quatorze cent soixante-seize, en marge de la liste des francs-arbalétriers qui comportait toujours les mêmes noms, au niveau de celui de Le Vasseur, la brève notation : *bello occisus fuit*[1].

Dépité, Arthaud abandonnait l'espoir de découvrir quelque indice sur le *quidam* lorsqu'Anthoine Catherin, avant de rejoindre le Conseil de ville, lui avait suggéré de consulter les carnets de la taille antérieurs à l'année quatorze cent soixante-treize, dans lesquels Le Vasseur, non encore exempté d'imposition par sa fonction de franc-arbalétrier, devait obligatoirement figurer. Enfermé seul dans la Chambre haute de l'hôtel de la ville, pendant que se tenait dans la grande salle à côté, à huis clos, la réunion des consuls, Arthaud avait passé plus d'une heure encore à chercher Le Vasseur parmi les contribuables comptabilisés dans les registres. Lecture fastidieuse, éprouvante en raison de sa forme répétitive : pour chaque rue indiquée, une liste de noms dans la colonne de gauche, les quotes-parts de la taille correspondantes dans la colonne de droite. Parfois, le commis à la perception précisait le métier ou la charge de famille du contribuable. Arthaud souhaitait vivement qu'il en soit ainsi pour Le Vasseur, au cas où, par chance, il le rencontrerait enfin dans cette litanie de patronymes. Soudain – ô joie ! – il avait lu : *Noé Le Vasseur, charpentier, pour lui et sa femme et pour une pension qu'il a sur la maison de Gilet Boutevielle, sellier… II livres tournois.*

Deux livres d'imposition, en cette année quatorze cent soixante-douze étaient le reflet d'une fortune convenable,

1. Il est mort au combat.

d'une aisance assurée. L'indication d'une pension sur d'autres biens prouvait qu'à l'époque ce charpentier avait investi ses économies dans des placements avantageux, comme ces deux vignes qu'il avait dû gager, dans des temps moins heureux, auprès du notaire Guillème Giraud. Le Vasseur, cinq ans auparavant, était donc un artisan prospère. Que s'était-il passé pour qu'il choisît de s'engager dans les francs-arbalétriers, de risquer sa vie dans les combats, d'hypothéquer ses biens ? Une ruine soudaine ?

Arthaud avait compulsé quelques pages en arrière pour vérifier le nom de la rue dans laquelle Le Vasseur était répertorié : rue de la Blancherie. C'était là, avait-il conclu, qu'il lui fallait se rendre afin de commencer la traque.

Et c'est ce qu'il allait faire ce matin même, en se dotant d'une escouade de sergents, au cas où le suspect serait au logis. Il avait la ferme intention, dans ce cas, de se saisir de lui, car il était certain de sa culpabilité dans les deux assassinats, celui de Domenjon et celui de Benoît Lion. Quant à son rôle dans le vol des carnets, une fois aux mains du bourreau, le gaillard devrait s'en expliquer clairement.

Il restait attaché à la phrase recopiée dans le cahier de la taille de l'an quatorze cent soixante-douze : *une pension sur la maison de Gilet Boutevielle, sellier.* Boutevielle, Boutevielle, ce nom chantait en sa mémoire… Il l'avait vu, ce nom… Ailleurs…

Voyons, il avait consulté successivement les archives militaires… puis fiscales…

« Mais oui, par tous les saints ! » songea-t-il en ponctuant sa découverte par un coup frappé du plat de la main sur sa table. Il vérifia dans la liste qu'il avait recopiée : Gilet Boutevielle était un couleuvrinier recruté avec les francs-arbalétriers, en l'année quatorze cent soixante-treize. Était-il l'un des deux complices ?

Il se rendit dans la salle des sergents et prit avec lui cinq hommes, dont Tout-Lourd et Gros Antoine. Grand-Jehan insista pour faire partie de l'escouade. Sur leur chemin vers la rue de la Blancherie, les cavaliers croisèrent les Lyonnais en harnois se rendant à Saint-Irénée.

– Vais-je trouver la rue vidée de tous témoins capables de nous renseigner ? s'inquiéta Arthaud. Il pesta contre cette réplique de la montre qui dressait des obstacles à son enquête.

Dans la rue de la Granèterie, l'animation était réduite à quelques groupes de femmes, occupées à commenter l'événement entre elles et négligeant pour cela la surveillance de leurs rejetons, qui s'étaient répandus sur la voie et gênaient le passage de l'escouade. Gros Antoine faillit renverser un garçonnet, qui se mit à hurler de peur et effraya tant le cheval par ses cris que le sergent manqua d'être jeté à terre. Il ne put retenir une bordée d'injures assez grossières que les murs se renvoyèrent en écho. La mère, affolée, vint rechercher son enfant avec force signes de croix, censés conjurer les châtiments divins de pareils blasphèmes.

Arrivés devant le portail fermant le clos des frères mineurs, les cavaliers s'engagèrent derrière leur chef dans la ruette longeant le mur du couvent franciscain. Celui-ci formait une longue barrière grise sur la gauche de la voie, tandis que, sur le côté droit, une étendue de friche s'insinuait entre plusieurs granges et deux maisons, dont l'une se situait très en retrait de la rue. Le lieu paraissait désert. Arthaud frappa à la première maison. Une vieille femme arrivait de la grange voisine, tenant d'une main, par les pattes, une poule vivante, tête renversée. Le volatile battait des ailes pour se dégager, éparpillant autour de lui des flocons de duvet qui voletaient un temps dans l'air, puis rejoignaient le sol après de lentes circonvolutions.

– Qu'est-ce que vous voulez ? s'enquit-elle d'un ton bourru.

– Vous habitez cette maison ? demanda Arthaud pour toute réponse.

– Ben oui ! fit-elle, sans se radoucir.

– Depuis longtemps ?

– Pourquoi vous voulez savoir ça ? reprit-elle hargneusement. J'ai pas le droit d'habiter où j'veux, peut-être ?

Arthaud commençait à s'impatienter.

– Vous avez surtout le devoir de répondre aux questions du prévôt de l'archevêque, sous peine de vous retrouver logée dans la tour des prisons ! lança-t-il avec fermeté. Je repose ma question : habitez-vous cette rue depuis longtemps ?

– Depuis que j'ai épousé ce gueux de Tonin, mon défunt mari ! répondit la femme en haussant les épaules. Cette ferme était à ses parents ! On s'est installés là ! Si on savait tout, on irait s'jeter dans le Rhône tout de suite !

– Et quand avez-vous épousé votre Tonin ?

– J'avais quinze ans !

Arthaud contempla la femme : elle paraissait si vieille ! Il avait indirectement la réponse à sa question. Il passa donc à la suivante :

– Vous avez dû connaître un nommé Noé Le Vasseur, qui habitait ici ?

– L'habitait pas dans cette maison ! s'entêta la grincheuse, vu que c'te maison, c'est la mienne !

Il fallait aller doucement avec cet esprit borné. Tandis que certains de ses sergents s'amusaient de la scène, il reprit donc :

– Où habitait-il exactement ?

– Vous voyez c'te masure, là-bas ? Eh bien c'est là qu'ils logeaient… sa femme et lui. Ils avaient pas d'enfants !

Elle indiquait, en tendant le bras au bout duquel pendait la poule, une baraque assez médiocre, plantée au milieu d'une vaste zone de friche, en arrière de la voie de la Blancherie.

– Ce n'est pas une bien belle construction ! fit Arthaud. Elle tombe presque en ruine, est-elle déserte aujourd'hui ?

– À l'époque, la maison était joliette, répondit la vieille qui, décidément, ne répondrait jamais aux questions qu'on lui posait. Lui était charpentier, il avait dressé le toit lui-même. Ils avaient un jardin, et même des rentes, des vignes en Beaujolais, j'crois ! Ils nous achetaient les produits de la ferme… sans barguigner. Ils avaient de l'argent !

– Ils ont déménagé ?

– Ouais, si on veut !

– Comment, « si on veut » ? demanda Arthaud qui s'énervait de nouveau.

– Ben ! Oui-da ! Ils ont leur demeure au cimetière des frères, là ! Derrière le mur ! C'est pas vraiment loin ! Sont pas dépaysés !

– Ils sont morts tous les deux ?

– Oui ! Elle, un mois après lui !

– Et lui ? De quoi est-il mort ?

– Il a été tué à la guerre.

– Un charpentier ?

– Non, il avait perdu le droit d'être charpentier, il était soldat !

– Perdu le droit d'exercer son métier ?

– Oui, paraît qu'il avait fraudé… j'ai jamais demandé ! C'étaient pas nos affaires !

– Est-ce qu'il y a quelqu'un qui habite cette maison, à présent ?

– Peuh ! Vous voyez ce qu'il en reste ? Tout est délabré maintenant. Personne voudrait habiter là-dedans, même pas des gueux ! fit-elle en imposant à la poule de si douloureux balancements que le pauvre volatile ne cessait de caqueter avec des accents épouvantés.

– Vous n'avez vu personne l'occuper, ces derniers mois ?

– J'vous dis qu'elle est abandonnée ! Tout est désert, la maison, la grange du bout qui menace ruine.

– On va quand même aller vérifier ! conclut Arthaud en faisant signe à ses sergents de le suivre.

En s'éloignant, ils entendirent la vieille femme bougonner, en s'adressant à sa poule, laquelle, épuisée sans doute par le mauvais traitement, ne poussait plus que de petits cris rauques et brefs.

Pénétrer dans la maison ne leur fut pas aussi aisé qu'ils le pensaient. L'aspect de ruine n'était qu'un leurre, car ils découvrirent que la porte était solidement prise dans ses gonds et d'une épaisseur de bois qui rendait vaine toute tentative de la défoncer. Les fenêtres étaient occultées par des planches à l'extérieur. On avait soigneusement bouché chacune des issues.

Cependant, entre deux touffes d'herbe roussies par le dégel, Grand-Jehan, du haut de sa monture, vit briller quelque chose. Il descendit de cheval, ramassa l'objet.

– Voyez, Messire, fit-il en le tendant à Arthaud. Ne serait-ce pas un bijou ?

Arthaud roula entre ses doigts une boule irisée, incrustée d'éclats de nacre sertis dans un treillage d'argent. Un anneau minuscule fixé au-dessous lui en indiqua l'usage.

– C'est un bouton, un beau bouton ! Qui, dans cette campagne misérable porterait un habit fermé par un tel accessoire ? Nous tenons là la preuve que la maison a été fréquentée non par des marginaux, mais par quelque personnage de plus haute chevance !

Il enferma la trouvaille dans la doublure de son pourpoint.

– Entrons ! Cette demeure est trop bien défendue pour ne point cacher de honteux secrets !

Ils arrachèrent les planches externes, cassèrent le chambranle d'une fenêtre et s'ouvrirent ainsi le chemin vers l'intérieur.

La pièce unique rassemblait un châlit, dont la couverture, rabattue en désordre, gardait la marque d'un corps étendu, deux bancs rustiques et une table sur tréteaux qui portait les marques rondes et visqueuses de deux bols ou gobelets. Dans un évier de pierre, situé derrière la table, s'entassait une vaisselle en terre cuite, encore souillée des reliefs d'un repas. Une souris s'en échappa et disparut dans la base du mur.

– La demeure n'est pas désertée ! C'est évident ! conclut Arthaud, en prenant à témoin ses sergents. Ses occupants n'ont pas grand souci de l'intendance, ou bien ils ont dû quitter les lieux hâtivement. Voyons ce qu'on peut trouver pour en apprendre davantage sur eux !

Il lança ainsi une fouille méticuleuse de la maison. Il n'y avait guère de meubles aptes à contenir des documents. Le logis ressemblait plutôt à un repaire où l'on vient se cacher pour un bref séjour. Rien n'y était conçu pour l'agrément ou le confort. Les six hommes eurent tôt fait de tout renverser et fourrager. Ils n'avaient découvert aucun des indices qu'espérait le prévôt. Arthaud s'approcha de l'évier avec quelque répulsion. L'odeur qu'il exhalait ne pouvait être appétissante que pour les rats et la vermine, songea-t-il. Il commença à sortir un à un les éléments de vaisselle qui y étaient entassés. Sans pouvoir réfréner une grimace de dégoût, il disposa ainsi quatre écuelles de terre, deux cuillères de bois, deux couteaux, une marmite, un large plat creux et trois gobelets, deux de bois, l'autre de métal brillant. La différence de matière et d'apparence, la préciosité plus évidente de ce troisième gobelet retinrent son attention. Il le frotta avec un coin de la couverture que les sergents avaient tirée hors du châlit. Le métal qui reluisait sous le frottement de la laine était soit un fer poli... soit... de l'étain. Il s'en assura en promenant la pointe de sa dague sur le pourtour.

– Un gobelet en étain brillant ! Sûrement le produit d'un vol, car cet objet n'a rien de commun avec le reste du mobilier ! prononça-t-il en le brandissant devant les yeux de ses sergents.

Il retourna le gobelet : une petite couronne était dessinée sur le fond. Un tracé très fin et sommaire : « trois pointes triangulaires sur un trait horizontal », décrit-il à haute voix.

– Est-ce que je peux voir cette figure, messire prévôt ? intervint Gros Antoine.

Arthaud s'étonna d'abord d'une telle requête de la part du sergent, puis il se rappela que Gros Antoine cultivait une certaine familiarité avec les gobelets et les pichets dans nombre de tavernes. Une fréquentation qui avait même été fort utile dans plusieurs enquêtes passées[1].

Scrutant le dessin d'un air appliqué, Gros Antoine répéta avec exaltation :

– Oh oui ! Pour sûr ! C'est bien la marque !

Un large sourire s'inscrivit sur sa face ronde et ses yeux brillaient de joie quand il déclara :

– Je *sais* d'où provient ce gobelet ! Messire ! La couronne à trois pointes, ce style de gobelet, c'est à la taverne de la Petite Couronne qu'on les rencontre !

– Et où est-elle, cette taverne ? questionna Arthaud.

– Rue de la Saunerie, pas loin de l'entrée du pont de Saône ! Un établissement qui ne reçoit que des notables... d'où la forme des gobelets.

– Des gobelets d'étain brillant pour le service ? On n'a jamais vu ça ! rétorqua Arthaud, incrédule.

– Nenni ! Pour le service, ce sont des gobelets tout pareils, mais en fer poli ! Celui-ci, il a dû être volé sur l'étagère qui se trouve sur le mur du fond... répondit Gros Antoine, aussi sûr de lui qu'un maître en Sorbonne donnant sa sentence[2].

– Eh bien, messires ! s'écria Arthaud en riant. Nous n'avons pas trouvé les oiseaux au nid, mais nous avons cependant bien avancé ! Ce bouton, repéré par Grand-Jehan non loin du seuil, ce gobelet identifiable à sa marque couronnée, autant de preuves que nous avons rassemblées contre le ruffian que nous poursuivons !

---

1. Voir *Un crime tissé de soie, op.cit.*.

2. Conclusion à un débat entre thèse et antithèse.

Il laissa deux sergents en faction devant la maison, au cas où ses précédents occupants tenteraient d'y revenir. En passant devant la ferme de la vieille entêtée, il lui ordonna de leur apporter de quoi dîner.

– M'est avis qu'ils auront de la poule bouillie au menu ! fit-il remarquer en riant. Quant à vous, Gros Antoine, soyez heureux, nous allons visiter la taverne de la Petite Couronne !

C'est ainsi qu'Arthaud, de fort bonne humeur à la perspective de resserrer les mailles du filet sur le gibier qu'il traquait, repartit, indifférent à la pluie, en direction de la rue de la Saunerie, escorté par ses trois sergents familiers.

***

Six fois la cloche de l'église Saint-Laurent retentit au sein du cloître Saint-Paul, celle de la grande église[1] résonna en léger décalage, à l'autre bout de la rue du Palais – les chanoines bourgeois marquaient un peu d'avance sur le chapitre noble pour signaler le milieu du jour.

Arthaud franchit le premier le seuil de la taverne à l'enseigne d'une petite couronne, stylisée comme sur le gobelet. Ainsi que l'avait annoncé Gros Antoine, il s'agissait d'une taverne de bonne tenue. On s'en persuadait aisément dès l'abord, à la propreté du décor, à la qualité du mobilier fait de tables carrées, entourées de chayères, et non des tabourets habituels dans d'autres établissements. La salle était assez vaste, une odeur agréable montait de la paille fraîche répandue sur le sol. Au mur du fond, une étagère présentait, à la manière d'un dressoir, quelques pièces de vaisselle en étain. Gros Antoine avait bonne mémoire. Sa description n'avait trahi aucun détail du lieu.

1. Nom désignant la cathédrale Saint-Jean.

À cette heure de midi, de nombreux clients étaient déjà répartis autour des tables, gens calmes et de mise soignée, coiffés de chaperons ouvragés qui les désignaient comme des personnes de bonne conversation[1] et d'un statut respectable. Des bribes de phrases – certaines en langue étrangère –, recueillies au passage par le prévôt et ses sergents, leur indiquaient qu'il s'agissait de marchands venus pour la foire qui se tenait aux Changes, lesquels négociaient avec les courtiers, les notaires et les sous-traitants, ou célébraient la conclusion d'une affaire autour de quelques pichets de bon vin. Il y en avait aussi quelques-uns qui faisaient le récit de leurs exploits du matin, sur le champ Saint-Irénée. Les voix se mêlaient, sonores, ponctuées de rires gras, mais sans éclats propices au déclenchement d'une querelle. L'établissement était bien tel que l'avait défini Gros Antoine : une taverne fréquentée par des notables. D'ailleurs, Arthaud ne se rappelait pas avoir jamais opéré une intervention de police dans ce lieu.

Deux servantes allaient de table en table, répondant aux demandes des buveurs ; empressées, elles n'accordèrent pas une attention particulière à l'intrusion dans leur univers des quatre représentants de la police archiépiscopale. Le tavernier, en revanche, s'alarma immédiatement de cette visite. Il vint à la rencontre du prévôt avec une mine contrariée.

– Messire prévôt ? Que se passe-t-il ? Je n'ai signalé aucun désordre céans ! commença-t-il en jetant des regards furtifs sur les clients afin de mesurer le tort que lui faisait auprès d'eux l'arrivée intempestive de la police.

– Rassurez-vous, messire... ?

– Mermet, Antoine Mermet, je suis le propriétaire de cette taverne.

1. Honnêtes, fréquentables.

– Rassurez-vous, messire Mermet, je ne viens ici que pour entendre votre témoignage sur un ou plusieurs suspects, dans une enquête pour meurtre que je mène en ce moment.

– Une enquête pour meurtre ? murmura le tavernier, de peur que le mot terrible ne brisât l'harmonie de la salle. Qu'ai-je à voir avec un forfait pareil ?

– Ne peut-on se parler plus commodément ailleurs que dans cette salle ? demanda Arthaud de la voix qu'il savait prendre pour convertir une question en un ordre.

– Dans l'arrière-salle, oui, fit Mermet en faisant signe de le suivre vers une petite cuisine aménagée derrière le mur à l'étagère.

Une fois la porte refermée, le brouhaha de la salle se mua en un léger bourdonnement. Arthaud choisit un tabouret, fit signe à Mermet d'en faire autant, les trois sergents restèrent debout, cernant le tavernier de leur haute stature.

– D'abord, messire Mermet, je vais vous demander de bien vouloir examiner ce gobelet, déclara Arthaud en tirant d'un sac qu'il portait à la ceinture l'objet trouvé dans la demeure de Le Vasseur.

– Oh ! Mais c'est un de mes gobelets d'apparat ! s'écria *illico* le tavernier. Où l'avez-vous trouvé ?

– Saviez-vous qu'on vous l'avait dérobé ?

– Euh ! Eh bien, non ! Je n'avais pas remarqué son absence, sans doute le voleur a-t-il pris soin de ranger les pièces autour de façon à ce qu'on ne découvre pas un vide sur l'étagère… Il y a plusieurs gobelets semblables en présentation, sur le mur, derrière ! ajouta-t-il en montrant la paroi de séparation avec la salle. Mais celui-ci m'appartient, voyez !, il y a la marque de la couronne au fond. J'ai fait graver ce dessin sur tous mes gobelets et mes pichets, justement pour éviter le vol ! Cela m'a coûté assez cher ! Ça alors ! Vous avez arrêté le voleur ?

– Non, le voleur est notre suspect de meurtre… un certain Noé Le Vasseur… ce nom ne vous dit rien ?

– Je ne sais pas le nom de tous mes clients, la plupart sont des marchands étrangers ! Bien sûr, les Lyonnais qui fréquentent ma taverne, je n'ignore pas leur identité, ils sont honorablement connus partout, je ne les vois pas voler un gobelet, fût-il d'étain.

– Le Vasseur a pu venir ici sous un autre nom, ou ne pas vous le communiquer, mais son physique est assez original pour être repérable.

Arthaud se lança dans la description de Le Vasseur, telle que l'avaient tracée les divers témoins – Domenjon dans ses carnets, les notaires Giraud par la suite, Taborin enfin.

Mermet réfléchit, puis écarquilla les yeux comme s'il voyait sortir Belzébuth des flammes de l'Enfer.

– Vous l'avez rencontré ? devina Arthaud.

– À votre description, je ne vois qu'un homme qui corresponde, mais ce n'est pas possible ! Il y a forcément erreur !...

– Pourquoi ? Qui identifiez-vous ?

– Un voleur, lui ? continua Mermet, revenant de sa sidération et de son effroi. Mais non, je vous dis, c'est impossible, im-pos-si-ble !

– Pourquoi est-ce impossible à vos yeux ? Allez-vous enfin nous dire à qui vous pensez ? rugit Arthaud, tandis que les trois sergents, échangeant un regard complice, se préparaient à assister à un déferlement de colère de leur chef contre le malheureux tavernier.

– Ben, parce que c'est un homme d'importance ! Il ne s'abaisserait pas à voler... et puis, un meurtrier, vous dites ? Inimaginable, je vous assure ! Ce seigneur est très courtois, distingué... comme il se doit, vu ses fonctions !

Arthaud s'était levé, blanc de rage. Les sergents se rapprochèrent de Mermet, comme pour le défendre. Ils ne purent empêcher le prévôt de saisir le tavernier au collet et de lui crier sous le nez :

– Si vous ne me dites pas quelle est cette fonction, je vous jette en geôle pour complicité et je fais fermer immédiatement votre taverne ! C'est compris ? Qu'est-ce qu'il fait donc, ce modèle de courtoisie et de douceur ?

– Ben, il est le secrétaire de monseigneur de Sales, pardi ! lâcha Mermet, avec un air de contentement stupide, comme s'il avait contraint le prévôt à capituler.

– Raymond de Sales ? Le commissaire royal à la guerre ? répéta Arthaud, ahuri.

– Lui-même ! Vous comprenez que le voleur ne peut être ce seigneur ! Je suppose qu'il n'a pas besoin de mes étains pour vivre et nulle envie de tuer quelqu'un !

Arthaud ne prit pas la peine de démentir. Les raisonnements se bousculaient en son cerveau et il ressentait de nouveau cette légère fièvre qui le prenait toujours à l'approche de la résolution d'une enquête. Sans attendre, il posa la question :

– Est-ce qu'il vient souvent ici ?

– Il était là, il y a une heure... Il est parti en compagnie de ce jeune homme qui voulait rencontrer monseigneur de Sales...

– Un jeune homme ? Comment était-il ce jeune homme ? demanda Arthaud d'une voix tout à coup étrangement aiguë.

– Un jeune clerc, de noble apparence, un grand brun, bien tourné. Il est venu plusieurs fois ces derniers jours. Il s'asseyait dans la salle, près de la fenêtre, il regardait dans la rue. On eut dit qu'il attendait quelqu'un.

– Et c'était cela ? Il est arrivé quelqu'un ?

– Non... J'ai eu l'impression qu'il guettait... Alors je me suis inquiété ; j'ai pensé qu'il était peut-être un espion... Il faut se méfier de tout le monde, en ce moment...

– Qu'avez-vous fait ? pressa Arthaud, dont le teint blêmissait.

– Ben, je lui ai un peu parlé ! Pour le sonder, vous comprenez ?

Arthaud doutait des capacités de Mermet de percer à jour qui que ce fût. Toutefois, il réclama la suite de l'histoire, avec le pressentiment d'une catastrophe :

– Et alors ? Qu'avez-vous appris ? Vos soupçons étaient-ils justifiés ?

– Il s'est confié volontiers, il m'a dit qu'il cherchait à rencontrer monseigneur de Sales, afin de lui demander une faveur – un emploi – comme j'ai compris. Il m'a posé des questions sur lui : est-ce qu'il fréquentait cette taverne, auquel cas il aurait eu des chances de le rencontrer ici... Je lui ai répondu que monseigneur de Sales m'était inconnu, mais que son secrétaire était client chez moi.

– Il vous a demandé de le lui présenter ? s'écria Arthaud, affolé.

– Non, mais il s'est mis à me poser quantité de questions sur ce secrétaire.

– Quel genre de questions ?

– Est-ce qu'il avait des amis qu'il rencontrât ici ? Est-ce qu'il parlait de monseigneur de Sales ? Est-ce qu'il expliquait sa mission à la guerre ?

– Et vous avez satisfait ses demandes ?

– Je lui ai juste dit qu'un sergent du roi le connaissait bien et le rejoignait ici quelquefois. C'était pour le décourager de rien entreprendre, s'il avait été un espion ennemi... Mais j'ai compris, finalement, pourquoi ce jeune clerc posait toutes ces questions. Il voulait se rapprocher des gens qui étaient familiers du secrétaire de Monseigneur, trop effarouché pour le solliciter lui-même directement... J'ai su aussi pourquoi il guettait la rue ! C'est que monseigneur de Sales loge dans l'auberge de la Tête Noire, juste en face ! Ainsi, il guettait ses allées et venues dans l'espoir de l'aborder, ou de trouver l'audace de le faire. Parce qu'il est timide, très timide !

– Et vous dites qu'il a suivi le secrétaire de de Sales, il y a une heure ? s'enquit Arthaud, offrant un visage bouleversé qui étonnait ses sergents.

– Oui ! Ça, c'est grâce à moi ! claironna Mermet avec un sourire idiot. J'ai eu pitié de sa gaucherie, alors j'ai un peu forcé le destin !

– Qu'avez-vous fait ? cria presque Arthaud, troublant tant le tavernier que celui-ci s'embrouilla, cherchant ses mots.

– Ben, j'ai parlé de lui au secrétaire, je lui ai raconté sa quête incessante, tous ces derniers jours... Je lui ai demandé de l'aider, de lui ménager une entrevue avec son maître. Il a accepté de bon cœur...

– Ah ! La peste soit de ce sot ! éclata Arthaud en désignant le tavernier à ses sergents médusés. Le Vasseur va le tuer ! Il va tuer Gautier ! ajouta-t-il, en prenant à témoin Grand-Jehan, Il va tuer mon... il ne put achever, son cri s'étranglant sur un sanglot.

XIV
SAUVER GAUTIER

Prévenir le lieutenant du bailli ! Telle était la première chose à faire, afin d'unir les polices contre les projets criminels de toute cette bande de truands. Il en connaissait le chef, à présent : ce « Monseigneur » avait nom Raymond de Sales... Comment avait-il détourné les soupçons sur Jehan de La Marieuse, c'est ce qu'on établirait plus tard. L'urgence était de sauver Gautier, puisqu'il était tombé entre les mains de Le Vasseur, l'assassin qui servait les machinations et les fraudes du commissaire royal.

Sans en avoir saisi la raison, les trois sergents avaient mesuré la détresse du prévôt. Aussi Grand-Jehan ne fut-il pas surpris de se voir confier une mission insolite :

– Grand-Jehan, rendez-vous de ma part à l'auberge du Chapeau Rouge, vous demanderez à parler à monseigneur Guy de Poisieu, archevêque de Vienne. Si on vous refuse une entrevue immédiate, insistez, dites que c'est une question de vie ou de mort, que messire Gautier Blanc court un grand péril. À monseigneur de Vienne vous révélerez que son clerc a identifié le coupable qu'ils recherchaient et que cet orde larron n'est autre que le commissaire royal Raymond de Sales. Mettez-vous au service de monseigneur de Poisieu si nécessaire, sinon venez me rejoindre à l'hôtel de Roanne, où je vais, de ce pas, avertir messire Paterin que nous nous sommes trompés de suspect et réclamer son aide.

Quant à Tout-Lourd et Gros Antoine, ils suivirent Arthaud, calquant leur marche sur le pas accéléré que celui-ci avait adopté. Arrivé au siège de la sénéchaussée, Arthaud écarta le garde qui s'avançait pour s'enquérir de ses besoins puis, abandonnant ses sergents dans la cour, grimpa à toutes jambes l'escalier en direction du cabinet du lieutenant et, après avoir trépigné d'impatience pendant que le factionnaire l'annonçait, surgit comme un fou devant messire Paterin, à la grande surprise du lieutenant.

– Nous nous sommes trompés ! Le traître, ce n'est pas La Marieuse ! s'écria-t-il sans saluer seulement Paterin. C'est Raymond de Sales ! J'en ai la preuve ! Et son homme de main, l'exécuteur de ses sales besognes, c'est un ancien franc-arbalétrier, un nommé Noé Le Vasseur. Il tient entre ses griffes, en ce moment, un jeune clerc, secrétaire de monseigneur l'archevêque de Vienne, et il va l'occire, c'est certain…

Sur ce mot, sa voix se brisa… Retenant ses sanglots afin de ne pas livrer son secret, Arthaud n'avait plus la force de parler…

– Voyons, messire de Varey, remettez-vous ! dit Paterin, qui revenait à peine de son étonnement et qui cherchait à comprendre le discours exalté de son visiteur. Que se passe-t-il ?

– Je n'ai pas le temps de vous conter le détail de l'enquête qui m'a amené à cette découverte, je le ferai volontiers lorsque nous aurons œuvré ensemble pour mettre ces criminels hors d'état de nuire. Ils ont déjà fait *deux* victimes : Domenjon et Benoît Lion, votre sergent, que l'on a retrouvé hier, étranglé, près d'une auberge louche où il se livrait à un trafic parallèle de salpêtre ! Car au meurtre ils ajoutent la truanderie, à la fraude la trahison ! Or, à présent, ils s'apprêtent à se débarrasser d'un jeune homme, Gautier Blanc, qui enquêtait sur ordre exprès du roi, sous la gouverne de monseigneur de Vienne, afin de déterminer quel commissaire royal trahissait sa mission ! Je dois avouer qu'il a été plus subtil que moi, car il ne s'est pas laissé abuser par les fausses preuves qui désignaient Jehan de La Marieuse. C'est parce qu'il allait dévoiler les agissements criminels de Raymond de Sales, que ce Noé Le Vasseur l'a enlevé, pour mieux l'assassiner !

– Vous semblez bien ému à cette perspective, messire de Varey, ce jeune homme serait-il un de vos parents ? demanda Paterin, non par curiosité mais par pitié pour le prévôt, chez qui il notait un désarroi inhabituel face aux crimes qu'il relatait.

– Je le connais, oui, et je l'estime énormément. C'est un être de qualité, je serais anéanti si nous ne parvenions pas à le tirer de ce méchant piège.

– Nous ? Que désirez-vous de ma part ? releva Paterin.

– Il faut mettre monseigneur de Sales aux arrêts, tout de suite. Une fois l'instigateur de cette machination diabolique au fond d'un cachot, ses suppôts, privés de sa couverture, renonceront à agir !

– Arrêter monseigneur de Sales ? Après que j'ai longuement exposé à monseigneur le bailli que nous suspections La Marieuse ?

– Vous lui expliquerez que je me suis fourvoyé ; rejetez la faute sur moi, peu m'importe ! Mais il faut *de suite* intervenir contre de Sales, car il sait maintenant que nous approchons de la vérité à son sujet. Il tentera de fuir votre justice – qui est celle du roi – et il troquera les carnets d'établies contre sa sauvegarde auprès de Philippe de Bresse, ou de Maximilien d'Autriche ! N'oubliez pas que c'est notre seigneur le roi qui a commandé une enquête sur la loyauté de ses commissaires !

Il ne pourra vous désavouer d'assister monseigneur de Vienne en forçant le coupable à rendre compte de ses mensonges et de ses trahisons! Et monseigneur d'Estuer ne saurait vous reprocher d'avoir décidé dans l'urgence, sans le consulter, puisque c'est pour la défense du royaume et pour accomplir la volonté de Sa Majesté!

– Par le Christ en croix, messire de Varey, il faut en effet que vous appréciez beaucoup ce jeune Gautier pour vous lancer dans une si belle plaidoirie! remarqua Paterin.

– Vous allez m'aider? insista Arthaud, sur un ton suppliant.

– Où loge-t-il, votre commissaire?

– À la Tête Noire… s'il y est encore.

– Bien, je vais procéder à son arrestation. Et s'il me demande en vertu de quelle autorité je le fais, il me faudra mentir en me référant au bailli?

– Non pas, messire Paterin! retentit la voix grave d'un homme de haute taille qui se tenait au seuil de la pièce. Vous le ferez au nom du « commissaire inspecteur délégué par Sa Majesté Louis le onzième », vous le ferez en mon nom : Guy de Poisieu, archevêque de Vienne!

Paterin et Arthaud s'inclinèrent profondément devant le prélat dont le fier maintien et la distinction un peu froide exprimaient une implacable autorité. Derrière lui, Arthaud aperçut Grand-Jehan, qui avait rempli parfaitement sa mission.

Laurent Paterin rassembla aussitôt une escouade de sergents royaux et convia Arthaud à l'accompagner dans cette opération de police. Ce qu'il accepta de grand cœur. Partagé entre l'espoir de sauver Gautier et l'angoisse de découvrir son cadavre, il se sentait d'humeur à combattre farouchement, sans faire grâce aux adversaires. Il reçut avec ferveur la bénédiction que traça de sa main gantée monseigneur de Poisieu, comme un soldat qui assiste à la messe avant la bataille.

Les habitants de la rue du Palais virent ainsi passer, chevauchant au trot, côte à côte, le lieutenant du bailli et le prévôt de l'archevêque, et, parmi les nombreux cavaliers à la livrée bleue qui les suivaient, trois sergents à livrée rouge, à la mine hardie et résolue.

L'auberge de la Tête Noire occupait un immeuble d'un étage, distribué en trois bâtiments enfermant une cour de terre battue, dans laquelle on entrait par le grand porche voûté ouvrant sur la rue de la Saunerie. Pour surprendre plus aisément Raymond de Sales, Paterin et Arthaud entrèrent seuls, à pied, après avoir confié leur monture à la garde d'un sergent, sur la place du Change. Les hommes de l'escouade avaient consigne de cerner le quartier et de surveiller les issues de l'auberge, non seulement en façade, mais aussi en arrière de la bâtisse. Ils devaient intercepter tout homme empruntant ces passages. Dissimulés encore par la voûte du porche, lieutenant et prévôt purent étudier la disposition des lieux : au rez-de-chaussée du corps de logis situé en face d'eux, ils discernaient les cuisines de l'établissement, dont la porte à deux vantaux était largement ouverte sur la cour et laissait s'échapper des panaches de fumée portant une odeur appétissante de viande grillée ; à leur gauche, l'entrée de l'auberge, signalée par une porte de bois ornée de clous dorés et, dans son prolongement, une série de fenestrages antiques munis de vitres colorées, telles des vitraux d'église, qui éclairaient sans doute la salle commune où l'on servait les repas. Sur leur droite, de vastes écuries tenaient toute la longueur de la construction, et l'on entendait les chevaux hennir dans les stalles. Au-dessus de ces communs, les chambres, ou les dortoirs, étaient repérables par une succession de fenêtres étroites qui prenaient jour sur la cour, en retrait d'une galerie les desservant toutes, telle une coursive. Cependant, quelques larges baies au premier étage désignaient les pièces les plus vastes, les appartements les plus confortables. Arthaud fit signe à Paterin que c'était dans cette direction qu'ils devaient chercher leur suspect, qui avait certainement profité d'un confort digne de sa qualité de commissaire royal.

Un bref coup de marteau sur le heurtoir de la porte à clous, et le gardien les accueillit comme deux nouveaux hôtes. Mais combien il fut ébahi de se voir aussitôt empêché de parler haut et pressé de livrer des informations sur l'étage et le bâtiment où logeait monseigneur Raymond de Sales. Le pauvre homme demeura partagé entre la stupeur et l'inquiétude, après que les deux hommes l'eurent quitté en le menaçant des pires poursuites judiciaires s'il avertissait qui que ce fût. Arthaud et Paterin avaient dégainé leur épée et couraient dans la galerie supérieure menant aux appartements du commissaire.

Ils aperçurent au bout de celle-ci un valet portant la livrée de l'auberge, qui quittait la chambre et s'éloignait d'eux prestement après avoir esquissé une salutation révérencieuse à l'intention du locataire. Ils pénétrèrent dans la chambre comme on investit une place forte, pointant leur épée devant eux et criant l'ordre de se rendre sans résistance à la police du roi. L'appartement comportait plusieurs pièces. Nul ne répondait à leurs commandements, aucun bruit non plus ne trahissait une présence. Ils avancèrent avec prudence et méthode, lorgnant tous les meubles ou recoins derrière lesquels quelqu'un pourrait se dissimuler. La lumière blafarde de ce jour de pluie, glissant par les larges fenêtres, leur arrivait, à cette heure, droit dans les yeux et blanchissait tout autour d'elle, aplanissant les reliefs et les formes. Ils entrèrent dans l'antichambre où ils ne rencontrèrent personne, ouvrirent la porte du retrait voisin sans plus de succès. Personne ! Arthaud se retourna vers Paterin, le teint blême, une grimace haineuse se formant sur sa bouche.

– Le valet ! Le valet qui sortait de la chambre, tout à l'heure !

– Sanglante chienaille ! éructa Paterin en se précipitant dans la galerie.

Ils prirent le chemin qu'avait emprunté le prétendu valet. Arrivés au bout de la galerie, ils trouvèrent un escalier de service, étroit, creusé dans une tourelle d'angle entre cuisine et écuries.

Ils s'y jetèrent avec la précipitation qui s'imposait. L'escalier conduisait à la cour, mais, à hauteur de l'avant-dernière marche, un renfoncement dans l'épaisseur de la paroi dissimulait une porte, très étroite.

– Vérifiez si le fuyard n'est pas dans les écuries, peut-être compte-t-il faire une sortie forcée à cheval ! Appelez à votre rescousse quelques-uns des sergents qui surveillent la rue, commanda Arthaud à Paterin, se muant tout à coup, sans même s'en apercevoir, en chef des opérations. Moi, je vais prendre cette voie-ci, poursuivit-il en désignant la porte qu'il ouvrit sans difficulté. Envoyez-moi des renforts. Et surtout que l'immeuble soit bien cerné !

Sur ces mots, sans attendre une approbation de Paterin, il disparut derrière la porte. Il se retrouva dans un boyau fort sombre dont le sol amorçait une légère descente. À ses narines parvenaient des odeurs de graisses recuites, un peu écœurantes, et il percevait les sons feutrés de voix de femmes et d'hommes échangeant ordres et réponses : sans doute se trouvait-il derrière le mur des cuisines ? Un passage fort chargé d'une senteur âcre de fumée et la chaleur soudaine qui y régnait lui en apportèrent la certitude.

« Me voici derrière l'âtre » pensa-t-il en accélérant le pas pour échapper à la sensation d'étouffement. Ce couloir qu'il imaginait construit comme un chemisage de l'immeuble, où le menait-il ?

La rage d'avoir été berné, une fois de plus, par ce chien de Raymond de Sales décuplait sa volonté d'en découdre avec lui. Il courait presque à présent, s'écorchant les coudes aux parois quand l'inclinaison du sol qui semblait croître progressivement le déséquilibrait et le ballotait d'un mur à l'autre.

Il tenait son épée pointée devant lui, tel le bâton qu'un aveugle brandit pour deviner un obstacle. Une pâle clarté s'insinua bientôt, indiquant une issue à ce chemin de nuit. Arthaud crut entendre un bruit d'eau, répétitif, à peine sonore. Des relents de pourriture, portés par un courant d'air froid et humide, lui parvinrent. Il comprit pourquoi en débouchant soudain au ras de la Saône. Il se retourna, leva la tête et découvrit qu'il se trouvait au pied des immeubles de la rue de la Saunerie, dont les fondations s'enfonçaient dans la rivière. Il avisa deux barges amarrées à cet endroit. De part et d'autre, il n'y avait que des roseaux enchevêtrés avec de petits aulnes et de grandes herbes, un taillis touffu dont le sol spongieux n'offrait aucune possibilité de tracer un chemin. Le fuyard n'avait pu s'échapper par-là, sinon au risque de tomber dans le flot glacé.

Arthaud observa les deux barges : dans laquelle ce truand était-il caché ? Il réfléchissait aux chances qu'il avait de le maîtriser seul. S'il se trompait de barge, de Sales en profiterait pour fuir pendant qu'il fouillerait le mauvais bateau. Le risque d'une lutte armée lui paraissait minime car, manifestement, le couard voulait éviter un affrontement, il se gardait de faire aucun mouvement ni aucun bruit qui eussent trahi sa présence. D'un tel silence bientôt Arthaud s'alarma : et s'il avait couru après une ombre, dans ce couloir ténébreux ? Et si Paterin avait suivi la bonne piste ? Il pria Dieu qu'il n'en fût rien et que lui fût accordée la satisfaction de venger la mort de Gautier, car, à cet instant, il ne doutait plus que son fils, son *merveilleux* fils auquel il avait voué un amour humble et secret depuis qu'il avait appris son existence, que son cher Gautier ne fût devenu la troisième victime de Le Vasseur. Et cela, à cause d'un renégat qui se tapissait lâchement dans l'une de ces barges ! rageait-il.

Soudain l'idée lui vint, qui résoudrait ses incertitudes et lui réserverait la victoire si de Sales était bien présent céans. Il commença par la plus proche des embarcations : saisissant son épée, il trancha les cordages qui l'attachait à la rive. Puis il fit de même pour la seconde. Il poussa l'une et l'autre de façon à les écarter du bord, à les livrer à la force du courant que les neiges et les pluies de ces jours d'hiver avaient accrue. Et très rapidement, les barges partirent à la dérive, l'une prise dans un tourbillon, l'autre chahutée dangereusement par une cataracte liquide, s'entrechoquant avec le craquement sinistre des coques maltraitées. La ruse fut couronnée de succès. De Sales apparut, affolé, sur le pont de l'un des bateaux. Il s'accrochait au bastingage, mais, étant projeté par le mouvement désordonné que le courant imposait, il tomba à la renverse plusieurs fois, manqua passer par-dessus bord, finit par supplier qu'on le sauvât !

C'est alors que les sergents, envoyés par Paterin, arrivèrent, ayant emprunté le même chemin souterrain que le prévôt. Ils ne purent qu'assister à ce spectacle aux côtés d'Arthaud, étonnés toutefois d'ouïr le rire sauvage et comme désespéré qui saisissait le prévôt chaque fois que de Sales tombait lourdement. Quant au lieutenant du bailli, ayant repéré, depuis le pont de Saône la présence d'Arthaud sur la rive et assistant au ballet des barges folles, il avait deviné qu'il faudrait intercepter le fugitif au milieu de la rivière et avait déjà donné les ordres nécessaires pour réussir l'opération.

***

Arrêté, ou plutôt arraisonné sur son embarcation en détresse, Raymond de Sales, pitoyable dans son déguisement de valet d'auberge, et encore bouleversé par la peur qu'il venait d'éprouver de périr noyé dans l'eau noire, se retrouva bientôt ligoté par les sergents royaux. Conduit à l'auditoire des prisons de Roanne, il dut subir l'interrogatoire croisé des deux officiers en charge de la police dans la ville. Le prévôt de l'archevêque et le lieutenant du bailli avaient en effet le même ennemi en sa personne. Ses crimes étaient multiples : déloyauté au roi, mise en péril de la défense militaire de la ville, instigation au meurtre et fraude caractérisée sur les munitions de guerre, autant de chefs d'accusation qui relevaient de la compétence de l'un et l'autre des officiers et qui se résumaient d'un seul mot : trahison !

Aussi ceux qui avaient œuvré ensemble pour le débusquer et le mettre aux fers avaient-ils convenu d'un interrogatoire commun, où chacun interviendrait selon la nature du forfait. À Arthaud de Varey incomberait l'action criminelle des assassinats, à Laurent Paterin le complot politique fomenté par le moyen du vol des carnets. Malgré la fouille de la chambre de de Sales à l'auberge, puis celle des deux barges, on n'avait pu retrouver ces précieux documents. Paterin était impatient de savoir à quel prince ils avaient été transmis, tout comme monseigneur de Vienne, qu'on avait convié à l'interrogatoire du prisonnier.

Cependant, une seule question brûlait les lèvres d'Arthaud, dans l'immédiat : où était Gautier ?

– Raymond de Sales, commença-t-il, se refusant à lui donner du monseigneur, vous êtes soupçonné de faits très graves, et votre fuite est un aveu implicite. Si vous voulez vous épargner la torture que l'on réserve en général aux traîtres de votre espèce, je vous somme de répondre à nos questions. La première que je vous pose est celle-ci : avez-vous donné l'ordre à Noé Le Vasseur d'occire Gautier Blanc parce qu'il en savait trop sur vos manœuvres criminelles ? Il ne put éviter que sa voix ne tremblât un peu en prononçant le nom si cher.

Raymond de Sales cherchait à faire oublier la médiocrité de son habit de valet par un port de tête dégagé, un gonflement du buste qui eût paru normal sous un pourpoint de qualité, mais qui, sous la jaque de service, ne lui donnait que du ridicule. Remis de sa peur récente, il tentait de renouer avec l'air impérieux, sinistre et supérieur qu'il servait d'habitude à ses contemporains, mais l'effort était vain, enchaîné comme il l'était dans une des cellules des prisons de Roanne.

– Je ne connais pas ce Gautier Blanc, je ne comprends pas à quel ordre vous faites allusion, répondit-il d'une voix éteinte, comme dépourvue de souffle.

– Un jeune homme, secrétaire de monseigneur de Vienne, ici présent, fit Arthaud en désignant de la main Guy de Poisieu. Le Vasseur ne vous a-t-il pas averti qu'il enquêtait sur vos agissements ?

– Je vous dis que je ne le connais pas ! C'est la première fois que j'entends ce nom.

Arthaud sentit monter la colère en lui. Il aurait voulu prendre cet homme au collet, le gifler, le rouer de coups de poing pour lui faire regretter l'indifférence qu'il affichait quant au sort de Gautier. En même temps s'insinuait en lui le doute : il était possible que Le Vasseur n'ait pas eu le temps d'informer son chef de la menace que représentait ce jeune indiscret. Selon le tavernier de la Petite Couronne, Le Vasseur n'avait pas repéré de lui-même ce client qui posait tant de questions sur Raymond de Sales. Il avait fallu qu'on le lui signalât pour qu'aussitôt, en serviteur zélé, sans consulter son maître au préalable, il décidât de l'enlever aux yeux de tous, sous le prétexte de lui faire rencontrer le commissaire. Arthaud tentait d'imaginer la scène : Gautier croyant mystifier le *quidam* et cherchant à en tirer des informations compromettantes, l'autre se confortant dans le projet d'éliminer ce curieux.

Il frissonna. Tandis qu'il déroulait en son esprit ces diverses analyses, il n'avait cessé de fixer le prisonnier. Sous le regard ardent du prévôt, que des ombres inquiétantes traversaient, de Sales ressentit le besoin de baisser la tête, son corps retenu à la paroi de la cellule au niveau des poignets et des chevilles, sembla s'affaisser quelque peu. Il parut abandonner son personnage de seigneur arrogant, revêtir celui d'un prisonnier craintif.

– Je vous jure, fit-il de la même voix détimbrée, que je n'ai jamais vu ni ouï parler de ce Gautier.

– Alors c'est Le Vasseur tout seul qui a entrepris de lui faire un mauvais sort ! s'écria Arthaud. Vous allez nous dire où il peut avoir emmené son otage !

– Comment voulez-vous que je le sache ? répartit sèchement de Sales, dont la soumission feinte précédemment n'avait été qu'une hypocrisie de plus.

– Suspendu à la corde, je suis certain qu'il vous viendra quelque lueur sur le sujet, déclara Arthaud, qui se maîtrisait à grand-peine.

– Je vais faire appeler le bourreau, intervint Paterin, lui aussi ulcéré de l'attitude insultante du prisonnier.

– Ne prenez pas cette peine, ironisa de Sales. Que voulez-vous apprendre ?

– On vous l'a dit ! Quel est le repaire de Le Vasseur ?

– Il a une maison, rue de la Blancherie.

– S'il y était revenu, mes sergents m'auraient averti. Ils sont deux à garder le lieu, répliqua Arthaud.

– Ah ? Donc, vous savez pour la maison aussi ? constata-t-il avec un méchant sourire dont on ne pouvait déterminer s'il se moquait du prévôt ou de lui-même.

– Je suis sûr qu'il dispose d'autres caches dans la ville ? demanda Arthaud.

– Pourquoi en aurait-il besoin ? s'entêta à répondre de Sales.

La voix placide et blanche, la parole méprisante et laconique sonnaient comme des injures répétées à l'égard des enquêteurs.

– Comment l'avez-vous connu ? interrogea Arthaud, décidé à changer de méthode pour obtenir des aveux, coûte que coûte.

– Il était franc-arbalétrier, j'avais un commandement militaire. Je l'ai employé à de menues affaires… murmura de Sales, avec le même dédain pour ses interlocuteurs.

– Des affaires de quel genre ? Trafics frauduleux sur les fournitures à l'armée, ventes illicites, concussion, je présume ? reprit Arthaud.

– Un peu tout cela, en effet… Il s'est fait la main petit à petit, opina de Sales, comme s'il discutait de faits sans importance ne le concernant pas.

– Il vous est particulièrement fidèle, qu'avez-vous fait pour vous l'attacher de la sorte ? Le tenez-vous par un honteux secret ? continua Arthaud.

– Je l'ai aidé, autrefois, oui… Il m'en est reconnaissant, je suppose.

– Qu'avait-il fait ?

– Oh ! Rien de pendable ! Dans une rixe, il était allé un peu trop loin. C'est une force de la nature… Son adversaire était moins solide…

– Un premier meurtre, donc, que vous avez couvert ? Comment ? Vous n'avez jamais exercé de fonction judiciaire !

– Certes, mais devant les tribunaux, mon témoignage vaut bien davantage que celui de n'importe quel manant, répliqua de Sales, comme par défi. Et lorsque j'ai affirmé qu'il était mort sur le champ de bataille, le juge a compris qu'il s'était trompé de coupable… ensuite, j'ai aidé le tribunal à en trouver un très vraisemblable… ajouta de Sales en esquissant de nouveau son sourire énigmatique.

– Déjà ! s'écria Arthaud. Déjà cette tactique de désigner un bouc émissaire pour masquer vos ignominies !

– Oui, cela fonctionne très bien ! J'ai appris que la justice n'est pas regardante. Elle préfère un faux coupable à pas de coupable du tout !

– C'est le rôle que vous réserviez à monseigneur Jehan de La Marieuse !

– Ha, ha ! Ce sot prétentieux ne méritait pas mieux ! Il peut être heureux, je lui ai offert une notoriété qu'il ne goûtera jamais par ses œuvres !

– Vous vengiez-vous d'un mauvais parti qu'il vous aurait fait ?

– Non pas ! Je comptais qu'il payât pour *toutes* ses actions, pour ce qu'il est, pour ce qu'il dit, pour ce qu'il pense ! Fi ! Un vantard qui fait le glorieux devant ses pairs, mais qui se couche pour obtenir faveur et place d'un plus puissant !...

Il avait prononcé cela avec un peu plus de chaleur que précédemment.

– Dommage ! J'aurais joui de le voir humilié et flétri publiquement ! reprit-il avec une grimace de dépit.

– Il risquait plus que cela ! Il risquait l'échafaud, la hache du bourreau ! Il est vrai que vous n'êtes pas à un meurtre près ! Après avoir manipulé Domenjon, vous l'avez fait assassiner !...

– Détrompez-vous, ce n'était pas mon idée... Ce couard pouvait nous resservir ! Il faisait un coupable très présentable pour le vol... Ha, ha ! Je trouvais que lui et La Marieuse formaient une belle paire de traîtres à livrer à la justice, une fois mes affaires faites... avoua de Sales, en ricanant méchamment.

– Alors, ce fut une décision de Le Vasseur ? demanda Arthaud, dont tout le sang se retirait du visage à la pensée que le tueur pouvait réitérer une telle initiative sur la personne de Gautier.

– Eh non ! répliqua de Sales, haussant les épaules.

La désinvolture avec laquelle il exposait les faits, comme s'il n'en avait pas été le principal instigateur, continuait de stupéfier ses auditeurs.

– Qui donc est l'assassin de Domenjon ? pressa Arthaud.

– Eh bien ! Ce larron de Coquillon, ce Benoît Lion, c'est lui qui s'est mêlé de l'éliminer ! Je crois d'ailleurs qu'il agissait dans son propre intérêt, parce que l'autre, tout avorton qu'il était, avait repéré les coquineries dont le sergent était familier et aurait pu le dénoncer. Bah ! Paix à son âme ! Il avait ses bons côtés : pas de remords, pas de problèmes de conscience, un grand amour de l'argent... Il m'a bien servi tout de même, avec sa livrée de *votre* police ! ironisa-t-il en narguant Paterin.

– Pour le vol des carnets ou pour le trafic de salpêtre ? demanda ce dernier d'une voix sévère où perçait son exaspération.

– Pour le salpêtre uniquement ! Je ne lui aurais pas confié les carnets, ils les auraient joués à la taverne ! fit de Sales en ponctuant sa remarque d'un petit rire.

– Pourquoi l'avoir fait tuer, dans ce cas ? reprit Arthaud.

– Il devenait imprudent, buvait beaucoup, parlait trop et puis il fréquentait d'un peu trop près ce gars de *votre* police, qui avait failli tout découvrir à l'auberge du Mouton Noir. D'ailleurs, Lion était intervenu pour qu'on épargnât ce sergent. C'était louche ! Il nous eût trahis, un jour ou l'autre...

Arthaud avait rougi comme s'il eût été à la place de Bras-de-fer. Il remarqua le regard interrogateur de Paterin, l'air surpris de Guy de Poisieu. Il enragea de se sentir coupable et passa son ressentiment sur le prisonnier.

– Lion, c'est bien Le Vasseur qui l'a exécuté ?

– Je ne sais pas, je n'y étais pas ! rusa de Sales.

– Ah, c'est assez ! tonna Arthaud. Cessez de jouer ce jeu ! Vous avez manipulé bien des gens, mais vous n'y parviendrez pas en ce qui nous concerne. Répondez à ma question : où se cache Le Vasseur ?

– Je vous l'ai dit ! Rue de la Blancherie !

– Bon, faites venir le bourreau ! cria Paterin au sergent de garde. Et conduisez ce traître assassin en la salle de l'estrapade.

De Sales changea de visage. L'injurieux détachement, dont il avait usé jusque-là afin de tenir tête à ses inquisiteurs, céda à la menace des tourments.

– Rue de la Blancherie, répéta-t-il.

– On a fouillé la maison, elle n'est pas si grande! Il n'y avait personne.

– Il y en a une autre...

– Une autre maison? La première ferme de la rue?

– Non, une petite maison à l'extrémité du chemin, derrière celle que vous avez fouillée...

– Vous mentez encore! Il n'y a que des granges.

– On dirait une grange... oui. C'est la maison de Boutevielle...

– Boutevielle? s'exclama Arthaud. Il revit les documents récemment compulsés où ce nom était mentionné : un couleuvrinier parmi les francs-arbalétriers, sa maison grevée d'une pension à Le Vasseur, ces deux-là voisins, compagnons d'armes et maintenant, à coup sûr, complices dans les sales affaires de trafic et de meurtre!

Arthaud se tourna vers Paterin et de Poisieu.

– Il me faut vérifier cette information tout de suite, déclara-t-il. Je vous laisse reprendre l'interrogatoire sur le chapitre du vol des carnets... Pour ce qui est des assassinats, j'ai eu les réponses. Reste à appréhender ce Noé Le Vasseur et ses deux complices. J'ai au moins l'identité du premier : Gilet Boutevielle...

Il allait quitter la cellule, quand une idée lui traversa l'esprit. Il revint sur ses pas et, tirant de son pourpoint le bouton ramassé par Grand-Jehan, il le tendit à monseigneur de Poisieu :

– Monseigneur, ma question va sans doute vous paraître bien éloignée de vos attributions, et trop matérielle et commune, j'en suis conscient, mais puis-je vous demander pourtant si vous avez déjà vu ce bouton?

Contrairement à ce qu'il redoutait de ce personnage à l'aspect altier et froid, Guy de Poisieu ne parut nullement choqué par cette demande et examina avec soin le bouton aux incrustations de nacre. Lorsqu'il releva la tête, l'expression angoissée qu'Arthaud lisait sur son visage le glaça. À peine entendit-il la réponse redoutée, tant son sang battait à ses tempes et sifflait à ses oreilles.

– Je crois… Non, je suis sûr, que messire Gautier Blanc porte un pourpoint fermé de boutons comme celui-ci. Où l'avez-vous trouvé ?

– Devant la maison que nous avons fouillée tout à l'heure, rue de la Blancherie. J'y retourne sans tarder ! Pour une fois, ce gueux punais[1] a dit vrai, ajouta-t-il en jetant un regard sur de Sales, qui ne perdait rien de la conversation et dont les lèvres portaient de nouveau l'esquisse d'un odieux sourire.

***

Arthaud faisait trotter son cheval à une allure qui eût semblé fort périlleuse dans les rues de la ville si, par chance, la pluie ayant redoublé de violence, celles-ci ne s'étaient vidées des derniers piétons. Les hommes qui avaient participé à la montre, les femmes qui les attendaient en discourant entre elles depuis leur porte, tous étaient désormais rentrés chez eux pour se réchauffer auprès d'un bon feu, et se consoler d'une pénible matinée. Derrière le prévôt, ses trois fidèles sergents, fort inquiets du trouble de leur chef qu'ils avaient remarqué au sortir de l'hôtel de Roanne, poussaient leurs montures en s'étonnant du trajet qu'ils suivaient et qui, selon toute vraisemblance, les ramenait en la rue de la Blancherie. Allaient-ils relever les deux sergents en faction devant la maison de Le Vasseur ? Ils n'avaient osé poser des questions.

Ils passèrent de nouveau devant la première ferme, sans rencontrer âme qui vive. En se rapprochant de la demeure du suspect, ils n'aperçurent pas davantage les sergents qui auraient dû la garder. Arthaud fit prendre le galop à sa

1. Puant, pourri.

monture, redoutant de trouver ses hommes morts à l'endroit où il les avait postés, mais il ne constata que leur absence. Il entra dans la maison, elle était dans le même état que lors de leur première fouille, rien n'indiquait qu'on y eût pénétré de nouveau.

– Tenez-vous prêts à tirer l'épée et user de la force, annonça-t-il à ses trois acolytes en les entraînant vers la construction, à vingt toises de là[1], que le matin même ils avaient prise pour une grange en ruine.

En effet les murs de torchis donnaient à la bâtisse une apparence plus fruste que la maison de Le Vasseur, faite de moellons. Une charpente de toit importante, descendant très bas, ajoutait à son aspect sinistre, enfermant l'unique niveau du rez-de-chaussée dans une pénombre constante. Cependant, malgré quelques murs où le clayonnage[2] était apparent, le torchis dégradé, en dépit de l'affaissement visible du toit sur un côté, les huisseries étaient en bon état. La maison n'était pas la ruine qu'on imaginait en la regardant de loin ni la grange avec laquelle on l'avait confondue.

Au fur et à mesure qu'ils avançaient, en prenant soin de ne faire aucun bruit, ils percevaient des éclats de voix et le fracas de meubles renversés. On se battait là-dedans ! Arthaud courut presque et entendit distinctement des jurons échangés par les lutteurs. Il fit signe à Tout-Lourd et Gros Antoine de se poster à l'arrière de la maison afin d'en contrôler les issues éventuelles. Grand-Jehan et lui choisirent d'intervenir à l'intérieur. Ils n'eurent pas à pousser la porte qui était déjà ouverte. Depuis le seuil, dans l'obscure salle où se déroulait le combat, ils distinguaient les silhouettes de deux solides gaillards aux prises l'un avec l'autre. À l'instant même où ils

---

1. Soit un peu plus de quarante mètres.
2. Structure de bois formée de barres parallèles ou croisées pour accrocher le hourdage ou torchis.

entrèrent tout à fait, un magistral coup de poing asséné sur la tempe de l'un des adversaires le fit choir, assommé, sur un banc qui se brisa net sous son poids.

– Police de l'archevêque, rendez-vous ! cria Arthaud s'avançant l'épée pointée vers l'inconnu dont il ne voyait que le dos.

L'homme se retourna.

– Bras-de-fer ? s'exclamèrent en chœur Grand-Jehan et son chef.

– Oui, messire prévôt ! C'est moi ! Et celui-ci, c'est l'assassin que vous cherchez ! C'est Noé Le Vasseur. Il m'a donné du mal, le bâtard ! Il faut le ligoter soigneusement, et bien serré, car il jouit d'une force diabolique !

Du sang coulait de son bras.

– Tu es blessé ? s'enquit Grand-Jehan en se précipitant vers son compère.

– Un coup de dague, oui. Mais ce n'est rien ! Ce chien visait le cœur, j'ai paré le coup de mon bras.

Arthaud fixait Bras-de-fer, si ahuri par sa présence providentielle qu'il ne pouvait réfléchir.

– Comment as-tu fait pour le trouver ? questionna Grand-Jehan en ligotant fermement Le Vasseur, toujours inconscient.

– Gautier est-il ici ? L'avez-vous vu ? coupa Arthaud pour qui l'urgence n'était pas de reconstituer les faits, mais de sauver son fils.

– Gautier ? répéta Bras-de-fer. Vous voulez dire le jeune homme qui accompagnait Le Vasseur ?

– Oui, Le Vasseur l'a pris en otage… car il enquêtait sur Raymond de Sales, expliqua hâtivement Arthaud en formant des moulinets de la main, comme pour accélérer le débit de ses paroles.

– De Sales, le commissaire royal à la guerre ? continua de s'étonner Bras-de-fer, qui ne comprenait pas le rapport de celui-ci avec Le Vasseur, et encore moins le rôle de ce Gautier.

Arthaud s'énerva :

– On vous expliquera plus tard ! Qu'a-t-il fait de Gautier ? le savez-vous ?

– Ils sont entrés tous deux ici, je les avais suivis discrètement. Je voyais bien que le jeune homme était contraint par Le Vasseur... J'ai pensé que c'était un complice dont il n'était pas content. Il le poussait devant lui, peut-être sous la menace d'un couteau dissimulé, en tout cas, il le bousculait, il l'a tiré par son pourpoint devant la maison du bas...

– Jusqu'à lui arracher un bouton, oui ! opina Arthaud. Mais ne l'avez-vous pas vu dans cette salle lorsque vous êtes entré ? pressa-t-il encore, d'une voix que l'angoisse étranglait.

– Non, il n'y avait que Le Vasseur... Mais je ne suis pas entré tout de suite. J'ai guetté un long moment aux abords de cette bâtisse, afin d'estimer s'il y avait d'autres truands à l'intérieur. Je voulais l'affronter seul, qu'il m'avoue tout du trafic de salpêtre, car il en est le véritable chef, déclara Bras-de-fer, dans l'ignorance du rôle de Raymond de Sales.

– Non, il n'en est que le second ! corrigea Arthaud.

– Ah ? fit Bras-de-fer, dubitatif, en tout cas il est l'assassin de Benoît Lion ! Il a fini par me l'avouer, en se moquant de ma crédulité à l'égard de ce ruffian. Cette bande de truands, ils m'ont tous manipulés, en me compromettant dans leurs sales manigances, ils m'ont fait perdre mon honneur ; je devais le rétablir, vous comprenez, messire prévôt ? Aussi, quand je l'ai entendu me proposer de m'acoquiner avec eux, sous prétexte que j'avais déjà sacrifié ma réputation d'honnêteté, une rage m'a saisie, je n'ai pu me retenir de le rouer de coups ! Vous êtes arrivés juste à temps pour m'empêcher de l'achever !

Bras-de-fer insistait, si manifestement heureux d'avoir prouvé sa loyauté à la police de l'archevêque qu'il en bombait le torse, attendant les félicitations du prévôt. Au lieu de cela, il recueillit seulement d'Arthaud, obsédé comme il l'était par le sort de Gautier, un : « Oui, oui, bien sûr ! » presque indifférent.

– Mais alors, qu'en a-t-il fait? reprit Arthaud, poursuivant tout haut le raisonnement qui l'occupait tout entier. Si Gautier n'est pas là, s'il n'est pas ressorti, s'il ne se manifeste pas, mon Dieu! c'est qu'il a été étranglé comme les autres… dans une autre pièce! s'écria-t-il en même temps qu'il désignait d'un geste vague les coulisses obscures de cette salle.

Enjambant les débris épars d'une table effondrée lors de la lutte précédente, il se précipita dans une sorte d'alcôve qui se dessinait au fond de la pièce. Il n'y percevait que des ombres : dans un coin, un tas de linges, comme un amas de draps ou de couvertures. Arthaud se pencha, mit un genou en terre, tendant les mains devant lui comme un aveugle pour tâter cette masse informe. Il poussa alors un cri si déchirant que Grand-Jehan accourut, suivi de Bras-de-fer, qui soutenait son bras blessé. Mais déjà Arthaud tirait le corps inerte vers la parcimonieuse lumière de la salle. C'était bien Gautier qu'il voyait là. Gautier, livide, les yeux clos, le nez pincé comme l'ont souvent ceux qui ont souffert une cruelle agonie.

Il saisit ce corps, l'entoura de ses bras, le serra sur sa poitrine, en pleurant et en répétant :

– Hélas, hélas, mon fils chéri! Je n'ai pas su te défendre!

Les deux sergents ébaubis par ce qu'ils entendaient, bouleversés de voir le chef qu'ils vénéraient en proie à un chagrin si manifeste, demeuraient immobiles et muets. Cependant Grand-Jehan, considérant le jeune visage qui dodelinait sur l'épaule du prévôt, au rythme du bercement que celui-ci lui imposait par son étreinte tragique, s'exclama soudain :

– Il n'est pas mort! Messire, il n'est pas mort! Il respire!

Aussitôt Arthaud relâcha son enlacement, reposa le corps sur le sol, chercha et trouva le souffle, faible mais réel. Il ouvrit le collet de la chemise de Gautier afin de faciliter sa respiration, aucune marque de strangulation n'apparut. Il leva les yeux vers Bras-de-fer et Grand-Jehan.

– Mais alors ? Qu'est-ce qu'il lui a fait pour qu'il reste dans cet état ? demanda-t-il désemparé.

– Il faut absolument que maître Curt l'examine, souffla Grand-Jehan.

– Vous avez raison ! Je l'emmène de suite, décida Arthaud, qui reprenait tout juste son calme. Et vous, remettez ce chien de Le Vasseur à messire le lieutenant du bailli, à l'hôtel de Roanne ! Vous le chargerez sur votre monture, Grand-Jehan, et vous vous ferez escorter par Tout-Lourd et Gros Antoine, au cas où ses deux complices tenteraient de le délivrer !

– Aucun risque qu'ils le tentent, Messire, intervint Bras-de-fer. Ces deux fils de putes sont tout prêts à être jetés en cul-de-basse-fosse… Je les ai débusqués les premiers, en usant des relations que j'ai gardées avec certains francs-arbalétriers, et c'est grâce à leurs aveux que j'ai pu repérer Le Vasseur à la taverne de la Petite Couronne et le suivre. Il n'y a plus qu'à saisir ces pendards, solidement ligotés, chez moi, rue du Bessal.

– J'attends votre rapport sur ces exploits qui sont bien dignes de vous, déclara Arthaud d'un ton qui laissait entendre à Bras-de-fer combien il était réhabilité à ses yeux.

– Tu es le meilleur, ami ! déclara Grand-Jehan, avec un rire éclatant et une expression de franche admiration.

Ils firent au plus vite, Arthaud étant impatient de confier Gautier au barbier, voire de s'en remettre à un des médecins réputés qu'il connaissait, si le talent de maître Curt n'y suffisait pas.

Cette précipitation sauva les deux sergents, qui avaient déserté leur poste. Ils surgirent devant les cavaliers, sortant de la première ferme de la rue de la Blancherie, penauds et inquiets de la sanction qu'ils encouraient.

– Il pleuvait tellement, messire prévôt, expliqua le plus hardi des deux, on s'est réfugié chez la brave femme de céans. On s'est dit que si quelqu'un se rendait là-bas derrière, on le verrait forcément passer devant cette ferme…

– Et avec le poulet du dîner, elle vous a servi force gobelets de vin, je suppose ? coupa Arthaud sèchement. Nous verrons cela plus tard, je suis pressé. Rentrez à l'auditoire et considérez-vous aux arrêts. J'ai besoin de vos montures, vous irez à pied.

Bras-de-fer, qui était monté en croupe de Grand-Jehan, retrouva ainsi un cheval, qu'il guida d'une seule main. Lui aussi aurait grand besoin de maître Curt !

***

– Enherbé, messire de Varey, ce jeune homme a été enherbé ! affirma le barbier Anthoine Curt, au chevet de Gautier, en l'hôtel de Varey. Je soupçonne des graines ou une décoction de jusquiame de l'avoir plongé dans un sommeil aussi profond, provoquant un ralentissement des fonctions vitales, une apparence de mort. Heureusement, il semble ne pas avoir ingurgité une dose mortelle, ou bien avoir recraché une part de ce qu'on lui faisait avaler. Il se réveillera quand l'effet de ce poison s'atténuera. Il sera peut-être un peu agité, délirant… Il faudra se montrer patient, mais je vous le promets, foi de barbier, il recouvrera la santé complètement, dans quelques jours.

Pour ces paroles rassurantes, Arthaud aurait volontiers accolé maître Curt, alors qu'il professait en général les plus acerbes critiques de sa flagornerie et de son ambition démesurée.

Gautier était sauf. Il ne cessait de louer le Seigneur pour cela ! C'est en l'hôtel familial de la rue Longue et non à l'auberge du Chapeau Rouge qu'il avait fait conduire le jeune homme, c'est là qu'il passerait sa convalescence, Arthaud l'avait décidé ! Il savait déjà qu'Antonia lui prodiguerait des soins attentifs et tendres. Quant à lui, il tenait à profiter pleinement de la compagnie de celui qu'il avait cru perdu à jamais.

Il lui restait une démarche délicate à accomplir.

Il avait convoqué Grand-Jehan et Bras-de-fer chez lui, afin de ménager à l'entretien un caractère privé et discret. Il les reçut comme des compagnons d'armes, non comme ses subordonnés. Un pichet de vin claret à partager, la douceur de l'âtre de la grand-salle, tout était prévu pour inscrire la rencontre dans une ambiance chaleureuse, sans rien de commun avec les entrevues dans le bureau du prévôt, en l'auditoire.

Les deux sergents s'avancèrent, embarrassés de se voir traités si différemment qu'à l'accoutumée par le prévôt.

– Je voulais vous remercier, tous deux, de l'aide que vous m'avez apportée dans la résolution de cette enquête, commença Arthaud en les priant de prendre place sur les sièges approchés du foyer. J'ai conscience de vous avoir soumis à rude épreuve, depuis la découverte du cadavre de Domenjon, jusqu'à l'équipée d'aujourd'hui en la rue de Blancherie. Vous avez témoigné de votre zèle au service de monseigneur l'archevêque et de votre loyauté à ma personne. Soyez bénis pour cela !

Il fit une pause. Ses auditeurs étaient gênés par ce discours inhabituel. Ils devinaient que leur chef était également mal à l'aise en le prononçant. Ses paroles n'étaient certes pas suspectes de fausseté ni ses compliments d'hypocrisie, mais il était si peu coutumier de féliciter ses hommes ni de s'inquiéter de leurs contraintes dans le service, que, pour eux comme pour lui, l'exercice paraissait troublant et étrange.

– Vous avez assisté, malgré vous, tout à l'heure, à une scène très intime, reprit Arthaud, vous avez connaissance à présent d'un secret qui m'appartient. Hum ! Voilà ! fit-il en s'éclaircissant la voix, je voudrais que vous gardiez à son propos un silence total. Je ne désire pas publier les liens qui m'unissent à Gautier tant que vivra le brave et honnête homme qui l'a élevé, chéri, protégé pendant que moi, ignorant son existence, je ne lui rendais pas les devoirs d'un père. Comprenez-vous ? Gautier ne sait pas ce que je suis pour lui, il me croit seulement un ami de ses parents, je souhaite qu'il demeure encore dans ce sentiment, en dépit des frustrations que je m'impose en agissant ainsi.

– Je ne dirai mot, messire prévôt, sur ma foi ! répondit Grand-Jehan.

– Non plus que moi, sur mon âme ! renchérit Bras-de-fer, d'une voix forte, en se levant de sa chayère, ardent comme s'il devait partir au combat.

– Je n'ai point de doute sur votre fidélité. Ce n'est pas un serment que je réclame. Je me fie bien à vous, à présent que vous êtes informés de ma volonté de conserver le secret.

Un valet vint faire le service du vin, remplissant des verres qu'il tendit à chacun.

– Buvons à la loyauté, à la constance, à la franchise et à l'honneur ! déclara Arthaud, retrouvant le ton solennel qu'il préférait adopter avec ses subordonnés.

Il s'était assez livré pour aujourd'hui, songeait-il. Et imperceptiblement, il renouait avec sa réserve habituelle, érigeait de nouveau des barrières pour préserver le privé de chacun. Les sergents l'avaient compris et Grand-Jehan déjà prenait congé.

Cependant Bras-de-fer hésitait à suivre son compère. Une fois seul avec Arthaud, il se décida à parler.

– Messire, vous m'honorez de votre bienveillance, nous avons bu à la franchise et à la constance, mais j'ai quelque chose à vous avouer qui vous donnera, hélas, une piètre opinion de ma loyauté !

– Pardieu, Bras-de-fer, vous m'inquiétez ! Qu'avez-vous donc à vous reprocher ? Si c'est votre présence près de la maison de Domenjon et votre tentative pour y entrer, n'ayez crainte, nous savons que vous suiviez Benoît Lion et que vous vouliez vérifier ce qu'il tramait dans la demeure d'un homme assassiné ! Tout est clair à présent.

– Mais vous ignorez comment je le connaissais !

– Je ne crois pas, non ! fit Arthaud avec un sourire amical.

– Vous savez pour Jehanote ? s'étonna Bras-de-fer.
– Oui, l'aubergiste du Mouton Noir nous l'a révélé ! C'était sa manière à lui de vous impliquer !
– Ce fut en effet le piège qu'ils m'ont tendu !... Et ils ont réussi à me rendre indigne de cette livrée, messire prévôt ! ajouta le sergent, des larmes d'exaspération dans la voix.
– Comment cela, indigne ? s'insurgea Arthaud. Bien au contraire, puisque cela vous a lancé sur la piste de ces truands et que, grâce à vous, on a réussi à les mettre hors d'état de nuire !
– Mais vous ne savez pas jusqu'où m'a conduit mon amour pour cette créature ! murmura Bras-de-fer, piteusement.
– Expliquez-vous ! commanda Arthaud, que cette confession commençait à alarmer.
– Je m'apprêtais à la mener en l'auditoire, elle était assise devant moi, sur le cheval... Je lui avais lié les mains, je la tenais prisonnière entre mes deux bras qui guidaient la monture, je sentais le parfum de ses cheveux, leur caresse sur ma joue, son corps plaqué contre le mien...
Il ferma les yeux, s'interrompit un bref instant...
– Vous la chercheriez en vain dans nos geôles, Messire ! Elle n'y est jamais arrivée ! Je l'ai libérée en chemin, je l'ai laissée partir... Je suis un traître, un félon, un misérable ! Je mérite la mort !
Arthaud considérait ce grand et solide gaillard qui, à présent, se cachait le visage dans ses mains pour pleurer plus discrètement. Il éprouvait une grande pitié pour lui.
– Votre Jehanote n'est coupable que d'avoir usé de ses charmes pour vous envoûter ! Certes ce que vous avez fait demeure une faute, mais sans conséquence néfaste pour notre affaire. Disons que cela restera un secret entre nous ! Je vous ai livré le mien, vous m'avez confessé le vôtre. Nous sommes retenus tous deux par l'obligation du silence !

– Cependant, je vous dois la vérité entière, reprit Bras-de-fer. Jehanote m'a avoué avoir suborné un bourgeois de la ville, messire Baronnat, sur ordre de son frère ! Je suppose que c'était pour réussir un plan sordide dont j'ignore tout !

– Ah ! C'était donc elle la servante maîtresse de messire Baronnat ? s'exclama Arthaud. Allez, Bras-de-fer, ne craignez rien ! Je suis bien certain que ce consul ne divulguera pas son aventure devant les tribunaux ! conclut-il en riant. Voyez-vous, il y a certains secrets politiques qui méritent d'être définitivement enterrés, y compris parfois par le moyen du crime ; en renonçant à enfermer votre Jehanote dans nos geôles, vous lui avez peut-être sauvé la vie, car il arrive, de nos jours, que des témoins indésirables décèdent en prison ! Promettez-moi seulement de ne plus la fréquenter !

– Ah ça ! Je vous l'assure, messire prévôt ! D'ailleurs elle doit avoir fui ou s'être retranchée dans un des bordels de la ville, car c'est de là qu'elle venait, je l'ai compris trop tard ! Non, je vous l'affirme, on ne me verra plus jamais amoureux d'une de ces femelles !

– Il est bien imprudent de jurer de telles choses, Bras-de-fer ! conclut Arthaud en riant.

Épilogue
Les carnets retrouvés !

Lundi 19 janvier 1478, cinquième heure[1], en la salle haute de l'hôtel de Roanne

– Eh bien, messire de Varey, c'est fait ! Le misérable a avoué tous ses agissements ! déclara d'une voix triomphale le lieutenant du bailli.

– Avec l'aide du bourreau, je présume ? fit Arthaud sans pouvoir réprimer une grimace à l'évocation de l'estrapade, dont il ne tolérait l'emploi qu'en dernière extrémité, ayant grand-peine lui-même à l'administrer.

– Il n'en a pas été besoin. Vous allez comprendre ! Lorsque vous nous avez quittés pour aller quérir ce Le Vasseur sur les indications que vous avait livrées de Sales, lequel vous sacrifiait ainsi avec perfidie – remarquons-le – un homme dont il pouvait croire qu'il lui était entièrement dévoué, j'ai poursuivi l'interrogatoire, en présence de monseigneur de Poisieu, afin d'obtenir du prisonnier qu'il confessât son rôle dans le vol des

1. Onze heures.

carnets, et surtout qu'il nous dît ce qu'il en avait fait. Mais, vous vous souvenez de son attitude arrogante en réponse à vos questions ?

– Certes, il mettait ma patience à rude épreuve ! Surtout parce que je ressentais l'urgence de tirer Gautier Blanc des mains meurtrières de Le Vasseur !

– Eh bien, de Sales ne s'est pas départi de ces manières par la suite, comme s'il se savait à l'abri de toutes poursuites ! Il nous narguait en nous narrant les étapes du plan qui avait conduit au vol de documents si précieux pour la sécurité de la ville. D'abord sa haine et son désir de vengeance à l'égard de La Marieuse, qu'il a tout fait pour désigner comme le coupable, au prix de fausses lettres, de signatures imitées qui ont abusé aisément et Domenjon et Catherin. Ce dernier ne dispose pas, à ce qu'on m'a rapporté, d'un sens critique très aigu et fut assez facile à duper. Puis il s'est vanté de l'habileté avec laquelle il avait profité des vices de Benoît Lion pour en faire un homme de main.

– Oui, il s'en est servi pour organiser son trafic sur le salpêtre, sous le contrôle de Le Vasseur. En sa qualité de commissaire à la guerre, il lui était aisé de détourner les quantités frauduleusement récoltées par ledit Coquillon et sa bande ! approuva Arthaud.

– C'est aussi cet infâme sergent qui a terrorisé Domenjon, jusqu'à lui promettre, s'il n'obéissait pas, de prostituer sa fille qu'il avait séduite ; et lorsque le malheureux notaire est revenu de ses illusions, qu'il a compris le piège dans lequel il était tombé et qu'il a pris plusieurs mesures pour contrer la menace…

– Comme dérober sa fille à ces truands en l'éloignant de Lyon… mais je n'ai pas encore eu le temps de la rechercher à Chazay, où sa tante doit l'abriter, compléta Arthaud.

– Apparemment, Domenjon avait aussi le projet de dénoncer les exactions de Lion, reprit Paterin.

– Oui, j'en ai la preuve : un dossier constitué par Domenjon dans lequel il a noté les sommes frauduleusement prélevées par Benoît Lion, c'est pourquoi celui-ci a fouillé désespérément la maison pour trouver cette pièce compromettante, sans succès. Des témoins l'ont vu sortir de la maison, sans l'identifier, ce qu'a pu faire, en revanche, un de mes sergents, qui le suivait depuis un moment.

– Est-ce le sergent de l'archevêque que de Sales prétendait être familier de Benoît Lion ? demanda Paterin.

– C'est lui, en effet, sauf qu'il n'était pas l'ami de ce ruffian, mais une simple connaissance de taverne, précisa Arthaud – occultant volontairement la relation de Bras-de-fer avec Jehanote – et il ne fut nullement son complice, croyez-moi ! Bien au contraire, il m'avait informé avoir deviné un commerce louche à l'auberge du Mouton Noir. Toutefois, j'étais alors pris par l'affaire du meurtre et du vol, et j'ai dû différer de m'occuper de ce trafic, que je ne pensais pas lié au reste ! Mon sergent a plutôt été la victime de cette bande, qui a cherché à le diffamer afin de lui ôter toute crédibilité, ajouta Arthaud pour clore cette plaidoirie en faveur de Bras-de-fer.

– Bref, reprit Paterin, Domenjon étant devenu une menace pour Benoît Lion, celui-ci aurait pris l'initiative de le supprimer, avec l'accord de Le Vasseur… Une émancipation condamnée par de Sales et qui annonçait sans doute une faille dans le système dont le commissaire corrompu usait pour arriver à ses fins.

– Une faille ? Je n'en ai décelé aucune, hélas !, contesta Arthaud. Le plan était très bien monté et tirait parti des faiblesses des divers protagonistes : ainsi la recherche empressée de l'aval des trois commissaires pour son organisation de la montre a conduit messire Baronnat à leur divulguer ses plans de mise en sécurité des carnets, et a permis à de Sales d'imaginer les moyens de les dérober.

Bien sûr, Arthaud se dispensait de préciser que Baronnat avait négligé son devoir, ce jour-là, pour les séductions de Jehanote, et pourtant ce détail aurait démontré plus brillamment encore la manipulation diabolique dont était capable celui qui était l'instigateur du vol. Sans doute avait-il demandé ce « service » à Benoît Lion, qui n'était que le herlot de sa sœur.

– Et pourtant, Messire, répliqua Paterin en souriant mystérieusement, si de Sales est passé aux aveux, s'il croupit depuis hier dans une des geôles de cet hôtel de la sénéchaussée, avant d'être transféré à Amboise, devant le roi, où il sera jugé pour haute trahison, c'est bien parce qu'il fut victime d'une faille dans son organisation criminelle !

– Racontez-moi ! demanda Arthaud, profondément intrigué.

– J'ai dit qu'il était arrogant à tel point que je soupçonnais qu'une autorité éminente avait dû lui garantir l'immunité ou le salut. Un prince ennemi, sans doute, auquel il aurait déjà remis les carnets ? C'est là que monseigneur de Poisieu vint à ma rescousse, car il était détenteur d'une information secrète qui prit alors toute son importance. Monseigneur, je vous laisse exposer ce qui relève de votre mission.

– Oui, lorsque je suis arrivé à Lyon, enchaîna Guy de Poisieu, j'avais ordre de déterminer lequel des trois commissaires délégués en décembre, en cette ville, était l'auteur d'une lettre interceptée par les espions royaux et adressée à monseigneur Jehan de Chalon[1].

– Jehan de Chalon ? Ce seigneur que notre roi a banni du Royaume de France, l'an dernier, et fait pendre en effigie pour sa trahison en Bourgogne ? s'enquit Arthaud.

– Lui-même ! Depuis, il s'est mis au service de la duchesse Marie et de Maximilien d'Autriche, son époux.

– Qu'y avait-il dans cette missive ?

1. Jehan IV de Chalon-Arlay, prince d'Orange (1443-1502).

– Eh bien, la proposition de remettre – contre une promesse de sauvegarde signée de Maximilien et une charge nobiliaire éminente dans ses états – des renseignements précis sur les mesures de mise en défense de Lyon.

– Bien sûr, elle était dépourvue de signature ?

– Anonyme, oui, ou presque. Figurait juste à la fin la mention « de la part de Monseigneur », suivie de trois points en forme de triangle. Toutefois, elle fut trouvée en la possession d'un frère franciscain de Lyon qui, interrogé, déclara l'avoir reçue d'un homme dont il fit un portrait précis. Ce portrait correspondait davantage à celui d'un soldat qu'à celui d'un monseigneur. Le religieux ignorait le contenu du message qu'il s'était engagé à transporter lors d'une de ses tournées de quêtes pour le couvent. Il ignorait même l'identité du destinataire, il savait seulement qu'il devait remettre la lettre au frère portier du couvent de Dijon.

– Nul intermédiaire plus discret en effet que ces frères mendiants, vagabondant au gré de leurs prédications, de leurs quêtes ou de leurs ventes d'indulgences, confirma Paterin d'un air grave.

– Le soldat, c'était Le Vasseur ? réfléchit Arthaud.

– À présent nous en sommes certains, approuva Guy de Poisieu, mais, à l'époque, on aurait été bien en peine de l'apprendre. Dans le dessein de remonter jusqu'à lui, on a utilisé comme messager de retour le même religieux, mais, cette fois-ci, porteur d'une réponse de notre plume.

– Une réponse favorable, je présume ?

– Oui, il était écrit que, par l'entremise de Jehan de Chalon, le *monseigneur* serait reçu comme sujet de Maximilien, placé sous sa sauvegarde et sous celle de l'empereur, son père. Nulle justice autre que celle de l'Empire ne pourrait désormais l'atteindre, assurait le texte, mais, en contrepartie, Jehan de Chalon et Maximilien exigeaient de prendre connaissance de quelques-uns des documents promis. Il faudrait les transmettre par le même truchement.

– Apparemment votre feinte n'a pas réussi, puisque Le Vasseur est resté libre de nuire jusqu'à ce que je l'arrête, fit Arthaud, avec une nuance de reproche dans la voix.

– Hélas ! Le franciscain a certifié qu'il avait bien remis la lettre qu'on lui avait confiée et pourtant les espions qui le suivaient et le surveillaient ne l'ont pas vu le faire. Il faut dire qu'ils cherchaient un grand homme à figure de rustre ou de soldat, et ce fut une jeune femme, requérant la bénédiction du religieux qui recueillit le message, subrepticement.

Arthaud ne doutait pas que la pénitente en question eût pour nom Jehanote !

– Qu'avez-vous fait alors ? questionna-t-il.

– Eh bien, dès le lendemain de mon arrivée, j'ai sollicité audience auprès du prieur du couvent, et lui ai ordonné, au nom du roi, de se montrer vigilant : un document important devait transiter par son couvent. J'ignorais ce que c'était, et j'étais incapable de préciser sa taille ou son volume. Le pauvre prieur était effrayé de la responsabilité « politique » qui lui incombait. Je le rassurais un peu en lui indiquant qu'il devrait surtout me prévenir de tout départ en mission d'un de ses frères.

– Sont-ils sortis du couvent, ces fameux carnets d'établies ? finit par demander Arthaud.

– Eh bien, c'est là que se rencontre la faille du plan de de Sales ! répondit Paterin, avec une exaltation qui ne lui était pas coutumière.

– De Sales avait reçu le faux message de Jehan de Chalon, reprit Guy de Poisieu. Il a donc organisé l'envoi des carnets selon le procédé qui avait réussi pour le simple courrier, et il a commandé à Le Vasseur, qu'il estimait inconditionnellement fidèle, de porter au couvent la majorité des carnets, et de les remettre au premier des frères qui partirait en mission hors de Lyon. Mais Le Vasseur nourrissait un autre projet... Celui de vendre ces documents au plus offrant des princes.

– Il ne les a pas expédiés, donc ?

– Non, prenant le temps de faire monter les enchères, il conserva les carnets par devers lui, alors que de Sales croyait qu'ils étaient déjà aux mains de ses protecteurs. Voilà ce qui explique la désinvolture de de Sales à nous exposer ses fraudes et ses crimes...

– Et vous lui avez appris la vérité hier ?

– Oui ! J'avoue que j'ai joui de ce moment, déclara Paterin. Si vous l'aviez vu ! Il a commencé par devenir si blême que j'ai cru qu'il trépassait, puis le sang lui est revenu et, avec lui, une bordée de jurons, d'imprécations, de blasphèmes dont Le Vasseur d'abord, puis la police, les juges, notre sire le roi lui-même furent les cibles, tour à tour.

– Si Le Vasseur a gardé les carnets, où les entreposa-t-il ? Où, dans sa demeure ? Nous avons fouillé intégralement cet espace, sans rien découvrir de ce genre ! fit Arthaud se souvenant de l'odeur nauséabonde de l'évier dans ce taudis. Est-ce dans la maison de Boutevielle ? C'était risqué !

– C'est pourquoi il a préféré les cacher là où on les chercherait le moins, croyait-il : il les a confiés en garde au religieux qu'il avait pris pour messager une première fois, le temps que ses amis en Bourgogne approchent les familiers des princes et leur proposent le marché.

– Ce franciscain est donc un complice et un Bourguignon fourré ! Sang du Christ ! S'il nous faut débusquer les ennemis de l'intérieur dans les couvents de mendiants, à présent ! s'irrita Arthaud.

– Même pas ! répondit Guy de Poisieu, sans relever l'invocation blâmable du prévôt. Ce bon disciple de saint François est assez simple d'esprit et il n'a rien compris de ce qu'on lui a fait faire : il a porté les messages, dans un sens comme dans l'autre, en toute innocence, puisqu'il n'en connaissait pas le contenu et n'imaginait pas faire œuvre d'espion. Au contraire, il se réjouissait de servir charitablement son prochain.

– Mais comment Le Vasseur a-t-il pu le fréquenter aussi facilement, dans le couvent ?

– Vous allez rire ! Il l'avait pris pour *confesseur*, un ministère que beaucoup de frères mendiants, franciscains comme prêcheurs, tiennent aujourd'hui auprès de la population laïque.

– Je suis bien sûr qu'il n'avouait pas toutes ses turpitudes à ce saint homme ! ironisa Arthaud. Fausse confession, un péché supplémentaire noircissant son âme !

– C'est certain qu'il a fait moins de cachotteries au bourreau qui lui a administré l'estrapade ! rétorqua Paterin. On ne pouvait plus l'arrêter ! Nous avons eu droit au moindre détail de ses actes et de leurs motivations ! En voilà un qui hait tous les notables de cette ville depuis qu'il a été privé d'exercer son métier de charpentier après une plainte des consuls pour malfaçon.

– N'est-ce pas le même scandale de construction sur le pont de Saône qui a coûté aussi sa maîtrise à Pierre Roget ? demanda Arthaud.

– Si fait ! Mais si Pierre Roget a supporté ce revers de la Fortune sans se rebeller, ce ne fut pas le cas de Le Vasseur, qui est devenu, à partir de là, l'homme plein de violence et de rancœur qu'il est aujourd'hui. Son incorporation dans les francs-arbalétriers lui a donné les mœurs des gens de guerre, la familiarité avec les homicides, le mépris de toute faiblesse.

– Alors, vous avez retrouvé les carnets ? demanda Arthaud, avec quelque excitation.

– Oui-da ! Au soulagement de tous ! Et je vais les restituer aujourd'hui même aux consuls en les priant d'y prendre garde désormais, répondit Paterin.

Arthaud quitta Paterin et de Poisieu sur cette annonce réjouissante. Il rencontra dans la cour les deux consuls convoqués par le lieutenant du bailli. Messires Caille et Baronnat paraissaient fort émus. Baronnat, le premier, aborda le prévôt à voix basse :

– Ainsi, notre calvaire prend fin, c'est bien vrai, messire de Varey ? les « documents » – il n'osait les appeler par leur nom dans ce lieu public afin de conserver le secret de leur disparition –, ils ont été retrouvés *intacts* ?

– Oui, rassurez-vous ! crut devoir conseiller Arthaud.

– C'est que nous ne savions plus comment nous défaire de l'insistance de monseigneur de Saint-Priest, qui ne veut pas revenir sur sa fantaisie de consulter lesdits carnets ! Nous avons tout essayé : le mensonge, en prétextant les avoir expédiés à Amboise, puis en prétendant qu'ils n'étaient pas complets, qu'il nous fallait encore comptabiliser les inscrits... rien n'y faisait !

– Vous ne vous corrigerez donc jamais de votre propension au bavardage, messire Baronnat ! grogna Jacques Caille ; qu'avez-vous besoin de raconter cela à messire le prévôt ! Je ne vois qu'une chose, pour ma part, c'est que nous allons être obligés de nous séparer de ces documents qui contiennent les secrets de notre défense. Même entre les mains du gendre du roi, cela reste un risque pour notre indépendance. N'oublions pas qu'il a le projet de nous imposer une garnison de gens d'armes d'après l'étude de ces pièces !

– Si vous tenez à conserver ces preuves des ressources militaires de la ville, je vais vous confier une des vérités établies par mon enquête : il existe un double des carnets !

– Un double ? Mais, c'était interdit ! se récrièrent ensemble les deux consuls.

– Pourtant, ce double existe, et vous pourriez vous en réjouir, au lieu d'invoquer les réglementations que vous aviez peut-être étourdiment imposées à ce sujet.

– Et où est-il, ce double ? demanda Caille, radouci.

– Chez chacun des notaires que vous avez employés... Il ne manque qu'un seul carnet, qu'il vous faudra faire dupliquer.

Ragaillardis par cette nouvelle, les deux hommes gravirent avec une dignité et un calme recouvrés l'escalier qui menait à la salle haute.

Arthaud devait passer en l'auditoire avant de regagner l'hôtel familial où il avait hâte de retrouver Gautier. Le jeune homme s'était enfin réveillé et, comme prévu par le barbier Anthoine Curt, il avait déliré avant de reprendre peu à peu une conscience plus nette de son identité et des lieux où il se trouvait. Il restait très las, et Antonia avait exigé qu'il gardât encore le lit au moins une journée.

C'est pour faire son rapport à Jehan de Villeneuve qu'Arthaud se forçait à ce détour par le bâtiment de la justice archiépiscopale. Il se rendait compte qu'il avait négligé son chef depuis son partenariat avec Paterin, mais les événements s'étaient enchaînés, le temps avait compté pour sauver des vies, pour résoudre des points épineux de l'enquête. Il se trouvait bien des excuses pour cet abandon momentané, tout en sachant pertinemment qu'il allait lui être reproché.

– Heureux de vous revoir, messire de Varey ! Depuis que vous m'avez laissé aux prises avec ces stupides notaires, samedi, je n'ai pas eu l'heur de connaître les résultats de vos chevauchées à travers la ville ! lui lança aigrement Villeneuve. Ce n'est pas faute de les avoir réclamés par moult billets qui doivent maintenant s'entasser sur votre table, mais comme vous ne fréquentez plus votre cabinet de travail et que vous lui préférez l'hôtel de Roanne, j'avais peu de chance d'obtenir ces informations !

– Messire de Villeneuve, c'est vous qui m'avez demandé d'agir de concert avec le lieutenant du bailli, vu que cette affaire de carnets volés était plus de sa compétence que de la vôtre ! rétorqua Arthaud, dont le capital de patience était déjà épuisé.

– Eh bien, puisque vous êtes là, vous allez pouvoir me résumer les deux jours écoulés : où en êtes-vous ?

– L'enquête sur le meurtre de Domenjon est close, l'assassin étant mort lui-même assassiné. Il s'agissait du sergent Benoît Lion, c'est pour son meurtre que je vous ai quitté samedi, précipitamment. Le meurtrier est dans les geôles de l'hôtel de Roanne, puisqu'à l'assassinat il ajoute une inculpation pour complot contre les intérêts du roi. Et le responsable du vol des carnets, c'est le commissaire royal Raymond de Sales, qui a agi pour des motifs politiques et par ambition personnelle. Il est détenu également à Roanne. Quant aux carnets, ils ont été restitués aux consuls et n'ont jamais été entre les mains des princes ennemis.

– Encore un commissaire royal ? s'étonna Villeneuve, un peu étourdi sous ce déluge d'informations débitées avec une brusquerie résolue par son prévôt. Ne m'aviez-vous pas parlé tantôt de la culpabilité de monseigneur Jehan de La Marieuse ?

– Certes, mais c'était une fausse piste sur laquelle de Sales nous avait lancés, messire Paterin et moi.

– Dire que vous vouliez que j'intervinsse auprès des plus hautes instances pour dénoncer ce commissaire ! Encore un trait de votre trop grande assurance ! Vous allez tête baissée dans des impasses ! Heureusement que je suis plus prudent que vous !

« Plus lâche surtout » pensa Arthaud en esquissant un sourire méprisant.

– Et cette fois, est-ce le bon commissaire que vous avez enfermé ? cracha encore Villeneuve, qui prenait plaisir à souligner les hésitations de l'enquête.

– Il a avoué et ses complices de même !

– Fort bien ! Nous allons pouvoir revenir aux affaires courantes, alors ! Sachez que messire Guillemère est réapparu. Il est venu céans, ce matin, sur le conseil de quelques voisins que vous aviez interrogés à propos de son altercation avec Domenjon et le sergent royal, dont je ne sais plus le nom…

– Benoît Lion, dit Coquillon, précisa Arthaud.

– Oui, je savais qu'il avait un nom d'animal!... Donc Guillemère est venu déposer afin de signaler qu'il avait fui par peur, car, le premier, il avait trouvé le cadavre de Domenjon non loin de sa maison et de sa forge. En raison de la querelle précédente, il a craint d'être accusé du meurtre... Bref! Il a séjourné ces huit derniers jours sur la colline Saint-Sébastien, où il possède une petite cabane dans les vignes.

– Fort bien ! conclut Arthaud, sans manifester un réel intérêt pour la nouvelle. Est-ce que je peux disposer ?

– Disposez ! Disposez ! Vous êtes bien pressé ! Est-ce que messire Paterin vous attend pour une nouvelle enquête ?

Arthaud ne répondit pas à cette pique supplémentaire. Il tourna les talons et laissa le sergent de garde refermer la porte derrière lui.

Mais il n'était pas quitte pour autant ! Dans l'entrée de l'auditoire, des voix criardes, des invectives, des jurons s'échangeaient. De la dernière marche de l'escalier, il découvrit le groupe agité d'où émanait ce tumulte. Maintenus écartés l'un de l'autre par la poigne ferme des sergents qui les avaient arrêtés, deux hommes présentaient un vêtement déchiré, les cheveux décoiffés, l'absence de chaperon – indices d'une lutte récente. Leur corps lui aussi portait les stigmates de la rixe : visage tuméfié, nez ensanglanté, lèvres fendues et une boiterie significative pour l'un d'eux. Le boiteux, Arthaud ne le connaissait pas, mais l'autre, aussi nerveux qu'il était petit et maigre, il lui semblait bien l'avoir déjà rencontré ! Et soudain, sa mémoire replaça le *quidam* dans le contexte de leur précédente entrevue.

– Maître Monnier ? s'étonna-t-il. Que faites-vous là ?

La question s'adressait plutôt aux sergents, qui expliquèrent qu'ils avaient intercepté les deux hommes en train de se battre cruellement, en pleine rue de la Saunerie.

– Qui êtes-vous, demanda Arthaud à l'adversaire du notaire.

– Je me nomme Pierre Pelloux, je suis coutelier, et cet homme est un fou qui m'a agressé dans ma boutique, j'ignore pourquoi ! glapit l'intéressé.

– Tu ignores pourquoi ? Chien, menteur, fils de bâtard ! lança le notaire avec une vigueur surprenante pour sa taille. Vous devez avoir enregistré sa dénonciation, messire prévôt, ici même ! Il est venu déposer pour me dénoncer comme un traître qui pactisait avec les Bourguignons, vous devez bien avoir écrit ses diffamations dans vos archives ? Et c'est à cause de ce gueux, c'est à cause de ce sanglant coupaul[1] que j'ai connu la prison pendant deux jours entiers, que j'ai été ligoté comme un gibier de potence devant tout mon voisinage, et emmené par vos sergents ! Un coquard[2] qui parade en chevalier à la montre, pour faire croire qu'il est autre chose qu'un artisan, un enflé qui veut paraître plus qu'il n'est et se mettre au premier rang du pennon ! Ha, ha ! Ridicule ! Si vous l'aviez vu avec ses grèves sur les tibias ! Il pouvait à peine marcher !

– Sang de Dieu, vous voyez comme il me traite ! Il m'a traité de même le jour de la première montre, il m'a outragé, humilié, bafoué devant mes pairs, parce qu'il sait que je brigue une fonction supérieure dans le pennon, et parce que je suis plus riche que lui, misérable tabellion, scribouillard, avorton !

Arthaud trancha le débat en ordonnant que les deux agités soient enfermés en geôle, sous une caution assez élevée pour les décourager de recommencer. En enfourchant son cheval pour rentrer chez lui, il songeait qu'on ne gardait assurément nulle trace de cette dénonciation en l'auditoire, contrairement à ce que croyait le notaire, puisque Pelloux l'avait adressée au lieutenant du bailli, en remettant un billet anonyme au portier de l'hôtel de Roanne.

---

1. Ordure débauchée.
2. Vaniteux.

« Et il n'avait même pas eu le courage de le porter lui-même, il l'avait confié à un garçonnet ! se rappela Arthaud. Vraiment, ce coutelier est aussi couard que vaniteux, il mérite de tâter de la prison plus longtemps, et que ses mensonges, ses ridicules, ses hypocrisies soient célébrés par la rumeur ! »

Arthaud oublia pourtant cette amère critique lorsqu'il se retrouva au chevet de Gautier, auquel il rapporta intégralement les nouvelles glanées auprès du lieutenant du bailli et de l'archevêque de Vienne.

– Vous avez montré un don inné pour mener une enquête, dans cette affaire, Gautier, un discernement tout à fait remarquable qui vous a conduit sur les traces du vrai coupable, quand je m'égarais, moi, sur la piste La Marieuse. Je ne vous reprocherais que la témérité avec laquelle vous vous êtes jeté entre les griffes de cet odieux Le Vasseur… Vous m'avez fait très peur, je vous ai cru mort !

– Je sais, Messire, je vous en demande pardon ! Je ne voulais pas vous causer ce chagrin !

– Comment ça, vous *savez* ? On vous a raconté la scène… Qui ? demanda sèchement Arthaud, soudain affolé que son secret ait pu être divulgué par l'un des sergents présents, en dépit de leur promesse de ne rien dire !

– Personne ! j'avais peut-être le masque de la mort, mais j'entendais tout ! Je ne pouvais répondre, j'étais comme emprisonné dans mon corps, mais j'entendais et comprenais tout ! répéta Gautier en souriant. Vous m'expliquerez plus tard comment il se fait que je puisse vous appeler autrement que messire de Varey… Puis, après une hésitation, il murmura : Dorénavant, pourrai-je vous appeler « père », quand nous serons seuls ?

– Avec joie, mon cher fils ! Avec la plus grande joie ! s'écria Arthaud en embrassant le jeune homme.

Caluire, le 8 juin 2021

Liste des personnages mentionnés, ayant existé et librement imaginés dans le récit

Princes et gens de cour

Charles II de BOURBON, (1433-1488), archevêque de Lyon, fils de Charles 1er duc de Bourbon.

Charles de BOURGOGNE, dit « Le Téméraire », duc de Bourgogne de 1467 à 1477.

Philippe de BRESSE (1438-1497) comte de Genève, dit « « Philippe sans terre », fils cadet de Louis 1er de Savoie et d'Anne de Lusignan, trublion politique en constante rébellion contre les ducs puis contre Yolande de Savoie, sœur de Louis XI quand elle fut régente de la principauté en 1472, à la mort de son mari, le duc Amédée IX. Philippe fut aussi de quelques complots contre Louis XI, son beau-frère, en s'alliant au duc de Bourgogne Charles le Téméraire, en 1468.

CHALON-ARLAY Jean de, prince d'Orange (1443-1502), possesseur de plusieurs fiefs tant en comté qu'en duché de Bourgogne mais aussi en Bretagne, par sa mère qui était la sœur du duc François II. Louis XI lui confie l'occupation de Dijon, comptant sur son aura pour lui rallier les populations bourguignonnes. En fait il trahit la cause royale et se tourne vers le service de Marie et de Maximilien. Il rassemble tous les résistants à l'occupation française.

COTAYN Claude, écuyer tranchant, messager royal.

La MARIEUSE ou **La MARIOUSE Jehan de**, secrétaire du roi, commissaire chargé de la montre, en décembre 1477.

Le BOURCIER François, maître clerc à la Chambre des Comptes à Paris.

LESPINASSE Béraud de, par sa mère titré Béraud IV Dauphin, seigneur de Saint-Ilpize et de **COMBRONDE** (+ 1482) chevalier, conseiller et chambellan de Louis XI. À la tête de l'armée royale en Auvergne, il combattit victorieusement contre Charles le Téméraire en 1475, en Nivernais. Louis XI en fit le bailli du Velay et du Vivarais.

POISIEU Guy de, archevêque de Vienne depuis 1473, succédant à son oncle Antoine que le dauphin Louis avait promu, dès 1453, à cette dignité, contre l'avis de son père, Charles VII. La lignée dauphinoise des Poisieu, seigneurs du Passage, a été fidèle au dauphin, puis au roi, qui l'élèvera à maints honneurs et fiefs. Guy de Poisieu devient un conseiller de Louis XI et son chancelier en Dauphiné. Il meurt en octobre 1480.

SAINT-PRIEST Louis de, capitaine, seigneur du Dauphiné, fidèle à Louis depuis qu'il fut dauphin. Il a épousé Isabelle de Sassenage, fille naturelle de Louis XI et de Marguerite de Sassenage.

SALES Raymond de, commissaire royal chargé de la réquisition de salpêtre pour l'armée stationnée à l'Arbresle.

Officiers de justice et police de l'archevêque

CURT Antoine, barbier (dans le roman, barbier juré de la cour).

VAREY Arthaud de, prévôt de police de l'archevêque.

VILLENEUVE Jean de, courrier de Lyon, c'est-à-dire juge de la cour séculière de l'archevêque de 1460 à sa mort en 1482.

GRAND-JEHAN, GROS ANTOINE, TOUT-LOURD, BRAS-DE-FER, sergents.

Officiers de justice et police de la sénéchaussée royale (Hôtel de Roanne)

D'ESTUER Jean, seigneur de la Barde, bailli de Mâcon-sénéchal de Lyon du 12 avril 1473 au 31 août 1482, puis du 5 novembre 1483 à sa mort, en août 1490 (il teste le 9 août). Il fut un des premiers compagnons du dauphin Louis pour qui il quitta le service armé de Charles VII, dès 1452. Entre décembre 1477 et janvier 1478, il est chargé par Louis XI de parer aux menaces des partisans du prince d'Orange et de mettre la ville et le plat-pays en défense. Pendant son long mandat, il fut très peu présent à Lyon car souvent envoyé en missions diplomatiques ou militaires hors de la sénéchaussée, et sous Charles VIII, membre du grand conseil.

PATERIN Laurent (vers 1420-1501), trois fois consul entre 1462 et 1469, nommé *vice-gerens* du sénéchal, en 1464, puis lieutenant général du bailli de Mâcon-sénéchal de Lyon entre 1473 et 1489. Juriste éminent, docteur en droit, il défend les droits du roi contre ceux de la ville. Il suivra Louis XII en Italie, obtiendra le titre de chancelier et podestat de Milan, puis mourra à Lyon en 1501.

THOMASSIN Pierre, Né vers 1424. marchand drapier, six fois consul entre 1448 et 1482, lieutenant du bailli de Mâcon-sénéchal de Lyon touchant le capitainage de la ville à partir de 1467.

Consuls, officiers du consulat et notables

ARCHIMBAULT André, mandeur du consulat, parfois avec son frère Pierre. À sa mort, en 1483, son fils Jean lui succédera dans la fonction.

BARONNAT Guillaume, drapier et changeur, plusieurs fois consul. Un des membres de la riche famille des Baronnat, dont la fortune s'est faite à partir de l'exploitation des mines de cuivre de Chessy, puis de leur association avec Jacques Cœur.

CAILLE Jacques, consul, terrier (rentier du sol) après avoir été maître pelletier.

CATHERIN Anthoine, notaire, ne figure comme consul qu'en 1477-1478.

DODIEU Raymond, épicier et changeur, plusieurs fois consul (beau-frère d'Arthaud dans le roman).

LOUP Denis, maître drapier, consul.

ROCHEFORT Claude, drapier qui dut répondre d'injures contre le consulat en 1463, mais gagna son procès en appel, plusieurs fois consul depuis 1469.

ROSSELLET Jehan, maître drapier, consul.

Sybille, épouse de Guillaume BARONNAT, fille de Pasquet LE CHARRON.

VARINIER Alardin, notaire, trésorier du consulat.

Maîtres Artisans

CHIEFDEVILLE Jean, maître maçon.

FLORET Pierre, barbier.

GUILLEMERE Claude, maréchal-ferrant, réclame aux consuls la charge de l'artillerie, le 6 janvier 1478.

MONTAIN Anthoine, maître maçon, responsable des travaux de réfection des remparts et des ponts de Saône et du Rhône.

PELLOUX Pierre, maître coutelier.

VAGNY Jean, maréchal-ferrant.

Notaires

BERRUYER Pierre, maître du métier de notaire en 1477.

GIRAUD Guillème. En 1461, il dépose une demande au consulat pour l'expulsion des prostituées des étuves. Il fut consul de 1467 à 1469.

GIRAUD André. Il fut l'homme de confiance de Geoffroy Cœur, le fils de l'argentier Jacques Coeur.

Banquiers italiens

De ROUSSI ou **de ROSSI Lionnet**, facteur de la banque Médicis à Lyon, devenu directeur pour Francesco Sassetti, promu directeur à Florence. Présent au moins depuis 1463, il s'intègre à la société lyonnaise, enterre son épouse en 1479 en l'église des Jacobins. Emprisonné à Florence en 1480 pour ses mauvais investissements à Lyon et sa comptabilité truquée.

CAPPONI Neri, **DONI Luque**, banquiers florentins, **di GRIMALDI Lazare**, banquier génois à Lyon.

Francs-arbalétriers en fonction en 1470 (AML, BB 15, f° 111)

Le VASSEUR Noé, vougier. Notons qu'il figure également dans la liste des sergents de la cour séculière en septembre 1477 (Archives départementales du Rhône, 10 G 602, vol 7, n° 8). Pour les besoins de la fiction romanesque l'auteur en a fait un truand, en espérant que ses Mânes lui pardonneront !

BOUTEVIELLE Gilet, sellier, couleuvrinier.

Contexte historique

N. B. : Le roman s'inspire des événements et affaires rapportés dans les délibérations consulaires de décembre 1477 (N.S.) (Archives municipales de Lyon, en ligne, BB 16, f°s 57-58 v.) et de janvier à mars 1478 (N.S.) (BB 16, f°s 58 v. -71). Cependant, pour les commodités du récit, tout a été concentré en janvier 1478. Cela n'a pas d'incidence sur la véracité historique.

Les réalités lyonnaises

Une ville close à défendre

Lyon, ville frontière, est une place stratégique, ceinte de remparts et de tours, avec des portes fortifiées que l'on garde et que l'on ferme à la tombée du jour. C'est aussi une cité fréquentée par des marchands internationaux : quatre foires avec privilège royal l'animent chaque année, une oligarchie de juristes et d'artisans-marchands tient les rênes du gouvernement municipal et forme la société des notables, peu ou prou liée à celle des ecclésiastiques, nombreux, riches et influents.

Un gouvernement collégial : le consulat

Depuis l'octroi, par l'archevêque, de la charte de franchises de 1320, la communauté des habitants s'administre elle-même en matière de défense armée et de levée fiscale, par le biais d'un conseil de ville formé du consulat (12 consuls) et de l'assemblée des notables et des maîtres des métiers - tous membres choisis par cooptation. Ils se réunissent soit dans la chapelle Saint-Jaquême, face à l'église Saint-Nizier, soit dans l'hôtel de Charnay, rue de la Fromagerie, acheté 300 écus à l'archevêque en 1462 après 40 ans de procès pour obtenir la cession de l'entière propriété de ce bien d'Église, en principe inaliénable.

Deux seigneurs, deux polices, deux justices

Cependant le consulat n'a aucun pouvoir de justice ni de police, prérogatives qui restent, concurremment, entre les mains du seigneur archevêque et celles du bailli-sénéchal. Ce dernier agit au nom du roi – depuis que Lyon, jusque-là ville d'Empire, a été incorporée au domaine royal de France en 1312.

N. B. : De cette époque date la coutume de nommer les quartiers de part et d'autre de la Saône « Part du Royaume » et « Part de l'Empire » en mémoire de cette ancienne appartenance de Lyon et du Lyonnais à l'Empire.

L'archevêque est Charles de Bourbon, élu à ce ministère par les chanoines de Saint-Jean en 1446, alors qu'il n'avait que douze ou treize ans. Il est peu présent dans son diocèse, car très souvent employé par le roi à des missions diplomatiques. Le gouvernement de l'archevêque est celui d'un seigneur ayant des droits de police et de justice sur ses administrés (les habitants de Lyon et de plusieurs terres du Lyonnais). Les contraventions à l'autorité et à l'ordre public sont jugées par la cour de justice « séculière » dont le juge ou « courrier » est Jean de Varey jusqu'en 1460, puis Jean de Villeneuve jusqu'à sa mort, en 1482.

Les foires : marchands, courtiers, aubergistes

Elles sont essentielles à la prospérité de Lyon, qui ne jouit point comme certaines villes d'autres institutions permettant le développement d'un patriciat urbain (ni Parlement ni Université).

Tous les trimestres, pendant vingt jours environ, les marchands internationaux se rencontrent à Lyon, s'installant dans des auberges qui leur fournissent des entrepôts pour leurs marchandises.

La survie des foires dépend toujours de la bienveillance du roi que les consuls courtisent à cet effet ; leur prospérité varie selon les aléas de la politique (rapports avec la Savoie, la Bourgogne, les Suisses, les Milanais, et guerres ou alliances avec Venise, Rome…)

L'occupation de la Bourgogne

Mort du duc Charles le Téméraire

Le 5 janvier 1477, un an avant que ne commence le récit de ce roman, le duc Charles dit le Téméraire, qui assiégeait Nancy et tentait de ravir la Lorraine à son duc légitime, René II d'Anjou, est retrouvé gisant dans les marais glacés, proches de Nancy. La veille, les pillards lui ont ôté ses vêtements, les loups ont déchiqueté son corps, les soldats lorrains lui ont porté de multiples coups de hallebarde et de piques. Avec sa mort, on peut espérer que les hostilités, qui depuis dix ans opposent l'orgueilleux duc au roi Louis XI, prendront fin.

Récupération d'un apanage par le roi Louis XI

Cependant Louis XI réclame le retour du duché de Bourgogne à la couronne, car le statut de ces terres est celui d'un apanage, confié au premier duc Valois, Philippe le Hardi, par le roi Jean II le Bon, en 1363. La transmission ne s'en réalise que de père en fils. S'il n'y a qu'une héritière, l'apanage doit faire retour au domaine de France dont il a été *détaché* temporairement. Tel est le cas de la Bourgogne, puisque Marie, fille de Charles le Téméraire, est la seule descendante légitime du duc.

Extension des limites de l'apanage dans les revendications royales

Or Louis XI étend ses exigences de restitution aux terres des ducs acquises par mariage : l'Artois, la Flandre, le Hainaut. Dès février 1477, il conduit lui-même ses armées à la conquête des terres et des villes de ces états du Nord, profitant des révoltes urbaines contre l'autorité de Marie et exerçant des représailles terribles contre toute résistance (Gand, Arras, Avesnes).

En Bourgogne, des délégués du roi, maladroits et brutaux ou infidèles

L'occupation du duché est confiée à Georges de la Trémoille, nommé lieutenant général en Bourgogne, et à Charles d'Amboise, gouverneur de la Champagne. Les deux hommes lancent un ultimatum aux Dijonnais et à tous les habitants du duché : jurer fidélité au roi dans les douze jours. Louis XI, qui se méfie de ces représentants cupides et brutaux, confie le commandement de l'armée d'occupation à Jean de Chalon, prince d'Orange, un des plus grands seigneurs de Franche-Comté, vassal du duc de Bourgogne qu'il croit avoir rallié à sa cause.

Résistance et rébellion en Bourgogne, Auxerrois, Mâconnais, Charolais

Or dès la mi-mars 1477, Jean de Chalon se met au service de Marie et soutient les rébellions anti-françaises, tout en menaçant les Lyonnais d'une offensive armée. Jugé pour trahison, par contumace, il est banni à perpétuité du royaume, ses terres sont confisquées et partagées entre les fidèles du roi.

Dès le printemps 1477, la résistance s'organise dans les terres du duché et de la comté (Franche-Comté actuelle), en dépit des mesures d'apaisement et des réformes libérales décidées par Louis XI. Des émeutes urbaines éclatent, comme à Dole, à Auxonne, à Dijon, auxquelles on répond par une répression sanglante qui avive la haine pour les Français.

Situation critique au début de 1478

En décembre 1477 et janvier 1478, la situation des troupes d'occupation est délicate. Dole et Gray sont perdues. De plus, depuis le 20 août 1477, la duchesse Marie est l'épouse du fils de l'empereur Frédéric de Habsbourg, Maximilien d'Autriche, lequel prend en charge la défense des terres de Bourgogne et de celles d'Artois, de Flandres et de Hainaut.

Philippe de Bresse (1438-1497)

Un trublion en Savoie, un ennemi de Louis XI

Frère cadet du feu duc Amédée IX de Savoie, le comte de Bresse, Philippe fait continuellement obstacle au gouvernement de Yolande (sœur de Louis XI), veuve d'Amédée, régente au nom de son fils Philibert 1er. Ses rapports avec Louis XI ont été très désordonnés et contradictoires. Alternativement son protégé, son représentant, son prisonnier, il en devient l'ennemi affiché à partir de 1468 (affaire de Péronne, voir *Un crime tissé de soie*). Contre les intérêts de Philippe de Bresse, le roi poursuit une guerre économique, cherchant à ruiner les foires de Genève par la concurrence des foires de Lyon.

Ses menaces sur Lyon

Les possessions de Philippe sont frontalières du plat pays lyonnais. Elles commencent au-delà de Cuire, à Sathonay. Toute avancée des troupes bressanes vise directement le nord de la ville, le bourg

Saint-Vincent en particulier, défendu par la porte de la Roche seulement. La menace plane depuis 1472 *(cf. Sanglantes Épices)*. En arrière du bourg, les remparts de Lyon s'ouvrent par la porte de la Lanterne, qu'on s'emploie à fortifier : elle est décrite comme ayant une tour de barbacane surmontée de mâchicoulis, fermée d'une herse, avec un système d'assommoir (AML, BB 16, f° 68 v.). Les commissaires royaux exigent, malgré tout, la construction devant cette porte d'un ouvrage supplémentaire, un boulevard – terrassement contre les tirs de canons.

Dans sa lettre aux Lyonnais que retranscrit le registre consulaire de 1478 (et que cite le roman), Louis XI désigne les armées de Philippe de Bresse comme le principal danger pour la ville. Des extentes (missions de reconnaissance à cheval) sont organisées jusqu'à Bourg-en-Bresse pour repérer d'éventuelles concentrations de troupes.

Deux montres d'armes successives

La contribution militaire des sujets

L'antique système féodal de la *levée de l'arrière-ban* n'est pas complètement abandonné au XVe siècle. Mais, pour des raisons économiques et pratiques, il est souvent remplacé par une contribution financière : les sujets payent des tailles, aides ou subsides pour la guerre, afin d'équiper des soldats expérimentés (armée de métier soldée à partir de 1445, et mercenaires en surplus).

De plus, afin de réaliser une réserve d'infanterie de qualité, Charles VII a créé en 1448 la milice des *francs-archers*, soit une réserve de soldats entraînés qui pourraient s'incorporer dans les compagnies de l'armée de métier. Sous le nom générique, il faut entendre un mélange d'archers, d'arbalétriers, de vougiers et de couleuvriniers à main. Louis XI double leur nombre. Chaque ville ou paroisse du plat pays doit fournir un effectif de ces soldats, proportionnel au nombre de feux (foyers fiscaux), les habiller, les armer, les solder et les affranchir de taille contre leur entraînement régulier. Lyon en doit trente. Cependant, leur piètre efficacité dans les affrontements de 1478 et 1479 contre les troupes de Maximilien conduit Louis XI à les remplacer par des mercenaires suisses et des gens de pied français munis de hallebardes sur le modèle helvétique.

Enfin les villes comptent une *milice urbaine* constituée par les chefs de feux, répartis en unités nommées bannières, subdivisées en dizaines et pennons. En 1478, pour les deux montres, la ville est divisée en quatre bannières et neuf pennons, quatre pour la part du Royaume (rive droite de la Saône), cinq pour la part de l'Empire (entre Saône et Rhône).

Tous ces corps de milices doivent justifier de l'état impeccable de leur armement et de leurs effectifs lors de revues d'armes nommées « montres ».

N. B. : L'exigence à quelques jours d'intervalle seulement de la montre des pennons lyonnais n'est pas une invention de l'auteur, mais se trouve explicitement mentionnée dans le registre consulaire BB 16.

Les établies

L'armement requis par chaque chef de feu est proportionnel à son niveau de fortune qui est consigné dans les registres fiscaux servant à l'assiette (le calcul de la quote-part) de l'impôt. La description de ces pièces d'armement (épée, dague, vouge, pique, hallebarde, tunique de mailles, jaque simple, gambison, armure de plates, salade, chapeau de fer, etc.) est énumérée pour chaque participant dans des carnets ou cahiers dits des « établies ». Ils se trouvent dans la série EE des archives municipales de Lyon.

La disposition d'une équipe de trois personnes, comprenant un consul, un sergent royal et un clerc pour organiser ces carnets et préparer la montre, est fixée par le consulat le 31 décembre 1477 (BB 16, f° 58 v.)

Des documents stratégiques

Les consuls manifestent une grande crainte de remettre ces carnets à monseigneur de Saint-Priest. Ils évoquent les dangers et inconvénients qui en résulteraient. Ils repoussent le plus possible cette remise, inventent des raisons. Les registres consulaires ne nous informent pas sur l'issue de ce débat. Le commissaire royal a-t-il obtenu satisfaction ?

Des garnisons dans les villes

La défense du royaume dans la seconde moitié du XVe siècle justifie l'installation de nombreuses garnisons dans les villes stratégiques dont la population ne pourrait aligner une milice de taille suffisante. Or, les soldats mis en garnison sont réputés engendrer des troubles au sein de la population civile : violences physiques et verbales, viols, vols, ivresse et débauche. De plus, la réquisition de logements pour ces gens de guerre est une gêne évidente pour leurs hôtes forcés.

Lyon, ville frontière, base de départ des armées et des vivres pour les opérations en Bourgogne, a-t-elle besoin du renfort d'une garnison ? C'est tout l'enjeu des deux montres déployées en ce mois de janvier 1478. Il s'agit pour les consuls de démontrer que la ville peut se défendre sans ce renfort !

Glossaire

Archevêque : évêque ayant autorité spirituelle et réglementaire sur plusieurs diocèses (province ecclésiastique). Pasteur et prélat de l'Église catholique romaine, il est tout autant un seigneur possesseur de terres, de châteaux et de pouvoirs politiques, judiciaires et économiques sur les hommes qui dépendent de lui.

Archidiacre : un des principaux dignitaires parmi les chanoines cathédraux de Saint-Jean. Il est l'adjoint du doyen du chapitre.

Bailli (ou sénéchal) : officier nommé par le roi à la tête d'une circonscription du domaine royal nommée bailliage (au nord de la Loire) ou sénéchaussée (au sud). À Lyon, le bailli porte le titre de bailli de Mâcon-sénéchal de Lyon. Le bailli a par délégation tous les pouvoirs du roi (législation, police, justice) et les fonctions de chef de guerre. C'est souvent un homme de bonne noblesse.

Chanoines : ensemble des clercs, majoritairement prêtres, desservant une église importante (collégiale, cathédrale).

Chapitre : communauté de chanoines. Le chapitre est dit cathédral s'il concerne l'église principale du diocèse, soit à Lyon : la cathédrale Saint-Jean.

Clerc : homme d'Église (tonsuré) par opposition à un laïc. Le mot désigne aussi (notamment dans ce roman), avec le sens de « lettré », un homme ayant fait des études en université et, par extension, un homme de loi, employé dans une officine de notaire ou dans une administration étatique ou encore comme auxiliaire d'un puissant.

Cloître : galerie couverte entourant une cour, autour de laquelle se répartissent les bâtiments monastiques ou canoniaux. Cependant, à Lyon, le terme cloître (Saint-Jean, Saint-Paul, Saint-Just) désigne un espace loti, entouré de murs voire de remparts, dans lequel se trouvent des églises, les maisons des chanoines et, éventuellement, les bâtiments de leur justice et de leurs prisons.

Couleuvrinier : artilleur maniant un canon de faible calibre nommé couleuvrine.

Consulat de Lyon : gouvernement municipal regroupant douze consuls élus pour un mandat de deux ans par les maîtres de métiers.

Courrier : juge de la cour séculière de l'archevêque, ayant compétence au civil et au criminel. Tous les Lyonnais relèvent de cette cour en première instance.

Doyen : chanoine dignitaire à la tête du chapitre cathédral.

Établies : ensemble des dispositions concernant la mise en défense de la ville, consignées dans des carnets mis à jour régulièrement. Les établies traitent de la composition et de l'organisation des milices urbaines (noms des chefs des différentes subdivisions en bannières, dizaines, pennons, effectifs, équipements requis, positionnement) et des mesures de défense : guets, extentes, garnisons aux portes, chaînes sur la Saône.

Extente : mission de reconnaissance pour connaître les positions ou les mouvements d'un ennemi. Elle se fait à cheval, dure plusieurs jours, et peut mener les participants à plusieurs dizaines de kilomètres de la ville.

Grabellage : tamisage des épices, préalable à leur mise en vente en foire, afin d'attester de leur qualité. Cette opération est assurée par deux grabeleurs qui prennent à ferme la fonction et se remboursent en prélevant une taxe sur chaque marchandise grabelée.

Montre : revue d'armes exigée régulièrement des habitants des villes stratégiques ou particulièrement exposées à l'ennemi. Elle est requise également des compagnies de mercenaires retenues par contrat afin de vérifier l'application stricte de leurs engagements en effectifs et en armes.

Prévôt : agent d'administration d'un seigneur. Le *prévôt de police* est chargé de la recherche des délinquants et de leur incarcération. Il est garant de l'ordre public et agit sous l'autorité du juge (courrier) de la cour séculière de l'archevêque de Lyon.

Toise : mesure de longueur équivalant à deux mètres environ.

Vougier : soldat muni du vouge, sorte de hallebarde à lame tranchante et à pointe recourbée.

Usages médiévaux pour le compte des heures du jour

Dans la plupart des régions, dont le Lyonnais, on compte les heures d'un jour entier en référence aux heures récitées toutes les trois heures dans les monastères (heures canoniales) à partir des Vigiles ou Matines (minuit). On aura ainsi successivement :

Laudes	=	3 heures
Prime	=	6 heures
Tierce	=	9 heures
Sexte	=	midi
None	=	15 heures
Vêpres	=	18 heures
Complies	=	21 heures

Pour les heures intermédiaires, on utilise les adjectifs numéraux : ex : la cinquième heure = 11 heures. Ou la référence « deux heures après none », ou « une heure avant sexte ».

Au cours des dernières décennies du XVe siècle, l'habitude se prend de compter les heures par demi-journées.

Remerciements

Ma reconnaissance va, comme toujours, à la fidèle équipe d'amis (N. B. : le masculin l'emporte sur le féminin, selon la bonne et ancienne grammaire française – car je me refuse à l'écriture inclusive – mais sachez qu'il n'y a qu'un homme dans cette équipe !) qui se voue très attentivement à la lecture critique de mes manuscrits et me suggère les corrections souhaitées.

Je remercie également les fidèles d'Arthaud de Varey, prévôt de l'archevêque, qui m'avouent leur intérêt pour mes histoires lors des rencontres avec les lecteurs et m'incitent à imaginer un nouveau récit.

Grâces soient rendues aussi à ce cher Arthaud, qui m'a accompagnée encore dans un deuxième et un troisième confinement anti-covid !

Grand merci également aux éditions Les Passionnés de bouquins, qui continuent à me faire confiance, en toute amitié.

Table des matières

Pour retrouver les épisodes précédents des aventures du prévôt lyonnais Arthaud de Varey

Sortilège meurtrier

Nicole Gonthier

Lyon, octobre 1454. Tandis que la ville est cernée par les armées affrontées du roi Charles VII et du dauphin de France, son fils, futur Louis XI, l'administrateur de l'hôpital du pont du Rhône est retrouvé assassiné dans une rue proche de l'établissement. A-t-il été victime des sortilèges d'une sorcière, comme le clame sa veuve et comme le croient les frères dominicains dépêchés par le vice-inquisiteur ?

Pour conduire sa première enquête, le jeune prévôt de police, Arthaud de Varey décide d'explorer toutes les pistes, notamment celle d'une bande de voleurs dont il met au jour les malversations, et celle de réseaux politiques clandestins dont il identifie les adeptes. Au fil de ses investigations, surgiront tout à la fois les secrets inavoués des serviteurs de l'hôpital, les pratiques condamnables menées au sein d'un établissement décadent et les intrigues de quelques puissants notables dans une cité convoitée par des princes ennemis.

ISBN 978-2-36351-053-2 - 16,50 euros

Peine capitale

Nicole Gonthier

Juillet 1461. En son hôtel particulier du quartier Saint-Georges à Lyon, l'épouse du riche changeur Annequin de Sure est victime d'un meurtre cruel qui lui a ménagé une fin douloureuse. Pour découvrir les mobiles d'une telle exécution, le prévôt Arthaud de Varey soulèvera les secrets que dissimule cette belle maison et les tractations louches dont le banquier s'est rendu responsable dans le contexte politique incertain de la fin du règne de Charles VII. Auprès de lui, le zèle importun et brouillon de l'adjoint que lui impose le juge Jehan de Villeneuve sera-t-il un obstacle ou une aide sur la voie de la solution ? Au fil des témoignages et des preuves recueillis, l'enquête se dédouble, change d'objectif et quitte l'enceinte de la ville. Lorsque la vérité éclatera, elle aura le goût amer de la trahison et du désespoir.

ISBN 978-2-36351-062-4 - 17,00 euros

Un crime tissé de soie

Nicole Gonthier

La mort et la soie vont-elles de pair, à Lyon, en ce mois de janvier 1470 ? C'est ce que laisse supposer l'enquête atypique qu'entame le prévôt de l'archevêque, Arthaud de Varey, lorsque le Rhône rejette le cadavre d'un inconnu dans les limites de la seigneurie de l'abbaye d'Ainay. Le meurtre est-il lié aux âpres rivalités entre courtiers ou est-il la preuve d'une conspiration ourdie par les Genevois contre les foires de Lyon ? Et s'il accusait le lieutenant du bailli et les consuls pour leur douteuse gestion de la fabrique des soies imposée par Louis XI ? Querelles de juridiction, témoignages erronés ou mensongers, rumeurs contradictoires, identification aléatoire de la victime, tout semble se conjuguer pour empêcher le prévôt de mener à bien ses investigations. Ce n'est qu'après avoir éprouvé les intrigues et les compromissions diverses des hommes de pouvoir, suivi moult fausses pistes et risqué la mort, que le prévôt parviendra à la solution de l'énigme. Cependant, plus précieuse encore que cette ultime satisfaction sera la vérité intime et bouleversante dont il aura finalement la révélation.

ISBN 978-2-36351-072-3 - 17,00 euros

Sanglantes épices

Nicole Gonthier

Septembre 1472 - au bourg Saint-Vincent de Lyon. La guerre vient d'être officiellement déclarée entre France et Bourgogne. Les Savoyards, alliés des Bourguignons, cantonnent leurs troupes près de Cuire. L'heure est à la défense, à la méfiance vis-à-vis des étrangers. Pis encore ! Il faut se soumettre aux mesures tyranniques de commissaires royaux indifférents aux intérêts lyonnais. Alors, qui est donc cet homme qui gît, poignardé, devant la porte du bourg ? Est-il la première victime de la guerre et des tensions qu'elle engendre ? Était-il chargé d'une mission secrète par le puissant gouverneur du Lyonnais ? Quel rôle a-t-il tenu dans la contrebande des épices que l'enquête met au jour ? Les investigations du prévôt Arthaud de Varey révéleront la collusion entre crime et politique, entre fraude et notabilité, et son énergie contribuera à sauver la ville d'un grave péril.

ISBN 978-2-36351-086-0 - 17,50 euros

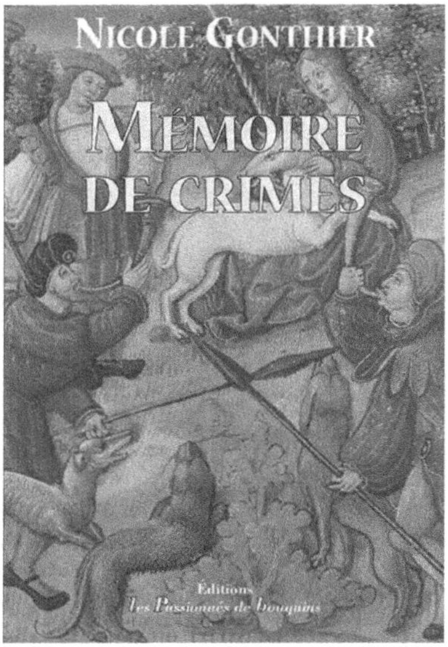

Mémoire de crimes

Nicole Gonthier

Lyon, février 1473. Rechercher le véritable coupable du meurtre de Clément de Lerre et réhabiliter André Prest, le menuisier incriminé par une justice partiale ? en relevant un tel défi, Arthaud de Varey, prévôt de l'archevêque de Lyon ne peut imaginer l'hostilité que déclencheront ses investigations et l'impression qu'il gardera, tout au long de l'enquête, de servir les intrigues politiques des chanoines cathédraux. Alors que la beauté radieuse d'Hélène nourrit tous les souvenirs, pourquoi ces fausses allégations et ces fourberies de la part des protagonistes de l'affaire ? Qui commandite le tueur dont la main s'abat sur les témoins trop bavards ? Quels secrets sordides nécessitent tant de mensonges et de violences afin de rester enfouis ? Autant de questions qui trouveront réponse au sein de la léproserie de Balmont, aux portes de l'enfer où victimes et coupables sont réunis dans une ultime confrontation, afin de réveiller la mémoire des crimes passés.

ISBN 978-2-36351-097-6 - 18,00 euros

Quoi de neuf à Lyon… en 1463 ?

Nicole Gonthier

Si vous regrettez de ne pas savoir lire les vieux documents d'archives afin d'accéder à l'intimité de l'Histoire, ce livre est fait pour vous ! Nicole Gonthier, médiéviste et professeur honoraire des universités, vous guide dans la transcription et la compréhension des délibérations du gouvernement d'une ville importante du Royaume de France, sous le règne de Louis XI.

Que vous soyez Lyonnais ou non, vous découvrirez les préoccupations des hommes de 1463, vous entrerez dans leur actualité, économique, sociale et politique, dans leur manière de penser et de vivre…

Enfin, si vous êtes un lecteur des enquêtes du prévôt Arthaud de Varey, vous pénétrerez dans les coulisses des romans policiers et comprendrez ce que l'auteur emprunte aux sources historiques pour construire ses récits.

Quelle que soit votre raison, ce texte vous offrira deux niveaux de lecture, celui d'une initiation aux sources avec lesquelles on construit l'Histoire, accessible aux amateurs curieux, et celui d'une transcription intégrale accompagnée de notes explicatives pour aller plus loin.

ISBN 978-2-36351-108-9 - 17,00 euros

Pour contacter l'éditeur :

Éditions Les Passionnés de bouquins
36 impasse du Tonkin
69290 Craponne
Email : contact@les-passionnes-de-bouquins.com
Site Web : www.les-passionnes-de-bouquins.com

Imprimé en France par Sepec Numérique